BREXIT *romance*

CLÉMENTINE BEAUVAIS

BREXIT
romance

ÉDITIONS
SARBACANE
Depuis 2003

Bande-son

Ouverture
– *God Save The Queen*
– *La Marseillaise*

ACTE I
– KATE BUSH, *Wuthering Heights*
– Alice in Wonderland, *In a World of My Own*
– FRANÇOISE HARDY, *Only Friends*
– GABRIEL FAURÉ, *Au bord de l'eau*

ACTE II
– THE CURE, *Friday I'm In Love*
– JANE BIRKIN ET SERGE GAINSBOURG, *La ballade de Melody Nelson*
– THE SPARKS, *This Town Ain't Big Enough For The Both Of Us*

ACTE III
– BARTÓK, *Le château de Barbe-Bleue*
– STARMANIA, *Un garçon pas comme les autres*
– QUEEN, *I Want To Break Free*
– PULP, *Common People*

ACTE IV
– GEORGES BRASSENS, *La non-demande en mariage*

Final
– GOUNOD, *Je veux vivre*
– *L'hymne à la joie*

« Il n'est pas sans risques de s'engager dans le mariage avec des sentiments douteux. »
Jane Austen, *Emma*.

« *Brexit means Brexit.* »
Theresa May,
Première Ministre britannique.

Acte I

1

Un mariage rend toujours heureux ; et d'autant plus lorsque l'on peut y porter de jolis costumes, que l'on est amplement rémunéré pour l'occasion, et que l'on sait que les vœux passionnément échangés se déferont aussitôt le rideau tombé.

Marguerite Fiorel était donc tout à fait heureuse, ce matin de juillet 2017, assise dans l'Eurostar en direction de Londres Saint-Pancras ; elle devait jouer, le soir même, le rôle de Susanna dans *Les noces de Figaro*, en représentation exclusive – *one night only !* – au Royal Opera House de Covent Garden.

'Un spectacle exceptionnel en compagnie des plus brillants talents européens de moins de vingt ans !' alléchait l'affiche.

En fait, tous ces brillants talents avaient la tête bien collée au plafond de la vingtaine – sauf Marguerite, qui venait à peine de se hisser sur ses dix-sept ans. Secrètement, elle n'était pas peu fière de jouer un si grand rôle parmi tous ces petits vieux.

'Des cordes vocales tressées d'or !' avait dit d'elle le magazine *Opera Now* dans un article promouvant l'événement.

Depuis, Marguerite devait quotidiennement résister à la tentation de se déboîter la mâchoire devant le miroir dans l'espoir de voir celles-ci scintiller sous sa glotte.

'*Figaro, mon chéri, regardez donc ma coiffe !*'

Et elle s'adornerait d'un voile de mariage…

Que le spectacle eût lieu en Grande-Bretagne, avec une version anglaise du libretto, tombait très bien, car Marguerite était depuis toujours fascinée par ce pays, dont elle maîtrisait fort bien la langue. Du moins, la langue d'une adolescente du dix-neuvième siècle, puisqu'elle l'avait apprise sagement à l'école, et puis de livre en livre et au travers de films en costume. Elle obtenait toujours entre 16 et 19 sur 20 en anglais, au lycée musical Dmitri-Hvorostovsky de Grenoble. En terminale, c'était certain, elle prendrait Anglais Renforcé.

'Marguerite', lui disait avec émotion Madame Kessler, sa professeure d'anglais, 'j'espère que quand tu monteras sur la scène du Metropolitan Opera de New York, tu te souviendras de moi, et que tu diras : *Oh! That dear Ms Kessler, who taught me so well!*'

(Cette chère Mme Kessler, qui m'enseigna si bien !)

Aussi Marguerite, devant sa glace, s'entraînait-elle à prononcer précisément ces mots, et puis, '*Thank you, thank you*', au tube de déodorant gracieusement tenu entre ses doigts. '*Thank you, Ms Kessler, and thank you, also, to…*'

Elle aurait bien voulu remercier ses parents, mais elle n'en avait pas. Alors elle imaginait une foule d'autres personnes à remercier, qui portaient des noms comme Ichabod McInnerny Fitzbillies-Snodgrass et Marigold Simmonds-Dalrymple ; et face à elle, toute l'assemblée était très épatée qu'une jeune Française parlât si bien anglais.

(Anglais britannique, s'entend, pas américain – elle prenait d'ailleurs soin d'aplatir ses *a* comme au rouleau à pâtisserie, ainsi que l'exige la prononciation royale.)

'*Figaro, dear, look at my wedding veil!*'

Cependant, Marguerite découvrait cet après-midi-là, non sans déplaisir, que ses lectures assidues d'épais romans victoriens ne l'avaient en rien armée pour le déchiffrage du magazine *Eurostar* sur lequel elle s'exerçait, et qui était granuleux de petits verbes prépositionnels dont elle ne connaissait pas du tout l'usage.

Comme elle s'était acheté la veille un minuscule carnet Moleskine ligné et un microscopique stylo plat aimanté qui s'y glissait exactement, elle s'appliqua à recopier les premières lignes, particulièrement mystérieuses, d'un article consacré à deux jeunes vendeurs de yaourt bio.

This month we catch up with Joe and Zoe, who set up their own farm shop in a done-up industrial loft near Brick Lane. Last time we met up, they'd almost given up; but in January they took up the challenge again and found they were up to it this time! Let's find out if the Yoghurt Yurt lives up to the hype.

Il y avait tellement de *up* dans ce texte qu'il semblait avoir attrapé le hoquet. Marguerite, un peu affolée, consulta le mot '*up*' sur son appli du dictionnaire Robert & Collins anglais-français, français-anglais. L'article était effroyablement long et Marguerite, à mesure qu'elle scrollait vers le bas, se sentit dégringoler dans un tunnel de difficultés linguistiques.

D'ailleurs, le train entrait dans le tunnel sous la Manche.

'« Up » peut vouloir dire beaucoup de choses', conclut Marguerite avec philosophie, tout en observant son visage dans les vitres assombries.

'Beaucoup trop', opina son compagnon.

Marguerite ne voyageait pas seule. À ses côtés se trouvait, le visage masqué par une muraille d'*Humanité*, Pierre Kamenev : son professeur de chant, mais également son agent, son protecteur, et tout un tas d'autres choses que ni l'un ni l'autre n'auraient été capables de définir avec précision. Kamenev n'était âgé que de vingt-six ans, et il estimait cet état de fait plutôt déplorable ; il s'évertuait à compenser en portant, en toute saison, des chaussures en cuir, des livres reliés cuir, une montre en cuir, et un air de dur à cuire. Le vouvoiement était son accessoire préféré. Il le brandissait au nez des gens comme on déploie brusquement un parapluie.

'C'est chelou comme ton prof te vouvoie', disaient les autres élèves de Dmitri-Hvorostovsky. 'Ça fait genre t'es une vieille.'

Marguerite n'avait rien contre que ça fasse genre elle était une vieille. Sous la houlette de Kamenev, elle était devenue une soprano prometteuse ; on fondait quelque ambition déjà sur cette fraîche étoile.

'Bientôt, tu chanteras dans un *vrai* opéra.'

Et l'on évoquait périodiquement *Roméo et Juliette* (a priori, pour le rôle de Juliette).

'C'est beaucoup trop tôt', grondait toujours Pierre Kamenev. 'Vous êtes trop jeune.'

Marguerite hochait sagement la tête, mais dès qu'il avait le dos tourné, elle se fredonnait à elle-même le « Je veux vivre », cet air en forme de grand orage que Juliette entonne au début de l'opéra.

Rien que d'y penser, soudain, elle frissonna de volupté et de terreur.

'Vous avez froid ?' demanda Kamenev qui remarquait tout. 'Il y a tellement de climatisation, dans ce train.'

Le froid, du reste, était une préoccupation récurrente de Kamenev – cela n'irritait pas Marguerite, qui prenait elle-même le sujet très au sérieux, ayant lu, dans les romans anglais qu'elle affectionnait, que toute jeune femme accidentellement exposée à un courant d'air peut attraper la mort, ou du moins une féroce maladie l'obligeant à rester longuement alitée. En été comme en hiver, elle s'enroulait donc dans plusieurs couches de châles et d'écharpes qui lui donnaient un genre bohème et des plaques de boutons dans le cou.

Elle rajusta l'un de ces châles, puis revint à son dictionnaire.

'*One-upmanship*', lut-elle, de plus en plus effarée. '*Upholstered. Upstaged. Up-and-coming. Upper-middle-class. Starter-upper. Upcycling.* Je ne connais aucun de ces mots !'

'Personne ne vous a donc jamais dit, demanda Kamenev, que le *up* et le *down* sont le yin et le yang de la langue anglaise, ses points cardinaux, sa raison d'être ?'

'Comment ça ? Mais non !' s'affola Marguerite, choquée que Madame Kessler ait ainsi failli à son devoir.

'C'est une langue obsédée par la verticalité', dit Kamenev derrière son journal. 'Il faut toujours qu'elle précise ce qui est en haut et ce qui est en bas. Quand on a une idée, on *think up* quelque chose. Quand on méprise quelqu'un, on le *look down*. Quand on cherche une maison plus petite, on veut faire du *downsizing*, alors qu'un meilleur appartement sera plus *upmarket*.'

Marguerite nota prestement dans son Moleskine, les tympans voilés par la pression tandis que le train s'enfonçait sous la mer.

'Toutefois', continua Kamenev, 'cette verticalité est fondamentalement statique ; il n'existe pas de prépositions exprimant un passage du *down* au *up* ni du *up* au *down*.'

Marguerite notait.

Kamenev :

'Et il en va de même pour la société anglaise, dont les profondes inégalités sociales sont elles aussi d'une exceptionnelle stabilité.'

Marguerite s'interrompit, et scruta la main de Kamenev, qui, repliée sur sa page de journal, vibrait légèrement au rythme du train.

'Vous êtes encore en train d'essayer de me convertir au socialisme !' dit-elle, exactement sur le ton que prenait sa mère d'accueil, Madame Sableur, lorsqu'elle accusait Kamenev de cette chose-là.

'Pas du tout, je vous parle de linguistique.'

Marguerite reporta son attention sur le Robert & Collins, qui affirmait justement que *upwards* et *downwards* étaient des prépositions exprimant le passage de haut en bas et de bas en haut.

'*Upwards* et *downwards* sont des prépositions exprimant…'

'Ces mots ont existé un jour, mais ils ont été pris en otage par l'idéologie néolibérale et son mythe méritocratique.'

'C'est bien ce que je dis : vous êtes en train d'essayer de me transformer en Marxiste-Léniniste, comme d'habitude', soupira Marguerite, qui reprenait là les mots de Monsieur Sableur, le mari de Madame Sableur.

Kamenev replia son *Humanité* de la manière claquante et efficace qui distingue le lecteur de journal surentraîné de celui qui ne l'achète qu'une fois de temps en temps et tente gauchement, tel un moussaillon promu capitaine, de manœuvrer une énorme voile ployant dans la tempête.

Ce geste expert révéla son visage, qui était comme un théâtre d'ombres : deux pommettes et un menton anguleux lançant de dramatiques obscurcissements sur ses joues et son cou, et par-dessus tout cela, un noir et luminescent regard assis sur ces petits tapis sombres que les Slaves s'obstinent à porter sous leurs yeux.

En vérité, Kamenev n'avait de slave que les cernes et le nom : il avait vécu toute son enfance à Grenoble avant de devenir pianiste virtuose, puis de se blesser très tôt, au point de devoir mettre un terme à sa carrière pour se reconvertir en professeur de chant. Il était un peu trop beau par rapport à l'usage qu'il en faisait ; c'était d'une certaine manière du gâchis.

D'ailleurs, en face de lui, une grande fille à natte blonde et gigantesques lunettes faisait les frais du charme froid de Kamenev. À chaque fois qu'il baissait son journal, les longs cils de la jeune femme frémissaient comme des papillons, et son regard se posait en catastrophe sur l'écran de son ordinateur portable où brillaient des tableaux Excel.

Kamenev n'avait remarqué strictement aucun de ces atterrissages d'urgence.

'Je ne serai jamais une Marxiste-Léniniste, Pierre, il faudra vous y faire !' dit Marguerite.

'Vous percez à jour toutes mes tentatives d'influence', feignit de se lamenter Kamenev.

Marguerite se rengorgea.

'C'est parce que j'ai compris comment vous faites. Vous commencez par me dire un truc normal, par exemple sur l'histoire de la musique, et sans que je fasse attention, hop, ça se transforme en sermon sur les inégalités sociales.'

'Je n'ai jamais fait ça !' s'offensa Kamenev.

'J'ai encore la partition où vous aviez dessiné des petits dollars sur toutes les rondes !'

'Ah, mais c'était une partition que vous aviez achetée sur Amazon…'

La blonde, qui se trouvait être consultante pour Amazon, ferma prestement tous ses onglets (précaution bien inutile, car Kamenev, d'où il était, n'aurait pas pu voir son écran) et extirpa de son sac le dernier numéro de l'*Express*, qu'elle se mit à consulter avec une fiévreuse attention, dans l'espoir que sa passion évidente pour l'actualité éveille l'intérêt du jeune homme.

Mais Kamenev reprit son journal ; alors, la blonde se remit à ses tableaux, et Marguerite à ses anxieuses prépositions.

Bientôt, l'esprit de Marguerite se mit à vagabonder. Les mots de son professeur de chant, se superposant à ceux qu'elle était en train de lire – *upstairs*, *downstairs* – convoquaient dans son imaginaire des visions d'escaliers et de couloirs dans lesquels déambulaient des lords en costume rouge de chasse à courre, des servants pressés qui transportaient de petits plateaux d'or, des épagneuls au poil verni et de longues jeunes filles flottant dans des robes à coupe Empire, dont il était difficile de savoir si elles étaient vivantes ou fantômes, et qui jouaient du clavecin nasillard en chantant un madrigal.

Ces visions l'enchantaient comme une promesse d'horizon nouveau. Après tout, même s'ils n'étaient en Angleterre que pour un soir – *one night only !* –, rien n'empêchait de s'imaginer une rencontre fortuite avec un héritier discret, qui peut-être l'inviterait, en bredouillant, à passer quelque temps avec lui dans un domaine ancien, au cœur d'une lande toute frémissante de petits lapins…

Marguerite fut sortie de sa rêverie par le bout du tunnel : le train avait jailli de terre, troquant le bourdonnement sourd des souterrains pour le silence du complexe ferroviaire de Douvres. Elle se recala sur son siège et changea l'horaire de sa montre avec application.

Pendant ce temps, tous les téléphones portables du wagon bâillaient et s'étiraient et commençaient à attraper au vol les SMS qui étaient restés cramponnés au réseau, attendant sagement la sortie du tunnel.

L'un des SMS se destinait à Marguerite. Son expéditeur était le grand Allemand de dix-neuf ans et deux cent quatre-vingt-treize jours qui allait ce soir jouer le rôle de Figaro à ses côtés. Elle l'avait rencontré cinq fois, lors de répétitions.

À ce soir, ma chère fiancée!

Marguerite lut ces mots, sourit, puis dit à Kamenev :
'C'est mon futur mari qui m'écrit. Il a hâte de me revoir.'
La blonde en face d'eux dressa brusquement un sourcil, dont elle avait dessiné avec beaucoup d'application le circonflexe au crayon à maquillage, et elle dévisagea non sans surprise cette toute jeune fille, ainsi que le jeune homme qui lui répondait flegmatiquement :
'Comme c'est touchant.'
'C'est l'époux idéal.'
'Indubitablement.'
'On est très amoureux.'
'Vous faites très bien semblant.'
La blonde écarquilla tellement les yeux que ses lunettes parurent soudain rapetissées.
'Vous faites votre malin, mais si jamais je tombais vraiment amoureuse de lui ?' demanda Marguerite en jetant à Kamenev un regard de côté.
'Vous n'oseriez pas.'
'Ça doit bien arriver, parfois.'
'Tomber amoureux ? Il paraît', bâilla Kamenev. 'Du moins, certaines personnes en parlent, mais je ne sais pas s'il faut leur faire confiance.'
'Je veux dire', s'impatienta Marguerite, 'tomber amoureux à force de faire semblant.'
'Ah ; ça, ce n'est pas recommandé', dit Kamenev. 'Je vous le déconseille.'
'Mais si jamais ça arrive ?' s'enquit Marguerite. 'Si jamais on est là : *Oh, je pensais que nous deux, c'était pour de faux, mais en réalité mon cœur bat la chamade...*'
'Dans ce cas, vous mettez votre petit cœur dans votre poche et vous vous concentrez sur votre mission.'
'*Regarde, regarde mon voile de mariée*', soupira Marguerite.

'Exact', dit Kamenev. 'On vous a tout bien arrangé, ce n'est pas pour que vous nous dérangiez tout à la dernière minute.'

À ce moment précis, la blonde ouvrit la bouche toute grande, révélant un chewing-gum vert, comme une petite bille de jade sur le coussinet de sa langue rose.

Puis elle dit cette chose étonnante :

'Ah mais nan mais j'y crois pas... Mais alors là, c'est juste trop fou... C'est juste un truc de malade ! Du coup, vous aussi, vous...'

Elle termina en chuchotant :

'... vous venez en Angleterre pour faire *un mariage arrangé* ?'

*

Le quiproquo fut rapidement dissipé : non, il ne s'agissait que de théâtre.

'Trop dommage !' s'esclaffa la blonde. 'Je pensais qu'on était embarqués dans le même truc, et en fait non !'

'Mais quel truc ?' s'enquit Marguerite.

'Oh là là, je peux trop pas vous dire !'

'Même pas un peu ?' dit Marguerite.

'Zéro zéro virgule zéro. J'en ai déjà dit beaucoup trop.'

'Vous allez faire un mariage arrangé, vous ?'

'Non, non, rien du tout.'

'Allez, dites !' implora Marguerite, tendue comme un arc. 'Dites, dites !'

'Je peux trop pas, c'est genre un super big secret.'

'Laissez cette jeune femme tranquille, Marguerite', dit Kamenev. 'C'est clairement une histoire sans importance.'

'Wow, une minute !' dit la jeune femme en levant les mains. 'C'est pas du tout sans importance.'

'Alors dites !' implora Marguerite.

'Emm-emm', onomatopéa la blonde, remuant la tête d'un côté puis de l'autre.

'On dira rien !' assura Marguerite. 'De toute façon, on ne connaît personne. Moi je suis orpheline, et puis personne me croit, soi-disant parce que j'imagine toujours des trucs exagérés. Et Kamenev, enfin Pierre, il ne parle jamais à personne, à part à moi. Hein, Pierre ?'

'Vrai', confirma Pierre.

'En plus il s'en fiche du gossip. Hein, Pierre ?'

'Hmm ?' dit Pierre, qui avait reporté son attention sur une mini-bouteille de Merlot, achetée au wagon-bar du train ; il en but quelques gouttes en observant celles, plus transparentes, qui commençaient à dévaler les vitres.

'Allez !' reprit Marguerite. 'Dites, dites ! Je veux savoir…'

'Oh là là', répondit la blonde, s'ébrouant les mains, qu'elle avait toutes cliquetantes de petites bagues (en forme de théière, de pâquerette, de cartes à jouer). 'Bon, du coup, OK – mais vous promettez, hein ? Vous promettez ?'

'Je promets !' promit Marguerite, la main sur le cœur, dévorée par la curiosité.

'Bon, alors je vous raconte, mais *chut* puissance mille, OK ? C'est pas le genre de trucs qu'il faut crier sur tous les toits, normalement…'

La blonde se présenta. Elle s'appelait Cannelle Fichin, elle venait de Lyon. Elle avait vingt-trois ans. Et le super big secret, c'était que ses mains allaient bientôt accueillir une nouvelle bague : à gauche, sur l'annulaire, en or pas du tout trop cher.

Elle allait en Angleterre, leur annonça-t-elle, pour organiser son mariage.

Un mariage *arrangé*.

Marguerite :

'Mais… mais *pourquoi* ?'

Pourquoi ? Mais pour les passeports ! Enfin, plus largement, pour l'Europe ! Pour *l'amour* de l'Europe, de la jeunesse, de la liberté !

Pour l'amour de la Grande-Bretagne et de la France !

Un « mariage Brexit », organisé par la société *Brexit Romance*.

*

'Alors, attendez un peu que je vous raconte. Oh là là, où est-ce que je commence ? Du coup, ce qui s'est passé – non, attendez, faut d'abord que je remonte à – oh là là, c'est juste trop compliqué à raconter ! Alors, voilà – tout a commencé... Tout a commencé...'

Tout avait commencé l'été précédent, juste après les résultats du référendum sur le Brexit, qui avait décidé, comme on sait, de la sortie du Royaume-Uni de l'Union Européenne.

Tout avait commencé avec une jeune femme prénommée Justine Dodgson.

(Cannelle Fichin disait *Dodggsonn*, ce qui fit frémir Marguerite, car la prononciation correcte était évidemment *Dodjsonn*.)

Le jour du drame, Justine Dodgson, Londonienne de vingt ans, étudiante en français à l'université de Leeds, avait vu sur son fil d'actualité Facebook fleurir des protestations outrées, des émoticônes désespérées, et de sombres dessins humoristiques.

Mais aussi des demandes en mariage.

Celles-ci émanaient de ses compatriotes britanniques :

Who's still got a European passport and wants to marry me ?
(Quel bénéficiaire d'un passeport européen
veut m'épouser ?)

Nul n'était entièrement sérieux qui faisait cette requête ; mais en même temps, personne ne plaisantait tout à fait. Peu de temps après, le frère jumeau de Justine, Matt, également europhile et donc désespéré, s'était joint à la chorale :

Françaises, Allemandes, Italiennes, Polonaises, avait-il lancé en anglais, *qui veut m'épouser ? Je ne demande ni amour ni sexe ; juste un peu de convivialité pendant quelques années et un passeport au bout du compte !*

Dans la foulée, Justine avait créé une page Facebook privée, totalement pour rire, nommée « *Qui veut épousé mon frère ?* » (la grammaire de Justine, malgré deux ans d'études intenses du français, était occasionnellement imparfaite), et elle l'avait partagée avec tous ses contacts francophones.

Dont Cannelle Fichin ; parce que, alors OK je vous explique, Cannelle était devenue l'amie Facebook de Justine par hasard, l'ayant rencontrée lors de son année en Erasmus à Lyon où Justine travaillait dans un bar place Bellecour, le *Gustave Doré*, et où travaillait aussi une jeune étudiante en art nommée Victoire, qui avait entraîné Justine à une fête dans un bel appartement du Vieux Lyon chez un autre ami à elle, Artus, lequel avait une sœur – Cannelle elle-même –, que Justine avait donc croisée à cette fête et à laquelle elle avait envoyé une demande d'amitié virtuelle plus tard, pour la seule raison que Cannelle, au détour d'une conversation, avait dit avoir bossé dans l'équipe de comm' de Comptoir des Cotonniers, et Justine aurait bien aimé faire un stage là-bas, or justement elle, Cannelle donc, avait encore le nom de la gérante de la branche lyonnaise qui était un super contact, sauf qu'elle ne s'en souvenait plus le soir de la fête vu qu'elle avait un peu bu, du coup elle avait dit à Justine de l'ajouter en amie pour qu'elle puisse le lui donner le lendemain, ce qu'elle avait fait, et d'ailleurs grâce à ça Justine avait obtenu un stage de deux mois chez Comptoir des Cotonniers, sauf qu'en fin de compte ça ne se goupillait pas bien avec un voyage au Monténégro qu'elle avait prévu depuis longtemps, donc au final le stage ne s'était pas fait.

'Clair ou pas clair ?' demanda Cannelle, attentive à son auditoire.

'Clair', assura Marguerite, pendant que Pierre Kamenev, grattant du regard le plafond du train comme un animal griffe le toit de sa cage, finissait la petite bouteille de Merlot.

Résultat, deux ans plus tard, Cannelle, qui avait donc été ajoutée genre limite par accident aux amis Facebook de Justine – vous avez vu je vous avais dit c'est fou cette histoire – fut invitée sur la page « Qui veut épousé mon frère ? ».

Sur cette page s'étalait un jovial message en français, que Cannelle put soumettre en intégralité à Marguerite et Kamenev, ayant fait de multiples captures d'écran à l'époque, « pour la postérité » :

Ami·e·s britanniques ! La tragédie du Brexit a frappée nos vies, et nous serons bientôt déprivés de nos passeports Européens. Mais dans ce monde qui ne fait pas de sens, nous nous identifions à une jeunesse cosmopolitaine internationale et nous ne voulons pas perdre le privilège de travailler et vivre dans un autre pays Européen. Nous voulons un passeport Européen !

« Nous », c'est Justine et Matt Dodgson, 20 ans. Nous sommes des gens cool de Londres qui font des études à Leeds et à UCL. Sur cette page Facebook nous implorons aux Français et Françaises qu'ils veulent bien nous épouser !

Selon la loi française, si nous vivons 5 ans ensemble en Grande-Bretagne une fois que nous sommes mariés, le conjoint britannique serait capable d'obtenir la nationalité française, « moyennant l'obtention d'un test de langue ».

Nous sommes déjà assez forts en langue pour moyenner l'obtention de ce test !

Nous offrons à toutes personnes intéressées de venir vivre et travailler 5 ans en Grande-Bretagne, de partager notre logement avec elles, et tous les frais de mariage. Et ensuite, de divorcer quand la nationalité française est obtenue – et la britannique de votre côté si vous voulez !

On demande pas d'amour ou de sexe ! Juste un bon copain ou une bonne copine pour partager du temps bon ensemble pendant 5 ans, et ensuite rester amis.

Un coloc with benefits... of a kind !

Merci !

★

Cannelle, découvrant cela, avait d'abord ri, puis souri, et puis elle s'était attendrie.

Elle s'était rappelé qu'elle avait, elle-même, maintes fois envisagé de partir vivre en Grande-Bretagne, de travailler là-bas, refroidie seulement par la perspective de n'y connaître personne, de devoir affronter seule l'ardente vie londonienne...

Alors elle avait pensé, un peu inexplicablement : *Et pourquoi pas ?*
Alors elle avait liké.
Puis changé le like en love.

★

'Et donc, comme j'étais là depuis le tout début de l'histoire, j'ai vu l'idée naître, et grandir, grandir, grandir !'

Car elle avait grandi. D'une petite page Facebook entre potes pour rigoler, on était passé à une page plus ambitieuse, pour rigoler encore un peu plus, nommée *Brexit Romance* parce que c'était rigolo comme nom. Sur *Brexit Romance*, on avait posté nombre de memes et gifs et caricatures sur le Brexit, et puis d'articles et de commentaires et d'opinions, et tout cela faisait une jolie rémoulade de débats politico-socio-économico-sentimentaux.

Or au bout de quelque temps, le plus marrant, c'est qu'on n'était plus trop sûr de ce qui était pour rigoler ou pas.

'Genre moi j'étais là, mais qu'est-ce qu'il faudrait que je fasse exactement, pour sauver un Anglais de son île ? Juste signer un bout de papier, ou plus ?' reprit Cannelle...

... et il avait émergé que c'était un peu plus qu'une signature sur un bout de papier : comme Justine Dodgson l'avait expliqué, il fallait aussi *vraiment* vivre ensemble, cinq ans, sous le même toit. Il fallait mettre au point une histoire cohérente, inventer pour chaque couple la genèse de leur amour. Il fallait faire très bien semblant de s'aimer.

Et surtout, il fallait garder le secret.
'250 000 euros d'amende et dix ans d'emprisonnement!' récita Cannelle, doigt bague-théière en l'air. 'Ça rigole pas, l'organisation de mariages blancs!'
À ces mots, elle croisa le regard de Marguerite :
'Vous direz rien, on est d'accord?'
'Promis juré', lança Marguerite qui n'avait jamais été aussi fascinée de toute sa vie. 'Pierre, promettez!'
Pierre promit d'un haussement de sourcils, les lèvres au goulot d'une flasque de whisky qu'il avait sortie de sa poche.
Cannelle dut estimer que le risque était faible, ou la promesse convaincante, car elle continua l'histoire. Au fil des mois, expliqua-t-elle, de plus en plus de gens s'étaient montrés de plus en plus intrigués, de plus en plus de likes avaient ponctué des statuts de plus en plus insistants, de plus en plus de cœurs étaient venus poinçonner les publications de plus en plus peu sérieuses.
De plus en plus de *pourquoi pas?* étaient venus contrebalancer les *n'importe quoi*.
C'est alors que Justine Dodgson avait créé une autre page.
'Une troisième, donc!' insista Cannelle, pour que ses interlocuteurs prennent bien conscience de la magnitude de l'arbre généalogique qui avait mené de *Qui veut épousé mon frère* à *Brexit Romance*, puis à *Mariage Pluvieux*.
Cette troisième page s'appelait donc *Mariage Pluvieux*, et elle était en mode Public. Son nom complet était :

« *Mariage Pluvieux*, Spécialistes en Facilitation des Mariages Franco-Britanniques Sur le Sol Britannique : Conseil Légal, Organisation de la Cérémonie, Conseil Matrimonial Transculturel et Soutien Linguistique. »

Mariage Pluvieux était la start-up officielle : la façade de *Brexit Romance*, parce que vous comprenez, *Brexit Romance* ne pouvait clairement pas exister publiquement, vu comment c'était illégal et tout, alors *Mariage Pluvieux* servait à faire croire que c'était une entreprise tout ce qu'il y a de plus normal.

'Donc, là-dessus, Justine a déclaré officiellement *Mariage Pluvieux* comme une start-up de conseil, alors qu'en fait, elle matche des Français à des Britanniques pour les faire se marier, vivre heureux pendant cinq ans et avoir plein de petits passeports ! Vous suivez ?'

Ils suivaient, du moins Marguerite suivait, comme on suit du regard un papillon très agité.

'Et du coup, Justine gagne de l'argent en mettant ces gens-là en contact, parce qu'ils devront s'engager à utiliser les services de *Mariage Pluvieux* pour organiser leur mariage, avec une assistance légale et linguistique comprise, et des partenaires choisis qui versent à Justine un pourcentage des bénéfices. Malin, non ?'

Elle envoya à ses interlocuteurs un clin d'œil d'une intensité toute cinématographique.

'Elle a l'air incroyable, cette Justine Dodgson', opina rêveusement Marguerite.

Et comme le train soudain se frayait un chemin entre de hauts bâtiments en briques, ralentissant à l'approche de la gare de St-Pancras, Cannelle dut escamoter le récit de tout ce qui s'était passé depuis l'année dernière – des rencontres, des préparatifs, des fous rires et des paperasses...

'Mais donc bref, pour faire court', dit-elle en dégageant de l'étagère à bagages un petit sac à dos scandinave rose framboise à tête de renard, 'pour faire court, donc', et le train freinait dans un crissement de fraise de dentiste, 'pour faire court, je vais me marier avec le frère jumeau de Justine, Matt Dodgson, en décembre cette année.'

Et comme Marguerite et Kamenev, ébahis, la fixaient sans mot dire, Cannelle ajouta :

'Et vous, alors, un petit mariage Brexit, ça vous dirait pas ?'

2

Ce samedi-là, comme tous les jours de ses vacances universitaires, Justine Dodgson travaillait du matin au soir sur dix choses à la fois.

À côté d'elle se trouvait son frère Matt, et tous deux avaient adopté leur position de travail habituelle : assis en tailleur sur un tapis en laine bouillie, tenant chacun son ordinateur portable en équilibre instable sur un genou, et buvant mug sur mug de thé vert. Entre eux s'ébattaient, miaulaient et se mordillaient douze ou treize chats et chatons dont le plus petit faisait à peu près la taille d'un pamplemousse.

'Pardon, je vais vous embêter !' dit au-dessus d'eux Niamh Hensley, qui slalomait entre les tables avec un petit plateau sur lequel elle avait calé deux chais lattés, un *bubble tea* vert olive, un espresso acide, une tranche de gâteau à la carotte à trois couches, et six coussinets de chamallow à la poire.

Niamh parvint à disposer toutes ces choses-là sur les diverses tables auxquelles elles étaient destinées, sans écraser un seul chaton. Matt observait appréciativement, comme chaque jour, cette chorégraphie à haut risque. Il avait le goût du travail bien fait, et aussi des robes fifties à pois rouges ultracintrées de Niamh Hensley.

Justine crissa des dents :

'Aouch !' fit-elle en anglais. 'J'ai des épingles et des aiguilles !', ce qui voulait dire des fourmis dans les jambes.

Elle étendit donc une jambe, heurtant, ce faisant, un mini-guéridon, qui renversa par terre une tasse en céramique fine comme un ongle – le fracas terrifia l'un des chats, qui alla se percher sur le clavier de l'ordinateur de Justine.

'Argh, vire de là !' s'écria Justine en poussant l'animal.
Elle retira son casque, observa l'étendue des dégâts.
'Bordel, je suis trop désolée, Matt. Il a liké une photo de Laura.'
Matt, horrifié, ne put que constater que le félin avait en effet apposé, non seulement un like, mais un like-rigolard, depuis le compte Facebook de sa sœur, sur un selfie de son ex en vacances au Brésil.
'Tu soûles ! Pourquoi t'es encore amie avec elle ?' rouspéta-t-il.
'Elle poste des cools photos de meubles qu'elle retape', expliqua Justine.
'*Fair enough*', dit Matt, ce qui en anglais signifie *OK, normal, je comprends, mais quand même, enfin d'accord, peut-être, bon, vu comme ça.*
Justine changea le like-rigolard en like normal, car l'annuler entièrement aurait sans doute attiré l'attention de Laura, et relativisa :
'Ça aurait pu être pire si c'était tombé sur un autre onglet.'
Elle en avait huit d'ouverts, ainsi que trois messages en cours de rédaction sur Gmail, et deux conversations sur Messenger, dont une était professionnelle, et l'autre peut-être en train de le devenir.
Les jumeaux n'étaient pas les seuls à travailler quotidiennement au milieu de félins gaffeurs et de porcelaine contondante. Au *Kuriosity Killed the Kat*, leur café à chats local, une bonne vingtaine de personnes de leur âge avaient désormais leurs habitudes ; et le duo Dodgson se lamentait d'ailleurs de cette évolution, parce qu'il leur semblait que c'était eux qui avaient découvert le *Kuriosity*, quand il avait ouvert, six ou sept mois auparavant ; à l'époque, ils étaient quasiment les seuls, et Niamh se montrait très attentive à leur égard, ils avaient leur petite table en mosaïque à côté de deux prises, et le code wifi était encore absurde, avec plein de chiffres ; alors que maintenant, il fallait arriver au plus tard à 9 h 45 pour trouver, non pas une banquette ou un pouf ou un

tabouret mais juste un petit bout de tapis de libre, et le code était devenu simplement 'Meow!', et trop de gens apportaient trop d'écrans… et en somme, le *Kuriosity*, ce n'était plus ce que c'était. On n'y travaillait plus à son aise.

Et puis, bougonnait intérieurement Matt, Niamh ne faisait plus du tout assez attention à lui.

Après une gorgée de thé, Justine revint à ses conversations. Elle bavardait avec deux Français dans leur langue, exercice fréquent depuis la création de *Brexit Romance* ; ses doigts sur le clavier crépitaient presque au même rythme que lorsqu'elle écrivait en anglais. Un message apparut sur l'écran.

Mais si jms la police vérifie ?? t'imagine si ils viennent contrôler et ils voient que c arrangé.

Justine leva les yeux au ciel, et patiemment se mit à expliquer, dans son français le plus formel, que

tous nos marriages arrangés sont dans un scrupuleux respect des procédures, et les couples doivent soumettre à des interrogations pour être coachés en cas où la police vient leur poser des questions.

Quel genre de questions ?

Des questions sur, par exemple, quel côté du lit l'autre personne dorme, ou quel est le nom de ses parents.

Et pour ça, vous nous donnez les réponses ?

On prévoit tous ensembles des réponses, afin que tout est comme dans une vraie relation de couple amoureuse.

Il y eut un silence en forme de blocs de texte immobiles. Puis les blocs coulissèrent à nouveau vers le haut :

Alors c pas illégal ???
s'enquit le Français.

Ce n'est pas proprement parler légal, mais ce n'est pas tout à fait exactement illégal.

C bien une réponse d'anglais ça lol !
dit le Français.

En dépit de ses hésitations, ce Français-là était, dans l'ensemble, plutôt convaincu déjà. Il projetait de s'installer à Manchester pour fonder un groupe de musique, garantie de revenus minuscules et irréguliers, et il lui serait donc fort utile de solidifier par le mariage cette existence bohème post-Brexit. Qu'il souhaitât aller à Manchester était particulièrement pratique pour Justine : il lui manquait justement des gens désireux de s'installer dans le nord de la Grande-Bretagne. La plupart des Français, lui semblait-il, vivaient dans l'ignorance totale des quelques centaines de kilomètres de territoire au nord de Londres.

Elle espérait caser celui-là avec une Mancunienne de vingt-sept ans qui avait été l'une des toutes premières femmes à implorer *Brexit Romance* de lui trouver un mari européen.

Je crois que j'ai quelqu'un qui t'aille, subjonctiva approximativement Justine, et elle mit un smiley qui clignait de l'œil.

Qui taille quoi ?
répondit le Français en renchérissant avec deux smileys-clin-d'œil.

Justine ne comprit pas l'intéressante plaisanterie. *Je te reviens vers toi bientôt*, lui dit-elle, et punaisa quelques *xx* affectueux à cette conversation, avant de la fermer pour se consacrer à l'autre.

L'autre était un cas compliqué : le jeune homme était romantique comme tout, et il venait d'atteindre en quelques phrases à peine ce que Justine considérait comme le point Godwin de ces conversations : l'amour.

Mais si jamais on n'est pas amoureux de la personne ?

Justine remua la main droite, faisant craquer toutes ses phalanges, sur lesquelles étaient tatouées quelques petites graines de pissenlit comme arrachées par le vent à une fleur nichée au creux de son poignet.

Être amoureux n'est pas la peine, répondit-elle rapidement. *En fait, c'est même déconseillé, afin que les choses ne sont pas trop compliquées dans quelque années. Car lorsque votre époux ou épouse obtenira la nationalité française, il voudra sans doute divorcer, et alors vous resterez avec un cœur cassé.*

À ceci elle ajouta une icône de cœur brisé, un smiley un peu triste, et puis un smiley très triste, afin d'appuyer ses propos. Elle se voulait pédagogue, ayant appris ces derniers mois qu'il n'était apparemment pas très naturel, du côté français de sa clientèle, de se voir recommander de ne pas tomber amoureux.

Mais si jamais on tombe amoureux quand même ? insista celui-là.

Justine poussa un audible soupir et passa la main dans son carré de cheveux auburn.

'Faudrait que je programme un bot pour répondre à leurs *Mais si jamais on tombe amoureux quand même*', murmura-t-elle à son frère.

Cependant elle écrivit avec application :

> *C'est bien sûr possible, si on ne fait pas attention, mais nous déclinons notre responsabilité pour cette situation. C'est votre problème à s'occuper.*

Trois petits points en suspension tressautant pendant plus de quatre secondes indiquèrent que le Français composait sa réponse avec hésitation. La patience de Justine vacillait, à l'image de la petite plume violette accrochée à son cou au bout d'une fine chaîne dorée, qui fascinait l'un des chatons nommé Krispie. (Tous les chats au *Kuriosity* avaient des noms commençant par un K.)

Elle décida qu'elle ne comptait pas gâcher les quatre prochaines secondes de sa vie à attendre, aussi bascula-t-elle sur un autre onglet, où elle venait de recevoir un nouvel email.

'Tiens', dit-elle à son frère, 'j'ai un email de Wool You Marry Me. C'est une start-up qui organise des mariages avec des lamas.'

'Des mariages avec des lamas ?' répéta son frère. 'Ça va pas marcher, pour la nationalité.'

'Très drôle', grimaça Justine. 'Tu peux louer des lamas pour faire des photos avec les mariés.'

'C'est un peu *niche*', dit Matt – ce qui voulait dire *exclusif, spécifique, particulier, bizarre, idiosyncrasique et limité mais plutôt cool.*

'Tout notre marché est un peu *niche*', rétorqua sa sœur. 'Tout ce qui est important est *niche*, aujourd'hui.'

Elle consulta le message de Wool You Marry Me, rédigé dans un anglais urbain et enthousiaste :

> *Chère Justine, nous avons entendu parler de Mariage Pluvieux et serions très intéressés d'être l'un de vos partenaires de choix ! Le lama n'est endémique ni à la France ni à la Grande-Bretagne mais c'est juste un animal tellement câlin ! Tout le monde craque et c'est l'invité surprise le plus adorable de tous les mariages.*

En pièce jointe, tout un diaporama de photos de lamas fâchés aux côtés d'époux ravis.
Justine répondit distraitement :

Cher Sean, merci tellement pour votre message ! On serait ravis de vous ajouter à notre liste de partenaires. C'est trop adorable, ces lamas. Tellement touffus ! J'aimerais bien avoir un business model où je m'occupe de lamas ! #jalouse
Votre start-up est juste dingue !

'C'est dans la poche pour les lamas', dit-elle à son frère d'un ton las. 'Bon, j'y vais : j'ai des rendez-vous tout l'après-midi. Qui a dit que c'étaient les vacances ?'

'Pas de repos pour les damnés', murmura son frère dont les doigts semblaient jouer à Twister, opérant un audacieux raccourci clavier sur Photoshop.

'T'oublies pas que ta fiancée arrive à la gare dans trente-cinq minutes ?' demanda Justine.

Matt nota du coin de l'œil que Niamh Hensley s'était retournée vers lui, comme… interpellée à l'idée qu'il eût une *fiancée* ?

'J'oublie pas', dit Matt avec un sourire irrépressible.

'À tout' !' dit Justine, ayant terminé de s'enrouler le cou douze fois dans une écharpe arc-en-ciel gigantesque.

'Et toi non plus, t'oublies pas ?' lui cria son frère alors qu'elle allait sortir du *Kuriosity*.

'J'oublie pas quoi ?'

'De te trouver quelqu'un ! Histoire que je sois pas le seul à me caser. Je compte bien me marier en même temps que ma sœur adorée. Hashtag bonheur, hashtag émotion.'

'Mon chéri', dit Justine avant de pousser la porte de verre, 'moi, je dirige les opérations.'

★

D'abord elle avait rendez-vous avec une amie d'amie, spécialiste du droit de l'immigration français, au-dessus d'un Frappuccino vanille à Hampstead Heath.

Cette avocate, prénommée Rhonda, assisterait les couples de *Brexit Romance* au moment de l'union ; paperasse, précautions juridiques permettant que la nationalité française soit obtenue dans les plus brefs délais, obtention d'un permis de séjour sur le sol anglais du ou de la conjoint·e français·e…

Tout cela ne pouvait se faire, bien sûr, que si Rhonda était – officiellement – ignorante du fait qu'aucun de ces couples ne s'aimait véritablement d'un amour authentique.

'Aucune correspondance ne sera échangée avec vous à ce sujet', affirma Justine.

L'usage de la voix passive garantissait, au-delà de tout doute raisonnable, la validité de cette promesse.

'Vous encryptez toutes vos informations ?'

'Toutes les conversations sérieuses se passent sur Telegram, WhatsApp, Messenger ou en tête à tête. Et j'ai installé un logiciel d'effacement de données à distance.'

Rhonda émit un petit sifflement.

'Vous avez l'air de vous y connaître.'

'Pas du tout. J'ai crowdsourcé le problème sur Facebook.'

'*Fair enough.*'

Cette Rhonda avait mis Justine en contact avec une notaire, prénommée Clarissa, spécialiste du droit des divorcés ; Justine prit donc un métro pour Elephant and Castle où elle alla rencontrer ladite Clarissa au-dessus d'un jus de pamplemousse aux pétales de rose.

'Parce que, vous comprenez', expliqua Justine, 'à partir du moment où la nationalité sera obtenue, il faudra bien un jour que ces couples divorcent, dans la joie et la bonne humeur.'

'Bien sûr', dit Clarissa. 'Et pacifiquement, dans le souci de préserver une cordiale entente entre les anciens conjoints et, par extension, leurs deux pays.'

'Vive l'Europe', dit Justine distraitement.

'Fuck le Brexit', répondit Clarissa machinalement.

Clarissa donna à Justine de précieux conseils. Il s'agissait de bétonner l'union de tous les couples de *Brexit Romance*, à la fois côté français et côté britannique, pour s'assurer que ni l'un ni l'autre ne pourrait, pour cause d'accident de clause, s'évader avec toute l'argenterie de la belle-famille. De plus, il fallait garder des comptes très clairs, afin d'éviter les embrouilles au moment du divorce.

'Chaque conjoint doit préserver des traces écrites de ce qu'il a dépensé pour les charges communes.'

'Mes clients ne sont pas forcément super forts en maths', prévint Justine. 'C'est surtout des artistes et des gens un peu bohèmes, pour l'instant.'

'Vous voulez être organisatrice de mariages blancs, oui ou non ? Alors un peu de rigueur. Je vous enverrai un logiciel de gestion-comptabilité à télécharger.'

Justine frémit, pour exprimer toute la répulsion que ces mots lui inspiraient.

'Quoi d'autre… Ah, oui : et si, au moment du divorce, il y a des enfants ?'

'Des *enfants* !' s'horrifia Justine. 'Dieu nous en garde !'

'Le mariage ne sera donc pas consommé ?'

'Surtout pas avec la personne qu'ils ont épousée.'

Ensuite, Justine zippa à travers la ville pour rejoindre, à Barbican, une certaine Emily-Rose qui avait cofondé une start-up d'organisation de mariages nommée Something Borrowed Something Blue. C'était Clarissa qui avait mis Justine en contact avec Emily-Rose (Emily-Rose avait organisé le mariage de sa nièce et ça s'était passé super bien).

Justine et Emily-Rose, partageant une théière de darjeeling, discutèrent des possibilités d'entente entre leurs deux organisations.

'SBSB', expliqua Emily-Rose, 'souffre d'un problème de visibilité dans un marché saturé.'

(Ils n'avaient pas assez de clients.)

'Les gens se marient peu ?' hasarda Justine.

'Au contraire, les gens se marient beaucoup et souvent. Le problème, c'est que soit ils font ça avec un porcelet qui tourne sur une rôtissoire dans un champ et des couverts en plastique, soit ils font appel à des sociétés ultra-luxe. Dans la gamme medium, on est nombreux et on n'a pas assez de demandes. Parce que finalement, personne ne veut un mariage medium.'

'Nous, c'est exactement ce qu'on veut !' dit Justine. 'Un mariage clefs en main, standard de chez standard, avec juste assez de trucs pour faire croire à une jolie union.'

'Les conditions ?'

'Vous seriez notre partenaire principal pour le traiteur, la décoration et la location des lieux. En tant qu'apporteuse d'affaires, je veux vingt-cinq pour cent des bénéfices.'

'Aïe. Justine, vingt-cinq pour cent...'

'C'est le prix d'un agent.'

'Il va falloir qu'on s'assure de la viabilité du projet. On part sur combien de couples par an ?'

'Rien que l'année prochaine, six couples, et on débute à peine.'

Justine exagérait. Elle avait un couple certain – Matt et Cannelle –, les cinq autres ayant seulement signalé un intérêt.

Emily-Rose mâchonna son stylo Totoro super kawaii. Six couples, même hypothétiques, ce n'était pas rien pour une petite structure comme SBSB.

'Leur pouvoir d'achat ?'

Justine heurta la tasse de porcelaine contre ses petites incisives.

'Pas mauvais pour de jeunes actifs.'

'Concrètement, on est à un budget de combien ?'

'Je dirais 15 000.'

Elle mentait à travers ses dents. Les couples qu'elle avait en attente arrivaient à peine à payer leur loyer.

Emily-Rose dressa un sourcil.

'Vingt pour cent.'

'Vingt-deux pour cent la première année', riposta Justine, 'avec augmentation échelonnée de vingt-trois à vingt-cinq les années suivantes si l'apport d'affaires se chiffre au-delà de dix, douze et quinze couples.'

Emily-Rose fronça les sourcils.

'Je propose à Kelly et on en reparle.'

Kelly était l'autre cofondatrice de SBSB. Elle tenait un blog de maman entrepreneur, *The Mumpreneur Chronicles*, qui avait un certain succès.

'Appelez Kelly maintenant, on a le temps.'

'On est samedi, c'est sa journée off.'

'Comme vous voulez. Je dois y aller, j'ai rendez-vous avec une autre start-up, pour voir ce qu'ils pensent de ma proposition...'

'Bon, attendez, j'appelle Kelly.'

Emily-Rose appela son associée, et quelques minutes plus tard le deal était en cours de signature.

'En revanche, Justine, vous me garantissez que Something Borrowed Something Blue n'aura aucune occasion de connaître le statut sentimental des couples qui font appel à ses services, on est d'accord ?'

'Aucune. Pas un email ne sera échangé concernant leur amour, ou manque de.'

'Le nom de *Brexit Romance* n'apparaîtra dans aucune correspondance.'

'Non. C'est juste le petit nom qu'on lui donne entre nous. Notre nom officiel, c'est *Mariage Pluvieux*.'

'Donc, théoriquement, vous pourriez être sollicités par des couples franco-britanniques normaux.'

'Normaux ?'

'Amoureux.'

'Ah', dit Justine, réfléchissant. 'Je ne sais pas si « normal » est le bon terme.'

Mais théoriquement, en effet, *Mariage Pluvieux* pouvait être mis à contribution par des couples franco-britanniques animés d'un vibrant amour mutuel. Et de fait, Justine connaissait quelques-uns de ces couples binationaux, qui parvenaient à supporter, côté français, la timidité maladive, côté britannique, le tempérament invraisemblablement confrontationnel, de la personne qu'ils aimaient.

Cependant, *Mariage Pluvieux* ne ferait guère de publicité au sein de cette improbable communauté. Justine concentrait ses efforts sur les couples sérieux – ceux qui avaient une perspective de carrière matrimoniale avec un objectif clair : le décrochage d'un passeport.

Sans oublier les objectifs secondaires et néanmoins importants.

'C'est-à-dire ?'

'La mise en place d'un monde meilleur, sans barrières ni frontières, et un gros *fuck you* au gouvernement et aux abrutis qui ont voté Brexit !'

Voilà. Il était là, leur cœur de cible.

'Ah', s'effraya un peu Emily-Rose. 'Mais dites, ils voudront quand même des petites cartes embossées de dorures pour mettre sur les assiettes ?'

Justine l'assura qu'ils en voudraient quand même.

Elle fila ensuite à Brixton rencontrer une jeune développeuse prénommée Siân, qui avait terminé la version beta d'une application *Brexit Romance* secrète pour smartphones.

Au-dessus d'un triple smoothie coco-goyave-graines de chia germées (pour Siân) et d'un jus de cerise (pour Justine), l'appli s'ouvrit sur un écran de Samsung Galaxy. Après une page d'accueil où deux petits drapeaux français et britannique anthropomorphiques faisaient s'engager l'utilisateur·trice de l'application à n'en rien dire à personne qui ne fût pas déjà acquis·e à la cause, on se voyait octroyer l'accès.

On spécifiait d'abord si l'on cherchait :
• un homme • une femme • don't mind / peu importe

Puis on révélait beaucoup d'autres choses, par exemple :
• Tes parents sont-ils des chieurs ? (c'était la version française ; la version anglaise disait 'Dans quelle mesure tes parents sont-ils un agacement ?') : *pas du tout/ un peu / beaucoup*
• Frères et sœurs : combien ? indiquer degré de chiantise : *pas du tout/ un peu / beaucoup*
• As-tu des enfants d'une précédente union ?
• Si oui, indiquer le degré de chiantise de l'autre parent : *pas du tout/ un peu / beaucoup*
• Et des enfants eux-mêmes : *pas du tout/ un peu / beaucoup*
Il fallait s'exprimer sur ses convictions religieuses :
• Serais-tu hostile à l'idée de te marier à l'église ?
Et politiques :
• Faudra-t-il que ton/ta fiancé·e vote de la même couleur que toi ?
Considérations économiques ensuite :
• Si tu as un salaire, l'indiquer ici (optionnel mais recommandé)
• Souhaites-tu vivre en GB ou en France les 5 premières années du mariage ?
• As-tu des projets de carrière dans un autre pays, à moyen ou long terme ?
Suite à quoi l'on signifiait, en cliquant sur l'icône d'une alliance de mariage, que l'on garantissait de garder confidentiel le projet de *Brexit Romance*, et que l'on acceptait qu'il ne s'agissait pas d'une application visant à unir sentimentalement ou sexuellement les êtres. Pour cela, aller voir Tinder ou Adopte un Mec, merci. Ici c'était *marriage only*.
• Et si, pour finir, tu trouvais quelqu'un par l'entremise de la société, serais-tu prêt·e :
• à passer cinq ans sous le même toit que l'autre personne, dans le pays de votre choix ?
• à remplir tous les formulaires administratifs nécessaires ?

- à mettre au point, et à apprendre par cœur, toute l'histoire de votre relation ?
- à répondre à d'éventuels interrogatoires serrés de la police de l'immigration ?
- à mentir à ton pays et à celui d'une autre personne ?

Chaque case cochée se transformait alternativement en petit gif de tour Eiffel et de Big Ben, souriant et gigotant de bonheur.

Enfin on arrivait au bout :

Veuillez prouver que vous n'êtes pas un robot.

Alors un portail s'ouvrait, sur les jolis profils de jeunes Britanniques et Français·es attendant l'âme sœur.

Cette plate-forme, Siân l'avait peuplée d'une dizaine de profils-types. Justine la parcourait avidement des yeux, comme un investisseur regarde, sur le terrain qu'il a acheté, les prometteuses maisons-témoins de son parc immobilier. Les photos provenaient de banques d'images : on y voyait des jeunes gens souriants, beaux, avec de gentils petits défauts. Des jeunes gens que l'on pouvait facilement imaginer créatifs, entreprenants, et animés d'une europhilie inextinguible.

On pouvait swiper à gauche, à droite, ou ne pas se prononcer.

'Et là, tu vois, quand ça dit : « *It's a match !* »', expliqua Siân, 'les gens peuvent se parler par messagerie interposée – et toi, tu es immédiatement alertée.'

'J'ai accès aux messages qu'ils s'échangeront ?' demanda Justine.

'Bien sûr. Tu seras automatiquement inscrite comme troisième interlocutrice de la conversation.'

'Très bien', murmura Justine. 'Il faudra surtout les cadrer depuis le début. « *Ceci n'est pas un site de rencontres* ».'

'On pourrait le mettre en fond d'écran, si tu veux', dit Siân. '« *Ceci n'est pas un site de rencontres* ».'

'Bonne idée', dit Justine, juste avant de se mordre la lèvre.
'Mais tu crois qu'ils prendront ça au sérieux ? Si ça se trouve, ils penseront que c'est de l'ironie...'
'Ah, c'est vrai', médita Siân. 'Parce que dans les faits, c'est un site de rencontres. Sauf que c'est pas un site de *rencontres*.'
'Exactement. Il y en a qui ont du mal avec ce genre de distinctions.'
'On peut utiliser une typo spéciale pour bien indiquer que ce n'est pas de l'ironie', dit Siân.
'Ah oui ? C'est possible ?'
'Tout est possible avec la bonne typo.'

★

Après tout cela, Justine se rendit à Covent Garden, où elle travaillait chaque jour des vacances dans un magasin de vêtements de la marque Joy.

Cet après-midi-là, elle était distraite dans ses accrochages, car elle gérait en même temps son Grand Problème du moment.

Son Grand Problème mesurait un mètre quatre-vingt-six. Il était blond, beau, vêtu généralement de velours côtelé et de cirés bruns ; il cerclait parfois ses yeux bleus de lunettes d'écaille, faisait de l'aviron, et entrait en troisième année de sciences politiques à Oxford.

Ce problème s'appelait Cosmo Carraway.

Cosmo Carraway souhaitait ardemment épouser quelqu'un via *Brexit Romance*, et c'était un client particulièrement intéressant pour la société embryonnaire ; cependant, il estimait que la start-up n'était pas, pour l'instant, à la hauteur de ses attentes.

Pour remettre les choses dans leur contexte, Cosmo estimait d'une façon générale que *rien* n'était jamais à la hauteur de ses attentes ; c'était là une conséquence naturelle de sa naissance. Cependant, Justine tenait à réussir le défi qu'il lui avait fixé.

Trouve-moi une épouse qui me convienne.
C'est-à-dire qui convînt à sa famille.
Je te fais confiance.
Ce n'était pas le type de client ordinaire de *Brexit Romance*.

Justine et Cosmo étaient depuis longtemps amis, de l'une de ces amitiés troublantes qui parviennent à s'accommoder d'une radicale différence de milieu social, d'une opposition de convictions politiques totale, et d'une hostilité fondamentale au style de vie de l'autre. Justine était *middle-class* : petite bourgeoisie à la ceinture serrée, mère lobbyiste, père prof de sciences, pouvoir d'achat limité par le choix de vivre à Londres. Cosmo… *not so* : aristocrate, de part en part.

Ils s'étaient rencontrés enfants, ayant partagé un cours de violon ; Cosmo au bout d'un mois était parti, pour s'adonner à un instrument plus noble, la viole de gambe ; Justine, au bout de deux mois, pour un instrument plus cool, la guitare électrique. Leur relation avait survécu à cette divergence musicale, et aux autres. Continuant de grandir, ils avaient continué de se voir, de se disputer, de se détester, de se rabibocher. Contre toute attente, leur amitié durait, discrètement, l'une comme l'autre confus de ne pas trop pouvoir s'expliquer comment cette relation anguleuse persistait, perçant transgressivement à travers les différences sociales.

Tout en habillant un mannequin en vitrine, une épingle dans la bouche, une jambe pliée sous elle, l'autre chevauchant une fausse bûche en plastique, Justine écrivait discrètement à Cosmo sur WhatsApp.

Alors t'en as pensé quoi ?

De quoi ?

Tu sais très bien de quoi.
De Colombe. Le courant est bien passé ?

'Excusez-moi, Mademoiselle ! Je me demandais s'il vous restait ce polo en taille M ?' lui demanda une cliente quadragénaire en lui montrant le modèle que Justine venait de passer vingt minutes à ajuster sur le mannequin, l'ayant subséquemment épinglé, recouvert d'un cardigan boutonné, puis d'une veste en jean, puis accessoirisé d'une écharpe.

Il se trouvait que c'était le dernier modèle qu'ils avaient en M. Justine n'avait strictement aucune intention de le désincarcérer du mannequin.

'Malheureusement, on ne l'a plus du tout en M, j'en ai peur', zozota-t-elle à travers son épingle, qu'elle retira de sa bouche pour agrafer la veste derrière de façon à ce qu'elle semblât plus ajustée.

Son portable lui faisait des clins d'œil tout verts, signe que Cosmo Carraway lui avait répondu.

'Il me semblait pourtant', insista la dame, 'que celui que vous venez de mettre sur le mannequin était un M, mais j'ai dû me tromper'.

'J'ai bien peur que ce ne soit pas le cas', dit Justine, qui voyait encore par persistance rétinienne le petit M de l'étiquette danser dans son champ de vision. 'C'est un S.'

'Je comprends, c'est bien dommage. À tout hasard, néanmoins, est-ce que cela vous ennuierait terriblement de vérifier ?' demanda la dame.

'Mais pas du tout', dit Justine qui avait plutôt envie de percer les yeux de cette dame, de manière répétée, avec l'épingle qu'elle avait encore dans la bouche.

'Surtout, si cela vous ennuie, ne vous inquiétez pas, ce n'est absolument pas grave : je ne voudrais pas être gênante.'

'Vous n'êtes pas du tout gênante', dit Justine, emplie d'une haine inénarrable.

En se relevant, elle appuya une fraction de seconde sur le bouton de son téléphone, dont l'écran lui dévoila les mots

Pas du tout le genre que je cherche désolé

et elle pesta en silence contre ce Carraway et ses spécifications ridicules, et contre cette cliente qu'une absurde envie d'un polo de taille M avait menée ce jour-là en ces lieux.

Elle pela consciencieusement le mannequin.

'Incroyable !' s'écria-t-elle en découvrant l'inévitable lettre. 'Je suis tellement désolée, c'est bien un M ; je vous prie d'accepter toutes mes excuses, je ne sais pas où j'avais la tête.'

'Surtout, ne vous inquiétez pas : ce doit être la chaleur', répondit la dame.
'C'est vrai qu'il fait horriblement chaud', dit Justine.
'Je suis sortie de chez moi ce matin et j'ai pensé que j'étais vraiment habillée de manière inappropriée pour la température', raconta la dame.
'On est toujours rageuse envers soi-même, l'après-midi, d'avoir mis des vêtements trop chauds le matin'.
Elles se contèrent d'autres plaisanteries de ce type tandis que Justine désépinglait le vêtement, puis la dame partit vers les cabines, et Justine, camouflant son petit corps derrière le mannequin nu, consulta les messages de son Grand Problème.

C'est juste impossible en l'état, disait Cosmo Carraway.
Tu ne me trouves que des filles qui ne correspondent pas du tout ! Si on veut que ça passe, il nous faut quelqu'un qui puisse légitimement devenir une Carraway. Tu vois exactement ce que je veux dire.

Justine leva les yeux au ciel.
Cosmo, sérieusement, Colombe était exactement ton style.

Tu rigoles ? Elle a passé toute la soirée à me raconter sa passion pour Macron.

Tu préférerais une grosse facho ?

Tu sais très bien que ça ne serait pas un problème.

C'est n'importe quoi, dit Justine.
Je fais pas agence matrimoniale politique.

Si tu n'y mets pas du tien, ça ne marchera pas.

Justine se crispa.
Il fallait que cela marche. Il y avait de l'argent en jeu, beaucoup d'argent – un mariage, même en toc, de Cosmo Carraway,

irait facilement tutoyer la centaine de milliers de livres sterling. Sans parler de l'accès potentiel à d'autres jeunes nobliaux de son espèce, peut-être eux aussi tentés de contracter des unions arrangées avec des continentaux.

Et puis, il y avait encore d'autres choses en jeu pour Justine. Sa fierté. Le goût du travail bien fait. L'ironie savoureuse à l'idée d'organiser un mariage de convenance dans la très haute société. Mais aussi : une véritable envie d'aider Cosmo.

Écoute, je peux regarder, mais j'ai juste pas beaucoup de contacts de ce genre-là.

Oui, c'est sûr que tes contacts, c'est assez niche.

Justine laissa échapper un grognement audible. Les contacts de tout le monde sont assez niche, pensa-t-elle. Montre-moi quelqu'un qui n'a pas de contacts assez niche !

Je te demande même pas qu'elle soit riche, Justine.
Je te demande même pas qu'elle ait des opinions politiques.
En fait je préférerais qu'elle n'en ait pas.
C'est une question D'ALLURE, ma chère.
Il faut que ça passe avec Papa. Pas de scandale.

Justine fit une mine dégoûtée en pensant à la personne qu'il appelait *Papa*.

Et bien sûr, il faut que j'arrive à vivre 5 ans à ses côtés
Tu me connais…
Trouve-moi la perle rare à côté de qui j'accepterais de vivre 5 ans sans m'exploser la tempe au fusil de chasse.

OK OK je vois, je vois.
Je vais voir ce que je peux faire.

OK. Sinon tant pis, je trouverai tout seul.

Non, non, non ! Il ne fallait pas qu'il trouve tout seul.

Je trouv-

'Excusez-moi, Mademoiselle, mais j'aurais voulu savoir, à tout hasard, si je pouvais payer.'
'Bien sûr, je suis vraiment désolée, je vérifiais les stocks', dit Justine, éteignant son portable – pas assez vite pour soustraire au regard de la dame au polo la fantomatique arrivée, sur l'écran, d'un Snapchat de son frère aîné Tommy.
Le mannequin était toujours tout nu. Le manager, Boris, lança à Justine au passage vers la caisse :
'Dis donc, il va prendre froid.'
'Il fait 25 degrés', répliqua Justine, 'on meurt tous de chaud.'
'C'est surtout ta page Facebook qui meurt de chaud', dit Boris.
'Il y a une bonne ambiance, ici !' dit la dame. 'C'est tellement agréable de travailler dans un environnement amical, n'est-ce pas ?'
'Donc, le polo vous a plu ?' demanda-répondit Justine.
'Je dois avouer qu'à mon grand regret, il était un peu de ce genre de style qui ne me va pas tout à fait. Mais j'ai trouvé une jolie écharpe à la place', dit la dame.
'Ah ! C'est beau, n'est-ce pas, cette couleur prune ?' envoya Justine tout en imaginant avec délices le lent étranglement de la dame à l'aide de ladite écharpe.
Cosmo Carraway venait de lui répondre ; elle l'avait senti lui chatouiller la fesse droite dans la poche de son jean.
'Il faut toujours prévoir une petite écharpe, même par de telles chaleurs', dit la dame.
'Oui : on va dans le jardin d'un pub prendre une pinte avec des amis, pensant que le soleil va rester, et voilà qu'il disparaît et qu'il fait extrêmement froid d'un coup', récita Justine, les yeux fixes.
'C'est exactement ça !' rit la dame.
La fesse vibrante d'un autre message de Cosmo, Justine s'imagina cent choses –

*Ne t'embête plus, j'ai trouvé quelqu'un
qui offre le même service que vous,
Ne t'embête plus, j'ai trouvé à me caser
avec la fille d'un pasteur autrichien,
Ne t'embête plus, je ne veux plus
de passeport européen de toute façon.
Ne t'embête plus. C'est pas pour rien
que j'ai voté Brexit, après tout.*

Mais quand elle put enfin consulter son téléphone après le départ de la dame, ce fut pour découvrir la poésie d'un Cosmo un peu adouci :

*Mais sérieusement tu sais ça devrait pas être difficile
Je m'en fous qu'elle soit timide ou moche ou même super ennuyeuse
Je veux juste qu'elle n'ait dans son armoire AUCUN T-shirt
avec des motifs d'ananas dessus
(Ou des flamants roses, putain c'est quoi, ce truc avec
les flamants roses ?!)
Pas une meuf qui lit du Elizabeth Gilbert
Pas une meuf qui soit en licence d'études des médias
ou de gender studies
T'as pas une fille qui sorte de normale sup classique,
dans tes contacts ?
Une qui prépare l'école de Chartes ?
Une historienne, ça serait bien
Je veux juste le genre qui plaise à Papa
Le genre qui aime les musées tu vois
conservatrice
si t'as ça en rayon je prends, ça m'ira
Pas de scandale
ah oui et surtout
une qui tienne sa langue
c'est une si grande demande de nos jours ?
ça devrait pas être si difficile à trouver*

Pas si difficile à trouver… mais dans les rayons de quel magasin ? Celui-là n'était que motifs ananas, flamants roses, bouledogues et vélos.

Il y avait bien, par-ci par-là, une ou deux robes en coton sans motif, des T-shirts pâles, des pantalons droits à porter sur des ballerines noires. Il y avait bien de temps à autre une cliente qui venait acheter une écharpe prune.

À la limite, quelqu'un, de temps en temps, passait la porte, qui avait voté pour le Brexit.

Peut-être. C'était envisageable.

Mais Justine connaissait-elle *personnellement* quelqu'un qui appartienne à ce genre de clan ?

3

À quelques dizaines de mètres de là où travaillait Justine, l'opéra bourdonnait de préparatifs pour la grande représentation du soir.

Partout dans les coulisses du grand édifice de Covent Garden, de très jeunes musiciennes et musiciens de toute l'Europe se bousculaient, les unes accordant leurs instruments, les autres s'échauffant la voix, les uns transportant des boîtes à maquillage, les autres des costumes ou des éléments de décor.

On bavardait aussi, on riait, on gossipait pas trop méchamment, on instagrammait avec fureur et on mangeait des snacks sursalés. Au cœur d'un auditoire captivé, la premier violon, une Italienne de dix-huit ans et demi, si prometteuse qu'on lui avait déjà prêté un Stradivarius, racontait tous les endroits où elle avait failli oublier ledit instrument; et c'était tellement dramatique et imaginatif qu'on aurait pu croire qu'elle faisait exprès de presque le perdre, afin d'avoir des histoires à raconter…

La production entière, depuis la mise en scène jusqu'à l'exécution, avait été gérée par des pupilles de l'association *À Portée d'Europe*. Le plus âgé était le chef d'orchestre, un grand Tchèque hirsute, qui aurait vingt ans dans trois jours; la plus jeune, la costumière, une Suédoise de quatorze ans. La plupart des personnes présentes étaient orphelines, émigrées, placées, ou quelque autre manière de mal barrées. C'était le principe. Ça n'aurait pas été décent, un tel étalage de talents, si tout le monde était né avec un bloc de colophane dans la bouche.

Tous ces jeunes gens regardaient par moments alentour, le plafond, les lustres, l'immense sceau de la reine sur le rideau, en se demandant comment ils étaient arrivés là – avant de s'ébrouer comme des poulains, et de se rappeler que justement, ils venaient de *nulle part*, et que donc ils l'avaient *mérité*.

'Et toi, il leur est arrivé quoi à ta famille ?'

'Alors moi en fait, pendant la guerre en Yougoslavie, mon père... Aïe !'

Kamenev venait de passer : cherchant Marguerite, il brisait ces murailles de petits génies avec la vigueur d'un boulet de canon des guerres napoléoniennes. Il s'arrêta pour se rafraîchir, derrière un rideau, d'une goutte d'un excellent petit mélange qu'il avait fait au bar de l'hôtel.

Puis il repartit, empli d'un nouvel élan.

'Je le connais, c'est le mec qui s'occupe de Marguerite. Un gros bourrin...'

Kamenev ne releva pas. Dans ces environnements, sa main gauche le lançait particulièrement. La petite bille de cartilage qui dodelinait sous la fine peau de son poignet lorsqu'il agitait les doigts – celle-là même qui l'avait empêché de devenir pianiste professionnel (accident stupide, cicatrisation approximative) – semblait enfler, au contact de ces jeunes étoiles ; elle passait de la taille d'un petit pois à celle d'une olive, comme pour lui rappeler qu'il serait toujours un accompagnateur, que ce ne serait *jamais lui* derrière le piano, *jamais lui* sur l'affiche à l'entrée...

Après avoir arpenté tout le bâtiment, il découvrit enfin son élève ; mais pas en coulisses, où elle aurait dû être. Elle était perchée comme une tourterelle en haut de l'escalier qui menait au splendide restaurant de l'opéra, niché sous d'immenses arcades de verre au travers desquelles la grisaille londonienne acquérait un éclat oriental.

'Marguerite ! Vous êtes là ! Je ne peux pas aller aux toilettes trois secondes sans que vous vous échappiez. Qu'est-ce que vous fabriquez ici ?'

'C'est moi qui ne peux pas m'échapper trois secondes sans que vous me retrouviez', dit Marguerite.
Elle était rose comme une nectarine.
'Écoutez, Pierre, c'est incroyable de chez incroyable : il y a un lord des temps anciens ici.'
'Un *quoi* ?'
'Un *lord*. Je l'ai vu dans un couloir.'
'D'accord. Ça vous embêterait beaucoup qu'on aille répéter votre rôle ?'
'*Figaro, dear, look at my wedding-veil !*' chantonna Marguerite d'un air pensif.
Elle portait sur la tête son accessoire, un voile léger comme une toile d'araignée, qui avait été rehaussé de petits sequins pour mieux attraper les lumières de la scène.
'Oui – cette phrase-là, je sais que vous la savez. C'est le reste qui m'intéresse. Vous êtes au courant que le rideau s'ouvre dans deux heures ?'
'Chut, Pierre !' s'écria Marguerite en se reculant dans le restaurant vide. 'Il revient...'
Et elle désigna le bas des escaliers.
Au bas de ces escaliers, il apparaissait qu'un certain enchantement avait disposé, dans le puits de lumière miellée qui tombait du plafond, une sorte de jeune prince, vêtu d'un pantalon de lin beige et d'une chemise blanche retroussée aux manches ; un prince dont les cheveux blond cendré, roulés à droite, semblaient animés d'un mouvement merveilleux. Et Marguerite, qui depuis tout à l'heure l'avait vu passer deux ou trois fois, se demandait quel magicien avait soufflé le verre si profond de ses yeux bleus, pour l'heure fixés sur un point d'intérêt hors champ, quelque part au rez-de-chaussée...
Alors l'apparition, comme si elle s'était sentie observée, dressa la tête et croisa le regard de ses observateurs.
Le choc effara Marguerite ; le regard bleu l'envoya vers l'arrière ; elle s'agrippa au bras de Kamenev et se retrouva, confuse, à explorer avec passion la rambarde en fer de l'escalier, qui avait il est vrai un système de fixation tout à fait particulier.

'Puis-je vous aider ?' demanda, en anglais, une employée du restaurant qui essuyait les tables.

'Merci beaucoup, non merci, je regarde', dit Marguerite, mais s'aperçut qu'elle avait dit *I am watching* au lieu de *I am looking*, donnant l'impression qu'elle espionnait avec professionnalisme l'intrus du rez-de-chaussée (ce qu'elle était d'ailleurs exactement en train de faire).

'Si vous avez besoin de quoi que ce soit', dit l'employée, 'je vous en prie, demandez-moi.'

'Merci beaucoup', bredouilla Marguerite, qui était aussi rouge que le rideau de l'opéra et enfonçait dans le bras de Pierre ses dix ongles à la fois.

En bas, le jeune lord des temps anciens l'avait contemplée avec curiosité pendant quelques secondes, puis il s'était désappuyé du mur, et il marchait désormais les mains dans les poches, comme si l'opéra lui appartenait.

Enfin, il disparut du champ de vision des deux Français.

'Marguerite, qu'est-ce qui vous prend exactement ?' demanda Pierre.

'Vous l'avez vu aussi ?' murmura Marguerite.

'Il serait difficile de rater l'éclat époustouflant de sa Patek Philippe. J'en ai la rétine rayée de part en part.'

'Sa quoi ?'

'Sa montre.'

'Oh, Pierre ! Sa montre, quel intérêt ? *Lui*, qui est-il ?'

'Sans doute l'un des musiciens.'

'Impossible', dit Marguerite. 'Il n'était à aucune répétition. Il n'était pas en Pologne le mois dernier, pas en Espagne le mois d'avant, pas en Grèce le mois encore d'avant, pas en…'

'En parlant de répétition…'

'C'est un Anglais !' chuchota Marguerite comme elle aurait dit : '*C'est un Martien !*'

'Un Anglais, ici, en Angleterre ?' dit Pierre. 'Ce serait tout à fait hors du commun. Allons-y, tout le monde vous attend.'

'J'y vais', grogna Marguerite. 'Mais je vous garantis que je le reverrai. Et que j'irai dans son château.'

'Bien sûr.'
'Et qu'il me demandera en mariage.'
'Sans nul doute', dit Kamenev en la poussant dans une coulisse.
'Dites donc, vous avez encore bu, vous !' remarqua Marguerite, dressant le nez comme un écureuil.
Mais Kamenev ne l'entendit pas – trop de voix et d'instruments en train de s'accorder, en fond sonore. Ils traversèrent des pièces petites et poussiéreuses, un labyrinthe de choses abandonnées, ailes de cygne, boîtes en polystyrène, appareils électroniques, éléments de décor : arbres coupés, maisons désossées, temples abattus.
Au bout, la scène, et la répétition.
'Je vous préviens, je ne vous ramène pas soûl à la maison.'
'Concentrez-vous un peu, au lieu de vous éparpiller', dit Kamenev.
Et il lui ébouriffa tendrement les cheveux sous son voile.
'*Figaro, dear. Look at my wedding veil.*'

*

Pendant ce temps, l'Anglais magique s'appuyait sur le guichet à billets pour expédier à Justine les quelques poignées de messages que l'on a vus plus haut.
Car il s'agissait, évidemment, de Cosmo Carraway, que le sort avait fait naviguer jusqu'en ces lieux. Son père était un généreux donateur de la fondation qui finançait le spectacle de ce soir ; et comme il était retenu dans leur domaine du Yorkshire, Cosmo avait raflé l'accès spécial aux répétitions, ainsi que deux billets dans les loges VIP, réservant l'autre à un proche ami.
Il attendait cet ami.
Et tout en attendant, il méditait sur ce qu'il venait de voir.
Ce qu'il venait de voir, c'était l'un des visages les plus doux qu'il ait croisés de son existence.
Un dessin très exact de l'innocence.

Il se trouvait que Cosmo Carraway nourrissait un certain intérêt, ces jours-ci, pour *l'innocence*.

Et encadré d'un voile de mariage, en plus, comme une drôle de coïncidence...

Il feuilletait pensivement le programme. La photographie de la jeune femme figurait en deuxième page.

Dans le rôle de Susanna, Marguerite Fiorel. Âgée de dix-sept ans et originaire de Grenoble, Marguerite est la benjamine des chanteurs. Elle a bénéficié de l'aide de l'association À Portée d'Europe dès l'âge de douze ans, et s'est rapidement imposée comme l'un des plus scintillants espoirs parmi les jeunes sopranos françaises. Elle a joué, entre autres, dans des productions semi-professionnelles...

Le regard de Cosmo sautilla de rôle en rôle. *Grand Prix Radio France... Passée dans la Boîte à Musique de Jean-François Zygel...*

3 questions à Marguerite Fiorel :
'Qu'est-ce que vous aimez dans Le mariage de Figaro ?'
C'est une histoire positive, avec des personnages forts. Dans l'opéra en général il y a beaucoup de malheurs. Là, ça se passe bien.

Cosmo sourit. Il s'ébahissait toujours de la capacité des chanteurs et chanteuses d'opéra à dire sur leur art des choses d'un confondant manque de finesse.

'Qu'est-ce qui est le plus difficile dans le rôle de Susanna ?'
De se mettre dans la peau de quelqu'un qui va se marier, je crois ! J'ai l'impression d'être beaucoup trop jeune pour comprendre vraiment ce que ça signifie de s'engager pour si longtemps.

'Charmante enfant', s'émut Cosmo.

'Quel est votre personnage préféré ?'
Ce n'est sans doute pas la bonne réponse, mais je dois bien avouer que j'adore le comte Almaviva. Il est détestable, mais très séduisant !

'Très séduite par les comtes détestables', commenta le jeune lord (c'était en effet un jeune lord). 'Comme c'est intéressant.'

Et ayant caressé de la pointe de l'index la photographie en noir et blanc de Marguerite Fiorel, il pénétra dans la grande salle où les toutes dernières répétitions avaient lieu, et alla s'installer dans un des fauteuils du fond.

'Figaro, dear, look at my wedding veil !'

'Perfecto, Marguerite' (le metteur en scène était espagnol), 'mais' (les échanges se déroulaient dans un globish tortueux) 'rapproche-toi encore de Max – tu es trop lointaine : c'est ton mari, rappelle-toi, tu essaies de le séduire. Après le mariage, c'est la nuit de noces.'

'La nuit de noces !'

Le visage de Marguerite, toute rouge sous son voile tout blanc, rappelait une boule de Noël sous la neige.

'Brrrllmph', grommela quelqu'un à côté de Cosmo.

Le lord tourna la tête. Un bel homme d'une vingt-cinquaine d'années était assis à quelques fauteuils de lui.

'Vous la connaissez ?' demanda Cosmo.

L'homme se retourna vers lui.

'Pardon ?'

'La jeune fille qui joue Susanna.'

Kamenev fixa Cosmo.

'Oui, c'est mon élève.'

'Ah !' murmura Cosmo, étendant une main si blanche qu'elle semblait poudrée. 'Eh bien, permettez-moi de vous adresser toutes mes félicitations pour son succès.'

'Hrmph', répondit Kamenev, qui serra la main offerte comme on dévisse un couvercle de confiture récalcitrant.

Puis il reporta son attention sur la scène.
Cosmo, se massant les phalanges :
'Elle semble d'une grande sensibilité.'
Kamenev ne répondit pas.
'Je m'émerveille', persista Cosmo, 'qu'une jeune fille ayant eu de telles difficultés au début de son existence ait pu ainsi briller, grâce à l'association.'
Kamenev ne répondit pas.
'Pardonnez-moi', dit Cosmo, 'je suis d'une absolue impolitesse. Il est entièrement possible que vous vous offensiez de ma curiosité.'
'Je ne *m'offense*', murmura Kamenev dans un anglais rocailleux, 'de rien.'
'Ah ! Dans ce cas-là, très bien.'
'S'offenser, c'est un truc d'Anglo-Saxons', poursuivit Kamenev.
'*Quite*', dit Cosmo (ce qui voulait dire *oui, en effet, certainement, nous sommes d'accord, un peu, vu de cette manière, mais enfin, oui et non, et cependant c'est très vrai*).
'En revanche', dit Kamenev, 'j'aimerais bien pouvoir me concentrer sur la répétition.'
'Bien sûr', s'empressa Cosmo. 'Il est absolument capital que cette jeune dame soit au summum de ses capacités ce soir.'
Kamenev continua à fixer Marguerite, qui cavalait d'un côté de la scène à l'autre – sa voix, encore un peu fluette, compensée par un enthousiasme de chevrette.
'Je m'interrogeais', dit Cosmo, 'sur la possibilité de rencontrer votre charmante élève pour lui présenter mes félicitations en personne.'
'Non', dit Kamenev. 'Elle répète.'
'Bien sûr. Mais après le spectacle ?'
'Après le spectacle, on rentre à l'hôtel.'
'Bien sûr', dit Cosmo. 'Mais à un autre moment ?'
'Non plus', dit Kamenev.
'Bien sûr', dit Cosmo. 'Mais peut-être m'est-il permis d'espérer ?'

'Non', dit Kamenev.
'Je comprends.'
Cosmo resta silencieux un instant.
Puis :
'C'est dommage. J'aurais été si heureux de féliciter une personne qui a été si bien servie par l'association dont mon père est, historiquement, l'un des plus généreux donateurs.'
Le visage de Kamenev se figea.
'C'est décevant', répéta Cosmo, 'mais je conçois que cela ne puisse être remédié. J'aurais tant aimé pouvoir rapporter à mon père l'heureuse confirmation que ses dons s'incarnent de manière resplendissante en cette demoiselle.'
Kamenev lui adressa son regard le plus sinistre.
'Vous êtes en train de me dire que vous allez demander à votre père de cesser ses dons à l'association si je ne vous laisse pas aller voir Marguerite en coulisses ?'
'Dieu du ciel ! Quelle façon atroce de le dire', s'écria Cosmo.
Kamenev soupira et se tourna vers lui.
'S'il y a un truc que je déteste, c'est votre race d'aristocrates perverse et dégénérée.'
'*Fair enough*', dit Cosmo en haussant les épaules.
'Je fais de mon mieux', dit Kamenev, 'pour préserver Marguerite des individus comme vous qui pourraient l'influencer.'
'C'est-à-dire ?' demanda Cosmo d'un ton naïf.
'C'est-à-dire', répondit Kamenev non sans une certaine réticence, 'que Marguerite est, disons, impressionnable.'
'Impressionnable ?' répéta Cosmo.
Puis, comme pour lui-même :
'Comme c'est intéressant.'
Il laissa Kamenev regarder le reste des répétitions, et pendant ce temps expédia un petit message à Justine.

J'ai une piste. Tu peux être à l'opéra dans 2 heures ?

*

Justine était rentrée dans le petit appartement miteux de Clapham que son frère partageait avec trois colocataires. L'endroit n'avait techniquement que trois chambres, mais on avait reconverti une partie du salon, grâce à une cloison amovible, en une minuscule quatrième pièce à dormir. On envisageait d'en créer une cinquième en sectionnant de la même manière une partie du couloir.

Vautrés côte à côte, Cannelle et Matt rigolaient en regardant une vidéo, et ils faisaient sur le sofa bleu un peu élimé, pensa Justine satisfaite, un couple très convaincant.

'On t'attendait pour sortir prendre un verre', dit Matt à sa sœur.

Cannelle se leva pour faire la bise à Justine ; mais la tradition britannique étant plutôt au bref enlacement, la Française se retrouva à déposer accidentellement un absurde baiser sur l'épaule de Justine, tandis que celle-ci tapotait gauchement le dos de sa future belle-sœur.

'T'as fait bon voyage ?' demanda Justine une fois remise de ce vague embarras.

'Trop', dit Cannelle. 'Y a le wifi maintenant dans l'Eurostar, c'est tellement déjà le futur.'

Quelques minutes plus tard, ils se blottissaient autour d'une petite table collante et poilue dans un pub bondé de Clapham, le *Blue Horse*, et sur la table trois pintes de bières disputaient l'espace à leurs téléphones portables, dont un (celui de Matt) en attente d'un WhatsApp de Niamh Hensley qui avait dit que peut-être elle se joindrait à eux, mais peut-être non, ce qui mettait Matt à la torture. Quant à Justine, c'était le souvenir des messages de Cosmo qui lui faisait se ronger les ongles – elle les avait hypercourts, cerclés de petites peaux en friche, et vernis en violet mat.

Cannelle racontait son séjour en train, ayant besoin de confesser qu'elle avait tout dévoilé de *Brexit Romance* à deux parfaits inconnus :

'Ils n'ont rien compris, les pauvres, ils ont cru que je les accusais d'organiser un mariage blanc ! Je vois des mariages arrangés partout, c'est juste un cauchemar.'

[La conversation se déroulait en français, les jumeaux Dodgson trouvant en la personne de Cannelle une bonne occasion de pratiquer la langue ; il a été décidé, pour le confort de lecture, que les nombreuses petites coquilles, erreurs de genre et inventions syntaxiques commises par eux ne seraient pas systématiquement retranscrites, mais seulement une fois de temps en temps, lorsque celles-ci seraient, soit particulièrement esthétiques, soit particulièrement propres à rappeler la dimension nécessairement artificielle d'une conversation à cheval entre deux langues.]

'Très drôle', rigola Justine avec un peu trop de nervosité. 'J'espère qu'ils ne vont rien dire à personne.'

'Je leur ai fait promettre de ne rien dire', dit solennellement Cannelle, comme s'il était bien connu que jamais une promesse ne pouvait être brisée. 'Mais de toute façon, la seule réaction du type a été genre : « *Les gens sont complètement fous* », et la petite meuf, on aurait dit une poule qui a trouvé un couteau.'

(Bug de Matt et Justine, qui se livrèrent pour quelques secondes à tout un imaginaire de basse-cour.)

'Enfin, elle avait l'air hallucinée', dit Cannelle. 'Et naïve comme tout. D'ailleurs c'est trop dingue, elle est chanteuse d'opéra, mais genre big deal, elle joue ce soir à Covent Garden dans un truc avec plein d'autres jeunes Européens !'

'C'est quand même bien ironique', s'outra Justine, 'qu'on organise un événement européen dans le pays qui a voté pour sortir de l'Europe.'

'Clair', opina Cannelle. 'Ironique à fond.'

'Surtout que c'est précisément les connards fanatiques d'opéra qui ont voté Brexit', dit Matt.

'Mais non', s'insurgea Cannelle, 'c'est pas possible : l'opéra, c'est totalement européen.'

'Tu parles !' dit Matt. 'Les gros bourges qui vont à l'opéra, ils aiment l'Europe seulement quand elle leur est servie sous forme orchestrale, à 200 balles la place.'

'Chaud', dit Cannelle.

'Euh, les gens, juste comme ça : l'opéra c'est pas *juste* un genre européen. Je vous signale qu'il y a plein d'opéras issus de cultures non-européennes', rappela Justine doctement.

'Comme quoi ?'

'Je sais pas, j'y connais rien. Mais il doit y en avoir, et il faut pas les oublier.'

'OK', dit Cannelle.

Alors on fit un silence respectueux pour ne pas oublier ces autres opéras.

Puis Matt chercha sur son portable la petite chanteuse de l'Eurostar, d'après les descriptions que lui en donnait Cannelle.

'Trouvée', dit-il. 'Marguerite Fiorel. Elle a une bonne tête de bourge. Elle est soprano. C'est bien, au moins elle est pas mezzo, où tu peux même pas atteindre les notes plus hautes. Mais je me demande si elle est soprano colorature, où tu atteins les notes *vraiment* très hautes.'

'Matt', dit Justine, 'tu ne peux pas classer les chanteurs selon la hauteur de leur voix, c'est pas comme ça que ça marche.'

'Tu sais très bien que c'est ce que tout le monde pense', dit Matt. 'Une soprano vaut dix altos.'

À Cannelle :

'Après deux pintes, je dis ce que je veux.'

'OK', murmura Cannelle d'un ton impressionné, comme si Matt avait dit quelque chose de très transgressif.

Elle observait Matt avec curiosité. Cependant, ce visage harmonieux, ces membres noueux, ce torse large flottant librement dans une chemise en lin vert pâle à col Mao, ces poignets solides dont l'un portait deux bracelets élimés des festivals de Glastonbury et d'un bal de Cambridge, rien de tout cela ne lui élicitait la moindre étincelle de désir. Elle prit la chose pour un très bon signe de futur mariage heureux.

'*Bloody hell!*' s'écria Matt. 'Désolé, en fait c'est pas une bourge. C'est écrit sur sa page Wikipédia qu'elle est orpheline et qu'elle vient d'un milieu très sous-privilégié, et que c'est une association qui a découvert son talent.'

'Classe', dit Cannelle impressionnée.

'Respect', reprit Justine.

Puis, se mordillant la lèvre :

'Mais en même temps elle est devenue chanteuse *d'opéra*, je veux dire, l'art hyper élitiste par excellence. Je ne suis pas sûre qu'adopter les codes de la classe dominante soit la bonne réponse. Peut-être qu'à la place, elle aurait pu œuvrer pour faire reconnaître les valeurs de son milieu social d'origine. Je sais pas, qu'est-ce que t'en penses ?'

'C'est compliqué', répondit Cannelle qui n'aimait pas trop se mouiller dans ce genre de débats.

'Du moment qu'elle se rappelle *d'où elle vient*', dit Matt sentencieusement.

Justine méditait tout haut :

'Elle pourrait par exemple faire des déclarations régulières sur le fait que l'opéra est un monde dominé par une classe bourgeoise blanche et conservatrice.'

'J'avoue', avoua Cannelle.

'En même temps, elle a que dix-sept ans', nuança Matt.

'C'est l'âge de Malala Yousafsai', dit Justine.

'Vrai', admit Cannelle.

Ils réfléchirent quelques minutes à ce que pourrait faire cette jeune fille afin de se montrer à la hauteur de sa formidable ascension sociale. Puis Cannelle dit :

'Au fait Justine, j'ai pensé à toi parce que le mec qui est avec elle, son prof, il a genre vingt-cinq ans, il serait parfaitement cuit à point pour *Brexit Romance*.'

'Il est comment ?'

'Pas mal', marmonna Cannelle, 'type un peu russe', et vira couleur bortsch.

'J'ai trouvé une photo', dit Matt. 'C'est lui ? Pierre Kamenev, vingt-six ans. Putain, il a un bon petit bide à bière.'

(*beer belly*)

'Non, il a juste vingt-six ans', dit Cannelle, vexée. 'C'est comme ça que le poids est distribué chez les gens de vingt-six ans.'

Justine se pencha sur la photographie que lui montrait son frère sur l'écran. Ce jeune homme était exactement le genre qu'elle n'aimait pas du tout : fier, autoritaire, avec cette sombre séduction que dégage un Français sûr de ses convictions.

Elle n'y était pas du tout sensible.

'Remontre ?'

'Il est pas mal, avoue !' lança Cannelle après avoir remontré.

'Bof', dit Justine n'avouant rien du tout.

'« *Kamenev* ». C'est quoi, ce nom d'officier stalinien ?' dit Matt.

À Cannelle :

'Après trois pintes, je commence à dire des trucs pas politiquement corrects, c'est un désastre.'

'Ça pourrait être pire', observa Cannelle avec un sourire indulgent.

'Matt', glissa Justine. 'Cannelle, étant française, ne trouve strictement aucun intérêt au fait que tu te prétendes bourré.'

Matt avait oublié cette différence culturelle, et dessoûla sur-le-champ – jusqu'à l'arrivée de Niamh, qui y serait plus sensible.

'Enfin bref', reprit Cannelle, 'j'ai pensé à toi parce que tu m'as dit que t'as plein de filles anglaises en attente qui veulent épouser des Français.'

'Définitivement', dit Justine. 'Et pareil de l'autre côté ! Toutes ces filles qui veulent des mariages arrangés ! C'est même suspect, comme enthousiasme.'

'Tu ne pourrais pas les marier entre elles ?' demanda Cannelle. 'Qu'est-ce que ça peut faire ? On a le mariage pour tous dans les deux pays.'

'Il faut que ce soit un minimum crédible pour la famille, les amis et les collègues, sans oublier leurs contacts Facebook', dit Matt. 'Sinon, c'est trop évident que c'est arrangé et ça finit par une dénonciation – et là, les ennuiements commencent.'

'C'est pour ça que c'est si difficile à matcher', opina Justine. 'Je peux pas juste faire un programme aléatoire qui matche unetelle et untel en étant *irregardant* du genre, de l'orientation sexuelle et de tous les autres paramètres socio-politiques, ethniques et religieux qui nous définissent tous de manière intersectionnelle.'

'Ah ?' fit Cannelle.

'Eh non', dit Justine.

'Ça veut dire', expliqua Matt, 'Qu'elle va pas mettre sa pote Flossie, qui est une lesbienne enflammée' (*flaming lesbian*, traduisit Justine en anglais face à l'expression interloquée de Cannelle), 'avec un Français en mocassins à glands qui mange des tartines d'hosties au petit déjeuner.'

'C'est sûr que du coup, vu comme ça, ça a l'air bien galère', considéra Cannelle.

'C'est pour ça que je vous ai mis ensemble, tous les deux', dit Justine. 'C'était la correspondance parfaite.'

Cannelle et Matt s'entreregardèrent, encore étonnés de se découvrir une correspondance si parfaite – car elle l'était en effet, en termes d'à peu près tout, goûts, travail, revenus, et jusque dans la taille, le teint, la corpulence – et d'autant plus étonnés de constater que cette correspondance ne suscitait strictement aucun réchauffement des muqueuses ni dilatation des pupilles.

'*My round!*' déclara Matt, et il alla s'ajouter à la masse de gens qui se pressaient au comptoir du pub, se brutalisant poliment pour acquérir quelques pintes dégoulinantes.

Pendant ce temps, Justine sortit son portable afin de montrer à Cannelle la version beta de l'appli *Brexit Romance*.

Pour ce faire, elle dut chasser de son écran un certain nombre de notifications, dont un nouveau message de Cosmo, qui l'intrigua un peu :

J'ai une piste. Tu peux être à l'opéra dans 2 heures ?

'Sorry', dit-elle à Cannelle en anglais, 'je dois répondre à ça', dit-elle en français, *'it's urgent'*, dit-elle en anglais.

Pourquoi ? Quelle piste ?
répondit-elle.

Puis elle ouvrit l'appli, et Cannelle se mit à la parcourir, rigolarde.
Mais de nouvelles notifications s'accumulaient.
Wetransfer : dossier téléchargeable contenant les conditions détaillées des mariages avec les lamas.
Facebook : *l'un de vos amis a publié pour la première fois depuis longtemps.*
Instagram : quelqu'un avait commenté – six cœurs – une photo de chaton du *Kuriosity* que Justine avait postée tout à l'heure.
Messenger : nouveau message de Cosmo.

Toute la jeunesse européenne est à Covent Garden ce soir
Y compris une petite Française qui adore le comte Almaviva

'Attends', dit Justine à Cannelle, 'je te reprends le téléphone trois secondes...'

Le comte qui ?

Puis elle rendit l'engin à Cannelle, qui continua à parcourir l'application. Mais quelques secondes plus tard, nouvelle notification :

Peu importe. Viens faire l'entremetteuse.
Elle me semble tendre à souhait.
Une vraie future petite Carraway.

Et il avait agrémenté ce message d'une photo floue de la photo du programme.
C'était Marguerite Fiorel.
Drôle, songea Justine, de coïncidence.
Justine ne croyait pas à l'alignement des étoiles, mais en même temps elle croyait un peu à la chance, et à la nécessité d'attraper celle-ci avant qu'elle ne s'échappe. C'était, après tout, ce qu'avait fait Mark Zuckerberg, pour ne citer qu'un exemple et pas des moindres.
Elle se mordit la lèvre, demanda à Cannelle :
'Cette fille, t'as une idée de son orientation politique ?'
Cannelle haussa les épaules.
'On n'a pas parlé longtemps, tu sais… À mon avis, elle n'en a pas trop. Mais son prof lit l'*Humanité*.'
'Ah. Je ne sais pas si c'est bon signe ou pas.'
Justine passa en revue les complexes équations des opinions politiques qui, d'après son expérience, pouvaient prédire la propension de quelqu'un à être ou non pro-Brexit-Romance.
'Il sort pas avec la petite chanteuse, au moins ?'
'Certainement pas !' s'étrangla Cannelle. 'Ils se vouvoient !'
'Wow, sexy', dit Justine.
'Pas du tout, ils ont genre dix ans de différence.'
'Ça n'a jamais arrêté personne', reprit Justine.
D'un ton pointu :
'Surtout en France. Bon, va falloir que j'envisage d'aller à l'opéra ce soir.'
Cependant Niamh Hensley arrivait. Elle leur adressa un geste fluide de ses potelées petites mains.
'Mais *salut* !' (*why hello !*) s'écria Matt qui, venant d'asseoir une demi-fesse, bondit de sa chaise comme s'il s'était posé sur un hérisson.
'Salut', répondit Niamh, qui daigna lui donner un hug mou.
Elle s'assit sur un petit tabouret qui croustilla sous son poids.

Niamh était une délicieuse Irlandaise de vingt-deux ans, avec cette sorte de chevelure bleue-noire en copeaux de métal que l'on ne trouve que chez les natives de cette île, et qui griffe en général un visage presque absolument blanc, à l'exception d'un petit nez très fin d'un rose crémeux. Elle s'était changée depuis ce matin et portait une jupe taille haute vert bouteille que ses formes bosselaient gracieusement, ainsi qu'une chemise vert pâle assortie à ses yeux.

Elle disposait d'un accent moiré qui adoucissait les consonnes dentales, comme si sa langue était un petit tampon de velours. Matt Dodgson était si amoureux d'elle qu'il en avait mal à la gorge.

'On va switcher en anglais', dit Justine, 'parce que sinon ça va être difficile de parler.'

C'était de toute façon difficile pour Matt d'articuler plus de quelques mots, en quelque langue que ce fût, en la présence de Niamh.

'Je te présente Cannelle', dit Justine à Niamh. 'Elle est française, c'est la fiancée de Matt.'

Matt guettait avec angoisse la réaction de Niamh. Ils ne lui avaient jamais parlé de *Brexit Romance*, parce qu'elle n'était pas une amie proche – juste une connaissance, qui lui donnait des cafés et des frissons, mais qu'ils n'avaient vue que deux ou trois fois en dehors du *Kuriosity*. Ils n'étaient pas certains de pouvoir lui faire confiance, et cependant Justine pensait qu'elle pourrait à l'avenir leur être utile, aussi l'avaient-ils invitée ce soir pour « tester un peu sa réceptivité ».

'Ah, très bien', dit Niamh sans s'empourprer le moins du monde, au grand désespoir de Matt.

Elle posa ensuite une question à Cannelle, mais celle-ci ne la comprit pas du tout, n'ayant pas l'habitude de cette langue souple et mouillée de l'île d'à côté.

Justine rephrasa en anglais *normal*. L'Irlandaise cherchait à savoir d'où elle venait, où elle allait résider, et ce qu'elle faisait dans la vie.

'Je suis consultante à Lyon', dit Cannelle dans un anglais tendrement accentué, 'mais je vais m'installer à Londres pour ouvrir mon propre restaurant.'

'Génial', dit Niamh, 'tope là, c'est exactement ce que j'ai fait !'

'C'est incroyable comme coïncidence !'

Elles topèrent là.

'T'as un concept ?' demanda Niamh.

'Bien sûr', répondit Cannelle. 'Un restaurant avec des serveurs en rollers. Végétarien.'

'Fort', dit Niamh. 'T'as intérêt à avoir une bonne assurance et des uniformes pas trop susceptibles de se tacher.'

'J'y réfléchis. J'aimerais bien faire appel à une pote à moi qui est conceptrice de vêtements un peu style Vancouver, tu vois, sport-chic, matières fluides, fibres de bambou.'

'Ça me semble absolument fascinant', dit Niamh. 'Tu vas voir, créer son entreprise, c'est juste incroyable. Il y a plein de trucs auxquels tu ne t'attends pas. Par exemple, moi, c'est les poils de chat. Je pensais pas que j'en retrouverais le soir, sérieusement, jusque dans ma culotte.'

Matt soupira.

'Risques du métier', dit Justine en tapotant la main de son frère avec une discrète compassion.

'Mais vous deux, justement', dit Niamh, 'qu'est-ce que vous faites de vos journées ? Je vous vois tout le temps pianoter sur vos ordinateurs.'

Les jumeaux se consultèrent du regard.

'Matt fait du design en freelance', dit Justine précautionneusement. 'Et moi… je suis en train de monter ma start-up.'

Niamh sourit.

'Qui ne l'est pas !'

Elle prit une gorgée de la bière de Matt, qui tenta pendant les cinq minutes suivantes de désengluer son regard de l'empreinte cuisse-de-nymphe-émue qu'avait laissée le gloss à la framboise de Niamh sur le contour de la pinte.

'C'est quoi comme start-up ?'

'Organisation de mariages.'
'Ah ? Et t'as un concept ?'
'Oui, mais le concept est un peu *niche*', dit Justine.
'Un peu *niche*', rigola toute seule Cannelle en imaginant des mariages de chiens, jeu de mots inaccessible aux anglophones.
'Le concept', dit Matt, 'c'est que c'est des mariages où on n'est pas amoureux.'
Niamh les dévisagea un instant. Pouffa.
'Ah oui ? C'est en effet un peu niche.'
Elle s'engouffra à nouveau dans la mousse de la bière de Matt.
'C'est une blague ?'
'Non. Les mariages arrangés ont aussi besoin de leurs wedding-planners', dit Justine.
Les sourcils de Niamh prirent de la hauteur.
'Des mariages arrangés ? Mais comment ça, entre... (*rire*) entre personnes d'origine asiatique ?'
(Par asiatique, elle voulait dire, comme on le fait souvent en Grande-Bretagne, indienne ou pakistanaise ou bangladeshi ; et par son hésitation et son petit rire elle voulait dire, comme on le fait souvent en Grande-Bretagne, qu'il n'y avait évidemment pas de quoi généraliser.)
'Non, entre Français et Britanniques.'
'C'est donc une start-up qui organise des mariages entre Français et Britanniques qui ne s'aiment pas.'
'Oui, exactement.'
'C'est *vraiment* très niche.'
Matt expliqua patiemment :
'Il est de notoriété publique que toute jeune personne Britannique en possession de ses capacités cérébrales doit, à la suite du Brexit, être à la recherche d'un passeport européen. Mais ironiquement, l'Europe est quant à elle pleine de jeunes personnes souhaitant venir résider en Grande-Bretagne, afin d'acquérir notre langue et de profiter de notre marché du travail. Ces

deux désirs se rencontrant créent une situation favorable à l'établissement d'un contrat octroyant à l'un des conjoints le précieux document administratif, et à l'autre l'opportunité de séjourner dans le pays pendant plusieurs années.'
'C'est brillant', dit Niamh après un temps de réflexion. 'Merde au Brexit et *fuck* ces cons de politiciens!'
'*Quite*', dit Matt.
'Et *fuck* aux frontières et à ces racistes de nationalistes!'
'J'avoue', dit Cannelle en français.
'Ces salopards d'aristos qui nous l'ont enfoncée bien profond avec cette histoire!' dit Matt.
'C'est homophobe, cette expression', alerta Justine.
'Ah, pardon, je me suis mal exprimé', se repentit Matt.
'Et puis, c'est pas uniquement les aristocrates qui ont voté Brexit, si?' demanda Cannelle. 'C'est surtout le peuple, non? Les gens de milieux modestes... Et en province...'
Cet état de fait, à vrai dire, embarrassait un peu les deux Britanniques et l'Irlandaise.
'Oui, mais ils ont été influencés', expliqua Justine. 'Par les mensonges de ceux qui nous gouvernent.'
'Mais pas parce qu'ils sont bêtes!' précisa Niamh.
'Oh! ça, non!' dirent les jumeaux Dodgson en chœur.
'Ils ont été influencés parce qu'il y a de profondes inégalités sociales dans ce pays qui ont donné lieu à une sévère désespérance', expliqua Niamh.
'Ah?' dit Cannelle.
'Désespérance dont les aristos et les conservateurs', précisa Matt, 'ont fait un terreau fertile pour leurs mensonges.'
'Salopards', dit Justine.
'OK mais bon', dit Cannelle, 'au final, c'est quand même la classe moyenne qui s'est fait baiser par les deux autres.'
'Peut-être qu'on pourrait reformuler cette question sans utiliser d'expression sexiste?' intervint Justine d'un ton las.
'Mais c'est vrai ou c'est pas vrai?' insista Cannelle qui ne connaissait pas d'autre expression.

'Ça dépend de quel point de vue on se place', dit Niamh du bout de la langue. 'Enfin, l'important, c'est qu'on montre à tous les pro-Brexit qu'on se laissera pas faire.'

'*Brexit Romance* est là pour ça', déclara Justine.

'Cela dit', reprit Niamh subitement frappée par une autre question morale, 'est-ce que ça ne dévalue pas un peu le concept d'engagement, votre affaire ?'

'On peut dire ça', admit Justine, 'mais en même temps, on peut aussi dire que cela témoigne d'un fort engagement au concept d'Europe.'

'De nombreux couples binationaux sont d'ailleurs déjà en train de s'épouser dans ce but', dit Matt. 'Alors que certains étaient vigoureusement anti-mariage !'

'Oui, mais ils sont amoureux', dit Niamh, 'peut-être.'

'Oui, mais ils ne le resteront pas toute la vie', dit Matt, 'sans doute.'

'Et en plus', intervint Cannelle, 'c'est juste trop fun, on a l'impression de faire un truc qui a vraiment du sens et qui sort de l'ordinaire !'

Niamh se tourna vers Cannelle et écarquilla ses gros yeux verts.

'Attendez une minute… donc, quand vous m'avez dit que t'es la copine de Matt…'

'Sa fiancée', précisa Cannelle.

'Mais c'est faux ?'

'Non, c'est vrai.'

'Mais je veux dire, l'amour, c'est faux ?'

'Quand est-ce jamais vrai ?' soupira Justine.

'L'amour est très faux', confirma fermement Matt. Moins fermement :

'Le mariage, très vrai.'

Niamh fit un sourire et se recala sur son tabouret.

'*Goodness gracious*', dit-elle. 'C'est assez intéressant.'

Elle avisa le bar.

'Je pense que je vais aller me chercher un Spritz.'

À peine avait-elle articulé ces mots que Matt était déjà au bar et regardait le Campari se verser dans le verre, et puis il fut de retour avec le gros ballon orange et pétillant.
'Merci', dit Niamh.
Elle pompa deux ou trois pailletées.
'Et moi ?' finit-elle par demander. 'Vous n'avez pas besoin de moi ? Je veux bien aider à votre résistance civique !'
Justine et Matt s'échangèrent un regard ravi.
'C'est précisément ce dont on comptait te parler !' jubila Justine. 'Tu vois, on cherche un lieu de rencontre un peu discret pour *Brexit Romance*, parce que ce n'est pas extraordinairement confidentiel quand on est tous entassés dans un pub à Kensington... Je ne sais pas si par chance, ton *Kuriosity*, après la fermeture, à six heures, serait possiblement libre, je demande à tout hasard, et je sais que ce serait une immense difficulté pour toi de le rouvrir alors que tu as déjà tant travaillé, mais véritablement il n'y aurait besoin d'aucune maintenance, on s'occuperait absolument de tout, il suffirait de nous donner les clefs...'
(Voyant que Niamh ne répondait pas, elle accéléra le débit :)
'... mais surtout sens-toi libre de dire non, d'ailleurs c'est très impoli de précipiter cela sur toi alors que tu étais simplement venue passer un bon moment ici, et ce n'est absolument pas nécessaire de nous donner ta réponse maintenant, mais...'
Niamh l'interrompit :
'Bien sûr, je veux bien vous laisser les clefs du *Kuriosity*, sans problème...'
'C'est vraiment absurdement gentil de ta part', soupira Justine.
'Mais ce n'est pas ce que je voulais dire au départ', dit Niamh. 'Je voulais dire qu'en tant qu'Irlandaise, je l'ai, moi, le passeport européen. Si vous voulez me trouver un Britannique avec qui me caser, je veux bien faire mon devoir de citoyenne du continent !'
Il sembla soudain à Matt que la banquette était devenue radeau ; et, bancal des pieds à la tête, il contempla Niamh

Hensley ; il contempla ses boucles de fer forgé et son sourire plein de petites dents blanches, catastrophé, et il se dit *Ah ben non ! Certainement pas ! Il ne faudrait tout de même pas que ! Comment ça ! Elle veut un mari britannique, elle ? Pas d'accord ! Même pour de faux, je ! Non, c'est hors de ! Ça n'est pas… !*

Et tandis qu'il s'outrait intérieurement, d'autres amis arrivèrent, dont l'un portait un T-shirt rouge à faucille et marteau, l'autre une salopette et un pull bleu ciel à motifs éléphants, l'autre encore des Doc Martens tachées de peinture. Et bientôt tous se mirent à parler avec tant d'énergie, et tant d'enthousiasme à lutter contre le système, tant de désir de voir les choses changer, que Cannelle, enlaçant des doigts sa troisième bière, ne put s'empêcher de penser : « *C'est beau, tout de même, tout ce petit monde et tout cet engagement politique, si fort qu'il nous amène à négliger – à dédaigner – à dénigrer complètement, même ! – les sentiments…* »

Car les sentiments, en période de guerre, Cannelle – comme tous les autres – était fondamentalement contre.

*

Justine tu viens ou pas ? Le spectacle va commencer.
J'ai besoin de toi pour parler à la fille, après.

J'arrive.

4

Justine n'était jamais allée à l'opéra, mais l'opéra lui inspirait de farouches préjugés, qu'un seul regard dans le grand restaurant de verre et de fer suffit à confirmer. Les gens, habillés comme pour une importante cérémonie, buvaient du champagne à dix-huit livres la coupe, et il y avait tellement de vieux bonhommes grisonnants agrippés à de très jeunes femmes décolletées que Justine songea qu'elle aurait mieux fait de monter son business de mariages arrangés entre amateurs d'opéra.

Elle fit part de ces réflexions à Cosmo au-dessus d'une coupe de champagne, payée par l'ami de Cosmo, lui aussi étudiant en sciences politiques à Oxford.

'Ma chérie', dit le jeune lord, 'ces gens-là détestent l'opéra, mais il faut bien qu'ils trouvent un endroit pour exhiber leurs nouvelles escorts, et les nouveaux diamants dont ils ont paré ces dernières.'

'Mais alors, qui s'intéresse *vraiment* à l'opéra ?'

'Ceux qui n'ont pas d'argent et se pressent dans les places sans visibilité, et doivent s'inventer l'autre moitié de la mise en scène derrière le gros poteau qui leur bloque la vue. C'est très sain, du reste : ça stimule leur imagination. Bon, écoute-moi, voilà le plan d'action. La demoiselle est facilement repérable – c'est l'adorable sainte-nitouche qui joue Susanna et dont tout le monde est actuellement en train de parler. Le problème, c'est qu'elle est accompagnée d'un redoutable cerbère qui sent le whisky à deux mètres. J'ai proposé au bonhomme de me laisser parler à la gamine à la fin de la représentation, et il m'a traité de sale aristo dégénéré.'

'Il a l'œil', apprécia Justine.

'Si tu y vas, toi, fringuée en bohémienne comme d'habitude, ils se relaxeront peut-être un peu. Je te demande juste de trouver un prétexte pour les revoir, histoire de tester si la petite serait perméable au concept.'

'Figure-toi qu'ils connaissent déjà le concept', murmura Justine.

Et elle raconta à Cosmo la rencontre fortuite entre Cannelle, Kamenev et Marguerite.

'Bref', conclut-elle, 'ils n'ont pas eu l'air totalement conquis, mais au moins le germe de l'idée a été planté dans leur esprit.'

'Très bien. Tout ce que je te demande, c'est d'essayer de les garder ici à Londres et on laisse mijoter. Une idée ?'

Justine pencha la tête sur le côté, plissa les yeux.

'Je peux lui demander de venir chanter au mariage de mon frère la semaine prochaine.'

Ironie du sort, Tommy, le frère aîné de Matt et Justine, se mariait par amour véritable le samedi suivant.

'Parfait', ricana Cosmo. 'Ça la mettra dans l'ambiance.'

'Enfin, ça risque de coûter un bras et une jambe de l'inviter', précisa Justine, observant Cosmo par-dessus les bulles du champagne. 'C'est une star, cette fille.'

'Justine chérie', soupira Cosmo, 'je t'en prie, ne me parle pas d'argent comme si c'était un problème.'

La cloche tintait. Ils se hâtèrent de stocker dans leurs bajoues des mini-blinis à la truffe avant d'aller s'installer en loge VIP – Cosmo ayant aisément obtenu une place supplémentaire pour Justine.

Celle-ci s'enthousiasma dès l'ouverture de l'opéra :

'Wow, c'est connu, non, cet air-là ?'

'Justine', grommela Cosmo, 'tu es insortable.'

Il reporta son attention sur son ami, qui avait bon goût, c'est-à-dire qu'il appréciait même les parties des opéras qui n'avaient pas été reprises dans des publicités.

Susanna apparut sur la scène.
'C'est elle', dit Cosmo.
'*Figaro, dear, look at my wedding-veil!*'
'Quelle jolie mariée elle ferait', murmura Justine.
'N'est-ce pas ?'
'Y a moyen de se faufiler en coulisses, si jamais on ne veut pas rester ici pendant tout l'opéra ?'
'Il y a toujours moyen', dit Cosmo.
D'un signe, il appela le jeune homme qui gardait l'entrée de la loge et, lui glissant à l'oreille quelques mots et dans la main un billet, lui intima de conduire Justine par une porte de service dissimulée dans un large miroir.

★

De l'autre côté du miroir, Justine découvrit le grand foutoir des coulisses. Puisque, dans ce décor, son look cool-négligé n'attirait pas l'attention, elle se balada pendant un moment, caressant du bout des doigts des morceaux de décor, redressant des fleurs artificielles comme on soulève le menton d'un petit enfant, trébuchant sur des fils électriques mal gaffés et se heurtant à des gens affairés, qui parlaient tout seuls, des oreillettes vissées dans le conduit auditif.

Enfin elle arriva tout près de la scène, où les artistes attendaient derrière plusieurs épaisseurs de rideaux.

Sur scène, Susanna confiait à son futur époux Figaro certain comportement du comte Almaviva :

'*Notre seigneur le comte, las de conquérir les belles d'ici et de là-bas, tente sa chance plus près de nous, dans les murs de son domaine… Et ce n'est pas sa femme, croyez-le bien, qui attire son attention.*'
'*Mais qui, alors ?*'
'*Votre chère Susanna.*'
'*Vous ?*'
'*Moi-même…*'

Et de révéler que le seigneur cherchait à lui imposer un droit de cuissage, encouragé dans ce but par son professeur de musique.

Justine fronça les sourcils. « En gros, c'est une apologie du harcèlement sexuel, ce truc », se dit-elle. Décidément l'opéra était un art véritablement problématique.

Et le public riait à gorge déployée, dans la salle ! C'était désespérant. Et si bien s'imaginait-elle déjà l'article qu'elle écrirait à ce sujet pour le zine féministe de l'université de Leeds, qu'elle ne s'aperçut pas tout de suite que, de l'autre côté de la scène, quelqu'un l'observait.

Ce quelqu'un était Pierre Kamenev.

Kamenev se demandait qui pouvait bien être cette jeune femme qui se tenait ainsi côté cour ; il ne lui semblait pas l'avoir vue dans les répétitions. Elle était toute petite. Elle avait l'air irritée par le spectacle, ou autre chose. Elle avait un tatouage sur la main, bien que Kamenev, à cette distance, fût incapable d'en distinguer les détails. Et il s'agaçait de ce que cette jeune femme dans son champ de vision lui rendît difficile, pour une raison ou pour une autre, l'observation attentive de Marguerite sur scène.

De son côté, par une opération de l'œil dont elle n'était pas consciente, Justine ajusta justement sa vision à elle, floutant Marguerite pour reporter son focus sur ce qui se passait plus loin.

Leurs deux regards se rencontrèrent ainsi, traversant la scène dans sa longueur, et se heurtant à mi-chemin. Et cette toute petite collision, par nulle autre personne entendue, contraignit Justine comme Pierre à cligner vivement de leurs yeux un peu accidentés.

Pierre Kamenev, comprit Justine. *Le prof de la petite chanteuse.*

Un instant plus tard, Justine avait disparu, comme aspirée par le rideau, et arpentait dans les coulisses le dédale qui menait côté jardin, sautillant au-dessus des accessoires, se frayant un chemin entre chaises en fer forgé et bosquets en bois stockés là.

Tout le long, elle se disait : *Cet effroyable cerbère ! Comment le convaincre ?* – et son ventre pétillait à l'idée de faire fondre ce beau bloc de glace.

Mais à peine débarquée côté jardin, plutôt que de s'attaquer directement au Français, elle dut se cacher derrière un vieux piano, car :

'*Au revoir, au revoir, cher Figaro !*' s'exclamait Marguerite tout en quittant la scène pour courir vers Kamenev.

Elle se jeta quasiment dans ses bras. Il l'accueillit avec le front plissé et les accessoires de la scène suivante.

'C'était comment ?' s'enquit-elle, le visage emperlé de transpiration. 'Oh, vous faites la tête ! Ça ne vous a pas plu ?'

'Mais si, c'était très bien', dit Kamenev. 'Arrêtez de tirer sur votre voile, vous allez le déchirer. Tenez : votre ruban, votre chapeau.'

Marguerite se frappa le front.

'J'ai oublié d'embrasser Max en partant ! J'étais censée le faire !'

'Oui', dit Kamenev, 'ça m'a d'ailleurs étonné que vous ayez oublié d'embrasser votre partenaire, alors que d'habitude vous trouvez toutes les justifications possibles.'

'C'est tellement faux, ce que vous dites', lança Marguerite en faisant rouler ses globes oculaires dans leur orbite de manière assez impressionnante. 'C'est juste que – oh, Pierre, vous allez me gronder comme d'habitude, mais vous ne savez pas qui est à l'un des balcons ?'

'Qui ?'

'Le *lord*.'

Kamenev pressa ses paupières comme s'il cherchait à s'enfoncer toute la longueur de ses index dans le cerveau.

'Marguerite ! Il faut vous concentrer sur le spectacle !'

'Je sais, je sais – mais j'ai levé la tête, et là je l'ai vu, tout encadré de rouge et d'or, comme dans une peinture !'

'Eh bien, arrêtez de lever la tête.'

'Vous rigolez ou quoi ? Il faut bien que je projette ma voix !'

'Marguerite', intervint la régisseuse, 'tu rentres en scène dans quarante secondes.'

'*Elle parle de moi*', murmura Marguerite, ce qui était sa réplique suivante.

'Bon, je vous fais confiance pour ne pas vous laisser absorber dans la contemplation de cet abruti, hein ?' reprit Kamenev. 'Si j'avais su que vous deviendriez subitement nymphomane en passant le tunnel sous la Manche, je vous aurais fait prescrire un traitement hormonal.'

Derrière son piano, Justine écarquilla les yeux de stupeur. Alors donc, non content de la forcer à jouer dans un opéra proprement misogyne, le bonhomme s'adonnait à des blagues sur la possible castration chimique de sa jeune prisonnière !

'Je ne suis pas nymphomane, c'est simplement un coup de foudre', dit Marguerite. 'Mais vous ne pouvez pas comprendre, puisque la seule personne que vous ayez jamais embrassée, c'est le buste de Lénine sur votre table de nuit.'

'C'est à toi, Marguerite !'

Elle se précipita sur scène. Kamenev remuait la tête en poussant de gros soupirs. Ce n'était même pas vrai, d'abord ; il avait embrassé un certain nombre de gens par le passé, et il n'avait jamais songé à la possibilité de gratifier Lénine du même traitement.

'Bonsoir', dit alors en français, mouillé d'un accent anglais, une personne près de lui.

Il se retourna. C'était la jeune femme qu'il avait vue de l'autre côté de la scène ! Elle venait de jaillir d'un piano, comme une sorte de musique folle. Elle était vraiment minuscule. Comment pouvait-on être aussi petite ? Elle allait disparaître dans un trou du plancher, si personne ne faisait attention.

De si près, il distinguait son tatouage : un pissenlit soufflé par le vent. Elle portait ses cheveux auburn en simple carré, qui laissait découvertes de petites épaules rondes mouchetées de taches de rousseur.

'Vous êtes ?' dit-il d'un ton grognard.

'Une amatrice d'opéra', pipeauta-t-elle.

Elle lui tendit la main. Il la serra un peu plus précautionneusement qu'il n'avait fait avec celle de Cosmo. Elle avait de toutes petites bagues fines en or et en argent, empilées les unes sur les autres, alors que Kamenev croyait se souvenir qu'on ne mélangeait pas impunément le doré et l'argenté.

'Ah, vous êtes une de ces personnes qui paient l'équivalent du PIB de la Chine pour avoir accès aux coulisses', dit-il en français et sans prendre la peine de ralentir son débit ordinaire, puisqu'elle avait l'air de comprendre.

Il aurait préféré qu'elle soit autre part, parce qu'il devait vérifier que Marguerite s'en sortait convenablement, et en l'état c'était impossible, tant cette minuscule jeune femme prenait, bizarrement, toute la place disponible.

'Non', répliqua Justine, 'c'est un ami qui m'a fait entrer. Écoutez', reprit-elle.

Elle allait se lancer dans un grand monologue inspiré, mais en regardant le beau visage haut de Kamenev, elle se rendit compte que malgré toutes ses idées, elle avait du mal à improviser un discours.

'Écoutez', dit-elle encore, 'je me demandais si vous considéreriez' – et là elle s'interrompit, car elle avait produit un sublime conditionnel dont elle aurait été très fière si, hélas, elle n'avait pas utilisé le mauvais verbe : c'était *envisager* qu'elle cherchait ; *considérer* était un faux ami.

Elle en perdait son français, de chercher à accrocher l'attention de ce féroce gardien !

'Si vous envisageriez', reprit-elle… mais rien ne vint ensuite, elle abandonna – 'enfin, écoutez ; écoutez, je vais vous dire la vérité : je m'appelle Justine Dodgson, et vous avez entendu parler de moi cet après-midi dans l'Eurostar, par Cannelle Fichin qui se trouvait en face de vous.'

Ayant replacé l'épisode dans sa mémoire, Kamenev la fixa avec stupéfaction.

'Vous êtes la foldingue qui fait des mariages blancs ?'

'C'est une manière de voir les choses', répondit Justine. 'Je préfère me qualifier d'auto-entrepreneuse disruptive.'

'Mais qu'est-ce que vous faites ici ?'
Justine prit une grande inspiration.
'Eh bien, quand Cannelle m'a appris que vous jouiez ici ce soir, je me suis dit que cela tombait très bien, parce que je suis à la recherche de quelqu'un qui accepterait de… de chanter un petit quelque chose au mariage de mon grand frère la semaine prochaine.'
Kamenev la dévisagea. Pendant ce temps, sur scène, Marcellina ironisait au sujet de Susanna : *'Quelle pudeur elle a ! Ces yeux baissés… cet air de piété…'* – et, comme Marguerite adoptait à merveille cet air-là : *'Quelle jolie jeune mariée !'*
'Vous venez me chercher dans les coulisses d'un opéra au Royal Opera House de Covent Garden pour me demander si Marguerite peut venir chanter au mariage de votre grand frère ?!' dit Kamenev, déboussolé.
'Pardon ; ce n'est pas le bon moment, peut-être ?' s'enquit Justine.
'C'est de la folie !' confirma Kamenev. 'Vous ne pensez pas que j'ai d'autres choses à faire ?'
'Comme quoi ?'
'Suivre le spectacle !'
'Vous ne le connaissez pas déjà ?'
Les deux s'entreregardèrent, et Kamenev se trouva absolument incapable de décider si son interlocutrice plaisantait ou pas. Elle portait sur le visage ce très insupportable mais assez adorable masque britannique, bouche à moitié relevée sur le côté, sourcil à moitié dressé vers le haut, deux yeux d'enfant un jour de baptême.
'De toute façon', dit Kamenev en reportant son regard sur Susanna et Marcellina (qui faisaient maintenant des manières pour sortir de scène), 'Marguerite ne fait pas chanteuse de mariage.'
'Je comprends', dit Justine, 'mais peut-être que je pourrais le lui demander moi-même ?'
'Absolument pas', répondit Kamenev. 'Tout passe par moi.'

'Ah oui ?' dit Justine. 'C'est intéressant. Elle ne s'en plaint pas, parfois ?'

'Elle se plaint de tout', dit Kamenev, 'c'est normal ; elle a dix-sept ans, et en plus c'est une soprane.'

'Quand sort-elle de scène ?' demanda Justine. 'On aurait dit qu'elle allait sortir, là, et en fait non.'

'C'était une feinte. Vous n'avez jamais vu l'opéra avant ?' demanda Kamenev. 'Je croyais que vous étiez amatrice.'

'J'avais oublié', lâcha Justine en regardant sa montre. 'Et donc, elle sort quand, du coup ?' (elle avait attrapé le «*du coup*» à la fréquentation de Cannelle.)

'Pas avant la fin de l'acte.'

'Vous la faites bosser, dites donc', dit Justine.

'Oui, c'est un peu le principe.'

Justine croisa les bras et se tint plantée là.

'Vous comptez rester là jusqu'à ce qu'elle sorte ?'

'Je n'ai rien d'autre de prévu, pour être honnête. Faisons connaissance, si vous le permettez. Je suis étudiante en français à Leeds. J'adore la France, c'est pour ça que j'ai appris votre langue. Diriez-vous que je la maîtrise plutôt bien ?'

Kamenev n'en revenait pas.

'Je n'ai jamais vu quelqu'un d'aussi petit prendre autant de place.'

'*Though she be but little, she is fierce*', récita Justine.

'De quoi ?'

'C'est une citation de Shakespeare. *Elle est peut-être petite, mais elle est...* Ah ! comment dirait-on en français ?'

Elle sortit son téléphone, googla à toute allure.

'Féroce. Acharnée. À toute épreuve. *Elle est peut-être petite, mais elle est féroce.*'

'Ah. Et vous vous définissez comme ça ?' demanda Kamenev.

'Tout à fait. Ainsi que, plus pragmatiquement, comme femme, blanche, de la classe moyenne, hétérosexuelle, neurotypique, cisgenre. Et vous ?'

'Je ne me définis pas.'
'C'est tout le privilège', dit Justine, 'de l'homme blanc cisgenre hétérosexuel bourgeois : ne pas avoir à se définir.'
'Vous parlez tout le temps comme ça ?' grimaça Kamenev.
Quand il fronçait les sourcils, remarqua Justine, son front se modelait en forme d'ancre de bateau. Elle ne pouvait que deviner le nombre de préjugés qui s'amarraient à ce froncement de sourcils... Les Français, elle le savait, avaient du mal avec ce genre de lexique.
'Je peux vous enseigner les termes centraux du débat, si ça vous intéresse.'
'Ça m'intéresse surtout que vous me laissiez suivre le spectacle.'
'Bien sûr', dit Justine.
Elle le laissa le suivre approximativement six secondes. Puis :
'Est-ce que par hasard Marguerite aurait des désirs de s'installer en Grande-Bretagne pour un séjour de courte ou de moyenne durée ?'
'Non', dit Kamenev.
'Je vois. C'est très dommage. Pourrait-elle être convaincue ?'
'Vous parlez bien français', dit Kamenev, 'mais votre usage de la voix passive révèle facilement votre nationalité.'
'Pardon, je rephrase. Pensez-vous que je pourrais la convaincre ?'
'Non.'
'Je vois.'
Kamenev s'enferma dans le silence, le regard fixé sur la scène, où Marguerite trottinait allègrement en brandissant rubans et bouquets de fleurs. Justine, lui laissant un peu de répit, entreprit de réveiller son téléphone portable.
Elle défricha d'abord l'écran de trente-deux nouvelles notifications. L'une d'entre elles, nichée là toute palpitante au milieu des autres, attira son attention. Elle venait de Rachel Greenblatt, une amie d'enfance, à la double nationalité

britannique-américaine, qui l'informait de sa venue prochaine à Londres – *vendredi, tellement hâte !*

Cerise sur le gâteau : son but était de se trouver, dans le cadre de *Brexit Romance*, un époux français pour un troisième passeport.

Ma décision est prise. D'un côté Trump, de l'autre Brexit :
Je te jure, quand je sors mes passeports, je déprime totalement.

Donc, je signe !

D'ici cinq ans, quand je passerai associée,
je compte bien m'installer quelque part au soleil.

Sa boîte américaine avait des filiales à Madrid, à Lyon et à Rome, sur lesquelles Justine comptait particulièrement – autant de passeports européens potentiels...

Fais ton office, Justine, je compte sur toi :
trouve-moi un Français, que je me concocte un passeport européen !

Justine médita cette requête. Rachel était brillante, cultivée, gracieuse et sportive ; elle avait une voix de New Yorkaise aisée, gominée et grumeleuse comme un cabriolet décapotable roulant sur une allée de graviers ; et surtout, elle était avocate de formation. Elle savait convaincre les gens. Elle était séduisante.

Justine reporta son regard sur le profil droit et sévère de Kamenev. L'arrivée inopinée de Rachel pouvait peut-être lui être doublement utile...

T'aimes l'opéra ? tapota-t-elle.

Mon Dieu, mais j'en suis folle, dit l'Américaine.
Tu sais que j'habite à un jet de pierre du Met ?

Fabuleux. Révise tes classiques,
je te présente quelqu'un quand tu arrives.

Ensuite, elle regarda sans le son une vidéo de panda qui faisait des roulades arrière, puis dévala en varappe son mur Facebook, passa quelques poignées de minutes sur Instagram, puis lut un morceau d'un article compliqué d'Hélène Cixous pour un module qu'elle suivrait l'année prochaine en Post-Structuralisme et French Theory.

Ayant estimé qu'assez de temps s'était écoulé, elle interpella à nouveau Kamenev.

'Et vous ? Vous pensez que vous pourriez être convaincu de rester ?'

'Rester où ?'

'Ici, à Londres. Un peu plus longtemps que prévu.'

'Non', asséna Kamenev.

'Vous avez des choses prévues la semaine prochaine ?'

'Oui.'

'Quoi, par exemple ?'

'*Un jour de mariaaage !*' s'écriait, sur scène Susanna.

'Des répétitions avec Marguerite', grommela Kamenev.

'Mais sa voix est ici, donc ça pourrait potentiellement se faire ici, si on considère la chose de manière purement pragmatique.'

'Elle n'ira pas chanter au mariage de votre frère.'

'*Fair enough*', dit Justine.

'Ça veut dire quoi, ça, *fair enough* ?' demanda Kamenev.

'Ah là là, tellement de choses.'

Ils attendirent encore un peu. Justine avait éteint son téléphone. Sans l'irradiation bleutée de l'écran, elle avait acquis dans l'ombre une nouvelle consistance, charnue et butée ; et Kamenev, près d'elle, fut tout à coup conscient que sa solitude en avait été grandement bousculée.

'Vous comptez vraiment rester ?' s'enquit-il sourdement.

'Je ne suis pas trop inconfortable', répondit Justine. 'Ah, voilà ! on dirait que Marguerite arrive…'

Et en effet Marguerite arrivait, et l'acte se terminait.
'C'était comment ?' s'écria-t-elle en courant dans les bras de Kamenev, rose vif et un sourire plus grand que son visage sur le visage.
'C'était pas mal du tout', dit Kamenev.
Justine nota que l'ancre de bateau s'était volatilisée : le front lisse, Kamenev accueillait son élève avec, elle dut bien l'admettre, une expression d'affection véritable. Autour d'eux l'agitation grandissait, avec le tomber du rideau, pour le changement de décor.
'Venez vous reposer.'
'Juste une petite seconde – bonjour !' dit Justine en s'interposant.
Marguerite écarquilla les yeux devant la main tendue au tatouage de pissenlit. Et avant que Kamenev n'ait eu le temps de réagir, Justine lançait :
'Faustine Carroll, journaliste, enchantée ! Marguerite Fiorel, est-ce que vous aimez beaucoup la Grande-Bretagne ?'
'Je l'adore !' s'épanouit Marguerite.
'Le choix vous en étant donné, seriez-vous prête à y rester une semaine de plus ?'
'À tout prix !' s'exclama Marguerite.
'Très bien', dit Justine en jetant un regard pointu à Kamenev. 'Je vous avais dit qu'elle serait d'accord.'
Kamenev leva les yeux au ciel.
'Cette jeune femme n'est pas du tout journaliste, Marguerite. Elle veut juste vous inviter à venir chanter au mariage de son frère la semaine prochaine.'
'À Londres', précisa rapidement Justine.
'Mais ce serait un bonheur !' dit Marguerite.
'Oh, par pitié', soupira Kamenev. 'Buvez un peu d'eau. Vous n'êtes pas chanteuse de mariage, Marguerite.'
'Pierre !' s'écria Marguerite. 'Ne soyez pas aussi snob. Je peux parfaitement chanter dans un mariage. En plus, on n'a rien de prévu la semaine prochaine, et d'ailleurs il fait beaucoup trop chaud à Grenoble en ce moment, et puis…' (*murmurant* :)

'et puis de toute façon, j'avais bien l'intention de rester plus longtemps : il *faut* que je découvre qui est ce lord.'

Kamenev enfouit son visage dans ses mains. Marguerite passa par tous les états de la matière.

'Pierre ! On reste !'

'Non', dit faiblement Kamenev.

'Si, si, je vous jure', affirma-t-elle.

Et elle tapota tendrement le dos de Kamenev, pour le réconforter de son manque d'autorité.

'C'est parfait alors', dit Justine. 'Nous vous accueillerons avec plaisir chez ma mère, qui vous logera aussi longtemps qu'il le faudra. Elle a une petite maison à Putney, il y a même un piano électrique pour vos répétitions. Et pendant la journée, vous pourrez faire du tourisme. On viendra vous chercher demain à l'hôtel, si vous voulez. Vous êtes dans à hôtel, d'ailleurs ?'

Marguerite cita le nom, Justine nota avec application.

'Alors à bientôt.'

Et elle fit la bise à Marguerite, et une autre à Pierre, qui réagit trop tard pour y échapper, et dut gérer tant bien que mal le contact frais, à l'odeur de chèvrefeuille, de la joue de Justine Dodgson contre la sienne.

'Je dois y aller', s'écria Justine, 'je suis très très en retard.'

'En retard pour quoi ?' demanda Marguerite.

Mais Justine avait déjà disparu.

★

'Oh, Pierre !' s'écria Marguerite. 'Une semaine de plus à Londres ! C'est absolument comme dans un rêve.'

'Un cauchemar', rectifia Kamenev.

'Et cette fille ! Vous ne trouvez pas qu'elle est magnifique ? On dirait… on dirait… un petit animal de la forêt ! Une fée, un champignon !'

'Buvez votre eau, Marguerite.'
'Elle est belle, non ?'
'Tolérable, je suppose. Buvez !'
'Et si on reste, on pourra retrouver mon lord !'
Kamenev la saisit par les épaules.
'Si vous ne vous hydratez pas immédiatement, je vous enfonce cette bouteille d'eau dans la gorge.'
Elle but avec application.
'De plus', reprit Kamenev, 'elle se trouve être la fondatrice de la start-up cinglée dont l'autre blondasse nous parlait dans l'Eurostar.'
Il fallut quelques gorgées d'eau supplémentaires à Marguerite pour démêler le fil de ces diverses idées. Mais ensuite, elle baissa le goulot avec enthousiasme.
'Hein ! C'est la présidente de *Brexit Romance* ? C'est extraordinaire !'
'Extraordinaire ?' s'effara Kamenev. 'Mon Dieu !'
Marguerite hocha vigoureusement la tête.
'C'est merveilleux de chez merveilleux.'

★

'Elle est à nous pour une semaine au moins. Elle chantera au mariage de Tommy, samedi.'
'Parfait, ma chère. Je savais que tu serais à la hauteur.'
Cosmo et Justine entrechoquèrent leurs verres.
'Et au passage, je m'arrangerai pour harponner son protecteur. Il se trouve que Rachel Greenblatt arrive mardi, et je pense qu'avec lui… ça pourrait coller.'
'Tu te mets un gros défi, dis donc. Il n'a pas l'air commode.'
'C'est exactement ce qui m'excite.'
'Eh bien alors, voilà : tout le monde est content.'
'Rendez-vous samedi prochain', dit Justine.
'Je ne la contacte pas avant ?'

'Non. Il faut d'abord que je prépare le terrain.'
'Fort bien. Je serai l'absent qui se fait désirer.'
'Exactement. Bon, j'y vais, maintenant.'
'Tu ne restes pas pour les autres actes ?'
'Non, pour quoi faire ? Ils se marient à la fin, j'imagine ?'
'Évidemment.'

Acte II

1

Justine savait qu'elle n'aurait aucune difficulté à convaincre sa mère de loger pour une semaine une jeune chanteuse française et son professeur : Katherine Dodgson, comme toutes les femmes britanniques d'un certain âge, était une enthousiaste de l'accueil prolongé d'invités. De plus, elle était divorcée, et trois de ses quatre enfants – Justine, Matt, et leur grand frère Tommy – avaient quitté le domicile : elle s'ennuyait donc un peu. Le petit dernier, Bertie, était encore, Dieu merci, un enfant. Parfois, les accidentels nouveau-nés de la pré-ménopause avaient du bon.

Persuader Katherine avait donc été une formalité :

'Est-ce que ça t'embêterait, Maman chérie – et je t'en prie, surtout, dis-moi si c'est le cas, vraiment, on trouverait une autre solution – mais est-ce que ça t'embêterait, potentiellement, d'accueillir Marguerite et Pierre à la maison pendant une ou deux semaines, disons par exemple jusqu'au mariage, et puis une petite semaine ou deux de plus ? Surtout, dis-moi si…'

'Ma chérie, pas un mot de plus. Je les séquestrerai avec bonheur, jusqu'à la fin de l'été si ça leur chante, voire pour toujours.'

Et Katherine avait fait craquer toutes ses phalanges avec délices, songeant déjà aux préparatifs olympiques de lits, gâteaux, et tasses de thé auxquels elle s'adonnerait pour ces invités inopinés.

Le lendemain matin, Katherine, escortée du petit Bertie, attendait à leur hôtel Marguerite et Kamenev.

Ceux-ci s'étaient réveillés avec difficulté, après le spectacle et les interviews que Marguerite avait données ensuite à BBC Radio 3, au *Times*, au *Telegraph*, à *Opera News* et à *Opera Now*.

'*Hello!*' leur lança la mère de Justine. '*I'm Katherine Dodgson, Justine's mum. So nice to meet you!*'

« *So nice to meet you!* » Marguerite fondit devant tant de gentillesse, surexcitée à l'idée de pratiquer son anglais auprès d'une authentique Anglaise. Or celle-ci était anglaise sans aucune erreur possible. Elle portait une jupe de dix centimètres trop longue, des talons de trois centimètres trop épais, et souriait plus que ses joues n'auraient dû le lui permettre, grâce à une efficace infrastructure dentaire. Elle était belle comme des falaises.

Le petit garçon qui l'accompagnait semblait sculpté dans un solide bloc de timidité.

'*Say « nice to meet you », Bertie!*' lui enjoignit Katherine.

'*Nstmtyou*', dit Bertie.

Marguerite fut heureuse de comprendre ces premiers mots...

... car elle ne comprit rien à ce qui suivit.

'*Yulneveguesswa happened – abeen waytin for awazzz foyoutaraïv beden sunnenly adjuswen – waytemint – omaïgness aïwozen dewooooong hotel! eewaz dewann infwont youcy! awaz sotchefool!*'

Sur ce, Katherine regarda Kamenev et Marguerite, qui, ne sachant trop s'il s'agissait là d'une histoire triste ou gaie, dirent : '*Ah...!*' d'un ton ambigu.

'*Enn Bertiasso dizpoïnd, wentyou Bertie?*'

Apparemment on venait de poser une question à Bertie, mais l'enfant de granit ne fit que se pendouiller au bras de sa mère, oscillant sur un pied, la tête en bas, le nez baissé vers le carrelage de l'hôtel, tel un sinistre lustre.

'*Anwayso – lezgo – wigottataykdetioobamefreyd.*'

Elle pivota sur ses talons et se mit à marcher, hélitreuillant Bertie, ce qui encouragea Marguerite et Kamenev à la suivre.

À quelques pas de l'hôtel se trouvait la gare de St Pancras, où ils étaient arrivés la veille, et dans laquelle ils pénétrèrent à nouveau.

'Elle a dit quoi ?' chuchota Marguerite à Kamenev.
'Pas sûr', admit Kamenev. 'Je ne comprends pas bien cet accent bourgeois, j'ai appris la langue avec des films d'auteur du nord du pays.'
'C'est ça, trouvez-vous des excuses !' dit Marguerite. '*What did you said ?*' s'embrouilla-t-elle à l'adresse de Katherine, qui en retour leur resservit exactement la même macédoine de mots.

Derrière eux, un virtuose du dimanche jouait, sur un piano public, les premiers accords de Let It Be, en boucle, à tel point qu'il paraissait assez clair qu'il ne connaissait pas les suivants, et le bruit de ces accords confisqua encore davantage de syllabes à l'anglais supercondensé de Mrs Dodgson.

Se rendant finalement compte du désarroi de ses interlocuteurs, Katherine s'arrêta entre un magasin Accessorize et un appareil de ressuscitation cardiaque, et redit, plus lentement :
'*We've got to take the Tube, I'm afraid.*'
'Ah OK ! C'est juste qu'on va devoir prendre le métro', traduisit Marguerite. 'Et elle a peur.'
'Elle a peur ?' répéta Kamenev.
'Bah ouais, avec les terroristes et tout', hypothétisa Marguerite.

Et elle se mit à frissonner, car si même les Anglais, avec leur flegme légendaire, avaient peur du métro, c'était qu'il devait être particulièrement dangereux. De fait, ils se virent entourés de nombreuses personnes en djellabas blanches, coiffées de voiles chatoyants ou de turbans bleu ciel, qui cachaient à grand-peine leur fanatisme religieux derrière de respectables attachés-cases en cuir ou d'innocents sacs plastique de chez Primark.

Trois longues langues d'escalators plus tard, alors qu'il leur semblait tout à fait impossible de s'enfoncer plus loin sous la croûte londonienne, ils émergèrent enfin sur un quai bondé, et Marguerite écouta Katherine Dodgson leur dire, tandis qu'ils montaient dans la rame, qu'ils allaient 'tout au bout de la ligne, *I'm afraid.*'

Dans son anglais le mieux choisi, Marguerite lui demanda :
'Vous avez peur des terroristes dans le métro ?'
Sous l'effet de la concentration, elle avait dit cela assez fort, et la moitié de la rame étira le cou pour écouter la conversation ; mais Katherine Dodgson s'en sortit avec un rieur :
'*Amorafreyd ofladerryn maïtaïtz.*'
'*What ?*'
'*I'm more afraid of laddering my tights.*'
'Elle a plus peur des échelles étroites', traduisit inexpertement Kamenev.
'Ah ? Pour s'échapper des souterrains, peut-être ?' imagina Marguerite.
L'idée ne manquait pas de piquant. Dans l'élan, regardant les pâles congénères contre lesquels elle se pressait, la jeune chanteuse s'inventa, pour passer le temps, une explosion dramatique, à la suite de laquelle, du plumage de feu, d'entre les restes de sièges rendus porcs-épics d'acier par le souffle infernal, émergeait un jeune homme, chemise déchirée et cravate sous l'oreille, qui la conduisait jusqu'aux échelles étroites et l'aidait à remonter à la surface, lui lançant des encouragements dans un anglais qui, contrairement à celui de Katherine Dodgson, était parfaitement compréhensible.
Up and up and up, and up, and...
'Marguerite', râla Kamenev, 'vous me marchez sur le pied.'
'Oups, pardon.'
Elle déplaça son pied et le posa autre part, et cet autre part s'avéra être un autre pied, tout ciré et doté de lacets comme deux grands yeux étonnés.
'*Oh, I'm so sorry*', dit le propriétaire de l'autre pied.
Émue par une si puissante politesse, Marguerite fut très désolée que cet homme-là soit beaucoup trop vieux et moustachu pour incarner, le temps du reste du voyage, son sauveur éphémère des échelles étroites.

★

Il fallut ensuite attendre à la gare de Victoria *I'm afraid*, puis prendre un autre train *I'm afraid*, mais pas jusqu'au bout de la ligne *thank goodness*, et finalement ils sortirent à Putney. Là, il fallut encore marcher un peu *I'm afraid*.

Bertie était sorti de sa tétanie de timidité, mais pas au point d'adresser la parole aux Français, aussi sautillait-il loin devant en faisant tournoyer deux hand-spinners qui lui donnaient une allure de dresseur de libellules.

'On est encore à Londres ?!' s'interrogea Marguerite, tant ces séries de rues de maisons tantôt moches, tantôt belles, toujours jumelles, apposaient une image inconnue et morose à sa légende personnelle de la capitale.

'Londres est très étendue', expliqua Kamenev. 'Selon les scientifiques, si ça continue comme ça, statistiquement, dans trente ans toute la Grande-Bretagne sera Londres.'

'N'importe quoi', dit Marguerite.

D'un ton plus préoccupé :

'Je sais pas si on retrouvera mon lord dans cette ville immense.'

'Ne vous en faites pas', dit Kamenev, 'Londres est tout petit pour ceux qui s'aiment comme vous d'un aussi grand amour.'

Enfin Katherine s'arrêta devant une maison et eut l'air d'indiquer, dans son anglais flou, qu'ils étaient arrivés. Peut-être à cause de la similarité des maisons, ou de l'épuisement qu'il y avait à se découvrir si pitoyable en compréhension orale de Katherine Dodgson, Marguerite avait l'impression d'avoir voyagé cent ans.

La maison des Dodgson avait un joli visage aux yeux ensommeillés, à la bouche petite, et au crâne lisse, recouvert côté jardin de panneaux solaires. Il y avait aussi quelques panneaux côté rue, malgré la faible exposition au soleil ; leur fonction principale était d'informer les voisins que les Dodgson étaient attachés à la protection de l'environnement. La boîte aux lettres disait *Pas de publicité, Pas de journaux gratuits*, mais la porte coulissa sur un gros vrac de toutes ces choses-là, qui partirent directement dans le bac à recyclage. Kamenev et Marguerite se firent alors assaillir par un teckel, que Bertie saisit par le cou comme un serpent, et bientôt toute l'équipée, déchaussée, se retrouva embarquée dans une visite vociférante de la maison.

Il y avait, là aussi, bien des choses qui suscitaient des inquiétudes chez Katherine, comme l'état « désastreux » de la cuisine (où il traînait en effet un torchon propre, sur un plan de travail impeccable, entre trois spectaculaires machines scintillantes), le couloir où un morceau de moquette se détachait un petit peu *please be very careful*, et d'autres sujets d'alarme qu'ils ne comprirent pas très bien, comme la douche qui était très *tempéramentale* et dont le pilotage requérait deux ou trois boîtes différentes avec des boutons rouges et bleus ; les robinets séparés dont il fallait se méfier car celui d'eau chaude était infernalement brûlant ; et enfin la chasse d'eau qui était un peu faible *I'm afraid* – Marguerite imagina déjà, avec quelque frisson d'horreur, une petite crotte du matin toupiotant paresseusement, sans y disparaître, dans le bouillon morose déclenché par la tirette.

Tout le long de la visite, Katherine leur donnait à toute allure maintes précisions, touchant du bout des doigts un abat-jour, un coin de fenêtre à guillotine, un lambeau de papier peint, un cadre de porte strié de souvenirs de tailles d'enfants, une photographie de grands-parents sur une plage, un coussin crocheté *Home Sweet Home*. Marguerite hochait la tête, furieuse de se voir démontrer avec tant de légèreté sa définitive incompétence en anglais.

Il y avait dans la maison seulement trois chambres ; celle de Bertie gardait la trace d'une famille autrefois nombreuse : il dormait seul sur la partie supérieure d'un lit superposé dont il avait transformé l'inférieure en paysage post-apocalyptique. Kamenev traduisit pour Marguerite que Katherine n'autorisait pas la présence de biscuits au premier étage ; cependant il y avait des biscuits écrasés dans tous les trous des Lego, et Bertie, assis en tailleur sur le tapis, en avait mis au moins trois à la fois dans sa bouche.

Katherine le remarqua, secoua la tête et dit lentement :
'Je suis la pire mère du monde.'
Cette remarque brisa le cœur de Marguerite.
'Mais non', balbutia-t-elle, tâtonnant pour trouver les mots, 'ce n'est pas du tout vrai, il y a des mères bien pires !'
'Marguerite', chuchota Kamenev, 'les Anglo-Saxons disent beaucoup que quelque chose est *la pire* ou *la meilleure* du monde. Ce n'est généralement pas à prendre au pied de la lettre.'
Et effectivement, le regard perplexe de Katherine indiqua qu'elle ne s'attendait pas véritablement à ce qu'on la positionnât dans un classement international des mères du monde.
La petite chambre rouge à côté de celle de Bertie serait celle de Marguerite. Elle avait été celle de Justine, et la constellation de petits ronds huileux sur le papier peint, disposés en carrés, suggérait des murs autrefois recouverts de photographies et de posters. Sur le lit, étroit mais haut sur pattes, se dressait une pile de serviettes bleues au sommet de laquelle trônait un nounours chafouin.
Marguerite sentit venir le genre de vague à l'âme qui nous assaille soudain quand on se rend compte que l'on va dormir dans un lit qui ne connaît pas bien la forme de notre corps.
'Et vous, vous êtes dans cette chambre !' annonça Katherine à Kamenev, avant d'ouvrir la porte sur un colossal lit *queen size* à tête molletonnée, couvert de gros coussins roses et de plaids en maille, qui mangeait toute la pièce.
Kamenev la regarda non sans épouvante, s'effrayant par avance des rêves qui lui viendraient dans ce festival de fleurs.
Lorsqu'ils furent redescendus dans la cuisine, Katherine se mit à préparer du thé comme on bat un tapis, actionnant les robinets d'un énergique uppercut, les refermant d'une claque vers le bas, flanquant la bouilloire sur son socle et giflant deux ou trois placards pour qu'ils lui cèdent des sachets, du sucre, du lait, des biscuits au gingembre. Quand l'eau eut fini de rugir, elle remplit quatre mugs bariolés qui racontaient chacun une histoire différente.
'Allons au *conservatory* !' dit-elle alors.

'Au conservatoire ? Avec du thé et des biscuits ?' demanda Marguerite.

'Bien sûr ! Sinon, à quoi servirait un conservatoire ?'

Il leur suffit de faire quelques pas pour parvenir au *conservatory*, qui se trouva être non pas une école de musique, mais une sorte de véranda vitrée, en prolongement du salon, qui donnait sur le jardin et abritait des chaises et un sofa en osier.

'C'est ça, un conservatoire ?'

'Mais oui', répondit Katherine. 'Ça nous a coûté un bras et une jambe de le faire construire et il y fait toujours trop chaud ou trop froid. Seulement, pour ne pas avoir l'impression d'avoir payé pour rien, on s'y assoit fréquemment et on endure la température avec fortitude.'

Il faisait, en effet, très froid, et en même temps on était carbonisé aux endroits précis où le soleil traversait la vitre pour atteindre l'épiderme. Marguerite s'immergea dans sa tasse.

'Merci mille fois d'avoir accepté de chanter au mariage de Tommy', dit Katherine. 'Symboliquement, ce sera très fort, pour les invités, de voir que nous tendons la main à nos amis européens de l'autre côté de la Manche. Surtout que dans ma situation… Ah là là, si vous saviez ! Je…'

Et l'avalanche reprit. Marguerite attrapa au vol, comme un noyé qui s'agrippe à une petite tête de roseau, les mots 'Commission Européenne', 'Brexit', 'Bruxelles', 'job', 'écologique', 'Eurostar' et 'menace'.

Katherine répéta plusieurs fois :

'*I am being let go.*'

'*You are being let go ?*' répéta Kamenev.

Elle est en train d'être laissée partir ? pensa Marguerite. Elle était épuisée. Elle qui pensait avoir étudié l'anglais se découvrait babillante comme un nouveau-né. Elle qui pensait être hébergée en plein cœur de Londres se retrouvait comprimée dans une chambre rouge auprès d'un petit garçon plein de miettes et d'une chasse d'eau décourageante. Et voilà qu'elle apprenait, en outre, que la mère était en train d'être laissée partir ! Quoi que cela signifiât, ce n'était pas bon signe. Son thé avait un goût de larmes.

Elle remarqua, cependant, un lapin qui courait dans le jardin et dont la petite queue blanche oscillait comme un index qui fait *non, non* ; cela la fit sourire.

'Et donc', terminait Katherine au même instant, 'comme on dit chez vous, *voilà*.'

[ce dernier mot en français.]

Puis elle se leva pour se rendre à la cuisine.

'*Voilà* quoi ?' demanda Marguerite à Kamenev.

Kamenev expliqua rapidement :

'La mère Dodgson était lobbyiste pour un groupe britannique de colorants pharmaceutiques écologiques auprès de la Commission Européenne. Évidemment, post-Brexit, ils n'ont plus besoin de lobbyistes, et donc après quelques mois de tergiversations, elle s'est fait virer de son job. Elle part demain pour Bruxelles car elle a un nouveau plan qui pourrait marcher avec une entreprise belge.'

'OK OK', dit Marguerite.

'Son ex-mari, le père de Bertie, sera là pour s'occuper du gamin la plupart des jours de la semaine.'

'OK OK.'

'Et ensuite, on ira tous gaiement au mariage du grand frère, samedi prochain. C'est bien ce que vous vouliez ?'

'Exactement', dit Marguerite d'un air de défiance.

En réalité, elle souhaitait surtout revoir Justine et, en vertu de ce qu'elle imaginait comme un miracle impossible et donc tout à fait probable, le lord.

Katherine revenait avec un gâteau cubique composé de carreaux roses et blancs à peau de pâte d'amandes, que Marguerite adora tellement qu'elle suivit à peine le reste de la conversation.

'Il se passe quelque chose d'intéressant', dit Katherine tout à trac, 'dans ma famille en ce moment. Savez-vous que non seulement mon grand fils Tommy, mais également mon autre fils Matt, va se marier ?'

'On en a entendu parler', répondit précautionneusement Kamenev.

'Avec une Française. Je trouve intéressant qu'il ne m'en ait parlé que la semaine dernière', dit Katherine d'un ton méditatif. 'Ne trouvez-vous pas cela intéressant ?'

'C'est très intéressant !' confirma Marguerite avec énergie.

'Et savez-vous comment ils se sont rencontrés ?' demanda Katherine.

'Non', mentit Kamenev.

'Sur Tinder !' s'écria Katherine. 'Les manières dont on se rencontre aujourd'hui, c'est très amusant, n'est-ce pas ?'

'Oui !' dit Marguerite en se forçant à éclater de rire (elle apprendrait plus tard que *funny* pouvait en effet vouloir dire amusant, mais aussi bizarre, malade, hilarant, terrible, intrigant, curieux, pervers, infiniment triste, et bien d'autres choses encore.)

'Elle et Matt vont venir nous rejoindre très bientôt. Peut-être qu'ils vous emmèneront faire un petit tour de Londres… mais vous savez', dit Katherine d'un ton distrait, 'je me demande quand même les raisons de ce mariage.'

'Ah ?' fit Kamenev poliment.

'Il me semble étonnant qu'ils s'élancent si rapidement dans un engagement de ce type. Je dois avouer que j'ai quelque suspicion qu'ils le fassent comiquement pour des questions de passeport…'

'Oh, vous exagérez', dit faiblement Kamenev, pendant que Marguerite s'empourprait, pleine à craquer du *big secret*.

'Je sais que ça semble un peu fou', reprit Katherine, 'mais enfin le monde est fou en ce moment. Et connaissant mes enfants, je n'exclurais pas la possibilité de telles manigances.'

Kamenev enfouit tout son gâteau dans sa bouche, et regarda Katherine d'un air qu'il voulait entièrement innocent, les bajoues carrées.

'Elle est consultante, cette Française que Matt épouse ; mais apparemment, elle veut monter son restaurant. Ces jeunes ! Ils sont tous consultants, et ils veulent tous travailler dans des restaurants', dit Katherine. 'Et donc elle veut s'installer ici. C'est fou comme les îles Britanniques semblent représenter pour les jeunes Européens un véritable paradis de la start-up. Je trouve cela très intéressant, pas vous ?'

'C'est très intéressant', acquiesça Kamenev.

'C'est parce qu'ici, il y a de l'investissement !' s'enthousiasma soudain Marguerite, l'index en l'air, dans son meilleur anglais. 'Et un véritable esprit de… de… !'

Puis, en français :

'Zut, je sais pas comment on dit entrepreneur.'

'*Entrepreneur*', devina Katherine.

'Ah ? Pratique', dit Marguerite.

'Vous ne comptez pas monter votre start-up, vous ?'

'Moi ? Non !' rigola Marguerite. 'Je sais chanter et c'est tout. Mais un jour', ajouta-t-elle en coulant un regard à Kamenev, 'je m'installerai ici, et je vivrai ici, parce que c'est le meilleur pays du monde.'

Kamenev leva les yeux au ciel. Katherine rit et dit :

'Est-ce le cas, maintenant ?'

Marguerite hocha la tête, puis elle mobilisa toutes ses connaissances grammaticales et lexicales pour ciseler une jolie réponse :

'Oui. La vie ici, c'est poli et noble, il y a des châteaux pleins de couloirs dans lesquels les peintures s'observent, des jardins où les chevaux galopent parmi les roses, et des pique-niques où l'on mange de délicieux gâteaux.'

Katherine éclata de rire.

'Ça dépend dans quel coin vous allez ! Ici, il n'y a rien de tout cela, *I'm afraid*. Je constate que l'emprise de l'aristocratie britannique sur l'imaginaire continental a encore de beaux jours devant elle…'

Marguerite hocha songeusement la tête, repensant à son lord.

'Vous devriez lui expliquer que ce ne sont que des fantasmes', dit Katherine à Kamenev. 'Des rêves.'

Kamenev hocha la tête avec bienveillance. Mais ces fantasmes, ces rêves, c'étaient les rares choses dont il rechignait parfois de priver son élève.

La porte d'entrée s'ouvrit : Matt Dodgson venait d'entrer, et à son bras la Française.

'Tiens ? Je ne pensais pas vous revoir de sitôt', dit Cannelle avec un clin d'œil, avant de faire la bise à Marguerite et Kamenev.

Matt vint également se présenter, et Kamenev nota qu'il ne ressemblait pas franchement à sa sœur jumelle, quoi qu'il y eût quelque chose, à bien chercher, vers la pommette et dans une fossette, et peut-être aussi en regardant de côté, comme ceci… Et pensivement, il s'appliqua à exhumer le souvenir de Justine du visage de Matt.

'Salut', dit Matt en français, 'tu dois être Marguerite ? *La-la-la-laaaa-la-la-la* !' chanta-t-il. 'C'était juste ou pas ?'

'C'était parfait', dit Marguerite, alors que le premier mi et le deuxième sol étaient décalés au moins d'un quart de ton et que ses tympans en avaient souffert horriblement.

'C'est super sympa de ta part de venir chanter au mariage de Tommy', poursuivit Matt, tout en brossant de la main les cheveux de Bertie d'avant en arrière jusqu'à ce que l'enfant ressemble à un épouvantail. 'Il faut être gentil avec Marguerite, hein Bertie ?' dit-il en anglais. 'Tu sais que c'est une star en France.'

'Comme Beyoncé ?' demanda l'enfant.

'Oui, mais de vieille musique', dit Matt. 'Désolé', reprit-il en français à l'adresse de Marguerite, 'je veux pas dire, comme vous dites, « vieille » à la place de « nulle », comme dans, « Ah, c'est quoi cette vieille musique ? »… mais juste vieille, comme âgée.'

'Je chante aussi du classique contemporain !' se défendit Marguerite.

'Ah bon ? C'est intéressant', dit Matt. 'Bon, *guys*, on y va ? On a prévu de vous emmener faire un tour de la ville, histoire de ne pas vous laisser pourrir ici.'

Marguerite faillit exploser d'extase. Kamenev lui mit la main sur l'épaule pour la stabiliser.

'Vous ne restez pas prendre le thé ?' s'attrista Katherine.

'Désolé, Maman chérie, faut qu'on file, on a un programme serré-serré. Amuse-toi bien en Belgique, lundi ! Et n'oublie pas : *Fuck le Brexit, vive les frites !*'
Matt embrassa sa mère, qui le regarda sévèrement.
'Pas de gros mots, et ne plaisante pas avec ça. Je te rappelle que c'est à cause du Brexit que je suis *laissée partir*.'
I had to be let go.
'Amuse-toi bien', répéta Matt.
Et la porte aspira bientôt Matt, Cannelle, Kamenev et Marguerite.

★

Donc ils repartirent, reprirent un train et un métro et puis encore un autre métro, et débarquèrent sur Oxford Circus. À peine sortis, ils tournicotèrent au moins trente fois autour de la place, dans une folle course trempée de sueur, puis parvinrent à s'échapper par une petite rue attenante.
Kamenev et Marguerite étaient déjà morts de fatigue.
'Londres ! Enfin !' s'écria cependant Marguerite, même s'il lui paraissait n'avoir que peu de prise sur la ville, qui partait rapidement dans toutes les directions et les perdait exprès.
Ils arpentèrent des douzaines de rues droites et anguleuses, de grands parcs rectangulaires, longèrent de gros immeubles en pierre blanche, et tout à coup une rue menait à un canal, qui se prolongeait en HLMs déglingués, où l'on suivait une piste cyclable qui resurgissait soudain, par un tour de passe-passe inexplicable, sur une gigantesque artère vrombissante qu'il fallait traverser par en dessous, avant de jaillir devant un vieux musée, une église néoclassique, un immense magasin Zara, un marché aux fleurs interminable, un vieux pub dont la porte ouverte refoulait l'haleine distinctive de ce genre de lieu : houblon, cuir déchiré, bois pourrissant.

Le but de la journée est de les épuiser, avait précisé Justine par texto à son frère. *Ensuite, c'est moi qui m'en occupe.*

Aussi Matt et Cannelle les épuisaient-ils patiemment. Ils parlaient français la plupart du temps, mais parfois Matt switchait imprévisiblement en anglais et les exposait à un torrent de mots incompréhensibles. Et puis il criait à Marguerite et Kamenev de regarder ici, puis là-bas, de manière anarchique, afin que tout autour d'eux se brouille le fatras de choses à voir… Regardez là-bas le bar à piercings ! Regardez ce tag de dix mètres de haut ! Et cette petite mosquée, et ce musée nautique, et ce jardin perché, et ce club de sport de luxe, et là-bas regardez, c'est la maison de Freud !

Redescente dans le métro. Et maintenant, un bus. Regardez les corbeaux autour de la tour ! Vous avez vu le punk habillé en licorne ? Vite, on va attraper cet autre bus. Vite, j'ai dit ! Regardez à gauche le soleil qui se couche derrière la tour-cornichon !

Sous la navigation erratique de Matt et Cannelle, Londres acquit un aspect kaléidoscopique, psychédélique, vaguement menaçant.

'Je suis pas sûre d'aimer cette ville, en fait', chuchota Marguerite à Kamenev.

'Ah, enfin, vous vous rendez à la raison', répondit Kamenev.

'Non', dit Marguerite, 'je dis juste que c'est la *campagne* anglaise que je veux voir.'

'La campagne.'

'Oui. Un endroit où il y aurait des jardins. Des fantômes. Et des lapins.'

'Des lapins, bien sûr. Des lapins.'

Vers dix-huit heures le supplice cessa, et les quatre échouèrent dans le petit appartement de Clapham. Justine, revenue du magasin, les attendait devant tout un étalage de plats à emporter asiatiques-fusion.

'Alors, c'était bien, votre petite journée de tourisme ?' demanda-t-elle avec enthousiasme, jonglant avec des paires de baguettes chinoises siamoises.

'Je sais pas', répondit sincèrement Marguerite.

'Parfait!' s'écria Justine. 'Alors tenez – qu'est-ce que vous voulez ? Ramen végétarien, teppanyaki poulet-gingembre-cajou, donburi au canard, curry coco-morue (gluten-free celui-là), gyoza végé, gyoza poulet, omakase-je-sais-plus-quel-parfum, torikara, bang-bang, edamame, hirata, kushi yaki, ebi katsu ?'

Kamenev, en impression de chute libre, s'assit sur le canapé.

'Il faut faire un choix ?' demanda Marguerite.

'Non, tu peux prendre de tout', lui dit Justine. 'Moi, j'arrive jamais à choisir quoi que ce soit, alors j'essaie toujours tout, sinon j'ai des regrets qui me hantent.'

'Dans la vie en général, ou juste pour les ravioles ?' demanda Kamenev.

'C'est le pire', répondit Justine. 'Mon Dieu! Les nuits passées à regretter une raviole pas goûtée.'

Kamenev, assis à côté d'elle sur le canapé, essayait confusément de savoir si Justine plaisantait, tout en constatant qu'elle portait un dos nu, visiblement sans soutien-gorge, qui laissait voir une longue étendue de peau claire. Sur l'omoplate droite, Justine arborait un autre tatouage : le profil d'un petit enfant, dont les joues bombées donnaient l'impression qu'il soufflait de toute la force de ses poumons. En suivant la direction de ce souffle-là, on dégringolait le long du bras de Justine, et on aboutissait tout naturellement au pissenlit poussant sur son poignet. C'était donc le souffle de l'enfant qui détachait les petites graines...

Observant le fin tracé des deux tatouages, Kamenev se demanda s'ils étaient ou non vulgaires; car en théorie, la catégorie mentale dans laquelle il rangeait « tatouage » correspondait à l'enseigne labellisée « vulgaire », et pourtant, en pratique et dans ce cas précis, ce jugement lui semblait trop sévère : il y avait, entre les deux tatouages, cette surface fragile sur laquelle l'idée d'un souffle devait cheminer toute seule; elle ne pouvait pas être vulgaire, cette douce route blanche de l'épaule au poignet, c'était... impensable... Et d'ailleurs, qui était-il pour dire ce qui était vulgaire ou pas ?

De plus, Kamenev se questionnait au sujet des aiguilles. Il se disait que cela devait faire très mal d'être si tatoué, et justement, sans doute par empathie, il ressentait le long de tout son corps de douloureux petits picots ; comme si, à force de regarder Justine, il se trouvait lui-même en train de se faire tatouer un peu partout…

'Et c'est pour ça qu'il veut, comment dites-vous en français ? « lui passer la bague au doigt ! »'

Matt racontait à Marguerite l'histoire de leur frère aîné, Tommy. Aîné de la famille, Tommy avait eu trente ans en mars ; et comme de nombreuses personnes ayant atteint ce stade, il s'était senti soudain d'humeur à fixer son couple à la laque du mariage.

L'heureux élu s'appelait Claudio, et il était italien.

'Ironiquement, notre frère fait donc lui aussi un mariage Brexit, sauf qu'ils sont *vraiment amoureux*.'

'Trop ironique !' s'enthousiasma Cannelle.

Les deux amoureux avaient du reste été un peu asticotés par les autorités jusqu'à ce qu'il soit absolument clair qu'un amour véritable existait réellement, qui palpitait tout rouge et tout doux, entre eux. *Ironiquement*, donc, ce mariage binational avait été fort utile à Justine et Matt pour préparer leurs autres unions moins légitimes…

'C'était très pratique', expliqua Justine, 'parce que comme ça on a noté toutes les questions qu'ils risquent de poser dans ces conditions.'

'Comme quoi ?' demanda Marguerite.

'Des trucs du genre, « Comment s'appelle la maman de Claudio ? » ou « Est-ce qu'il prend sa douche le soir ou le matin ? », ou « Est-ce qu'il a des allergies ? » ou « Est-ce qu'il préfère le lait entier ou demi-écrémé ? »', répondit Justine.

'C'est incroyable !' s'exclama Marguerite, qui avait du mal à s'imaginer qu'on puisse, un jour, acquérir un degré d'intimité si grand avec un autre être humain. 'Et donc, vos couples, il faut qu'ils aient les réponses à toutes ces questions ?'

'Et à bien d'autres. Ils doivent apprendre des listes entières, les pauvres. Hein, vous deux ?'

Cannelle et Matt opinèrent. Ils avaient vingt pages chacun à apprendre, bourrées de petits détails fictionnels concernant la vie de l'autre.

'Mais les vrais couples' s'inquiéta Marguerite, 'ils savent *forcément* ce genre de choses ?'

Ça lui semblait un job à temps plein, d'apprendre tout cela ; pire que la chronologie d'histoire du bac.

'Bien sûr, ce n'est pas si difficile', dit Justine avec un sourire bienveillant. 'On sait tout cela, quand on est en couple. Vous ne pensez pas, Pierre ?'

Kamenev, dont l'esprit se baladait toujours entre peau, encre et veines, sursauta.

'Pardon ?'

'Vous ne pensez pas que quand on est en couple, on finit par connaître exactement les petites habitudes, les petites préférences de l'autre ?'

Elle haussa les sourcils.

Est-ce une question piège ? se demanda Kamenev pour une raison ou pour une autre.

C'en était évidemment une : Justine désirait ardemment savoir s'il était en couple. Afin, surtout, de ne pas présenter à Rachel Greenblatt un homme déjà très casé, voire très marié, qui ne lui servirait donc absolument à rien.

'Je ne suis pas expert en ce domaine', dit-il.

'Pas besoin d'expertise particulière', insista gentiment Justine en mordillant du regard le visage de Kamenev. 'Dans votre vie amoureuse en général, vous diriez, vous, que vous seriez capable de répondre à ce genre de questions ?'

Il y eut un silence.

'Je n'ai pas la chance', répondit lentement Kamenev, 'd'avoir auprès de moi quelqu'un qui connaisse exactement mes horaires de douche.'

'Si !' dit Marguerite grignotant un gyoza poulet, et elle leva un index graisseux. 'Moi. Le matin vers six heures quarante.'

'Tu en sais, des choses', dit Justine faussement rigolarde. 'On va peut-être apprendre quelque chose que l'on ne sait pas sur votre relation.'

Matt, Cannelle et elle souriaient maladroitement.

'Marguerite', soupira Kamenev, 'veuillez préciser à ces trois personnes que nous ne sommes pas ensemble.'

'On n'est pas ensemble', dit Marguerite obligeamment. 'Enfin, pas *ensemble*. Juste ensemble.'

'C'est une question récurrente', bâilla Kamenev en haussant les épaules. 'Mais ni elle ni moi n'avons d'inclinaison particulière pour les mystères de l'amour.'

'Enfin, vous surtout', pipa Marguerite, 'parce que moi…'

'Oui, Marguerite semble avoir changé d'avis depuis à peu près hier après-midi', déclara Kamenev.

Marguerite ricana en douce dans son donburi au canard. Cela faisait en réalité un peu plus longtemps qu'elle s'intéressait aux mystères de l'amour, mais Kamenev n'avait rien remarqué, ou rien voulu remarquer.

'Pas de temps', trancha Kamenev, 'pour l'amour.'

Justine engloutit avec une gorgée de ramen le sourire qui menaçait de sortir de sa bouche.

'C'est intéressant', répondit-elle. 'Voyez-vous, c'est précisément ce que disent nos Brexit-Romancers. *Pas le temps pour l'amour*. Trop de travail, trop d'instabilité. C'est bien pour cela qu'ils veulent se marier.'

'C'est illogique', dit Kamenev.

'Vous trouvez ? C'est intéressant', dit Justine.

'Combien vous avez de clients, pour l'instant ?' demanda Marguerite.

'Six couples intéressés', répondit Justine, 'et quarante-sept personnes en attente d'être matchées.'

'*Quarante-sept ?*'

Kamenev n'en revenait pas.

'Écoutez, il faut que vous nous expliquiez. Qu'une paire de jumeaux maléfiques aient élaboré un complot aussi délirant,

passe encore, mais comment est-ce que vous avez réussi à convaincre autant de personnes ?'
Matt répondit :
'La plupart ont des projets en Europe. Et pour d'autres... ils veulent pouvoir *bouger*, c'est tout. C'est insupportable, l'idée de ne plus pouvoir bouger.'
'De ne plus pouvoir bouger *où* ?'
'Partout ! On avait le droit de bouger partout, et maintenant on va être bloqués.'
'Bloqués', répéta pensivement Justine. 'Prisonniers de cette île...'
Quelque chose avait changé dans sa voix tout à coup, et Pierre s'aperçut qu'elle semblait avoir retiré un instant son masque de socialité joyeuse, pour laisser transparaître... une sorte de désespoir.
Mais très vite elle se reconstitua un sourire.
'Je sais très bien que c'est un problème bourgeois. Un problème de pays développé.'
(*middle-class problem* ; *first-world problem*)
'Arrêtez avec votre jargon auto-flagellant', dit Kamenev. 'Je me fous que ce soit un problème bourgeois ou de pays développé. C'est votre raisonnement tordu qui m'intrigue.'
Justine leva le nez au plafond, plaça ses mains derrière sa nuque, révélant deux aisselles sous lesquelles – apparition qui terrifia et fascina Marguerite – elle laissait en friche deux petites languettes de poils brun clair.
'C'est simplement que tout est ruiné', dit Justine d'un ton léger. 'Vous vous souvenez quand on était petits et que le monde était tellement merveilleux ?'
'Non', dirent Kamenev et Marguerite d'une seule voix.
Justine leva un sourcil.
'On avait toute la vie et toute la planète devant nous. On avait tellement d'espoirs pour l'avenir ! On pourrait travailler où on voudrait, faire ce qu'on voudrait. On lisait *Harry Potter* et on voulait créer un monde meilleur par la bonté et la générosité.'

'Vrai', monosyllaba Matt.
Justine était lancée :
'On croyait en l'amour, mais aussi en la liberté. On imaginait qu'on aurait plein d'expériences différentes et qu'ensuite, vers trente ans, on se caserait et qu'on se consacrerait, les deux parents, à l'éducation des enfants, laquelle serait respectueuse de la nature humaine, des animaux et de l'environnement, et qu'on les éduquerait pour qu'ils sachent qui ils sont profondément et quelles sont leurs passions.'

Kamenev l'observait comme un lépidoptériste examine un nouveau spécimen de papillon aux couleurs particulièrement étonnantes.

'Et puis soudain, tout s'est assombri. On arrive à l'université et il faut payer neuf mille balles par an et on voit nos potes sortir avec leur licence, endettés et stressés, et les boulots qui les attendent, c'est dans des bureaux avec des tâches infinies et absurdes qui ne peuvent avoir aucune place dans un projet existentiel.'

'Dans un *projet existentiel*… ?'

'J'ai un de mes potes', déclara Matt, 'qui passe ses journées à faire des présentations PowerPoint pour cartographier l'évolution de carrière type des cadres de l'entreprise de fabrication de papier Wernham Hogg.'

Justine hocha la tête.

'Job à la con', dit-elle laconiquement. 'Alors un jour on lâche tout, on devient freelance ou bien on fonde notre entreprise ou bien on devient artiste ou artisan et on vit engoncé dans des colocs à mille deux cents balles par mois. Mais au moins, dans tout ça, on a toujours le monde, ou du moins la *possibilité* du monde ! On a l'impression que le monde est d'accord avec nous qu'il devrait changer, et qu'on est juste dans une mauvaise phase, mais que ça va s'arranger !…'

Elle slurpa un peu de jus de papaye.

'Et voilà que tout à coup, on découvre que la majorité de notre pays veut nous couper de cette possibilité ; et même, qu'ils nous détestent, nous qui aimons la possibilité de ce monde-là. Ils ne veulent plus laisser personne entrer ni sortir.'

'Mais c'est très exagéré !' dit Kamenev. 'Vous pourrez sans problème obtenir un visa pour voyager ou vivre ou travailler en Europe.'

'*Mais on ne devrait pas avoir à le faire*', dirent Justine et Matt d'une seule voix.

Dans ce chœur impeccable des jumeaux, Kamenev entendit, limpide, l'écho des dizaines de conversations similaires qui avaient dû se jouer au cours de cette dernière année. C'était une indignation ancienne et répétée, et cette conversation-là n'était qu'une redite de toutes ces autres conversations, il en était convaincu. Il le sut de tout son corps, tout comme il savait, dans un beau concert, les longues heures passées par les musiciens à en répéter les accords.

'Les autorisations de traverser les frontières, on ne devrait pas avoir à les demander.'

'C'était notre droit', dit Justine, 'et ils nous l'ont retiré.'

Kamenev soupira.

'OK. Et donc, ça vous donne envie d'épouser des Français pour obtenir le *droit* d'aller vivre dans un pays aux idéaux exactement similaires aux vôtres, mais avec un taux de chômage encore plus élevé.'

Matt peina à répondre à cela. Il parla d'abord de possibilité ; c'était *pouvoir* partir qui était crucial, pas forcément partir vraiment.

'C'est pouvoir s'imaginer ailleurs qui est important.'

Puis il se mit à parler de l'odeur des croissants à Paris lorsque l'on boit un cappuccino le matin en terrasse d'un café aux Buttes-Chaumont.

Enfin il termina en disant que renverser l'institution du mariage en prouvant qu'elle est vide de sens était la riposte idéale face à tous ces vieux réacs qui affirmaient – contre le changement et la jeunesse – revenir à des idéaux antiques de travail, de famille et de patrie.

'C'est un grand délire, ce que vous nous racontez', conclut Kamenev.

Les jumeaux en convinrent à moitié ; et cependant ils s'étaient auto-émus presque aux larmes.

Alors seulement, Kamenev comprit ce qu'il avait confusément perçu sur leurs visages, pendant leur solennelle et grotesque explication. C'était l'expression d'une personne qui ressent un étrange *inconfort*, comme si elle avait été assise, depuis des années, dans une cabine d'avion lancé à toute blinde, sans s'étonner qu'on lui apporte trois fois par jour un plateau de nourriture – et que cette personne venait de remarquer que la pression de l'air dans cette cabine avait distinctement augmenté.

'C'est difficile d'expliquer exactement ce qui attire les gens dans le projet', intervint Justine. 'J'ai fait une enquête sur SurveyMonkey, avec 21 répondants, quand je faisais mon étude de marché pour identifier une niche.'

'Ah', dit Kamenev, 'ça doit être rigoureusement statistiquement signifiant, alors. Et donc, que disaient-ils, ces répondants ?'

'Le genre de choses qu'on vient de dire. Le dégoût de l'élite britannique, la haine des frontières, la colère de se voir claquer la porte du reste de l'Europe. Et le côté pied-de-nez à l'institution du mariage revenait beaucoup.'

'Oui, je suis sûr', ricana Kamenev, 'que l'institution du mariage souffre énormément qu'une poignée de jeunes bobos désœuvrés se marient avec quelqu'un qu'ils n'aiment pas, dans le seul but de gagner, non seulement un passeport, mais surtout une *potentialité possible de vies ailleurs, optionnellement réalisées*.'

Justine concéda ce point ; seulement, expliqua-t-elle, c'était leur raisonnement, ou du moins leur *ressenti*.

'Et le ressenti, c'est important. Contrairement à ce qui se passe en France, figurez-vous qu'en Grande-Bretagne et chez d'autres peuplades évoluées, il n'y a pas toujours une muraille parfaitement solide entre raison et sentiments.'

Silencieusement Kamenev se rengorgea de s'être en effet bâti une telle muraille, suivant l'art ancestral français. Moins douée en maçonnerie, Marguerite pipa :
'Moi aussi, je trouve que le cœur a ses raisons que la raison ne connaît pas.'
'Exactement !' s'écria Justine. '*High five*.'
Et les deux filles topèrent là, au grand dam de Kamenev.
'Est-ce que, au moins', demanda-t-il, 'vous avez, je ne sais pas, cherché à discuter avec ceux qui ont voté pour le Brexit ?'
'Le dialogue est impossible', déclarèrent Justine et Matt en chœur.
'Vous avez essayé ?'
'Tellement, tellement de fois.'
'Mais où ?'
'Mais *partout*', dirent-ils (et Pierre traduisit «sur Facebook et Twitter»).
Il était fatigué et un peu déboussolé, et il avait soudain le mal du pays, de sa vie grenobloise, simple et franche, cernée par les montagnes. Son travail quotidien avec l'association, ses répétitions. La musique, qui n'était rien d'autre que du temps solide : des émotions découpées au métronome.
'Alors votre conclusion est que tout est peine perdue', dit-il, 'et qu'il faut se marier.'
'Exactement !' lança Justine non sans espoir.
'Je confirme donc', dit Kamenev en se levant, 'que vous êtes tous complètement fous.'
'*Quite*', dit Justine. 'Vous ne partez pas déjà ?'
'Si : Marguerite doit reposer ses cordes vocales.'
'Sur la table de nuit, dans un verre à dents ?'
'Voilà, et de préférence jusqu'à samedi prochain.'
'Qu'est-ce que vous allez nous chanter d'ailleurs, samedi prochain ?'
'Le *Je veux vivre* du *Roméo et Juliette* de Gounod !' répondit immédiatement Marguerite.
'Arrêtez de dire n'importe quoi', soupira Kamenev, 'vous ne maîtrisez pas du tout le *Je veux vivre*.'

Le nez de Marguerite se froissa. Cela faisait des mois que ce fameux aria, en effet, lui échappait ; il était trop énergique, trop furieux, trop vivant en somme, et elle ne le capturait pas du tout proprement.

'Pourquoi pas ?' demanda Justine d'un ton inquisiteur.

'Elle est trop jeune', dit Kamenev.

'Il te laisse des choix dans la vie, de temps en temps ?' demanda Justine à Marguerite.

'Pas celui de mal chanter', déplora Marguerite.

'Chanter mal, chanter bien, est-ce que tout cela n'est pas une question de point de vue ?' demanda Justine.

'Non', dit Kamenev.

'Ce qui compte, n'est-ce pas simplement d'être vraiment soi-même quand on chante ?'

'Non', dit Kamenev.

'Mais le goût est une affaire de conventions sociales, principalement bourgeoises.'

'Non', dit Kamenev.

'Vous ne vous laissez pas convaincre', observa Justine comme si cela l'étonnait beaucoup. 'Je vous enverrai quelques liens vers des articles de blog à ce sujet.'

'Je les lirai avec plaisir, tandis que vous écouterez en silence, assise dans un fauteuil confortable, le concerto pour violon en A mineur, opus 53, d'Antonin Dvořàk.'

'Il faudra m'attacher et me bâillonner', dit Justine.

'Si vous insistez', dit Kamenev.

'Bon, mais vous voulez que je chante quoi ?' interrompit Marguerite.

'*Whatever takes your fancy*', répondit Matt.

'Ce qui veut dire ?'

Kamenev répondit :

'Ce qui veut dire : « On n'y connaît rien, choisissez vous-même, de préférence quelque chose de pas trop moche et qui se laisse écouter ».'

'Ah, du Fauré.'

'C'était également mon idée.'

'Je suis sûre que ce sera absolument merveilleux, quoi qu'il en soit', dit Justine. 'Matt, tu leur appelles un Uber pour qu'ils rentrent chez Maman ?'

'Vous plaisantez, on va rentrer en métro !'

'Vous ne trouverez jamais. De toute façon, ça y est, il est appelé', siffla Matt, qui semblait avoir sorti son téléphone exactement six secondes.

Et après quelques hugs rapidement distribués, Kamenev et Marguerite se laissèrent manger par un bolide hybride qui les ramena de l'autre côté du fleuve.

2

La semaine suivante, Pierre et Marguerite employèrent leurs matinées à visiter plus tranquillement Londres, en passant par le circuit touristique ordinaire ; l'après-midi, ils répétaient.

Le mardi, Justine, qui babysittait Bertie cet après-midi-là, assista à leur répétition.
'Tu vas voir', lui avait murmuré le petit garçon, 'ils sont *trop bizarres.*'
Pierre venait de se mettre au piano – un clavier électrique acceptable – et sentit la rigidification habituelle, au creux de son poignet gauche, imprimer à sa main son éternelle cambrure. Marguerite se redressa, pieds campés dans les ruines des jouets de Bertie, et se mit immédiatement en position, ventre déjà trituré d'une mélodie prête à jaillir, tête haute, tirée au sommet du crâne par une cordelette imaginaire fixée au plafond.
Arrimage de la voix aux pommettes : elle commençait.

'*Viens, Malika ! Les lianes en fleurs*
Jettent déjà leur ombre…'

Kamenev et Marguerite ne s'en rendaient pas compte, tout enclos qu'ils étaient dans leur cosse mélodique, mais à chaque fois qu'ils répétaient, Bertie dressait ses yeux roses et ses oreilles blanches dans ce salon devenu boîte à musique, et il suivait le spectacle, perplexifié par la vision de cette jeune fille métamorphosée ; trois minutes auparavant elle avait été maigrelette et empotée, et voilà que tout à coup son corps s'étirait vers le ciel, solide comme un tuyau d'ivoire, tandis qu'elle faisait sortir de cette bouche boudeuse un son argenté de flûte, impossiblement haut, qui rasait le plafond magnolia !

Bertie, pris de frissons, se secouait les plumes, s'imaginait qu'elle devait être une sorte de serpent fabuleux – en cachette, il s'était lui-même exercé à aller aussi haut et c'était tout bonnement infaisable, c'était une voix de sorcière ou de sirène et il valait mieux rester sur ses gardes.

À côté de lui, Justine ne pouvait détacher ses yeux des doigts de Pierre. La justesse de chaque touche appuyée, d'une pression précise, la criblait de petits regrets pointus comme des punaises – elle était incapable, elle, de cette concentration, de cette rigueur. Elle avait abandonné depuis longtemps l'idée de faire très peu de choses très bien ; elle trouvait plus engageant de faire énormément de choses imparfaitement. Et il y avait quelque chose, dans l'impact si exact de ces doigts sur ces espaces noirs et blancs, qui lui râpait la gorge, comme un désir de connaître la joie et les douleurs d'une telle discipline.

'Ça vous a plu ?' demanda Marguerite, toute joyeuse à la fin de la répétition.

'Hmm !' dit Bertie décidément tourneboulé, mais qui faisait semblant de s'intéresser à son train électrique.

'C'était remarquable', lança Justine.

Puis elle se mit à préparer fébrilement du thé pour tout le monde.

'Vous avez une chaîne YouTube ? Vous devriez. Comme ça, d'autres personnes pourraient vous écouter. Si ça se trouve, vous auriez plein de followers. Si vous voulez, je peux vous aider à la…'

Le regard de Kamenev l'interrompit net.

'Mais peut-être pas tout de suite', sourit Justine. 'Dites, je croyais que vous étiez blessé, Pierre. Vous jouez pourtant sans aucun problème.'

'C'est juste que vous n'entendez pas le problème', dit Kamenev.

'Je n'imagine pas que quiconque puisse l'entendre. À mon avis, vous pourriez tout à fait devenir pianiste professionnel.'

'Ce n'est pas le cas', certifia tranquillement Kamenev, appuyé contre la surface de la cuisine et regardant l'eau gronder dans la bouilloire transparente.

'À mon avis', poursuivit Justine, et le parfum de l'Earl Grey épiça l'espace quand elle ouvrit le couvercle de la boîte de thé, 'l'obstacle est dans votre tête et c'est tout. Il faut que vous pensiez positivement et que vous sortiez du cercle vicieux du manque de confiance en vous, et alors vous verrez…'

'Non, Justine', l'interrompit Kamenev avec douceur, 'je vous garantis que l'obstacle, comme vous dites, n'est pas dans ma tête. N'importe quel mélomane pourrait vous le confirmer. C'est simplement votre oreille qui n'est pas assez aiguisée pour le percevoir.'

'Je refuse de le croire. Je pense que vous vous êtes habitué à… à vous dire que vous n'y arriveriez pas, et…'

Mais elle se tut, car il avait allongé le bras, retroussant sa manche et tendant la main, pour exposer sur son poignet la petite protrusion de cartilage, et sans mot dire il saisit la main de Justine pour lui faire appliquer ses doigts à cet endroit précis. Elle sentit la blessure bosseler tièdement sous la fine couche de peau, comme une perle sous un tissu.

'Comme vous pouvez le constater', dit Kamenev après un silence, 'ce n'est pas dans ma tête.'

Il sourit, retira sa main et prit son mug de thé avant de s'éclipser.

Justine, sentant encore au bout de ses doigts la forme et la chaleur de l'échec de Kamenev, s'immobilisa un instant dans la cuisine silencieuse. Puis le carillon de la voix de Marguerite :

'Il reste des biscuits à la vanille ?'

'Toute une boîte. Dis, Marguerite, tu penses, toi, que Pierre ne peut pas devenir pianiste professionnel ?'

'Bien chûr', mâchonna Marguerite, ayant déjà attaqué son troisième biscuit. 'Ch'est pas pochible, à cause de cha blechure.'

'Toi, tu entends la différence, entre lui et un professionnel ?'
'Bien chûr !'
Justine fronça les sourcils. Pourquoi n'entendait-elle pas, elle, ce décalage, de la taille d'un pois chiche, entre les arpèges de Kamenev et ceux d'un véritable virtuose ?
'Mais peut-être y a-t-il moyen', insista Justine, 'qu'il invente son propre type de musique, qui serait exactement adapté à sa physiologie… qu'il fasse de sa faiblesse une force…'
Elle réfléchissait tout haut à présent, mais Marguerite ne fit que tinter de haut en bas d'un joli rire, et puis repartit elle aussi dans une pluie de miettes.
Et Justine, perplexe, confuse, se demanda, dans les vapeurs de l'Earl Grey, pourquoi diable les Français étaient si défaitistes, si peu enclins à dépasser leurs limites, alors qu'enfin, tout était possible, quand on mettait son imagination au service de ses rêves…

*

Quand elle repartit, sur son portable luisait un message de Rachel Greenblatt :

Alors, ça se précise avec mon futur fiancé ?

Ce message l'agaça drôlement. Elle croyait quoi, Rachel, que ça se faisait du jour au lendemain ? Ces Américains, il fallait toujours qu'ils aient tout, tout de suite.

*Je fais de mon mieux. C'est pas un cas facile.
Je fais des heures sup pour toi, tu sais.*

Réponse de Rachel en forme de sourire plein de gencives et d'incisives :

C'est bien pour ça que j'ai fait appel à toi, ma chérie.

Justine souffla.
Et en arrivant au Kuriosity, voilà qu'elle avait encore un nouveau message, de Cosmo cette fois-ci.

Alors, ça avance avec notre petite chanteuse ?

'Mais qu'est-ce qu'ils ont tous à me stresser ?' s'écria-t-elle.
Elle décida de ne pas répondre.

Fais pas semblant de pas avoir vu mes messages
je viens de te voir liker une recette Goodful de tempura de courgette
Justine je sais que t'es en ligne

Oui quoi ?

T'en es où avec ma future femme ?

J'y travaille, j'y travaille, figure-toi !
Je l'ai vue deux fois depuis dimanche.
Et toi tu fais pas grand-chose pour m'aider.
Il faut que je case Kamenev aussi, c'est pas facile.

Moi, je fais ce que tu m'as dit :
j'entretiens mon absence.
Quand je jaillirai dans sa vie samedi,
elle sera d'autant plus prête à me suivre.

Te suivre où ?

Quelque part. Il faut que je la teste.

Comment ça ?

Surprise.

*Cosmo, je te signale que c'est moi
qui dirige les opérations.*

*Oui, mais c'est moi qui cherche à l'épouser.
J'ai un plan machiavélique.
J'ai trouvé une idée pour la garder ici encore quelque temps
Je te dirai ça samedi.*

*Dis-moi maintenant!
Cosmo!!!*

Justine leva les yeux au ciel.
'Cosmo Carraway est un vrai salopard', annonça-t-elle, en français, à Matt, Cannelle et trois chatons qui se trouvaient autour. La porte du café battit derrière elle.
'Je me tue à lui préparer le terrain pour Marguerite, et, numéro un, il veut que j'accélère, et numéro deux, il refuse de me dire ce qu'il a en tête pour la faire rester à Londres!'
'La rage', compatit Cannelle. 'Genre, c'est toi qui lui ramollis son steak à coups de maillet, et il veut même pas te dire comment il va le faire cuire.'
'On va éviter les métaphores carnistes', dit Justine.
'Genre, c'est toi qui lui essores ta salade...'
Il était cinq heures et demie ; Niamh Hensley commençait gentiment à dire aux clients du *Kuriosity* qu'il restait une petite demi-heure avant que le café ne ferme ses portes. Autour des Dodgson et de Cannelle, la jeune clientèle remuait sur les coussins, comme tirée d'un doux songe, et s'ébrouait en se frottant les yeux. Les chatons miaulaient d'impatience, car ils sentaient venir l'heure de leur dîner, et ils avaient des gargouillis, en dépit de toutes les miettes de brownies au caramel et de gâteau à la noix et au café qu'ils avaient grignotées sur les tapis.
'Yes!' dit Matt. 'Place au speed-dating.'
C'était le grand soir : le lancement de l'application, et le premier speed-dating officiel (/officieux) de *Mariage*

Pluvieux (/*Brexit Romance*) en compagnie de ceux et celles qui cherchaient à se caser.

'Trop excitée!' gloussa Cannelle.

'Trop excitée', confirma mollement Justine.

'Tellement de trac! J'ai des papillons dans l'estomac', dit Matt. 'Enfin, l'équivalent français. C'est quoi, en français, « J'ai papillons dans l'estomac »?' demanda-t-il à Cannelle.

'« J'ai la gerbe »?' tenta celle-ci.

'Bon, il est temps de commencer à tout installer pour ce soir', trancha Justine. 'Je vais chercher les choses à manger. Matt, tu t'occupes des bouteilles?'

Matt referma son ordinateur et s'échappa vers l'arrière-boutique. Niamh l'avait autorisé à y entreposer une quantité notable de bouteilles de vin australien rouge, blanc et rosé (pour les citer dans un ordre objectif allant de *vaguement buvable* à *absolument imbuvable*). Il y avait également beaucoup de bières, et un Prosecco dans le réfrigérateur, pour les dix premiers arrivés, calé entre les briques de lait de soja et les seaux de yaourt grec dont Niamh faisait usage dans son café.

Niamh, éclairée bleutément par le réfrigérateur ouvert, y rangeait des parts de gâteau à la carotte enturbannées dans du film plastique.

'Ah, excuse-moi', dit Matt en jouant à la marelle parmi les bouteilles, 'je suis tellement désolé, je pensais que tout était vide, je veux dire cette cuisine – j'allais en fait juste commencer à récupérer des bouteilles pour ce soir et...'

'Vas-y, je t'en prie.'

'D'ailleurs, au passage, merci encore de nous laisser utiliser le *Kuriosity*!'

'Pas de problème', dit Niamh qui continuait, dans le frigo, de jouer à Tetris avec de très bons brownies au beurre d'amande, des *fairy cakes* au gingembre, des *flapjacks* multigrains et des *millionnaire's shortbreads* dont le chocolat avait un peu coulé.

'Il n'y a pas trop de place alors je me faufile', expliqua Matt, qui voyait déjà, comme dans une atroce hallucination prémonitoire, sa Converse droite envoyer valser treize bouteilles de vin telles des quilles de bowling, assommant tous les chatons sur leur chemin et inondant l'arrière-boutique.

Il se faufila et se retrouva près du réfrigérateur, très conscient que ses tétons sous l'effet du froid devaient être en train d'ajouter deux petits yeux comiques à la grande langue rouge de son T-shirt Rolling Stones.

Niamh continuait tranquillement à ranger ses gâteaux.

'Je vais juste', prévint Matthew, 'prélever cette bouteille de Prosecco là-bas, si ça ne t'ennuie pas.'

'Ça ne m'ennuie pas', dit Niamh, qui se rétracta de deux centimètres à peine, si bien que Matt dut orienter son bras dans un angle parfaitement douloureux afin de ne pas risquer de frôler sa poitrine, qui naviguait dans une robe à col bateau.

'Je suis', disait Matt par petits morceaux tout en effectuant ce difficile exercice, 'vraiment désolé', et il attrapa la pointe de la bouteille, 'je ne pensais pas', la bouteille entière se retrouva dans sa main, 'trouver l'arrière-boutique pleine', il la rapatria vers lui, 'enfin je veux dire en l'occurrence', il la serra contre son torse comme un totem, 'avec toi dedans, si tu vois ce que je veux dire, tu vois ?'

'Pas de problème', résuma Niamh.

'Je vais juste maintenant prendre les coupes de champagne en plastique qui sont juste sous tes pieds, si ça ne t'ennuie pas.'

'Ça ne m'ennuie pas.'

Elle empilait à présent des mini-pavlovas entre un reste de gâteau triple chocolat et une tarte au citron meringuée. Matt se baissa et, avec l'infinie précaution d'un joueur de Jenga, fit glisser de dessous le réfrigérateur – et d'entre les mollets dodus de Niamh, qui conduisaient des genoux solides – une boîte en carton contenant quarante flûtes à champagne en plastique.

Ayant effectué cette délicate opération, il repartit bouteille sous l'aisselle et boîtes de flûtes dans les bras, et juste avant de repasser la porte il dit :

'Ne t'inquiète pas, je vais essayer de pas faire jaillir de la mousse partout.'

'OK', dit Niamh.

Et alors que Matt tournait les talons, une voix dans son cerveau explosa, *mais qu'est-ce que t'es allé lui parler de mousse qui jaillit partout !?*

Pétri d'horreur, il se trouva immédiatement atteint d'un mal de dents aigu, qui ne le quitta plus du reste de la soirée.

★

Vers six heures, les dix premières personnes arrivées (récompensées d'un tout petit verre de Prosecco) se trouvèrent être : le garçon romantique avec qui Justine avait parlé quelques jours plus tôt sur Messenger, qui s'appelait David, une fille de l'école de la Légion d'Honneur, qui s'appelait Chloé, un lointain cousin des Dodgson qui s'appelait Will, deux filles britanniques prénommées toutes deux Hannah, un Français expatrié en Grande-Bretagne depuis trois ans, qui s'appelait bizarrement Raoul, deux garçons britanniques prénommés Matt et Oliver, une autre Française qui s'appelait aussi Chloé, et qui était visiblement plus vieille que tout le monde – au moins trente-cinq ans ! –, et un autre Français qui s'appelait Gonzague et qui était polytechnicien.

Plus tard au cours de la soirée, il arriverait et repartirait, côté anglais, quelques autres Hannah, des quantités équivalentes de Kate et de Katie, deux Emma, encore des David, des Will et des Matt. Côté français, on aurait du mal à rivaliser avec la domination des Chloé et des Lucas, bien que les Paul, les Guillaume et les Camille fussent des concurrents sérieux.

Zigzaguant parmi tous ces jeunes gens et les chatons qu'ils cueillaient par terre pour les caresser ou prendre des selfies, Justine passait, des bouteilles à la main, reremplissait les verres d'un geste leste, redressait les conversations en cours de fanaison d'une petite remarque spirituelle.

'On met quoi comme hashtag ?' demanda une Française.
'Mets #kuriosity, ça fera de la pub à Niamh.'
Ainsi de nombreuses photographies carrées, filtrées de *Clarendon* à *Perpetua* en passant par *Nashville*, apparurent entre les clichés de yoga urbain et de brunchs branchés, donnant l'impression à ceux qui arpentaient le mur Instagram des jeunes Anglais·es et Français·es présents que le Kuriosity était l'endroit où être, ce soir-là, lorsque l'on était francophile (et que l'on aimait beaucoup les chats).

Finalement, vers sept heures du soir, alors que les premières pizzas venaient d'être Deliverées, Justine se jucha sur un fauteuil mou comme un soufflé.

'*Hey guys!* Salut tout le monde ! Hey ! Est-ce qu'on pourrait faire du calme ?'

'Ouaaaiiiiiiis ! Du caaaaaalme !' crièrent très fort quelques-uns des jeunes hommes français en tapant des pieds.

'Merci. Alors, je vais parler français, puisque tout l'intérêt de ce soir est d'améliorer nos compétences en langue, n'est-ce pas ? C'est bien cela notre projet ?'

'Parce que c'est nooooootre projeeeeet !' hurlèrent les mêmes fauteurs de troubles.

'Exactement', dit Justine qui ne reconnut pas la référence. 'C'est bien pour ça que nous sommes tous là, il me semble : améliorer notre langue et les liens multiséculaires qui unissent la France et le Royaume-Uni.'

'Et aussi pour pécho !' dit l'un de ceux qui avaient crié.

'D'accord, c'est juste génial', dit Justine qui ne savait pas ce que voulait dire pécho. 'Donc nous allons faire une activité visant à nous connaître mieux pour entrer en relation de correspondance, afin d'améliorer notre compréhension du français. Avec un peu de chance, à la fin de la soirée, beaucoup d'entre nous sauront exactement avec quel partenaire ils pourront envisager de continuer à parler français très longtemps…'

Elle fit un clin d'œil de vaudeville. La moitié de la salle (française) applaudit, et l'autre moitié (britannique), d'un côté divertie, de l'autre profondément torturée par cette situation d'une gêne absolue, se tritura bagues, montres et boucles d'oreille comme si ces bijoux, d'une rotation bien anglée, pouvaient les faire disparaître dans l'air saturé de poils de chats.

'J'ai établi des paires', reprit Justine. 'Nous allons procéder à un speed-dating, avec des étapes de vingt minutes.'

'Vingt minutes ?!' s'exclama une Française. 'C'est pas le speed-dating le plus speed au monde !'

'Si ç'avait été entre Français, j'aurais réservé à peu près vingt secondes', dit Justine, 'mais il ne faut pas oublier que la moitié de la pièce est incapable de parler d'autre chose que du temps qu'il a fait aujourd'hui pendant les quinze premières minutes de toute conversation.'

Les Britanniques firent mine de s'indigner, y compris ceux et celles qui avaient énergiquement commenté, pendant toute la première heure, les évolutions de température et de précipitations sur Londres ces trois dernières semaines.

'Donc', poursuivit Justine en déroulant sur son téléphone la liste du speed-dating. 'Chloé Armanceau et Oliver Hullman ; Louise Germain et Paulina Simpson ; Guillaume Leborgne et Emma Zickmann ; Gonzague Bourienne et...'

Les couples formés allèrent s'asseoir aux petites tables rondes, armés de chats et de verres pour s'occuper les mains. Les conversations, un instant gênées, travaillées par la prise de conscience soudaine de leur étrangeté, redémarrèrent tout bas, ponctuées de petits rires et de cliquetis d'ongle sur écran tactile.

Justine avait envoyé des recommandations à l'avance. Soyez très précis·e sur ce que vous attendez : Pourquoi êtes-vous ici ? Qu'est-ce que vous cherchez ? Pour les Français·es, voulez-vous vivre en Grande-Bretagne pour le travail, pour le fun, pour la culture ? Pour toujours ou juste pour quelques années ?

Pour les Britanniques, que ferez-vous une fois la nationalité obtenue ? Êtes-vous par ailleurs en couple ? Si oui, l'autre personne est-elle au courant de votre projet ? Financièrement, quels arrangements souhaiteriez-vous organiser ? Est-il clair pour vous que votre famille et vos amis accepteront l'idée d'un mariage ? Comptez-vous leur cacher la nature véritable de cette union ? À qui la révèlerez-vous, et pourquoi ?

'Je ne le dirai à personne, il faudra absolument que ce soit plausible', chuchotait un Guillaume à une Katie. 'Il faudra que tu sois d'accord pour m'embrasser en public.'

'Pas de problème, je m'en contrefous', dit la Katie en hochant vigoureusement la tête. (C'était une expression qu'elle avait apprise en Erasmus et dont elle n'avait pas tout à fait mesuré la force.)

Justine piochait en passant parmi les tables des morceaux de vie et des ébauches de confessions.

'Mes parents sont très catholiques. Il faudrait que ce soit religieux.'

'Ma mère aura du mal à avaler qu'on divorce, il faudra vraiment trouver une bonne raison.'

'J'ai un petit garçon de ma première copine, je le garde une semaine sur deux, t'aimes bien les enfants ?'

'Je rêve tellement de m'installer en France pour faire du vin !'

'Trader, comme tout le monde. Mais je cherche une porte de sortie. Et toi ?'

'Je voudrais trop être ici parce qu'il se passe des choses cool et que les gens font pas la gueule comme à Paris.'

'Je me suis toujours senti plus proche des cultures méditerranéennes.'

'T'es écossaise ? Sérieux ? On pourra habiter là-bas ?'

'Ah, végane ; ah oui, quand même.'

'Hein, t'as lu *À la recherche du temps perdu* ?!'

'« C'est une expression, faire la gueule », ça veut dire être genre comme ça, *heeuurrghh*.'

'Le jour après le vote, je te dis pas comme on était déprimés.'

'Je vois ça un peu comme un acte de résistance civique.'

'Idéalement je voudrais faire un master en business à la LSE.'

'Je sais pas, j'ai jamais été très robe blanche et voilette, mais bon, s'il le faut.'

'Mais genre, tu l'as lu jusqu'au bout ?'

'Oui, mon copain est au courant, d'ailleurs il envisage lui aussi de se trouver une Française pour qu'on ait tous les deux la nationalité.'

'Quoi ??? Pas de pièce montée ? Mais en France, c'est une institution !'

'Il faut qu'on ait divorcé avant nos trente ans, parce qu'ensuite ça commence à devenir sérieux.'

'On dit pas anglais, on dit britannique.'

'C'est un accent du sud : on prononce toutes les voyelles, pas comme les Parisiens qui aplatissent tout.'

'Mais juste le premier ou tous les tomes ?'

'Le risque de tomber amoureux, mouais, ça me réveille pas la nuit.'

'Mais alors, qu'est-ce qu'on mange s'il y a pas de pièce montée ?'

'En fait, j'en ai entendu parler par la sœur d'une pote qui était pote avec la fille là-bas, la rousse, qui a connu Matt Dodgson à l'université.'

'Le bonheur dans le mariage est uniquement une question de chance.'

'Un gâteau aux fruits secs à trois étages ? Beurk, c'est dégueulasse !'

'Bien sûr que non, sans ça je ne me marierais jamais, je suis pas dingue, mais là il y a une valeur ajoutée.'

'Et question belle-famille, tes parents, ils sont comment ?'

'Bof, l'amour, j'ai déjà été beaucoup trahie alors j'y crois plus trop.'

'Vaguement de la guitare, mais j'y ai pas touché depuis des années.'

'Je suis désolée mais pour le nôtre il faudra vraiment une pièce montée.'

'Ça dépend ce que t'entends par « faire chambre à part ».'

'Hmm… Mojito, Caïpirinha, Bloody Mary. Toi ?'
'Je me disais la Thaïlande, tant qu'à partir quelque part.'
'Ah non, évidemment, sans changer mon nom, ça va pas ou quoi ?'
'Des choux à la crème et du caramel par-dessus comme ça, *zioup*, *zioup*.'

★

'*Guys !*' appela Justine. 'On change de partenaires !'

★

Et la soirée continua ; on changea à nouveau de partenaires ; et certains couples, comme prévu, se formèrent.

3

'Non, non, non, j'ai dit que je ne porterais pas de *fascinator*, Maman, c'est hors de question ! Inutile d'insister. J'aurais l'air d'un œuf de Pâques.'

'C'est la tradition, Justine !'

'La tradition, on ne devrait pas s'en préoccuper autant quand il s'agit d'aller assister à l'union de son fils avec un autre homme sous la bénédiction d'une femme pasteur.'

Quelle agitation, quelles cavalcades, quels claquements de portes et quels rires en cascade, dans la petite maison des Dodgson ce samedi matin-là ! Phil Dodgson, le père de Bertie – un grand dadais aux cheveux bouclés – pourchassait de pièce en pièce l'enfant, qui se montrait rétif à l'idée de s'entourer le cou de la très belle cravate vert pomme choisie par son papa.

'Mets ta cravate, mon chou !' répétait Phil Dodgson en tentant de ne pas s'énerver, car les Dodgson étaient des modèles de nouvelle parentalité.

'Je préférerais mourir !' répondait l'enfant.

'Ne dis pas ça, mon chéri ! Allez, viens gentiment mettre ta cravate !'

'Je veux mettre mon costume de Mangemort', riposta Bertie.

'Non', répondit son père.

'Je veux que Pebbles vienne aussi', spécifia le petit garçon.

'Non', répondit son père.

Et ce joyeux équipage, teckel, petit garçon et père de famille, faisait une course endiablée à travers les chambres et les étages, qui réjouissait ceux qui la regardaient.

Ayant enfin réussi à attraper Bertie au lasso de la cravate, Phil Dodgson la noua avec soin, le plus serrée possible.

Pendant ce temps, Justine aidait Marguerite à se préparer, ajustant sur elle une robe rose pâle, virginale, à coupe empire. Justine, quant à elle, était vêtue de chaussures plates, rouge vif, d'une robe de style 1920, flapper, ivoire, et de ribambelles de perles de toutes les tailles et de toutes les formes.

'Pierre n'est pas là ?' demanda Justine, tamponnant les paupières de Marguerite de poudre bleutée.

'Non, il est parti à six heures du matin en disant : « Une préparation de mariage ? Cauchemar à l'anglo-saxonne ! ». Il nous rejoindra à l'hôtel.'

'Il n'est pas très facile à contenter, votre Pierre', hasarda Justine.

'Oh, si !' dit Marguerite. 'Il suffit de lui fournir de la musique et de la politique à intervalles réguliers. Son dimanche idéal, c'est lire *Le Capital* en écoutant les quatre derniers lieder de Strauss.'

'Les quatre quoi ?'

Justine interrompit le geste qu'elle était en train de faire, une sorte de tapotis du front de Marguerite de la pointe de l'auriculaire, qui n'avait d'ailleurs aucune fonction particulière à part continuer la conversation.

'Les quatre derniers lieder de Strauss.'

'Ah oui ? Et c'est qui, ces leaders ?'

'*Lieder*, L-I-E-D-E-R, pas leaders. C'est des chants.'

'Ah, bien sûr, quelle idiote !' s'exclama Justine. 'J'avais compris *leader* parce que je pensais que tu le prononçais à la française.'

(C'était un mensonge.)

Elle se retourna, attrapa son portable, tapota à toute allure en direction de Rachel Greenblatt – invitée de dernière minute au mariage :

Parle-lui des 4 derniers lieder de Strauss

'Et sinon', dit-elle en frottant avec application un peu de mascara sur les cils de Marguerite, 'il aime bien quoi, dans la vie ? Les voyages, la peinture ?'

'Les voyages, bof, à cause de la clim dans les avions et les trains. La peinture, oui, il aime bien. Il aime bien tout ce qui est beau.'

'Plutôt de l'art contemporain ou plus ancien ?'

Marguerite bugga sur cette question.

'Ben, ce qui est beau, donc ancien.'

'OK', sourit Justine. 'Trois secondes.'

Nouveau pianotage :

*Propose-lui une sortie au musée
mais pas contemporain*

'Et à part ça', dit-elle en finissant d'ajuster des mèches de Marguerite le long de ses tempes, 'c'est quoi son type ? Je veux dire, il est... Enfin, déjà, il est pas gay, on est d'accord ?'

'Kamenev, gay ? Non, il est... Enfin, il est rien', dit Marguerite.

'Ah ? Comment ça, rien ? Il s'auto-identifie comme asexuel ?'

'Non, il ne s'auto-identifie pas', dit Marguerite.

'Mais il peut dire parfois, par exemple, « Elle je la trouve trop belle » ?'

Marguerite hurla de rire.

'Ah non, c'est pas du tout son style !'

'OK, mais par exemple', s'impatienta Justine, 'si tu lui dis que tu trouves une fille belle, il va répondre, parfois, qu'il est d'accord ?'

Marguerite réfléchit, haussa les épaules.

'Oui, de temps à autre.'

'Qui, par exemple ?'
Marguerite fronça les sourcils.
'Par exemple l'autre jour', dit-elle, et elle rougit un peu, 'je lui ai dit : « Elle est belle, Justine, non ? », et il a dit : « Je n'ai pas remarqué. » Donc ça veut bien dire ce que ça veut dire.'
'C'est-à-dire ?' demanda Justine.
'Qu'il a tout à fait remarqué', dit Marguerite.
Justine se redressa d'un bond, toussotant.
'D'accord ! Chouette ! Très bien ! Eh bien écoute, Marguerite, je crois que j'ai fini, tu peux te regarder.'
Marguerite se regarda sans s'impressionner ; son visage habituel de scène faisait dix fois plus poupée russe.
'Mais toi, Justine', osa-t-elle, 'toi aussi tu vas, euh, épouser quelqu'un avec *Brexit Romance* ?'
'Pardon, tu disais ?'
Justine rangeait ses pinceaux avec une grande attention.
'Je demandais juste si tu t'étais trouvé quelqu'un avec *Brexit Romance*.'
'Oh, tu sais', répondit Justine sans relever la tête, 'il y a des choses qui se passent, et on n'est pas toujours certain de ce qui est intéressant ou pas, mais ce qui est intéressant, c'est que c'est quelque chose qui a véritablement du sens ; après, si ce qui doit arriver arrive... eh bien, ça arrive. Et puis l'important, c'est d'être prêt quand on est prêt, et pas quand on ne l'est pas. Du moins, c'est mon avis.'
'Ah bon ?' répondit Marguerite qui n'avait pas tout compris.
'Oui, oui.'
'Mais donc, ça veut dire que, concrètement...'
Mais Justine regarda sa montre :
'*Bloody hell!* Comment est-ce qu'il est déjà cette heure-là ? On est en retard, en retard, en retard. Hop hop hop ! C'est parti !'
Et en trois sautillements elle quitta la chambre et disparut par le trou de l'escalier.

*

Ce fut une belle cérémonie, et nombre de personnes pleurèrent, parce que les deux mariés étaient beaux comme des anges, qu'ils parlèrent des obstacles qu'ils avaient eu à surmonter dans leur relation, qu'ils blaguèrent avec goût et que tout était suffisamment scénarisé pour que l'on s'émeuve aux bons moments. Et bien qu'elle se fût interdit de pleurer, la petite poitrine de Justine se comprima quand les deux garçons eurent échangé vœux et alliances.

Puis il y eut les inévitables lectures, dont un texte doux et profond, issu d'un livre pour enfants, lu par Katherine Dodgson ; et ensuite un autre, issu d'un autre livre pour enfants, lu par Phil Dodgson ; et même si les deux étaient divorcés depuis des années, ils se serrèrent dans les bras de bon cœur.

Et puis ce fut au tour de Marguerite de s'infuser de larmes, à l'idée que ses parents à elle ne seraient jamais là pour lire des extraits de livres de son enfance à son mariage... D'ailleurs, ils ne lui avaient jamais lu de livres quand elle était enfant, et elle n'avait même pas connaissance de ce que cela pouvait vouloir dire de partager cela avec des parents. Les Sableur avaient toujours été gentils, mais trop occupés avec leurs dizaines d'enfants placés. Ce n'était qu'avec Kamenev qu'elle avait commencé à découvrir, un tout petit peu, ce que cela pouvait faire d'avoir quelqu'un qui faisait attention à elle, et pour qui elle comptait.

Justement Kamenev, en un geste dont il était peu coutumier, pressa contre lui sa protégée, comme s'il avait compris (ce qui était sans doute le cas) que la situation venait réveiller en elle certain souvenir d'absence.

'C'est joli, cet hôtel, vous avez vu ces hauts plafonds !' dit sévèrement Marguerite en réponse à ce geste-là – elle ne savait jamais bien comment réagir aux infréquentes démonstrations d'affection de Kamenev.

Il sourit et retira son bras.

Ensuite une femme pasteur, vieille amie de la famille, vint prononcer quelques prières pour bénir l'union, car Claudio était catholique (Tommy, lui, entretenait une sorte de spiritualité saine et libérale, composée de marches en haute montagne et de bénévolat dans diverses associations). Cette dame en noir, carré blanc au col, fit de nombreuses blagues, attendues mais attendrissantes, sur l'enfance du jeune Tommy, sa rencontre avec Claudio, et l'efficace Volonté Divine qui avait supervisé leur idylle depuis ses débuts en première année de master de communication à l'université de Birkbeck jusqu'à cet heureux dénouement.

'Il faut tout de même célébrer ce que constitue, aujourd'hui encore, l'institution du mariage', déclara cette bonne dame. 'Celle-ci a en effet su se diversifier sans pour autant rien perdre de ses valeurs centrales, puisque même aujourd'hui, dans notre société où tout semble si instable, l'on souhaite encore s'engager auprès d'un autre et dire : *Jusque dans les moments les plus hauts et au plus profond des moments les plus bas, je serai avec toi.* C'est cela, le vrai message du mariage.'

Justine n'avait pas entendu la fin parce qu'elle était en train de répondre à un message sur WhatsApp. Mais Matt échangea avec Cannelle un regard entendu.

'Respecte l'institution du mariage, au lieu de ricaner !' lui murmura Cannelle.

'Ricaner ? Quand il est question de mariage ? Jamais !' assura Matt.

Et imperceptiblement il se tourna vers Niamh, assise toute droite en bout de rangée, et poussa l'un de ces petits soupirs qui le prenaient souvent, ces derniers temps.

Pendant la signature du registre, on mit « *Happy* » de Pharrell Williams. L'interminable chanson laissa aux invités tout le loisir d'admirer les hauts plafonds blancs et leurs stucs, les colonnades de marbre rose et rouge, les grands vases d'azalées, les vastes fenêtres rectangulaires au travers desquelles les immeubles géorgiens d'en face faisaient leurs sérieux.

'Vous êtes en train de juger leurs fringues !' remarqua soudain Marguerite en voyant les sourcils de Kamenev se froncer au passage des différents invités.

'Ce n'est pas mon genre', dit Pierre.

Et certes ce n'était pas son genre, mais il était impossible de ne pas être un brin fasciné par une telle accumulation d'erreurs vestimentaires, côté britannique des invités. Les femmes portaient des robes dans ces tons criards dont tout parent raisonnable décourage ses enfants d'utiliser les Crayolas correspondants, et des chaussures compensées à talons, sur lesquelles elles clopinaient sans assurance. Les hommes, c'était pire : costumes brillants et vestons brodés, boutons de manchette fantaisie – petits avions, petits chiens, petites Formule 1, on aurait pu établir tout un set de pions de Monopoly avec ces boutons de manchette – et chaussures vernies mal assorties.

Quant aux enfants qui s'ennuyaient sur les tapis, ils ressemblaient, dans leurs knickerbockers, chemises boutonnées jusqu'en haut et chaussettes montantes, à des petits fantômes maléfiques revenus de l'époque victorienne pour hanter nos contemporains.

'C'est seulement par curiosité anthropologique', déclara Kamenev. 'J'essaie de cartographier le profil socio-économique de cette communauté et ses préférences en termes esthétiques.'

'Non, vous avez juste décidé qu'ils étaient fringués comme des clowns.'

'D'accord', admit Kamenev.

'Pour quelqu'un qui répète tout le temps qu'il s'en fiche de la manière dont il est habillé et que personne ne devrait juger personne en fonction de l'apparence de ses vêtements, vous êtes drôlement élitiste.'

Ce n'était pas incorrect, et Kamenev s'était d'ailleurs déjà fait la réflexion, depuis son arrivée en Grande-Bretagne, qu'il se surprenait souvent à évaluer avec sévérité, contrevenant à ses convictions les plus fortes, les accoutrements des passants qui heurtaient son regard.

Mais enfin, il fallait dire quand même qu'ils étaient fringués comme des clowns !

'Ce sont des petits-bourgeois', dit Kamenev. 'J'ai le droit de les accuser de manque de goût ; ce sont tous des suppôts du capitalisme qui dilapident leur argent dans les magasins de vêtements tape-à-l'œil.'

'C'est ça', rigola Marguerite.

Kamenev grinça. C'était irritant, quand Marguerite soulignait, de son petit rire rose et blanc, les quelques déplaisantes contradictions qu'il découvrait en lui-même.

'Ça va être votre tour', murmura Kamenev. 'Pharrell Williams s'est arrêté.'

Justine se leva et fit taire l'assemblée de sa voix claire ponctuée de petits claquements de doigts :

'Et maintenant, Mesdames et Messieurs, nous allons avoir le plaisir et l'honneur d'assister à un morceau de musique exécuté par Marguerite Fiorel, qui est une chanteuse lyrique déjà extrêmement célébrée, à seulement dix-sept ans ! Elle nous a fait la joie et l'honneur d'accepter notre invitation, et a répété pour nous un air de Gabriel Fauré, en compagnie de son professeur de chant, Monsieur Pierre Kamenev.'

Son regard virevoltant vint se ficher dans celui de Pierre, avec une telle force qu'il eut l'impression étrange d'être mordu par ces yeux sombres... et alors, tout de suite, il comprit que ce mariage, depuis le début, avait été un *piège*, bien qu'il ne sût pas exactement de quoi il retournait ; car quelque chose de très britannique, c'est-à-dire d'à la fois très déterminé et complètement insondable, circulait entre le petit corps de Justine et le sien par le truchement de ce regard.

Marguerite se leva et Kamenev la suivit ; le regard se volatilisa.

Ils étaient seuls face au piano.

'Nous allons vous jouer', dit Marguerite dans un anglais barbouillé par un léger trac dont elle n'était pas coutumière, 'la chanson « Au Bord de l'Eau » de Fauré, c'est-à-dire en anglais, comment dirait-on ?... *At the edge of the water.*'

Cette traduction approximative était un peu plus menaçante que le texte source, mais les invités s'en accommodèrent.

Kamenev posa ses mains sur l'ivoire. Silence.

Puis les premières notes retentirent, et la voix traversière de Marguerite :

S'asseoir tous deux au bord du flot qui passe,
   Le voir passer ;
Tous deux, s'il glisse un nuage en l'espace,
   Le voir glisser ;
À l'horizon, s'il fume un toit de chaume,
   Le voir fumer ;
Aux alentours si quelque fleur embaume,
   S'en embaumer.

Entendre au pied du saule où l'eau murmure
   L'eau murmurer ;
Ne pas sentir, tant que ce rêve dure,
   Le temps durer ;
Mais n'apportant de passion profonde
   Qu'à s'adorer,
Sans nul souci des querelles du monde,
   Les ignorer ;

Et seuls, tous deux devant tout ce qui lasse,
   Sans se lasser,
Sentir l'amour, devant tout ce qui passe,
   Ne point passer.

Elle allait reprendre ces quatre vers,
s'y préparait…

… quand soudain, en un brusque frémissement du regard, elle accrocha au fond de la salle la vision d'une personne –

assise simplement là, sur l'une de ces chaises pompeusement recouvertes d'un linceul blanc…

Le lord ! pensa-t-elle avec épouvante.

Mais la musique lui enjoignait de reprendre – Kamenev, pensant qu'elle faisait patienter l'auditoire exprès, par un effet d'attente improvisé, se mit à ralentir ; elle reprit, confuse :

Et seuls, tous deux, devant tout ce qui lasse...

Le lord la fixait tranquillement, jambes élégamment croisées, mains serrées sur le registre de mariage.

Sans se lasser...

Comment était-il arrivé là ? Était-il réellement là ? Posé là, comme surgi à la dernière minute, dans une élégante veste bleu roi en lin qui recouvrait un pantalon droit, beige, et arborant cravate en maille rouge pâle, pochette blanche, lunettes d'écaille, il tenait le visage penché sur la droite...

Sentir l'amour devant tout ce qui passe...

Et toujours il la fixait, et son regard avait quelque chose de méditatif et de sérieux, qui laissait croire qu'il cherchait en elle quelque chose que personne n'avait jamais cherché.

Ne point passer...

*

Ensuite on l'applaudit évidemment, parce qu'ils avaient vraiment très bien choisi cette chanson de Fauré, elle était simple et limpide et parlait très exactement de ce qu'une union d'amour devrait être, du moins les jours de bonne humeur.

Entre les chaises poussées, les invités levés, les remerciements et les serrements de mains qui s'ensuivirent, Marguerite se confectionna le visage humble et rayonnant qui reçoit le mieux les félicitations, mais discrètement elle orientait au même moment son esprit, comme pourvu de mille tentacules, de façon à suivre à travers la pièce les mouvements du lord.

'C'était super beau', dit Cannelle. 'Et le texte est trop joli, j'adore comme ça rime.'

'Oui', dit Marguerite *in abstentia*.

'Ça va haut !' fut le commentaire de Matt. 'Au moment où tu dis « pa-a-sse », là, ça va super haut.'

'Hmm-hmm', hmm-hmma Marguerite.

'J'ai fait de la chorale jusqu'à treize ans', ajouta Cannelle pour une raison ou pour une autre.

Enfin, un clan d'adultes vint remercier Marguerite et elle reçut une demi-douzaine d'exhortations à se présenter à une émission de télévision nommée *Britain's Got Talent* où il y avait eu une petite fille qui chantait comme ça de très belles chansons classiques et depuis c'était devenu une vraie star.

*

Cependant, alors qu'ils passaient dans un autre salon pour l'apéritif, Justine s'était précipitée pour prendre Kamenev par le bras.

'J'espère que vous nous laisserez vous offrir une bouteille de champagne pour vous remercier.'

'C'est déjà beaucoup de nous avoir accueillis chez votre mère toute une semaine', dit Kamenev un poil sarcastique, car une performance habituelle de Marguerite se monnayait autrement plus grassement.

Alors il s'aperçut, non sans embarras, qu'il avait d'instinct gonflé son biceps, pourtant pas surentraîné, au moment précis où la main de Justine l'avait élu pour perchoir.

Il se trouva confus : devait-il décontracter ledit muscle, et qu'elle tâte soudain un bras mollasson ? Ou le garder indéfiniment bandé, au prix d'une certaine raideur dans les doigts ? L'idéal, vraiment, eût été qu'elle le lâchât : ce petit poids tiède sur son bras, bien que plaisant à certains égards, avait quelque chose d'inapproprié.

Mais tandis qu'ils s'avançaient, Justine fit soudain, d'une colonne de marbre, sortir par magie une ébouriffante jeune rouquine, longue et mince comme une marathonienne, en robe bleu pâle et perchée sur des stilettos argentés.

'Pierre', dit Justine en anglais, 'je vous présente Rachel Greenblatt, une amie à moi, qui arrive tout juste des États-Unis.'

Et elle le lâcha brutalement, ainsi qu'il l'avait espéré, ce qui le contrit plus qu'il n'aurait anticipé.

'Ravie de vous rencontrer', déclara Rachel de sa voix rauque et ferme. 'J'ai beaucoup entendu parler de vous.'

'Ah bon ?' dit Pierre, serrant cette main formidablement adoucie par un massage quotidien au beurre de karité.

'Bien sûr. Justine n'arrête pas de parler de vous.'

Ladite Rachel réussissait l'exploit de continuer à sourire tout en parlant. Ses dents étaient si blanches qu'elles rappelèrent à Kamenev ses années de collège, lorsqu'il tartinait par ennui sa règle en plastique de Tipp-Exx.

Ainsi donc il se décontenança un peu ; mais pas à cause du sourire de Rachel (voyant tous les jours des pianos, il était peu impressionné par les alignements parfaits) ; plutôt parce qu'il apprenait subrepticement que Justine parlait de lui à d'autres personnes, ce qui était avouons-le un peu agréable – car enfin, c'est toujours agréable de savoir que quelqu'un pense à soi quand on n'est pas là.

'Et votre jeune élève est phénoménale', poursuivit Rachel. 'La demande de Justine était de toute dernière minute, et pourtant elle s'en est fabuleusement bien sortie. Elle la connaissait déjà avant cette semaine, cette chanson ?'

'Oui', répondit posément Kamenev.

'Elle les apprend toujours par cœur ?'

'Oui', dit Kamenev.

'Même en d'autres langues ?'

'Oui.'

'Mais si elle ne les comprend pas ? Elle apprend phonétiquement ?'

'Oui', dit Kamenev. 'Comme Mike Brant.'

'Ah, bien sûr', dit Rachel respectueusement, pensant que Mike Brant était sans doute un célèbre baryton. 'Et vous répétez combien de temps par jour ?'

'Au moins quatre heures ici. À la maison, beaucoup plus.'

'Vous avez l'oreille absolue ?'

Kamenev bascula sans sourciller en pilote automatique tandis que Rachel égrenait les questions habituelles des mélomanes amateurs, *Que préférez-vous jouer, Quel est son rôle préféré, Que se passe-t-il quand elle attrape un rhume, Comment gère-t-elle le trac, Jusqu'à quelle note peut-elle aller ?*

Pendant que les deux discutaient, Justine cala dans les mains de Kamenev une coupe de champagne glacée et frémissante, et piocha dans des plateaux mitoyens de petits canapés au saumon et des mini-brochettes de poulet tikka. Elle engloutit elle-même son champagne à la vitesse de l'éclair.

'Je suis juste un peu déçue, je dois dire', glissa soudain Justine, 'qu'elle n'ait pas chanté les quatre derniers lieder de Strauss. Peut-être une autre fois ?'

Kamenev dressa le sourcil.

'Vous savez, c'est très difficile à chanter, et idéalement, il faut un orchestre', dit-il d'un ton gardé.

'Oh, je sais bien', répondit Justine, 'mais depuis le temps que j'écoute la version d'Elizabeth Schwartzkopf…' (Elle avait écouté les douze premières secondes dans le taxi qui l'emmenait à l'hôtel.) '… j'aurais rêvé de l'entendre en live.'

Kamenev l'observa, et Justine ploya un peu sous ce regard circonspect.

'Vous aimez bien Strauss ?'

'Oui, j'adore. Je pense que c'est l'aspect spectaculaire, les valses, tout ça. Le côté grandiloquent, les robes à crinoline – c'est vieux jeu, je sais, mais c'est fascinant aussi.'

Rachel braqua sur elle un regard catastrophé. Kamenev sourit, fit claquer sa langue et avala une gorgée de champagne.

'Aïe aïe aïe, Justine, vous auriez dû vérifier la page d'homonymie sur Wikipédia. Ce n'est pas le même Strauss.'

Un instant désorientée, Justine, ouvrit la bouche, la referma, la rouvrit.

'Pas le même Strauss que qui ?'

'Le Strauss des lieder et le Strauss des valses. Rien à voir. Rassurez-vous, c'est une erreur courante.'

Justine passa un nombre de secondes bien supérieur à la moyenne à rajuster son bracelet de montre.

'Je sais bien', fut tout ce qu'elle trouva finalement à dire.

Puis elle avala un mini-hamburger au seitan grillé et ajouta : 'Je voulais juste dire que j'adore les deux.'

'Pas moi', asséna Kamenev.

Il y eut un silence un peu embarrassant.

Puis Rachel se fignola un autre sourire :

'Justine, ma chérie, je pense que tu devrais aller voir comment Tommy s'en sort avec tous ces gens qui le félicitent… Pierre, cela vous dirait qu'on aille prendre un peu l'air sur la terrasse ?'

Et faisant un clin d'œil à Justine, dans un cliquetis de stilettos, elle escamota Kamenev.

★

De son côté, Marguerite s'était fait proprement incarcérer dans une conversation octogonale entre Britanniques, à propos du Brexit.

'Je dois m'excuser pour mon pays', lui lança un oncle grassouillet, 'qui a si pitoyablement voté afin de s'exclure d'un continent au sein duquel nous avons tant d'amis, et j'espère que vous n'en tirez pas de conclusions sur tous ses habitants.'

'C'est une infime minorité qui a voté pour le Brexit', dit un oncle maigrelet, 'quand on calcule tous ceux qui n'ont pas voté du tout.'

'Je ne connais d'ailleurs personne qui a voté pour', ajouta une cousine d'une trentaine d'années, masquée de l'un de ces visages britanniques souriants, plats et prognathes au cou court. 'Vous en connaissez, vous ?'

Petite tension dans l'auditoire.

'Pas du tout', dit une femme d'une quarantaine d'années, au style soigné et continental. 'Enfin, si, l'une de nos secrétaires, il me semble, mais elle ne s'en est pas vantée. Quand je pense à tous ces gens atroces qui viennent parler aux journalistes du *Sun* pour nous dire qu'ils ont reconquis notre pays !'

'Il y a peut-être certaines personnes', jeta un vieil homme en costume en velours côtelé d'un vert assez agressif, 'qui ont voté pour, mais pas nécessairement pour de mauvaises raisons.'

(Il en faisait donc évidemment partie.)

'Réellement, Keith ? Pas pour de mauvaises raisons ? Il faudra que vous nous expliquiez cela', dit d'un ton pincé une tante d'une soixantaine d'années, l'air sportif, robe et gloss fuchsia.

'Il est vrai, remarqua l'oncle maigrelet, qu'il y a ceux qui ont voté pour parce qu'ils sont racistes ou xénophobes, et ceux qui ont voté pour parce que leur interprétation des données économiques nationales les y a acculés.'

'Absolument !' appuya Keith. 'Et les premiers sont des personnes vraiment honteuses, et d'ailleurs presque inconnues de nous. Vous le dites vous-mêmes : des secrétaires, des gens dans les tabloïds.'

'Oui, ces gens qui détestent les Polonais', dit l'oncle grassouillet, 'alors que ce sont des personnes charmantes, à l'éthique de travail impeccable.'

'Mais quant à la seconde catégorie', reprit le vieux Keith, 'je pense que ces gens-là ont certaines raisons de douter que l'administration bruxelloise soit toujours en mesure de gérer les besoins particuliers d'une île comme la nôtre.'

'Ah oui ? Et j'aimerais bien savoir ce qu'ils diraient, ces gens-là, si on leur expliquait aujourd'hui que la talentueuse jeune femme ici présente ne pourra plus venir donner de concerts sur l'île en question', s'échauffa l'oncle maigrelet.

'Ne dramatisez pas tout ainsi !' intervint un jeune cousin chevalin, qui commençait à se dégarnir. 'Il est évident que nous trouverons des arrangements et que ce sera exactement la même chose.'

'Alors à quoi bon voter ?' demanda la tante sportive.

'Ce sont les politiciens qui nous font croire que nos décisions ont de l'importance.'

'De toute façon, ce n'est pas la demoiselle, avec sa charmante voix, qui pose problème !' rua Keith.

'Il y a donc un problème ?' contra la cousine plate et prognathe. 'Je ne vois pas le problème, personnellement, mais je suis peut-être naïve.'

'Je ne fais que répéter ce que certains disent quand ils affirment qu'il y a un problème de surpeuplement, ce qui peut par ailleurs paraître évident lorsque l'on voit l'état du métro le matin entre huit et neuf heures à Londres', dit Keith.

'Clarifiez pour nous, je vous prie : les trois millions d'Européens en Grande-Bretagne sont un problème ?' dit la tante sportive.

'Il est évident que ceux qui contribuent à la bonne marche de notre société ne le sont pas... mais certains diraient que ceux qui viennent ici exercer un travail qui pourrait être destiné à des Britanniques font perdre à ceux-là des opportunités importantes de s'insérer dans la vie professionnelle.'

'De toute façon, je suis désolée, ce n'est pas une question d'immigration mais une question de souveraineté et d'efficacité !' coupa brutalement une autre dame, qui n'avait pas parlé depuis le début mais s'était appliquée à devenir de plus en plus rouge au fur et à mesure de la conversation. 'Je suis désolée, je suis vraiment tellement désolée de devoir dire cela, mais à Bruxelles les élus prennent des cafés pendant des heures autour du Parlement ; je les ai vus à Bruxelles, excusez-moi ! J'ai travaillé à Bruxelles quand j'étais représentante pour mon entreprise et, pardon de le dire, mais c'est la vérité, ils parlent, ils parlent pendant très longtemps, ils disent beaucoup de choses et s'étalent beaucoup en parlant, mais en réalité ils répètent la même chose et ne disent rien de nouveau ! Excusez-moi, je les ai vus, moi !'

Elle continua ainsi à parler pendant un certain temps tout en s'excusant sporadiquement, jusqu'à tomber enfin en panne d'inspiration.

Cela aurait pu durer encore très longtemps, car personne, avait noté Marguerite, n'interrompait personne sous ces latitudes.

'Donc, Sylvia, si je vous suis, vous avez voté pour le Brexit ?' dit le cousin se dégarnissant.

'Je n'ai pas voté', répondit Sylvia, 'je n'avais pas d'opinion. Et de toute façon, j'étais en vacances en Espagne. La preuve que j'aime l'Europe, même si je n'aime pas forcément l'Union Européenne.'

'Il est évident qu'il y a des choses à changer', lança la cousine plate et prognathe qui était presque au bord des larmes, 'mais j'espère que vous vous rendez compte qu'avec vos votes pro-Brexit, ou sans vos votes, nous nous sommes coupés de vingt-sept beaux pays, où nous voulions voyager, travailler et s'installer, et rencontrer du monde !'

'Oh, je vous en *prie*', soupira Keith, 'vous pouvez y aller quand vous voudrez ; avec votre diplôme de UCL, on vous embauchera partout.'

'*Erasmus !*' s'écria la cousine comme on pleure un mort.

'Plus problématiquement', dit le cousin dégarni, 'les jeunes personnes des milieux sous-privilégiés auront du mal à se déplacer. Sans doute que nous pourrons, *nous*, continuer à voyager et à travailler ailleurs, mais que dire de ceux qui sont enfants d'ouvriers ou de réceptionnistes ? Ceux qui n'ont pas de diplôme, ceux qui sont sans argent, ceux qui ne connaissent pas les démarches à faire pour obtenir des visas ? Eux ne voyageront pas si facilement.'

'Oui, enfin, vous êtes gentil, mais ce sont eux qui ont voté pour le Brexit', grogna la tante sportive. 'On sait très bien que la division de classe sur ce sujet était énorme. Ce sont – je ne sais pas, moi, ce jeune homme, là-bas, qui sert le champagne, ou ce vieux maître d'hôtel qui surveille la pièce ; ce sont eux qui ont voté pour le Brexit.'

'Vous avez raison', dit Keith. 'Et d'ailleurs, tant pis pour eux et tant mieux pour nous s'ils ne peuvent plus partir en ferry faire un saut à Calais pour acheter des caddies entiers de bière moins chère ; ça diminuera peut-être le taux d'alcoolisme et de grossesses adolescentes dans leur catégorie sociale.'

Tandis que tout le monde faisait mine, avec une gêne intense, de n'avoir pas du tout entendu cette dernière remarque du vieil homme, Marguerite s'était tournée machinalement vers *ce jeune homme-là* qu'avait désigné la tante sportive. C'était un serveur, à peine la vingtaine, cheveux ras, souvenir d'acné, costume-cravate aux couleurs de l'hôtel, et qui servait le champagne… qui le servait…

… au *lord*, à lui, à nul autre – subitement réapparu d'un coin de porte !

Et le lord souriait à ce jeune homme, et le lord discutait maintenant avec Matthew Dodgson et d'autres de ses amis !

Il était encore là !

Et soudain, comme la première fois qu'elle l'avait vu, comme si le regard de Marguerite l'avait chatouillé, le lord dressa la tête vers elle…

… et l'observa un long instant, paraissant déséquilibré, et puis braqua sur elle les brillantes billes bleues de ses deux yeux derrière les lunettes rondes ; et son visage, sous les cheveux blond cendré bien peignés, se cliva d'un sourire asymétrique…

… et tout à coup il marchait, vers elle, oui, à grands pas, air décidé, sourire – il marchait *vers elle* (elle regarda derrière elle pour vérifier, il n'y avait rien derrière, c'était vers elle qu'il s'avançait)…

… et à peine quelques secondes, quelques siècles passèrent, et il était à ses côtés !

'Marguerite', dit-il en anglais, un délicieux presque-*Margaret*, 'ma chère Marguerite ; quel plaisir de vous rencontrer.'

Il soumit sa main. Elle la serra ; il avait une manière si tendre de lui prendre la main qu'elle s'imagina une seconde qu'il allait l'attirer à ses lèvres pour y déposer un baiser.

'Je vous ai vue la semaine dernière à l'opéra', dit le jeune homme, 'mais jamais dans mes rêves les plus fous aurais-je espéré vous revoir ce samedi ! Permettez-moi', dit-il…

… puis il jeta au vent une incompréhensible poignée de mots ; '*isn't it ? Anyway,* [incompréhensible], *My name* [incompréhensible], vraiment impressionnant, [incompréhensible] ; *don't you ?*'

'*Yes*', articula seulement Marguerite.

Que venait-il de lui dire ? Elle avait vaguement conscience que dans un coin, Matt et ses amis l'observaient, buvant du champagne, avec un intérêt amusé.

Elle reporta son regard sur le visage du lord, observa sa bouche qui articulait les mots à toute vitesse :

'*Anyway*', disait celui-ci – et subitement elle comprit un peu mieux son anglais, éclairci par le stimulus visuel adjoint à l'oral ; 'je ne suppose pas que vous soyez libre le 14 juillet.'

Il y eut un silence.

Il attendait une réponse.

'Vous ne supposez pas ?' répéta Marguerite.

'Je ne suppose pas que vous le soyez', reprit le jeune homme contrit. 'Vous devez être très occupée.'

'Occupée ?' répéta Marguerite.

'Je ne suppose pas que vous avez beaucoup de temps libre.'

'Je n'ai pas compris votre phrase', essaya de répondre Marguerite, mais c'était comme dans un cauchemar, elle dit d'abord *I haven't understand*, puis *I didn't understood*, tout était un enfer d'irrégularités de niveau sixième, Madame Kessler aurait été très déçue, et ensuite elle utilisa le mot *phrase* au lieu de *sentence*, calque terrible, moins trois points en version, elle qui était la première de sa classe à Dmitri-Hvorostovsky !

Le lord fit un gentil rire.

'Oh, je suis tellement désolé. Je parle beaucoup trop vite, et avec cet atroce accent qui agace tellement de monde. Je disais, je ne suppose pas... Bonté divine, comment le dire autrement ? Je n'imagine pas que vous soyez... Enfin, pour le dire impoliment – êtes-vous libre le 14 juillet ?'

Marguerite resta un moment bouche bée.

Puis :

'Oui.'

'C'est parfait. Un point commun avec votre pays, ha ?'

'Pardon ?'

'Libre le 14 juillet.'

'Je ne ?'

'1789.'

Le temps que Marguerite découpe et traduise cette date dans son esprit, il avait repris :

'C'était juste une plaisanterie.'

'Ah !' fit Marguerite, et elle émit un petit rire.

Il y eut un nouveau silence. Ensuite il reprit :

'*Anyhoo* – donc le 14 juillet, dans dix jours, si je ne me trompe pas – je me trompe sans doute, je suis terrible en calcul ; donc le 14, nous faisons une petite fête dans les [incompréhensible] pour l'amitié franco-britannique. Je ne suppose pas... Pardon : est-ce que vous seriez assez gentille pour venir chanter un petit bout de quelque chose ? Il y aura [nom], [nom], [nom], et aussi [nom], si vous pouvez le croire ! Et tout un tas de choses à manger et à boire, mais évidemment vous serez rémunérée également par [incompréhensible]. Si ce n'est pas trop demander, peut-être nous feriez-vous l'honneur ?'

'Oui', répondit encore Marguerite.

'Vraiment ? C'est furieusement gentil de votre part, vous me levez un grand poids des épaules. J'en suis absolument ravi. Je transmettrai à [incompréhensible]. Vous devriez recevoir une invitation chez les Dodgson, où je crois savoir que vous séjournez. Je peux avoir votre nom complet ?'

'Marguerite Fiorel.'

'Des noms du milieu ?'

'Pardon ?'

'Entre le prénom et le nom de famille ?'

'Non.'

'Parfait.'

Il notait sur son téléphone portable.

'Un titre ?'

'Un titre de chanson ?'

Il rit.

'Non, excusez-moi. Je veux dire, est-ce que c'est Mademoiselle, Madame, *Miz*... ? Docteur, lady, baronne... ?'

'Ni l'un ni l'autre', dit absurdement Marguerite, car pour une raison inexpliquée l'expression *neither one nor the other* lui était soudainement revenue en mémoire.

Il souriait. Il avait les dents de cette adorable traviole qui ne sied qu'au mâle britannique.

'Disons *Miss*, alors. *Miss – Marguerite – Fiorel*. Pour l'instant, n'est-ce pas ? Miss Fiorel ?'

'Pour l'instant', répéta Marguerite.

Il lui sourit, lui pressa le bras – lui *pressa le bras* ! – de sa grande main blanche.

'Merci vraiment tellement. Et à dans deux semaines – écoutez, je ne peux pas attendre. Je ne peux vraiment pas attendre.'

Marguerite se souvint que *je ne peux pas attendre* voulait dire *j'ai hâte*.

Il avait hâte… !

Et il avait disparu.

*

Justine fulminait.

Son corps n'était qu'une gigantesque fureur. Ses muscles picotaient, sa respiration lui brûlait la gorge ; sa mâchoire se serrait ; elle était mûre à point pour balancer un coup de poing dans un vase de fleurs, dans une bouteille de vin, dans une vieille tante !

Cependant, de l'extérieur elle restait parfaitement sociable et souriante ; elle continuait d'ailleurs, avec cette connaissance impeccable des bonnes manières comme enregistrée sur toute la surface de son être, à divertir les invités du mariage de son frère, à leur enjoindre de remplir leurs verres et de répondre à leurs questions. En mentant la plupart du temps – mais pas tout le temps, afin de brouiller les pistes.

'Et que fais-tu maintenant, Justine ? On s'amuse bien à l'université ? J'ai entendu dire que tu étais très impliquée dans la vie associative.'

'Oui, c'est absolument la meilleure chose au monde, les cours sont fascinants, et j'organise des leçons d'autodéfense pour les femmes de l'université… Tante Martha, vous voulez un peu plus de vin blanc ?'

'Surtout pas, merci, je me réserve pour le dîner. Bon, allez, juste un petit verre de plus en attendant.'

Tandis que Justine laissait ses lèvres parler avec énergie de ses listes de lecture ('tout *L'Être et le néant*, en un trimestre !'), de la vie nocturne à Leeds ('remonter le Headrow en talons aiguilles à quatre heures du matin en évitant les flaques de vomi : le marathon local !'), de ses plans de carrière ('prof de français ou fonder ma propre boîte'), elle menait en elle-même une tout autre conversation, rageuse, celle-là.

Bloody-Pierre-Fucking-Kamenev ! Qui est ce type, de toute façon ? Qu'est-ce qu'il sait à quoi que ce soit, avec sa connaissance impeccable des différents Strauss de l'histoire de la musique ?

Puis elle fulminait contre elle-même – de n'avoir pas vérifié la page d'homonymie, quelle erreur, quel amateurisme ; puis elle fulminait contre lui – quel genre de personne portait ainsi à l'attention de son interlocuteur une erreur aussi grossière ? Il était d'une impolitesse délirante, il était presque fou ! Puis elle fulminait à nouveau contre elle-même – pourquoi avoir coupé court à sa conversation avec Rachel, qui démarrait si bien ? –, puis elle re-fulminait contre lui – pourquoi était-il si peu ordinaire, avec sa gamine qu'on aurait dit sortie du couvent, pourquoi n'était-il pas le genre dont elle avait l'habitude, ces Français farceurs, lubriques, trop intelligents, très faibles, si faciles à convertir à *la cause* ?!

Quelle importance, de toute façon ? Rachel l'avait embarqué : elle saurait le convaincre, elle. Tout irait bien : ils se marieraient, et Marguerite avec Cosmo dans la foulée… Ils se marieraient tous, tous ! Et fuck le Brexit, et vive l'Europe ! Rachel le convaincrait, vive Rachel !

Pourtant cette dernière observation, loin de la calmer, la faisait fulminer presque encore plus.

Elle fulminait, oui, contre Rachel à présent, avec ses questions banales et précises d'Américaine, sa connaissance irréprochable des deux Strauss, ses stilettos et sa robe pâle, et son mètre soixante-dix-sept d'os solides, de muscles bien dessinés, de parfaite santé ! Toujours parfaite, Rachel ; pas de jetlag, pas de poches sous les yeux ; elle saurait le convaincre, elle !

Elle saurait le convaincre, soit ! Et ce serait un autre mariage *Brexit Romance*, tant mieux !

Et ainsi donc, se disant tout cela, Justine re-fulminait contre elle-même au terme d'une boucle interminable, sans aucune raison précise.

Heureusement, personne ici ne le remarquait ; heureusement, sa peau, ses cheveux, ses mains, sa bouche, qui savaient se débrouiller sans elle, faisaient illusion à sa place.

Mais il y eut tout de même une personne qui, prenant soin de regarder ses yeux, repéra illico cet intérieur incendié.

'Qu'est-ce qui se passe ?' demanda Matt. 'Tu es furieuse.'

'Je le suis !' répondit immédiatement Justine, d'un éclatant murmure.

Et immédiatement ses lèvres s'écartèrent en un vaste sourire à l'adresse d'une invitée qui les regardait. Elle entraîna son frère dans un couloir qui menait à un gigantesque escalier de marbre, et sur cet escalier elle s'assit à l'abri d'une colonne.

'Je suis absolument livide. J'ai livré Kamenev à Rachel, mais... je... mais je n'ai pas assez préparé le terrain, et il va falloir qu'elle bosse énormément de son côté pour le convaincre.'

'Et alors ? Elle sait se débrouiller, non ?'

'Oui, d'accord... mais j'ai failli à mon devoir ! Normalement, mon rôle, c'est de les livrer l'un à l'autre déjà tout préparés !'

'Ben, c'est pas grave ! Qu'est-ce que ça peut faire ? En une semaine, tu ne pouvais pas le convertir. Laisse faire le temps.'

'Mais c'était abominablement humiliant !' finit par confesser Justine, et elle raconta à son frère ce qu'elle avait déjà baptisé « le *Straussgate* ».

'C'est juste un gros snob', commenta Matt. 'Où est le problème ?'

'J'ai pas vérifié la page d'homonymie sur Wikipédia !' s'exclama Justine – avant d'éclater en sanglots.

Ou plutôt en *un* sanglot, car aussitôt après elle était de retour, pleine et entière, un grand sourire aux lèvres, pour saluer leur grand-mère que l'on emmenait se reposer dans une autre salle, et qui traversa le couloir devant eux pendant quarante-sept longues secondes.

Les jumeaux la suivirent du regard, souriant très fort.

Ils reprirent.

'C'est quoi, cette crise de délire ?' diagnostiqua Matt. 'T'es fatiguée ?'

'Oh, toi ! Tout de suite, elle est fatiguée, elle est hystérique, elle a ses règles.'

'Je sais très bien que t'as pas tes règles, puisque ta cup était dans le placard de la salle de bains ce matin. D'ailleurs, ce serait extrêmement chouette si tu pouvais éviter de la ranger à côté du fil dentaire.'

Après ce rappel aux valeurs élémentaires du vivre-ensemble, il tapota la tête de sa sœur, laquelle avait posé celle-ci sur l'épaule de celui-là.

'Fais la technique de respiration qu'on a vue sur YouTube.'

Elle la fit.

'Mon amour', dit ensuite Matt (et il faut préciser ici que *mon amour* en anglais peut vouloir dire *mon enfant, ma sœur, mon ami, mon amour, mon ennemi juré*, ou encore *toi, personne prise au hasard dans la rue*) ; 'tu deviens un peu obsessionnelle avec cette histoire de *Brexit Romance*.'

'Je veux juste que ça décolle, tu vois. Là on est dans une phase cruciale, Matt, une phrase cruciale ! On prend de la vitesse, il faut continuer à alimenter dans la bonne direction, tenir compte des risques tout en évaluant les potentialités…'

(Elle faisait avec les mains de grands gestes de sémaphore pour illustrer ce précaire décollage.)
'Et surtout', reprit Matt, 't'arrives pas trop à digérer que Rachel ait embarqué Kamenev sur une terrasse pour lui parler musicologie.'
Justine fusilla son frère du regard.
'Alors là', dit-elle, 'là!'
'Là, quoi?'
'C'est n'importe quoi.'
'N'importe quoi, t'es sûre?'
'Du non-sens!'
'Du non-sens, vraiment?'
'Totale crotte de taureau.'
(Tout cela en anglais, évidemment.)
Matt sourit, et attrapa la main de sa sœur pour tripoter ses bagues quelques instants.
'Je ne comprends pas. Pourquoi tu l'as refilé à l'Américaine? Pourquoi tu ne te l'es pas gardé pour toi?'
'Qui ça?'
'Mais Pierre Kamenev.'
Justine resta bouche bée.
'*Complete bullshit!*' répéta-t-elle. '*Complete fucking bullshit!*'
'Je vois vraiment pas pourquoi tu t'énerves', marmonna Matt, portant sa coupe de champagne à ses lèvres. 'C'est une question logique. Pourquoi elle?'
Justine se releva, rajusta rageusement robe et perles.
'Mais parce que... parce que... parce que c'est évident que c'est la correspondance la plus logique, putain! *It's a perfect match!* C'est lui et elle.'
Et elle s'éloigna, tonnant:
'On voit que tu comprends rien à notre business model!'

★

Le dîner fut annoncé à six heures du soir. C'était, après tout, un mariage britannique.
Les invités européens furent un peu surpris.
Plus tard il y eut un ceilidh.

Ce mot, qui se prononce *kayly*, désigne une série de danses traditionnelles gaéliques, gigues, valses et sortes-de-polkas, en couples et/ou en groupes, fort populaire dans les fêtes et les mariages de l'île, et dont les pas des multiples chorégraphies, qui peuvent être complexes, s'apprennent au fur et à mesure que joue un petit groupe de musiciens folkloriques ; violon, accordéon, flûte et – dans ce cas-là – guitare.

Il suffit de se trouver un partenaire, d'entrer dans la danse, de regarder comme on danse, et l'on s'en sort généralement tous assez transpirants et rayonnants pour ne susciter aucune gêne ni redouter le moindre contact équivoque avec une personne de l'un ou l'autre sexe.

Ainsi les voisins de table de Marguerite et Kamenev, un vieux couple qu'on avait mis à la même table qu'eux, avec tous ceux que l'on ne sait jamais trop où mettre dans les mariages, leur expliquèrent-ils du moins le principe du sacro-saint ceilidh.

Sachant ceci, et ayant bu cela (un peu de champagne, un peu de vin, un peu de porto, à peine !), Marguerite se jeta bientôt dans l'assemblée, dégotant sans trop de peine un partenaire. Et elle dansa absolument toute la soirée, sautant de-ci, de-là, et claquant des mains et se faisant gaiement tournoyer par ses divers partenaires.

Quant à Kamenev, comme il avait terminé tous les verres à portée de main (les siens et ceux des autres), il se laissa convaincre par Rachel Greenblatt de prendre part aux amusements de la soirée.

Et il trouva, à sa surprise, que dans ce cadre très strict, au sein de ces danses si rigoureusement agencées, il éprouvait un certain plaisir à danser la gigue, et s'y fit entraîner ; il faut dire que tout le long, Rachel lui racontait avec énergie des choses plutôt revigorantes sur la vie culturelle new-yorkaise et la vaste quantité d'instrumentistes et de chefs d'orchestre professionnels qu'elle y rencontrait à tous les coins de rue.

Par moments, lorsque la danse s'étirait comme un élastique, laissant apparaître des trous entre les corps bondissants, Kamenev discernait, de l'autre côté de la grande salle, Justine. Assise, elle observait, avec une circonspection lasse, les couples riants et sautillants.

4

Marguerite crut que l'invitation n'arriverait jamais.

★

Dimanche matin, les parents Dodgson se réveillèrent aussi tard qu'ils s'étaient couchés – l'une dans son lit, l'autre sur le canapé du salon – et tous deux, pareillement ravagés par d'abominables maux de tête, soignèrent leur cuite magistrale en dévorant des œufs au plat sur des tranches de pain de mie grillé.

'C'est comme quand on était jeunes', dit Phil, 'tu te souviens ? On sortait ensemble danser toute la nuit…'

'On résistait mieux, quand même', dit Katherine à son ex-mari.

Il hocha la tête, songeur. Après une hésitation :

'Matt m'a parlé de ton travail… Tu vas te retrouver un boulot en Belgique ?'

'Oh, Phil, je n'ai pas du tout envie de parler de Bruxelles ce matin…'

'C'est juste que je ne voudrais pas être séparé de Bertie…'

Marguerite les laissa à leurs soucis de divorcés, qu'elle estimait à la fois impénétrables et inintéressants, et se mit à anticiper, absurdement, l'arrivée du facteur. Elle guettait le moindre bruit de porte, de boîte aux lettres ; peut-être le lord aurait-il envoyé un courrier spécial par le biais d'une compagnie privée qui travaillait le dimanche ?

Une chute de papier sur le paillasson la fit jaillir du salon bouche ouverte et nageoires frétillantes, telle une truite hameçonnée par un pêcheur. Mais c'était seulement un prospectus pour un griot local qui proposait de faire revenir tout amour perdu et de guérir cancers, diabète, cors et durillons.

Elle se coucha, le soir, de fort mauvaise humeur.

★

Lundi vint.
Kamenev :
'Qu'est-ce que vous faites encore à la fenêtre ?'
Soupir.
'Rien.'
'Vous êtes sûre que vous ne voulez pas aller à la National Gallery ?'
'Je n'en ai rien à faire, Pierre !'
'D'accord, d'accord…'

Il était dix heures du matin ; le facteur n'était pas passé. Il n'arriverait que vers midi, sauf s'il était en avance…

Pour s'occuper, Marguerite essaya de lire, puis de faire une aquarelle avec la boîte à peinture de Bertie, puis elle chantonna un aria avec Kamenev, puis elle recousit un bouton qui s'était défait d'un cardigan.

Le facteur passa une première fois, n'apportant que de tristes enveloppes à fenêtres de plastique, frappées du nom des habitants.

'Mais qu'est-ce que vous regardez ?'
'Un camion Ocado vert qui recule dans l'allée des voisins. Ça vous intéresse ?'
'Non, mais je suis heureux que vous vous soyez si rapidement acclimatée aux occupations quotidiennes d'une jeune mère au foyer vivant dans une banlieue résidentielle.'

Marguerite eut envie de tuer Kamenev un peu.

Elle était dévorée de tristesse et d'angoisse. Était-il possible qu'il eût *oublié* ? Était-il possible qu'elle eût simplement rêvé

toute la scène ? Que jamais ce jeune lord ne lui eût parlé, que jamais ils n'eussent évoqué la possibilité qu'elle vînt chanter pour lui le 14 juillet ?
Peut-être qu'il était mort.
Accident de cheval.
'Vous attendez l'invitation de ce bonhomme, je me trompe ?'
'Vous vous trompez absolument.'
'D'accord.'
Le caractère insupportable de la situation venait aussi du fait que Kamenev en savait à la fois trop et pas assez. Entre deux gigues effrénées, un peu grisée par l'alcool et la danse, elle lui avait vaguement dit, d'un air détaché, que quelqu'un l'avait invitée à venir chanter le 14 juillet dans un « super bel endroit »...
'Qui vous a invitée ?' s'était enquis son professeur.
'Vous verrez !' avait-elle répondu, trop embarrassée d'avouer qu'elle n'avait pas compris son nom quand il le lui avait donné.
'Mais chanter quoi ?'
'C'est nous qui choisirons. Il faut que cela célèbre l'amitié franco-britannique.'
'Mais avec quoi comme accompagnement ? Il y aura des musiciens ? On aura le temps de répéter ? Ce sera où ? Marguerite, arrêtez de minauder, il me faut des détails.'
'Vous verrez, vous verrez', avait chantonné Marguerite.
Plus tard, le facteur passa une deuxième fois, et en dévalant les escaliers elle jeta la question à Kamenev :
'Le facteur est passé ?!'
'Il n'y avait rien que des factures. Et aussi quelques prospectus.'
Silence du côté de Marguerite.
'Vous êtes sûre que vous n'avez pas mal compris, quand il vous a parlé de ce concert ?'
'Bien sûr que je suis sûre !' ragea-t-elle, alors qu'elle était rongée par la conviction d'avoir très mal compris, et que le lord lui avait en fait demandé quelque chose d'entièrement différent,

ou qu'elle avait tout bonnement halluciné, son rapport à la réalité ayant toujours été un peu particulier.

Elle vit alors que Kamenev, chose rare, était penché sur son téléphone portable.

'Puisque vous ne me dites rien, marmonna-t-il, j'ai cherché un peu pour voir ce que ça pourrait être. Ce n'est pas le dîner du 14 juillet à l'Ambassade de France ?'

L'Ambassade… Oui ! Ce devait être cela ! Elle se bricola un sourire.

'J'ai dit que je ne dirais rien.'

'Je ne sais pas pourquoi vous m'infligez ça', soupira Kamenev. 'Ils vous paient ?'

'Évidemment !'

'Combien ?'

'Pas mal', jaugea Marguerite.

'Et qui vous invite officiellement ? L'ambassadeur ?'

'Peut-être', taquina Marguerite.

'Mais qui était ce type qui vous a invitée ? Un de ses assistants ?'

'Arrêtez de me harceler, je n'en dirai pas un mot. Ce sera la surprise.'

Cependant ce petit exercice devenait plutôt épuisant, et le sourire de Marguerite de moins en moins ferme.

Kamenev posa son portable et la regarda fixement.

'Je ne sais pas ce qui vous prend. Je suis arrivé à Londres avec une jeune personne à la tête fermement vissée sur ses épaules, et je me retrouve deux semaines plus tard avec une espèce de mijaurée dont on dirait qu'elle s'entraîne pour une audition de télé-réalité.'

'Peut-être que vous n'êtes pas content parce que vous n'aimez pas que j'aie des secrets', dit Marguerite.

'Non, c'est plutôt que j'aimerais bien paraître un tant soit peu professionnel si je dois véritablement vous préparer pour un récital important le 14 juillet.'

'Je n'ai pas besoin de vous, de toute façon.'

Sur cette pique, Marguerite lui passa sous le nez, entra dans la cuisine, s'arrêta près du Thermomix rouge, pianota un instant le porte-tranches-de-pain-grillé.

'Ah oui ?' dit Kamenev depuis le salon. 'J'aimerais bien voir ça. Vous chanterez a capella ?'

'Et pourquoi pas !'

'De mieux en mieux. Et quoi donc ?'

'Eh bien, le *Je veux vivre*, par exemple.'

Kamenev leva les yeux au ciel, et piocha le teckel assis par terre pour lui gratter le cou.

'Vous n'êtes pas du tout prête pour le *Je veux vivre*.'

'Je le serai le 14 juillet.'

'Non. Et à ce propos, si vous voulez être prête pour quoi que ce soit, vous avez intérêt à investir un peu plus de temps et d'énergie dans nos répétitions.'

Et comme Marguerite ne répondait pas :

'Cette dernière semaine, vous avez fait n'importe quoi, et vous le savez très bien. Même là, maintenant, vous regardez par la fenêtre au lieu de m'écouter ! L'air britannique ne vous fait pas de bien. D'ailleurs, au lieu de bavarder, nous pourrions nous mettre à-'

'*AAAAGHHHH !*' éructa brutalement Marguerite, et elle abattit ses deux poings sur la surface en faux marbre noir de la cuisine, faisant sursauter trois oranges et deux bananes dans un bol à fruits.

'Ne cassez pas une cuisine qui n'est pas la vôtre', dit Kamenev.

'Mais FOUTEZ-MOI LA PAIX, putain de bordel de merde !' lui hurla Marguerite.

Et d'un pas de tonnerre, elle monta dans sa chambre, claqua la porte et s'effondra sur son lit.

★

Vraiment les heures étaient trop longues et le facteur si décevant.

★

Enfin la soirée du lundi advint.

La maison était silencieuse ; Phil Dodgson avait emmené Bertie à son cours de natation, et Kamenev lisait un gros essai de philosophie politique, le chien sur les genoux. Marguerite, quant à elle, avait passé une heure à errer dans la maison comme une condamnée à mort, et s'était désormais immobilisée, debout contre le mur.

Soudain, en trombe, sarong et tongs, Justine Dodgson débarqua dans le salon.

Kamenev se leva d'un bond, catapultant Pebbles – Justine intercepta le missile poilu en plein vol.

'Marguerite est là ?' dit-elle au lieu de faire la bise à Pierre, qui en resta oscillant comme un roseau.

'Oui !' répondit Marguerite, surgissant du papier peint.

'Tant mieux !' fit Justine. 'J'ai à te parler.'

Elles s'installèrent dans le *conservatory*, pendant que Pierre, bougon, se réengonçait dans son fauteuil.

Il y eut un petit silence.

'Tasse de thé ?' demanda Marguerite qui avait déjà acquis le réflexe.

'Non merci. Marguerite, j'ai une invitation pour toi. De la part d'un… d'un ami à moi, qui t'a rencontrée au mariage de Tommy avant-hier, je crois, et qui est passé me voir hier.'

Marguerite croisa le regard de Kamenev, qui se redressa imperceptiblement dans son fauteuil et fit mine de continuer à lire.

'Ah, oui, c'est possible, ce n'est pas impossible, ça me dit quelque chose.'

'J'espère bien que ça te dit quelque chose, parce qu'il s'attend à ce que tu viennes donner un récital le 14 juillet !'

'Oh, je sais, c'est tout prévu, zéro inquiétude, c'est tout nickel bien relax et tout', dit Marguerite.

Justine braqua ses yeux sombres sur elle.

'Donc tu lui as dit oui ?'
'Dit oui ?' répéta Marguerite.
'Pour ce récital.'
À voir l'expression de Justine, la réponse ne semblait pas aller de soi.
'Oui... ?' dit Marguerite d'un ton un brin interrogatif, comme elle avait entendu les Américaines le faire quand elles n'étaient pas tout à fait sûres de vouloir être prises au mot.
Justine sortit l'invitation de sa poche. Elle était belle, dure et épaisse comme une biscotte.
'Je veux juste être certaine que tu aies bien compris de quoi il s'agissait, Marguerite ; c'est pour ça que je suis venue te la donner en mains propres.'
(C'était aussi pour tenter de reprendre le contrôle sur la situation avec Kamenev, mais Marguerite n'avait pas à le savoir.)
'Je parle de la fête organisée par Cosmo, on est bien d'accord ?'
Marguerite hocha lentement la tête.
'Hmm-hmm.'
Cosmo, se dit-elle. Donc, la revue de mode et de conseils beauté. Elle ne s'attendait pas à ce genre de soirée. Elle avait vraiment pensé qu'il s'agissait de la fête à l'Ambassade.
'Cosmo, oui.'
'Cosmo ? Le magazine féminin ?' intervint mollement Kamenev.
Justine se tourna vers lui, puis vers Marguerite à nouveau, perplexe.
'Non', dit-elle. 'Cosmo Carraway. Le type qui t'a donné cette invitation, c'est Cosmo Carraway.'
Carraway. Cosmo Carraway. Le nom déclencha chez Marguerite tout un imaginaire de voyage. Une voiture qui s'envole dans les airs, jusqu'au bout du cosmos...
'Oui oui, ce Cosmo-là', dit-elle tranquillement.
'Et il t'invite à venir chanter à la soirée du 14 juillet organisée par You-Keep.'
'You-Keep, oui', pépia Marguerite.
Kamenev vira au blanchâtre.

Justine embraya :
'Parce que Cosmo Carraway est le fils, et l'assistant parlementaire… de Neil Roddikin.'
'Ah, OK', dit Marguerite. 'Je n'avais pas fait le rapprochement.'
'Tu vois qui c'est ?'
Comme il ne venait pas de réponse, Kamenev s'interposa :
'Marguerite, avez-vous la moindre idée de quoi il s'agit ?'
'Oh, plus ou moins', dit Marguerite.
'Vous savez qui est Neil Roddikin ?'
'À peu près.'
'Vous savez ce qu'est You-Keep ?'
Silence.
Puis :
'Non', dit franchement Marguerite à bout de forces.
Kamenev se facepalma.
'Okay', fit Justine avec un soupir. 'Alors… UKIP, le *UK Independence Party*, est le parti d'extrême-droite, ici au Royaume-Uni. Ils sont protectionnistes et ultraconservateurs – et, comme leur nom l'indique, indépendantistes. Tu te doutes de ce qu'ils ont voté dans le référendum sur le Brexit ? Bon. Neil Roddikin est leur chef. Plus exactement, il a théoriquement pris sa retraite après le vote de l'année dernière ; il avait la flemme de s'occuper de l'après-Brexit. Cosmo Carraway…'
Marguerite n'écoutait qu'à peine. Elle avait l'impression de s'écrouler de l'intérieur.
'Cosmo Carraway est son fils. Il étudie les sciences politiques à Oxford, et l'été, il fait assistant parlementaire de son papa. Cette année, pour le 14 juillet et pour l'anniversaire du vote du Brexit, Cosmo aide le parti à organiser une petite fête. C'est à cela qu'ils t'invitent. Ils vont en effet célébrer l'amitié franco-britannique… ou du moins, celle qui les unit au Front National, en la présence de sa plus éminente représentante.'
Il y eut un silence.
'Ça veut dire Marine Le Pen', dit Kamenev à Marguerite avec un rire sombre.

À Justine :
'Il vaut mieux tout lui traduire, on ne sait jamais.'
Marguerite leur jeta un regard si noir que même Kamenev se sentit un peu décontenancé.
Justine plissa les lèvres.
'Je n'étais pas au courant, Marguerite, que Cosmo te demanderait de faire ça. Je n'aurais pas… Je n'aurais pas recommandé qu'il le fasse. Mais il est très enthousiaste. Il jubilait quand il m'a dit que tu étais d'accord.'
'Elle n'est plus d'accord', trancha Kamenev.
'Je suis toujours d'accord !' dit Marguerite.
Kamenev ferma les yeux.
'Vous savez très bien que nous allons refuser cette invitation.'
Mais Marguerite la prit des mains de Justine.
'Je ne vais rien refuser du tout. J'ai promis que je viendrai : j'irai.'
'Marguerite, je refuse absolument de cautionner-' dit Kamenev – mais c'était inutile puisque Marguerite avait planté ses doigts dans ses oreilles, et se promenait à travers le salon en chantant à tue-tête le *Je veux vivre*, morceau déjà haletant, qu'elle contribuait, par ses tournoiements furibonds, à rendre si haché qu'il semblait ululé par une actrice de cinéma pornographique.
'*Wusgoinon ?*' demanda Bertie qui venait d'entrer dans la maison avec son père, le visage tout allumé par la piscine.
'JE-VEUX-VI-VRE DANS-CE-RÊ-ÊÊÊVE !' chantait Marguerite.
'Elle est devenue folle ?' demanda Bertie à sa sœur.
'Non, juste un peu surexcitée, mon cœur', dit Justine. 'Bon, moi je vais y aller.'
'Hein ?' intervint Kamenev. 'Attendez, vous devez…'
'Vous, vous venez avec moi', continua-t-elle. 'Marguerite n'a pas envie de vous voir. Et nous deux, de toute façon, on a d'autres projets.'

★

Quand Marguerite se fut remise de sa crise, elle s'excusa auprès de Phil et Bertie, se plaça droite, main sur le ventre, reprit ses esprits.

Et toute seule, elle se mit à répéter, sérieusement, le *Je veux vivre*.

Je - veux – vivre dans ce rê-ve qui m'enivre…

Elle dut se rendre à l'évidence : Kamenev avait raison. Elle n'était pas du tout au point. Ça ne marcherait pas. Elle s'humilierait. Les ébouriffantes escalades du refrain, le rythme saccadé de valse folle, la douce sophistication des couplets basculant soudain en mineur : rien n'était tout à fait *à elle* dans cet aria. Elle ne s'y retrouvait pas ; elle ne pourrait pas le chanter le 14 juillet.

Tant pis, elle chanterait autre chose. À moins qu'elle ne doive plutôt annuler son invitation ? Après tout, si tous ces gens étaient véritablement de fâcheux fascistes, il valait peut-être mieux, pour sa réputation, ne pas traîner dans leurs bals… Mais elle avait du mal à croire Kamenev lorsqu'il s'agissait de politique. Après tout, Kamenev détestait Emmanuel Macron, alors que de manière évidente il était cool, lisait de la grande littérature, et était très fidèle à sa femme.

Trop compliqué, tout ça. Trop de choses à penser. Marguerite ferma les yeux et se brancha sur le *Je veux vivre*, qu'elle avait téléchargé sur son portable en trois versions différentes, dans l'espoir de mieux désosser le morceau, de comprendre par quel bout l'attraper.

De percer son mystère.

Aaa-aaa-aaaaah !

Le *Aaa-aaa-aaaaah !* du début, pas de problème ; sa voix galopait sans trouble sur le petit escalier de cette gentille vocalise. Mais ensuite, les ennuis commençaient.

Je - veux - vivre
Dans - ce - rêve
Qui - m'eni-i-i-vre
Ce jour encore…
Dou-ce - flamme
Je - te - garde
Dans - mon – â-â-âme
Comme un trésor…

D'abord, toutes ces interruptions, ces mots coupés par d'infinitésimaux silences… et ce n'était pas tant l'interdiction de lier ensemble ces syllabes qui la pétrifiait, c'était plutôt la *raison* de ces petites pauses : une passion telle, un enthousiasme si fort, que le cœur prenait le contrôle des poumons, leur imposait le rythme de ses battements, fracassait la voix en petits morceaux !
Et tous ces *r*, ces *-vre*, ces *-tr*, lourds, vrombissants, inchantables ! Il fallait chanter cet air comme on expulse un corps étranger, comme s'il était impossible de faire tenir tous ces mots à la fois dans le petit corset rose de ses cordes vocales – comme si les notes tremblaient, fusaient, fuyaient, échappaient à la gorge et trébuchaient sur la langue, se cognaient contre les dents, et s'évadaient des lèvres comme des voleuses !
Et la valse derrière, lancinante, endiablée, qui ne *devait pas* suivre la voix de la chanteuse, mais au contraire, par un stratégique décalage, augmenter l'impression d'urgence et de frénésie… Ce n'était pas une valse de salon, une valse où l'on bavarde tranquillement de choses et d'autres, mais une valse d'amour fou où à nul moment on ne pouvait reprendre tout à fait son souffle…
Marguerite se concentra, tenta d'imaginer une pareille valse, si tant était que cela fût même possible ; fermant les yeux, elle vit Cosmo la faire valser dans une lande, accidentée, en pente, à toute vitesse, chancelant parmi les bruyères…

Hélas, même l'idée d'une telle danse n'était pas suffisante : Marguerite serait certes nerveuse, hoquetante, troublée sans doute, mais pas prise d'un tel élan, d'une telle insanité, d'un tel dérangement absolu de son être !

'Qu'est-ce qui me manque ?' se lamenta-t-elle, allongée sur son lit. 'Qu'est-ce qui me manque, pour que j'y arrive ?'

Et elle eut désespérément envie que Pierre soit là, et qu'il le lui révèle…

5

En moins de temps qu'il n'en faut pour le dire, Justine avait hélé un Uber, et Pierre et elle filaient à travers le dédale de Londres, tantôt maisons bien disciplinées – parents souples, poussettes en fibre de verre –, tantôt immeubles en déréliction et petits jardins d'enfants vides.

Justine, qui suivait en temps réel sur son écran la trajectoire de leur véhicule à travers la capitale, bavardait avec le chauffeur. Celui-ci leur avait proposé des boules à la menthe, qui avaient glacé la bouche et le cerveau de Kamenev.

Le chauffeur et elle avaient déjà parlé de ce qu'elle étudiait, du pays d'où il venait (du Pakistan), de leurs aspirations respectives dans la vie. C'était intéressant, songea Pierre, à quel point Justine modulait son accent. Peut-être était-ce naturel chez elle ; elle n'avait pas la même voix, elle enlevait des consonnes, elle ajoutait des « Yeah ? » interrogatifs à la fin des phrases. Et tout le long elle vérifiait telle ou telle notification sur son portable.

Kamenev était épuisé rien qu'à se demander ce que cela devait faire de vivre cinq minutes dans la peau de Justine Dodgson.

'Et vous voulez faire quoi après l'université ?' demanda le chauffeur.

'Je suis en train de monter ma start-up !', répondit Justine avec beaucoup plus de vélocité que lorsque ses tantes lui avaient posé la même question, sans doute parce qu'elle savait que traditionnellement la catégorie « *chauffeur de Uber* » était plus réceptive à l'auto-entrepreneuriat que la catégorie « *tante* ».

Elle expliqua adroitement qu'il s'agissait d'une start-up d'entreprise de mariage avec un service sur-mesure fondé sur des partenariats durables et financièrement égalitaires avec des entreprises locales bio et artisanales afin de contrecarrer l'empreinte carbone et le consumérisme acharné de ce genre de célébrations.

'À mon avis', dit le chauffeur, 'ça va marcher, mais il faut bien cibler les gens comme vous, avec des tatouages, végétariens, tout ça. Eux, ils s'intéressent à l'environnement.'

'Vous pensez ?'

'Oui, je les connais bien', dit le type. 'J'en vois plein. Ils me posent des questions sur ma Prius.'

'J'avais remarqué, en effet, que vous conduisez une hybride.'

'Vous voyez. Et à force d'organiser tous ces mariages, ça ne vous donne pas envie d'organiser le vôtre ?'

Justine sourit, et le chauffeur attrapa ce sourire dans le rétroviseur. Cependant il le prit complètement à rebrousse-sens, croyant que Justine et Kamenev s'apprêtaient à célébrer eux-mêmes une heureuse union ; il orienta son rétro vers Kamenev – qui brûlait toujours de l'intérieur à cause des billes de charbon à la menthe – et dit :

'Et alors, vous, ça va ? Elle n'est pas trop *bridezilla* ?'

'Pardon ?' dit Kamenev.

Clin d'œil.

'Les femmes, on sait comment elles sont à l'approche d'un mariage. Elles peuvent être parfaitement normales avant, mais dès qu'elles ont une pierre sur l'annulaire, on peut plus les retenir ! Elles dépensent tout l'argent durement gagné par l'homme, et elles deviennent hystériques – *On invite qui ? Pas elle, elle sera plus belle que moi ! Pas lui, il a dit du mal de ma meilleure amie !* J'ai connu ça, vous savez.'

Kamenev écarquilla les yeux et regarda Justine, qui fixait obstinément la route.

'Enfin', dit le chauffeur, 'au moins, votre femme a un boulot ; c'est une bonne idée, cette start-up, et ça lui donne de la flexibilité dans les horaires quand il y aura des enfants. En plus elles savent très bien faire ça, les femmes, organiser les choses ! Vous verriez la mienne, elle marie tout le monde autour d'elle. Pas forcément pour le meilleur, mais bon.'

'Justine', dit Kamenev en français, 'vous n'allez pas lui dire que c'est sexiste, ce qu'il vient de dire ?'

'C'est son opinion', répondit Justine d'un ton pincé.

'Son opinion ? Qu'est-ce que c'est que cette tyrannie ?'

'Ça s'appelle la tolérance.'

'Ah bon ? Pas chez moi.'

'En effet, parce que vous venez d'un pays raciste qui refuse la diversité des cultures.'

Kamenev resta bouche bée.

'Ça ne va pas la tête ? Ce n'est pas raciste de dire que cet homme est un gros macho !'

'Si, quand comme par hasard il est du subcontinent indien.'

'Du ?'

'Je veux dire que vous ne diriez pas cela s'il était blanc et de la classe moyenne.'

'Quoi ?!' s'étrangla Kamenev. 'Mais bien sûr que si !'

Justine, sans le regarder, écrasait vigoureusement sur son écran des petits symboles de poubelle sur des photos dont elle se débarrassait.

'Facile à dire, mais c'est tout simplement faux. La vérité, c'est que votre esprit est surentraîné à repérer le sexisme quand il est le fait d'autres cultures, mais pas lorsque celui-ci est systémique et entériné par les soi-disant valeurs républicaines de votre société laïque.'

'Pardon ?'

'J'ai eu 75 % à mon examen du module de Religion et Société Française, vous savez. On a très bien compris votre petit jeu, de ce côté-ci de la Manche. L'excuse de la laïcité pour justifier le racisme.'

Pierre se frotta les yeux.

'Donc, juste pour clarifier, vous n'allez pas lui dire que c'est un gros macho ?'

'Son opinion a été forgée, comme celles de nous tous, par sa situation sociale, ethnique, religieuse, économique, ainsi que par le genre qui lui a été assigné à la naissance et par son orientation sexuelle. Je ne sais pas si vous vous rendez compte de la violence symbolique à laquelle vous vous livrez en choisissant *cette personne-là* en particulier vers qui diriger votre bonne conscience, alors que mille autres choses plus urgentes devraient attirer votre attention.'

'C'est possible pour vous de ne pas parler comme ça, parfois ?'

'Écoutez, Pierre', dit Justine en décollant le regard de son écran. 'Je vais simplifier, car je sais que ce n'est pas facile pour un Français de comprendre ce genre de choses. Vous êtes un homme blanc et bourgeois, et par le simple fait de votre existence, vous participez à la progression d'un système oppresseur multiséculaire. Mais passons sur votre rôle d'oppresseur passif. Vous l'êtes aussi activement. Je vous ai vu avec Marguerite. Vous la traitez comme une gamine, elle est complètement sous votre domination. Elle vous cherche en permanence du regard, elle attend votre approbation. Elle fait des caprices pour attirer votre attention. Vous monopolisez son adolescence en l'obligeant à apprendre ses chansons, lesquelles, étant de la musique classique, perpétuent de manière *spécialement* forte la domination sociale de la bourgeoisie. Et même là, vous l'avez enfermée dans des rôles de jeune ingénue – oui, j'ai cherché sur Internet pour m'en assurer, pardon de ne pas être assez cultivée, pardon de ne pas connaître les quinze différents Strauss de l'histoire de la musique. Elle a joué Micaela dans *Carmen* ; je cite : jeune ingénue ; Zerlina dans *Don Juan* ; je cite : jeune ingénue. Dans ces conditions, la moindre des choses, Pierre, serait d'avoir un peu d'humilité face aux opinions d'autres machos !'

Il y eut un silence, tandis que la voiture passait sur un pont. D'un côté et de l'autre, verre, métal et béton réfléchissaient le soleil.

Kamenev hocha la tête.

'C'est ce que vous pensez de moi', murmura-t-il.

'Parfaitement.'

Il hocha la tête à nouveau.

'Oh-oh', dit le chauffeur, 'ça se dispute derrière ? Il faut être gentil avec elle, Monsieur ! Vous savez, on n'en trouve pas partout des comme ça, qui sont intelligentes et jolies et qui montent leur entreprise.'

'*Thank you*', répondit Kamenev d'un ton pointu, '*for your opinion.*'

★

Justine avait replongé dans son portable.

Cosmo
juste FYI
j'ai apporté ton invitation à Marguerite
elle était pas du tout au courant que tu l'invitais à un truc de gros fachos !
elle avait pas compris ce que tu lui avais dit

hahaha glorieux
je m'en doutais un peu
elle vient quand même j'espère ?

je sais pas demande-lui
t'es vraiment un salopard de pas lui avoir dit plus clairement
et de ne pas me l'avoir dit à moi

écoute ça va être dans la poche
une petite valse et on y est presque
et en plus elle se fera des potes !
Papa va dîner avec Marine demain justement
elle arrive l'après-midi
je lui ai dit de lui dire qu'une jeune Française viendrait chanter
elle sera contente

« Marine »

(« Papa »)

c'est une gamine quand même, Cosmo

elle a 17 ans ça va
c'est pas tant une gamine que ça
t'es d'accord pour qu'elle m'épouse
mais pas pour qu'elle rencontre MLP ?

tu vois très bien ce que je veux dire
elle est vulnérable
on dirait qu'elle sort du couvent !

je vois très bien oui
t'étais d'accord avant
j'espère que tu n'as pas changé d'avis

Non, je veux juste pas la corrompre politiquement
je veux dire, ça sert à quoi Brexit Romance
si on se met à participer à des trucs du FN pour arriver à nos fins ??

je te comprends pas Justine
l'important c'est le mariage non ?
allez : garde les yeux sur la ligne d'arrivée
concentration
et toi de ton côté ça a l'air de bien se passer non ?

de mon côté ?

avec Kamenev et Rachel
j'ai parlé à Rachel elle m'a dit que c'était super l'autre soir
ils ont eu l'air de bien s'entendre
tu dois être contente

t'es toujours là ?

oui
oui
super contente.

★

'Vous m'emmenez où, Justine ?'
'Pardon ?'
'Je ne sais pas, vous venez de me kidnapper dans un Uber, de me traiter de raciste et de macho, et de passer dix minutes sur votre portable à répondre à des messages à toute allure. J'ai un peu peur de la suite des événements.'
'Excusez-moi, j'aurais dû vous le dire : on va à une soirée club lecture-vin-crochet.'
'Une soirée *quoi* ?'
'Club lecture-vin-crochet, qu'est-ce qui est si bizarre ? On choisit un livre, on en parle, on boit du vin et on fait du crochet.'
'C'est donc bien ce que je me disais', murmura Kamenev. 'La suite des événements est pire.'

Il parlait de manière faussement dégagée. En réalité, il avait été piqué par les paroles de Justine bien plus qu'il n'était capable de l'admettre. Il y avait quelque chose de terriblement injuste et en même temps d'absolument correct dans ses accusations, et le fait qu'elles soient venues d'une jeune femme de vingt-et-un ans en sarong le dérangeait tout particulièrement.

Plus tracassante encore était la difficulté qu'il avait à imaginer un discours lavant clairement son honneur des calomnies proférées. Dans sa tête il inventait vingt réponses, mais toutes lui semblaient étrangement bancales.

Mais voyons, toutes les jeunes sopranes commencent par des rôles d'ingénues, c'est le style de voix qu'on a à dix-sept ans. C'était trop tard pour le lui dire, ce serait pitoyable.

Savez-vous seulement de quel gouffre j'ai tiré Marguerite ? Comment pouvez-vous juger de notre relation sans savoir ? Tout sonnait professoral, hautain ; ou alors faiblard et pleurnichard.

Je vais vous raconter. Vous ne nous avez pas vus faire de la randonnée le week-end sur le massif de la Chartreuse. Il lui semblait terriblement malhonnête de la part de Justine de les juger sans les avoir vus sur le massif de la Chartreuse.

Vous verriez si elle est opprimée quand elle me bat sur toutes les pistes de ski ! De pire en pire.
Vous ne nous avez pas vus à Vienne, à Berlin, à Paris, à New York, dans les coulisses sinistres d'auditions abominablement stressantes, à attendre tous les deux… Encore heureux qu'il ne la laissait pas toute seule, de quoi se vantait-il ?
Vous ne m'avez pas vu lui apporter un bouquet de fleurs quand… Femme, fleurs, originale association.
Vous ne m'avez pas vu en larmes après la première de Carmen. Et après ? Ce n'est pas la même chose d'être un homme sensible à la musique et d'être un homme fondamentalement engagé pour l'égalité des sexes.
Insoluble casse-tête ; et tandis qu'il s'infligeait vainement ce ping-pong discursif, le Uber s'arrêta près de l'appartement de Clapham.
Justine en sortit calme et reboostée ; la confrontation avec Kamenev avait déplacé sa colère, tout simplement, comme on recale dans un placard un paquet de pâtes que l'on a trouvé en équilibre instable. Cette remise en ordre lui avait redonné de l'énergie.
Ce soir, il retrouverait Rachel, et à partir de là, elle les laisserait se débrouiller.

*

Rachel se tenait dans le salon, à la fois impeccablement droite de torse et sensuellement alanguie de jambes, au milieu d'une demi-douzaine de jeunes femmes crochetant, aiguilles en main, entre deux gorgées de vin. Elle-même ne faisait pas de crochet, mais elle buvait du vin, et le buvait très bien, en disant des choses intéressantes, telles que (et il faut l'imaginer avec sa voix grave et ferreuse) *it's got such a lovely, burnished soul, a punch of polish on an old leather boot.*
De plus elle avait les cheveux ondulés, flamboyants et volumineux, une peau bronzée et maquillée à la perfection, un jean bien coupé et une chemise vert olive simple comme tout, et les

jeunes présentes la regardaient toutes comme on contemple un oiseau tropical.

Kamenev, quant à lui, demi-fesse perchée sur un appui de fenêtre, observait ledit oiseau et ses admiratrices avec ce froncement de sourcil spécial qu'il réservait aux très jeunes enfants, aux chercheurs en musicologie et à toute personne venue des États-Unis.

'À plus tard, ladies !' lança Matt Dodgson qui, habillé en turquoise fluo, partait tout juste pour sa tournée Deliveroo (il en faisait sept ou huit par semaine, pour rester à flot entre ses contrats freelance de design mal payés).

Il osa jeter un baiser sur la joue de Niamh en partant, pinça un peu trop fort celle de Cannelle, et alla voir sa sœur qui lui dit :

'Regarde mon alien ! Il te plaît ?'

'Super cute, il doit venir d'une planète de fous.'

L'alien en crochet de Justine était vert et rouge, doté d'adorables petites dents de feutrine blanche. Il pourrait servir, une fois terminé, de couvre-mug pour garder son thé au chaud.

Justine n'aimait pas plus que ça faire du crochet, mais enfin tout le monde en faisait plus ou moins, et c'était une bonne excuse pour s'occuper les mains tandis que l'on parlait du dernier roman de Chimamanda Ngozi Adichie en passant graduellement d'un léger Chianti à un Côtes-Du-Rhône plus épais.

'Alors, alors, on commence ?' s'excita l'une des jeunes femmes, Fern, la demi-vingtaine vive et gracieuse.

Fern était la seule à travailler sur une broderie traditionnelle chinoise. Elle en avait le droit, parce que son père était chinois. (Les autres filles admiraient silencieusement cette œuvre d'un art ancestral, conscientes du fait que le moindre compliment vocalisé pourrait leur faire courir le risque d'une remarque accidentellement irrespectueuse.)

'J'ai juste adoré ce roman', commença Myra, une longue et belle jeune Britannique d'origine indienne. 'C'est tellement vrai, ce que ça dit sur les déchirements qu'on peut ressentir quand on doit s'adapter à un milieu social et ethnique totalement différent du sien.'

Les autres filles approuvèrent muettement.

'Mais l'histoire d'amour, moi, j'ai eu du mal à y croire', dit Cannelle, 'parce que j'étais là : meuf, tu te réveilles un peu, il est marié, il va pas la larguer pour toi !'

'Au contraire, il aurait pu ! Je vois pas pourquoi il l'a pas fait ! Après tout ce temps qu'il a passé à galérer en étant clandestin en Angleterre', s'emballa Fern, 'on aurait pu croire qu'il aurait compris que c'était l'amour de sa vie !'

'Les filles, les filles, on arrête tout', fit Rachel Greenblatt en agitant les mains de cette inimitable manière américaine. 'On peut juste pas parler de ce livre en commençant par l'histoire d'amour. C'est juste *pas* une histoire d'amour.'

'C'est vrai', dit Niamh, 'il y a plein d'autres choses, faut pas toujours se focaliser sur l'histoire d'amour.'

Afin d'arrêter de se focaliser sur l'histoire d'amour, elles firent un silence, pendant lequel le regard de Justine croisa brièvement celui de Kamenev – et ils se refocalisèrent illico, elle sur son alien, lui sur un mini-cactus posé sur l'appui de fenêtre, qui était joufflu comme un bébé.

'J'ai adoré toute la réflexion politique sur les cheveux', dit Fern.

'La politique des cheveux ! Trop incroyable !' dit Myra. 'C'est juste la meilleure chose du livre.'

'Les filles, les filles !' fit Rachel. 'On va juste s'arrêter deux minutes pour parler sérieusement de cette politique des cheveux. Parce qu'il n'est pas question seulement de cheveux, on est d'accord ?'

'On est d'accord', dit quelqu'une.

'Derrière tout ça, il y a des combats vraiment importants, et aux États-Unis, ce sont des combats quotidiens, vous m'entendez ? Quotidiens.'

'Il y a toute une idéologie derrière l'invisibilisation', dit Fern pour une raison ou pour une autre.

'Si on creuse un peu la scène du coiffeur, c'est juste incroyable ce qu'elle arrive à mettre de politiquement profond dans juste quelques dialogues entre des femmes.'

'Les conversations des femmes !' s'écria Myra. 'C'est tellement incroyable, les conversations des femmes dans ce livre.'

'Oh mon Dieu, mais tellement', rebondit Niamh.

'On arrive à percevoir toutes les luttes', dit Fern, 'et c'est subtil en même temps parce que ces femmes n'ont pas exactement les mêmes luttes, vu que les femmes de couleur n'ont pas toutes le même statut aux yeux de la société.'

'Pas toutes le même', opina Myra. 'On est bien d'accord.'

'Même parmi ces femmes chez cette coiffeuse, on a des différences de points de vue et aussi des convergences', dit Rachel.

'C'est tellement intéressant', dit Niamh.

Toutes hochèrent la tête. Pierre s'aperçut qu'il avait passé les cinq minutes précédentes les yeux rivés sur le cactus joufflu.

'Oui', reprit Cannelle, 'mais j'ai pas trop compris pourquoi Adichie, elle est tellement cruelle avec la Dominicaine, là.'

Toutes les jeunes femmes tournèrent leur regard vers Cannelle, laissant un instant leurs crochets et leurs verres osciller en l'air.

'Elle est pas *cruelle*, Cannelle', expliqua Rachel, 'c'est la narration qui veut ça, pas l'autrice. Autrice, c'est différent de narratrice.'

'OK', dit Cannelle.

'C'est pas parce qu'une autrice fait dire un truc à ses personnages qu'elle le pense.'

'OK OK', dit Cannelle.

'T'as compris pourquoi ce personnage en particulier est décrit comme ça ?'

'Je ne sais pas', répondit Cannelle, 'j'étais un peu perdue la plupart du temps, j'avoue, vu comment elle passe vite d'un perso à l'autre…'

'Oui', dit Rachel, 'c'est sûr qu'il faut le lire l'esprit un peu ouvert. Et de toute façon c'est très compliqué à comprendre, ces politiques ethniques, pour des Européens.'

'Mais peut-être que c'est même juste impossible à comprendre si on n'est pas une femme nigériane immigrée aux États-Unis', hasarda Myra. 'On n'a pas l'expérience vécue.'

'Amen', dit Fern.
'Totalement', dit Rachel.
Justine hocha la tête, sans rien dire, concentrée, apparemment, sur une canine d'alien qui n'entrait pas dans le rang.
'En même temps', lança Cannelle, 'si on ne peut pas s'identifier, alors ça sert à rien la littérature.'
Interruption des crochets et des verres.
'Cannelle', dit Rachel, 'je ne comprends pas ta manière de lire. On dirait que tu cherches à te mettre à la place des personnages ?'
'Ben...', dit Cannelle.
'C'est le côté français, ça', déclara Fern. 'Les Français ont l'impression que juste, tout le monde est pareil, et tout le monde peut comprendre tout le monde du moment qu'on adhère aux mêmes valeurs républicaines, ou un truc de propagande du genre.'
'J'ai pas dit ça', dit Cannelle.
'Mais les Français le pensent', dit Fern.
'Oui', admit Cannelle. 'Certains.'
'Le républicanisme, c'est le totalitarisme !' dit Rachel.
'Oui', dit Cannelle.
Kamenev étouffa un ronchonnement, qui fit brièvement se retourner Rachel, dans un flash de regard vert et de joues rougies par l'agacement.
'Nous, on a évolué au-delà de l'idée qu'on peut *toujours* se mettre à la place de l'autre', expliqua Rachel. 'Maintenant, on accepte le fait que la vie de l'autre, et surtout la souffrance de l'autre, et surtout d'un autre qui n'a pas nos privilèges, nous soit inaccessible.'
'Oui', dit Cannelle.
'Et quand on y est confronté, on se tait et on écoute.'
Cannelle se tut et écouta. Cependant personne ne prenait la parole, car aucune d'entre elles n'était certaine d'avoir connu le type de souffrance qui leur permît d'en parler légitimement dans cette zone de silence.

'Tu acceptes cette définition ?' demanda finalement Rachel, qui s'était resservi un verre pendant le silence.

'De quoi ?' dit Cannelle.

'Tu acceptes l'idée que tu puisses t'intéresser au sort de quelqu'un qui t'est totalement étranger, en croyant sincèrement ce que te dit cette personne de son expérience vécue, sans mettre en doute ce qu'elle a enduré, mais en admettant ton privilège, et en luttant contre l'orgueil de penser que tu es capable de te *mettre à sa place*, et en acceptant de l'écouter, sans intervenir, sans interrompre ni mettre ta propre expérience sur la table ?'

Il y eut un autre silence.

'Je...', balbutia Cannelle. 'On parle toujours du livre ?'

Cette soirée club-de-lecture-vin-crochet s'avérait bien plus stressante qu'elle ne l'avait envisagé. Rachel surtout la terrifiait, avec sa silhouette sculpturale et son vocabulaire.

'Qu'est-ce que tu en penses, Justine ?' demanda Rachel. 'Tu n'as rien dit depuis le début.'

Justine accrochait une oreille en forme de trompette à son alien. Elle était un peu crevée.

'Écoutez, je n'en sais rien. Demandez à Pierre, il doit bien avoir un avis.'

Les regards se tournèrent vers Kamenev, et il sentit que les jeunes femmes étaient un chouïa courroucées de ce qu'il observât, depuis tout à l'heure, cette réunion avec une curiosité tout anthropologique.

'Excuse-moi', reprit Rachel, 'excuse-moi, Justine, ma chérie, mais franchement j'ai du mal à comprendre. D'une part, que Pierre soit là – Pierre, vous êtes absolument charmant, mais Justine, on n'avait pas dit qu'on voulait un espace juste entre femmes ? – et deuxièmement, que tu lui demandes son avis ! Je t'ai connue plus assertive. En quoi son avis serait meilleur que le tien ?'

'De toute façon, je n'ai pas d'avis', dit Kamenev.

'C'est pratique de ne pas avoir d'avis', dit Fern, 'ça permet de se retirer gentiment dans sa sphère de privilège sans avoir à s'engager.'

'Bon, alors j'ai un avis', rectifia Kamenev.
'Ah oui ? Eh bien dites-nous, puisqu'apparemment vous tenez à vous imposer dans cette discussion.'
'J'ai lu, et beaucoup aimé, le livre', dit Pierre. 'J'ai trouvé les deux personnages principaux très bien construits, attachants, émouvants, convaincants. On apprend beaucoup de choses sur l'Amérique contemporaine mais aussi plus généralement sur la difficulté de se faire une place au sein de n'importe quelle population lorsque celle-ci a déjà des codes qu'on ne comprend pas. Il y a des moments vraiment déchirants en Grande-Bretagne, notamment pendant les déambulations du héros. On s'identifie beaucoup à lui.'
Il y eut un silence. Fern siffla entre ses dents.
'Évidemment, étant un homme, il s'identifie au héros', dit Fern.
'Au *héros*', répéta Myra. 'Je trouve ça intéressant que vous parliez de *héros* alors que c'est simplement un personnage masculin.'
'C'est très intéressant', confirma Rachel.
Heureusement pour Kamenev, Fern embraya sur l'idée qu'on pouvait parler de héros dans la mesure où son développement s'apparentait à un *parcours du héros traditionnel mais inversé*, et les jeunes femmes, studieusement, l'écoutaient, ne prêtant plus aucune attention à Kamenev.
Pendant ce temps, Justine avait posé son alien et s'était dirigée vers la cuisine pour ouvrir une bouteille.
Kamenev la suivit.
'Justine, qu'est-ce que c'est que cette farce ?'
'Comment ça ?'
'C'est qui, ces nanas ?'
'Ces *nanas* ? Vous êtes obligé de vous exprimer avec un vocabulaire dégradant ? Je pensais que vous seriez sensible à la compagnie de jeunes femmes intelligentes.'
'Expliquez-moi comment vos jeunes femmes intelligentes peuvent se retrouver assises dans un canapé pendant deux heures à faire du crochet en buvant du vin et en parlant d'un bon livre de manière aussi absurde ?'

'Oh ! Mais vous êtes vraiment insupportable !'
'Vous voulez que j'ouvre cette bouteille ?'
'Je suis tout à fait capable d'ouvrir une bouteille, merci.'
Elle prouva cette affirmation en retirant le bouchon d'un seul coup vers le haut, tel un habile grutier.
'Quel est le principe de cette soirée, exactement ?' demanda Kamenev.
'Le *principe*', siffla Justine, 'est de… de se retrouver ensemble de manière productive et fructueuse.'
'Qu'est-ce qu'il y a de productif ou de fructueux dans cette réunion ?'
'Je suis en train de fabriquer un alien qui va me servir de couvre-mug. Et en plus, on s'instruit, on débat de choses importantes, on travaille sur nous-mêmes.'
'Vous travaillez sur vous-mêmes ? Ça a l'air douloureux.'
'Ça s'appelle du développement personnel, figurez-vous. Je sais bien que ça ne vous est pas très familier, comme idée, mais sachez que la plupart des gens, contrairement à vous, se considèrent comme un… comme un travail en cours.'
'Un *travail en cours* ?'
'*Work in progress*', murmura Justine en cherchant des verres dans les placards, qui contenaient tout sauf des verres. 'Comment vous dites en français ? Un brouillon.'
'Vous vous considérez comme un brouillon ?'
'Bien entendu.'
'J'ai vu pire brouillon', lâcha Kamenev, un peu à sa propre surprise – et Justine, occupée à sortir du placard toute une flopée de sachets de tisane à la framboise, s'empourpra très légèrement, comme lesdits sachets mis à infuser.
'Vous ne vous considérez pas comme un travail en cours, vous ?' demanda-t-elle.
'Non', dit Kamenev, qui classait par ordre de taille, sur le plan de travail, un grand nombre de mugs d'une mocheté innommable.
'Peut-être que vous devriez.'
'Ah oui ? Et sur quoi je dois travailler, à votre avis ?'
Justine roula dramatiquement des yeux.

'Vous avez une semaine de libre pour que je vous fasse une liste ?'

'Passez directement à ce que vous considérez comme une priorité.'

'D'accord. Vous pourriez essayer, par exemple, de travailler sur votre compréhension des problématiques contemporaines liées au genre. Passez un peu de temps avec... avec Rachel, et vous verrez...'

'Votre Rachel est atroce', coupa Kamenev. 'Vous me l'avez déjà imposée trois heures au mariage de votre frère, et voilà que vous me jetez à nouveau à ses côtés, alors qu'il m'a fallu six bouteilles de champagne la dernière fois pour surmonter mon désespoir.'

Justine le dévisagea avec stupéfaction.

'Elle ne vous plaît pas ?'

'Me plaire ?' demanda Kamenev, surpris. 'Pourquoi elle me plairait ?'

'Mais...', dit Justine, 'je sais pas, elle est... elle est belle, elle est intelligente...'

Pierre haussa les sourcils.

'Vous essayez de me caser ou quoi ?'

'Pas du tout', hoqueta Justine, 'enfin...'

Et à l'intérieur d'elle une gigantesque et étrange extase grimpait – *il détestait Rachel, il la trouvait sans intérêt* – et en même temps une intense détresse : son plan allait s'écrouler. Or, il ne fallait pas qu'il s'écroule ; Rachel était la candidate idéale. C'était lui, c'était elle : c'était écrit dans le business model.

Comme on s'assène une gifle, Justine se rappela à la réalité.

'Écoutez', dit-elle fermement, 'Rachel en public, dans une situation comme celle-ci, n'apparaît pas forcément sous son meilleur jour... Mais vous savez, elle passe ses journées à défendre des réfugiés et des prisonniers de guerre.'

'Elle pourrait passer ses journées à ressusciter Mère Theresa, qu'est-ce que vous voulez que ça me fasse ?'

'Il faut que vous la voyiez en privé', insista Justine, qui remplissait une telle quantité de verres de vin que Kamenev se demanda

combien de personnes elle comptait plonger dans un profond coma éthylique avant les douze coups de minuit. 'Tout le monde', dit Justine, 'a un *persona* privé et un *persona* public.'
   'Un quoi ?'
   'Un *persona*. Vous ne dites pas ça, en français ? Une personnalité, un avatar – enfin, quelque chose comme ça. Il doit bien y avoir un mot !'
   'Non', dit Kamenev, 'on n'a pas de dédoublement de la personnalité en France.'
   'Vous êtes juste imbitable.'
   '*Imbitable* ? Qui vous a appris ce mot ?'
   'C'est Cannelle, je le trouve cool.'
   'Arrêtez de remplir tous ces verres, Justine, elles sont assez soûles comme ça dans le salon.'
   'Assez soûles ! Typique, typique – les réunions de femmes, ça vous fait peur et…'
   'Vous dites n'importe quoi. D'ailleurs, vous n'y croyez même pas vous-même. Cette réunion de femmes pourrait sortir d'un film en costume de l'époque napoléonienne. Du *crochet* ! Bientôt vous vous mettrez à tricoter des pulls pour vos maris partis au front.'
   'Dans ce scénario, vous ne recevriez *aucun* pull, je vous le garantis', déclara Justine.
   'Je vous le confirme', dit Kamenev, 'puisqu'à moins d'être profondément lobotomisé, il ne me viendrait jamais à l'esprit de conclure une union avec une demoiselle qui ressemble de près ou de loin à celles de ce salon.'
   'Demoiselle !?'
   'Dame. Femme. Warrior. Illuminez-moi : quel est le terme actuellement en vogue ?'
   Justine grinça des dents. C'était un vrai problème, si Kamenev refusait préemptivement un pull imaginaire tricoté par sa potentielle épouse Rachel. C'était aussi un problème qu'il soit si prompt à dire des choses si choquantes, d'autant que Rachel, Justine le savait, avait peu de patience pour les commentaires sexistes.

Note à soi-même, se dit-elle : *tenter de rendre Kamenev moins insortable ; tenter de lui faire rencontrer Rachel en privé, où elle est parfaitement fréquentable et même parfois remarquablement séduisante.*

Mais pas trop séduisante, hein. Pas au point qu'il devienne quand même trop attaché, parce que…

… parce que *Brexit Romance*, il fallait s'en rappeler, était fondé sur une absence totale de sentiments ! Oui, voilà.

Totale. Comment s'en assurer ?

C'était très compliqué, songea-t-elle tout en sortant du four un tas de petits chaussons au pesto et au poivron qu'elle avait elle-même confectionnés en regardant une vidéo Tasty qui donnait l'impression que la recette était à la fois facile et rapide, alors qu'elle avait été épouvantablement fastidieuse et salissante.

'Écoutez', dit Justine calmement, 'je pense juste qu'il faut que vous voyiez Rachel un peu toute seule. Vous vous entendrez parfaitement.'

'Non merci. En revanche, je me demandais…'

Kamenev s'interrompit, le temps d'une petite hésitation :

'… ça vous dirait qu'on se retrouve demain pour aller à la National Gallery ?'

Justine contempla ses chaussons au pesto.

En théorie, oui.

Mais.

En pratique, impossible.

'Je verrai, ça dépend si j'ai tout fini sur ma *to-do list*', dit-elle, ce qui signifiait en britannique *non, pas du tout* – et Kamenev s'en trouva fortement heurté, et dans sa gorge tout un tas d'autres propositions s'entrechoquèrent, qui visaient à revoir Justine d'une manière ou d'une autre.

'Après-demain, il y a sur Hampstead Heath un concert…'

'Vous voulez goûter mes chaussons ?' coupa Justine.

'Dit comme ça, non.'

'J'ai mis un temps fou à les faire.'

'Je m'en doute. Ça vous arrive de faire des tâches qui ne ressemblent pas à celles que faisaient sans doute vos arrière-grands-tantes avec un gigantesque enthousiasme ?'

'Oui', répondit Justine avec force. 'Fonder ma start-up!'
'D'organisation de *mariages arrangés…*' dit Kamenev. 'Justine!' reprit-il en lui prenant les mains. 'Mais enfin, qu'est-ce que vous faites avec ces gens? Qu'est-ce que vous faites de votre *vie*?'
'De la disruption', dit pensivement Justine, qui observait les mains de Kamenev enserrant les siennes.
'De la disruption par le mariage?' sourit-il.
'Oui', affirma Justine, 'pour renverser totalement l'establishment.'
'Renverser l'establishment par le *mariage*?'
'Le mariage peut être très disruptif pour l'establishment, je vous signale. Le mariage pour tous, en France, ça n'a pas disrupté votre establishment, peut-être?'
'Disrupté notre establishment?'
'Arrêtez de répéter ce que je dis avec un point d'interrogation à la fin! Vous, les Français, avec vos points d'interrogation!'
'Vous trouvez qu'on pose trop de questions?'
'Vous êtes infuriants.'
'Infuriants?'
'*Pierre!* Ça suffit!'
'Pourquoi vous vous débattez?' demanda Kamenev.
'Je me débats pas', répondit Justine.
'Vous gigotez comme un asticot.'
'Peut-être que je ne gigoterais pas comme un asticot si vous ne me reteniez pas de force.'
'Je vous tiens à peine', dit Kamenev, 'c'est vous qui vous accrochez.'
Et de fait, Justine s'aperçut que c'était le cas, et se dégagea vivement, pour se retourner vers le plan de travail.
'Vous ne voulez donc pas du tout goûter mes chaussons.'
'Si ça vous fait vraiment tant plaisir que ça', dit Kamenev, 'je vais vous complimenter sur cet excellent accomplissement.'
Sur ce, il saisit l'une des mini-pâtisseries et, avant que Justine n'ait pu dire quoi que ce soit, la fourra tout entière dans sa bouche.

'*Pierre!*' s'exclama Justine.
Il n'avait pas tout à fait anticipé à quel point la température de l'objet avoisinerait celle du cœur en fusion de la Terre. Justine en perdit son français :
'*For fuck's sake!*' s'écria-t-elle en lui arrachant le chausson de la bouche.
Et, tandis qu'il toussait et crachotait :
'*Are you alright, my love ?!*'
Kamenev rouvrit les yeux.
'*I… I am pah-fectly ahr-right.*'
Justine prit une grande inspiration.
'Tant mieux.'
'Thès bon, vothe hausson.'
Justine soutint son regard.
'Tant mieux.'
'Avec des chaussons comme ça, vous êtes bonne à marier.'
Justine leva le nez en l'air, et s'empara du plateau fumant, les mains bien protégées par des maniques en forme de hiboux.
'Justine !… Vous m'avez appelé comment, tout à l'heure ?' demanda Pierre avant qu'elle ne sorte de la cuisine.
Et comme elle ne répondait pas :
'*What did you call me, Justine ?*'
Justine – de dos – répondit :
'*I called you « For Fuck's Sake ».*'

6

'J'ai RSVPé à l'invit' de UKIP', annonça Marguerite à Kamenev lorsqu'il rentra, vers minuit, ce soir-là.

'OK', marmonna Kamenev.

'J'ai dit oui.'

'OK', répéta son professeur, et il monta les escaliers mollement.

Marguerite resta un instant interdite ; puis elle grimpa à son tour à l'étage.

Toc, toc.

Quand elle ouvrit la porte de la chambre rose, Kamenev était couché sur le lit, regard braqué sur le plafond et ses abstraites taches d'humidité.

'Je pense que je vais chanter du Haendel, le 14 juillet.'

'Très bien. Neil Roddikin validera totalement', grinça Kamenev (qui avait découvert l'expression « valider totalement » dans un commentaire sous un article du Parisien.fr).

'Et je me disais, peut-être le Panis Angelicus de...'

'Panis Angelicus, parfait.'

Marguerite se balança d'une jambe sur l'autre.

'En réponse de mon RSVP, j'ai reçu un SMS de Cosmo Carraway', dit-elle. 'Ils veulent que je chante aussi *La Marseillaise* et *God Save The Queen*.'

'Grand bien vous fasse', bâilla Kamenev.

'Vous me les apprenez ?'

Il ne disait plus rien.

'Pierre, vous m'écoutez ?'

'Googlez les paroles. N'oubliez pas qu'on dit « qu'un sang-k-impur », en prononçant le *g* comme un *k*. C'est une bizarrerie de prononciation qui remonte à un certain temps, et que l'on trouve aussi dans la prononciation de la ville de Bourg-*k*-en-Bresse.'

'Pierre ! Vous m'aidez ou pas ?'

'Je vous conseille de chanter uniquement le premier couplet ainsi que le dernier, dit « des petits enfants », qui va ainsi :

Nous entrerons dans la carrière
Quand nos aînés n'y seront plus
Nous y trouverons leur poussière
Et la trace de leurs vertus
Et la trace de leurs vertus
Bien moins jaloux de leur survivre
Que de partager leur cercueil
Nous aurons le sublime orgueil
De les venger ou de les suivre
Aux armes ! etc.'

'J'ai compris', dit Marguerite. 'Vous allez pas m'aider.'

'Je pense que vous avez besoin de voler un peu de vos propres ailes, dans ce contexte précis', dit Kamenev.

Il se redressa.

'Cependant, si vous pouviez éviter de ruiner totalement votre carrière, ça m'arrangerait. J'ai passé un certain temps à vous aider à la construire.'

Marguerite rougit vivement.

'Aller chanter pour UKIP ne veut pas dire que je suis d'accord avec eux.'

'Ah bon ?'

'Et puis, Monsieur Roddikin est l'un des plus généreux donateurs de *À Portée d'Europe*.'

'Oui, c'est utile : ça se déduit bien des impôts, ce genre de dons.'

'Il aime l'Europe, en vérité.'

Kamenev soupira.

'Bien sûr, Marguerite. Bien sûr.'

★

Le 14 juillet dans l'après-midi, Marguerite et Kamenev formellement se séparèrent. Marguerite prenait un taxi pour l'hôtel de luxe de la grande banlieue londonienne où elle était invitée par UKIP. Kamenev, quant à lui, prenait un Uber pour un bar décrépit près de Brixton où Justine et ses amis organisaient une fête avec les nouveaux couples de *Brexit Romance*.

'Amusez-vous bien', dit Kamenev non sans ironie.

'Vous aussi', répondit Marguerite non sans sarcasme.

Ainsi donc, Marguerite et Kamenev s'éclipsèrent l'une et l'autre, se détestant chacun et respectivement de ne pas avoir retenu l'autre, de ne pas s'être écrié :

« Cette soirée, vous allez la haïr ; restons plutôt ici à répéter toute la nuit. »

Comme ni l'une ni l'autre n'avait réussi à articuler ces mots, on partit contrit.

Marguerite portait la même robe rose pâle qu'au mariage de Tommy ; elle s'était dit en l'enfilant que jamais elle n'aurait songé, partant à Londres pour y chanter un soir, qu'elle se retrouverait à se rendre à tant de soirées formelles. Quant à Kamenev, il tentait valeureusement de porter ce qu'il avait de plus cool, c'est-à-dire un polo noir sur un pantalon gris perle, et des chaussures bateau bleu foncé.

Ayant atteint la première sa destination, Marguerite se faufila entre les marbres et les dorures du grand hôtel, qui ne se vantait pas de sa réservation du jour ; quelques panneaux discrets indiquaient aux invités qu'ils pouvaient se diriger tout au fond à droite « à la soirée d'amitié franco-britannique », sans autre forme d'explication.

Le long des couloirs moirés, dans sa chaste robe, Marguerite ressemblait à ces fantômes de jeunes filles mal mariées qui hantent les landes écossaises. Elle était arrivée avec les vingt minutes de retard habituelles qui siéent aux Français, et de fait les seules personnes déjà présentes dans la haute salle aux colonnes d'un blanc de sucre étaient des Britanniques – et une Française, assez aisément reconnaissable.

'Ma chère Marguerite !' s'exclama Cosmo comme émergeant d'une tapisserie. 'Merci tellement d'être venue, c'est magnifique de votre part d'avoir fait l'effort. Venez, que je vous présente.'

Immédiatement, Marguerite se trouva présentée au sourire gris-jaune de Marine Le Pen, laquelle lui annonça que c'était « un vrai plaisir de trouver là la fine fleur du chant lyrique contemporain », et finalement Marine Le Pen, de près, n'était pas aussi terrible qu'on le disait, elle était en fait parfaitement normale, même plus petite qu'on pouvait l'imaginer à la télé et sa main avait une consistance agréable et une texture presque douce quand on la serrait...

'Vous faites resplendir la France à l'étranger, ma chère', lui dit Marine Le Pen.

'Merci, vous aussi', balbutia Marguerite par réflexe, et se mit à suer à grosses gouttes le long du dos en songeant que Pierre, si jamais il apprenait qu'elle avait dit ça, l'abandonnerait attachée à un lampadaire sur un coin de route.

Atrocement confuse, elle se laissa mener d'éminence en éminence ; Cosmo la présenta à *Daddy*, et Daddy n'était que rides d'expression et large bouche, lui non plus n'avait pas l'air particulièrement dangereux – en plus, il avait de la tapenade entre les dents de devant. Il lui lança : 'Mon fils a de bien jolies fréquentations', et cette fois-ci elle parvint à se retenir de répondre quelque chose de stupide : elle sourit simplement, et ce sourire resta son petit bouclier blanc toute la soirée.

Or en somme cela suffisait, et demandait bien peu d'effort, de sourire ainsi à ces gens si bien élevés. Les personnes vers qui Cosmo entraînait Marguerite, telle une boule de flipper rebondissant de clochette en languette de plastique, étaient des Lord ceci et des Baroness cela, avec des joues d'un rose de fondant à la crème et des mains d'une tendreté de viande prête à cuire.

'Quel enchantement de vous rencontrer', disaient-elles, ou encore 'Quel émerveillement d'avoir l'honneur de faire votre connaissance', et elle souriait en réponse.

Tout le long, Cosmo, qui la tenait à présent par le bras, s'excusait de l'ennui d'une telle réunion.

'Ce petit monde est là principalement pour parler politique, c'est mortellement fastidieux, mais il faut bien parfois s'assurer que l'on est sur la même longueur d'onde quand il s'agit de monter de grands projets par-delà les frontières.'

'C'est intéressant', dit Marguerite, qui avait très bien compris que *C'est intéressant* constituait en Grande-Bretagne la réponse universelle à tout ce que l'on ne comprend pas entièrement.

'Mais vous avez sans doute l'habitude de fréquenter ce genre de personnes.'

'Du Front National ?'

'Non, je veux dire en général, des politiciens.'

Marguerite réfléchit.

'J'ai déjà rencontré le maire de Grenoble', dit-elle.

'Ah ! ce n'est pas mal', dit Cosmo d'un ton encourageant. 'Un verre de champagne ?'

'Pas avant de chanter.'

'Bien sûr que non, je vous prie de m'excuser. Et donc, le maire de Grenoble ?'

Il sirotait du champagne, un sourire toujours épinglé à ses pommettes hautes, devant un tableau du dix-neuvième siècle représentant un jeune duc à cheval, et le jeune duc comme le cheval semblaient avoir avec Cosmo un lointain air de famille.

'J'aime beaucoup le maire de Grenoble', reprit Marguerite, 'il a ordonné que toute la ville interdise les… les – comment dit-on ? – ah ! ces choses moches dans les rues…'

'Les personnes sans domicile fixe ?'

'Non, non, les choses pour promouvoir des produits.'

'Ah, les affiches publicitaires. Il les a fait interdire ? C'est intéressant', dit Cosmo.

'Oui, c'est joli.'

Marguerite regarda autour d'elle.

'Oh ! le monsieur là-bas, il est connu.'

'Florian Philippot ?' dit Cosmo, qui le prononçait *Floriann Philippott*.

'C'est le mari de Marine Le Pen', s'écria Marguerite.

'Je peux me tromper', dit Cosmo, 'mais je pense que ce n'est pas le cas ; cependant, c'est votre pays, vous le savez sans doute mieux que moi.' (Cela voulait dire, comprit Marguerite, non seulement que ce n'était absolument pas le cas, mais qu'il était un peu ahurissant qu'elle se trompât à ce point.) 'Il me semble, mais j'ai peut-être tort, que c'est un cadre du parti. Venez, allons lui dire bonjour.'

Il connaissait apparemment assez bien Florian Philippot pour lui claquer la bise, à l'européenne, et Marguerite eut droit à de nouveaux compliments pour ses efforts de rapprochement entre la France et la Grande-Bretagne.

'Je vous ai vu à *On n'est pas couché*', fut tout ce que Marguerite trouva à lui dire.

'Ah !' dit Florian Philippot, 'oui, c'est du joli spectacle ; on s'engueule beaucoup, là-bas, mais au bout du compte on se retrouve tous à la fin de la soirée autour d'un bon couscous…'

Mais Marguerite n'écoutait pas ; la salle se remplissait, et elle se remplissait en partie de jeunes gens qui ressemblaient exactement à Cosmo Carraway ; et de fait, non sans quelque perplexité, elle s'apercevait que ce qu'elle avait cru chez Cosmo être la rare préservation d'une beauté ancienne était en réalité un trait banal dans les cercles où il évoluait. Il semblait à Marguerite qu'elle eût pu tomber amoureuse de toutes ces jeunes personnes à la fois, sans distinction de sexe ni de nationalité, car tous et toutes possédaient ces caractéristiques précises qui, comme programmées dans une catégorie spéciale de son cerveau, conditionnaient l'énamourement de Marguerite.

Jeunes hommes comme jeunes femmes étaient longues et souriantes, les cheveux sains et bien plantés, la poitrine petite, la peau presque dénuée de maquillage ; les vêtements étaient de tons pâles et agréables aux yeux, assez lâches pour ne souligner qu'avec la plus discrète élégance des tailles bien tournées et des épaules rondes. De rares bijoux luisaient, fin collier doré, gourmette d'argent, petite montre cuir et métal aux rouages apparents, comme renfermant de vibrants petits insectes. Chaussures ni trop hautes ni trop basses, aucune couleur criarde. Comme elle était douce, cette population. Et toutes et tous, de France ou de Grande-Bretagne, paraissaient exactement coordonnés, comme s'il n'y avait dans ce cercle-là aucune disjonction entre les deux pays ; on se parlait en anglais ou en français, avec des rires bien placés, au gré d'une syntaxe dont on savait la ponctuation, tout en agitant gracieusement dans l'air des coupes de champagne.

'Je me demande si vous connaissez certaines de ces personnes', dit Cosmo. 'Dans mon expérience, les Français en Grande-Bretagne forment une joyeuse sorte de clique, ils sont tous issus des mêmes écoles, et ils ont tous au moins des amis en commun.'

'Mais je viens de nulle part', murmura Marguerite.

Et Cosmo eut un rire, pensant qu'elle faisait sa modeste, avant de se rappeler qu'en vérité, elle venait en effet de nulle part.

'Venez', dit-il avec un peu de tendresse, 'je vais vous présenter.'

Et Marguerite fut présentée à plusieurs de ces graciles personnes, éprouvant un coup de foudre presque à chaque fois, ce qui était perturbant parce qu'elle n'avait pas ordinairement l'habitude de voir ses goûts s'accorder aussi précisément avec les individus qui l'entouraient.

'Je ne pensais pas', dit-elle obscurément à Cosmo, 'que des gens comme cela existaient encore.'

Visiblement, Cosmo n'arriva pas à décider si c'était ou non un compliment, car il dit cette chose qui voulait dire tant de choses :

'*Oh really ? That's funny.*'

Sa langue d'aristocrate prononçait *funna*.

À cet instant, Marguerite toucha du bout des doigts une vérité autre : cette allure qu'elle admirait tant, ces postures légères et lascives dont la vue lui chatouillait la gorge, ces voix dont son cœur se trouvait tant étreint, n'étaient pas l'apanage d'une nationalité, mais d'une naissance ; c'était l'allure d'une classe et de la conscience de cette classe. C'était cela le secret de leur peau souple et de leurs cheveux forts, c'était cela qui soulevait leurs membres délicats comme un souffle du vent relève les branches des oliviers.

Mais alors, alors, peut-être qu'elle pourrait la capturer, cette beauté, à force de fréquenter ces gens-là ? Se débarrasser de ce *nulle part* dont elle venait, qui tellement l'alourdissait ? Elle observa les lèvres de Cosmo vernies par le champagne, les imagina posant sur les siennes un baiser transformateur.

Et alors, alors, émergeant resplendissante dans une crinoline d'or, elle abandonnerait derrière elle la flaque poilue de sa peau d'âne…

'Papa me fait signe qu'il est temps de commencer', dit enfin Cosmo. 'Et nous commençons avec vous, ma chère.'

Marguerite se glaça ; elle allait chanter devant ces personnes si belles, sa voix serait-elle à la hauteur ? Ils avaient sans doute entendu en récital Natalie Dessay, Anna Netrebko, Cecilia Bartoli, voire pour les plus âgés la Callas, qui sait ? Cosmo la conduisait vers une sorte d'estrade, et déjà la présentait au public :

'… exemple remarquable de ce qui se produit par la conjugaison adroite d'un talent inné, d'un travail quotidien, d'un amour de l'art véritable. C'est également l'une des pupilles du programme *À Portée d'Europe*, amplement financé par mon père, Neil Roddikin, ici présent…' (l'intéressé s'inclina), '… et une preuve de plus, s'il en est, qu'il n'est aucun besoin des institutions européennes grippées pour faire émerger les talents, dans un ardent souci de méritocratie.'

Applaudissements. Marguerite ne précisa pas qu'au cours de sa jeune carrière, elle avait aussi reçu un grand nombre de bourses européennes, et que tous les spectacles ou presque auxquels elle avait participé étaient de près ou de loin subventionnés par l'Union grippée.

'Elle va nous interpréter', reprit Cosmo, 'le « Panis Angelicus » de César Franck, puis le « Lascia Ch'io Pianga » de George Frederick Haendel, afin de rendre hommage à de grands créateurs de nos deux pays.'

Marguerite exécuta ces deux petits morceaux avec la divine agilité dont elle était coutumière ; et cette voix argentée, un peu enfantine encore, sans aucun vibrato, plongea l'auditoire dans un silence méditatif. Marguerite sentait sur elle les yeux de Cosmo et des autres comme lui, et elle frémit, n'ayant jamais été caressée de si près par tant de si attrayants regards bleutés, opale et émeraude, tels des verres polis sur la plage...

Au fond de la salle l'observaient aussi Marine Le Pen, Neil Roddikin, et d'autres personnes importantes, toutes réceptives et touchées ; et ce n'étaient pas de mauvaises personnes à ce moment précis, songea Marguerite, puisqu'elles étaient capables d'être touchées ! Près de Cosmo, il y avait même un serveur qui s'était arrêté, qui la regardait lui aussi, et Marguerite trouva cela émouvant, ce point invisible que la musique cousait entre des personnes de milieux si différents...

Quand elle eut fini, Cosmo revint sur scène, annonça qu'elle allait maintenant interpréter *La Marseillaise*, puis le *God Save the Queen*. C'était la partie que Marguerite redoutait le plus, parce qu'elle n'avait pas pu répéter avec Pierre ; mais à peine les premières syllabes entonnées, l'assemblée entière se joignit à elle – oh, c'était beau et entraînant, cette chorale improvisée où chacun et chacune s'efforçait, en une grande flambée de musique, de donner corps aux chants, moulant sa voix d'une main fermement pressée sur le cœur ! *Marchons, marchons !* s'écriaient même les Britanniques ; *Bring her victorious !* reprenaient ensuite les Français. Marguerite en aurait eu les larmes aux yeux si elle n'avait pas été un tant soit peu effrayée, sans savoir pourquoi, par la puissance de cette passion-là.

Les applaudissements durèrent, durèrent, et il fallut entonner une deuxième fois chacun des hymnes nationaux car véritablement une fois n'était pas suffisante pour tout l'amour que l'on avait pour les deux patries.

Le temps de terminer, Neil Roddikin était monté sur l'estrade, avait serré la main de Marguerite, et puis il avait gentiment balancé la jeune fille par terre, où Cosmo l'avait invitée à s'installer dans un petit fauteuil Louis XVI avec une coupe de champagne bien méritée.

Marguerite écouta distraitement le speech de Roddikin, qui annonçait qu'il souhaitait à la France tout le bonheur actuel du Royaume-Uni, c'est-à-dire « le bonheur d'une page blanche, d'une nouvelle histoire à écrire au monde, sans la lourde accroche de l'ancre de Bruxelles, sans le boulet de centaines de députés européens ».

Marine Le Pen hochait la tête. Une fois ou deux, Marguerite croisa son regard et à chaque fois la dame lui sourit, comme si automatiquement la vue de son visage la rendait heureuse. Marguerite avait déjà perçu dans les regards de femmes de cet âge-là de la jalousie, une feinte indifférence, voire une cruauté rentrée, mais Marine Le Pen, elle, n'était que gentillesse, malgré des yeux peut-être un tantinet cristallins tout de même.

C'était à elle de parler ; Roddikin venait de dire en français : *Vive le Royaume-Uni libéré, et vive la France bientôt libérée*, et il avait terminé par : *Nous avons repris le contrôle ; c'est à votre tour maintenant !* L'auditoire avait à nouveau applaudi et ré-entonné La Marseillaise – mais seulement jusqu'à 'de gloire est arrivé', car Marine Le Pen allait parler.

'Mes chers amis, *my dear friends*', commença Marine Le Pen. 'Quelle belle soirée. Comment mieux prouver au monde, et à soi-même, que l'on peut aimer l'Europe – et aimer profondément ses amis européens – sans pour autant s'incliner devant l'*Union* Européenne ?'

'Amen !' 'Vrai !' 'L'Europe, pas l'Union Européenne !' dirent des voix.

'Chers amis, ce que vous avez fait, nous le ferons à notre tour. Nous aussi, nous imaginerons notre propre avenir, allégés et confiants, sans les entraves de Bruxelles.'

'Boo Bruxelles !' firent des voix.

'Oui ! Nous reprendrons à notre tour le contrôle de notre nation, et dans cette lutte, nous savons que vous serez, chers amis britanniques, à nos côtés. Car malgré une histoire entre nos deux pays plutôt… agitée', (les gens rirent), 'la France est *votre alliée*. La France est *votre amie*. La France cherche comme vous à se protéger, à grandir et à prospérer, dans un monde qui semble toujours plus l'attaquer et la rapetisser. Le Royaume-Uni a montré qu'il en avait *assez* – assez des frontières poreuses, assez de la bureaucratie de Bruxelles', ('Boo Bruxelles !') 'assez des diktats de l'Allemagne', ('Boo Merkel !'), 'assez de cette élite technocrate qui croit pouvoir dire aux peuples qu'elle sait mieux qu'eux comment gérer leurs terres et leurs mers et comment élever leurs enfants. À ce moment-là, le jour où nous dirons NON – comme vous l'avez fait avant nous –, nous compterons sur vous, sur votre aide, et sur votre amitié pour nous aider à suivre votre exemple. Vive le Royaume-Uni, et vive la France !'

'Vive la France !' s'écrièrent des membres de l'auditoire – il y eut encore quelques sérieux essais d'hymne nationaux, jusqu'à ce que quelqu'un eût l'idée de varier les plaisirs en entonnant le *Rule, Britannia*, une chanson promettant que la Grande-Bretagne naviguerait parmi les flots, ballottée mais pas coulée, et que les Grands-Britons ne seraient jamais, jamais, jamais des esclaves.

L'ambiance était incandescente ; Marguerite se pâmait presque de confusion.

Il faut dire que, durant tout ce temps, Cosmo Carraway était assis nonchalamment sur le bras du fauteuil, sa cuisse droite à lui en contact avec son bras gauche à elle ; de plus le nez de Marguerite était à hauteur du torse de Cosmo, qui dégageait un parfum âpre et fleuri, comme un mélange de musc et de jasmin. Et de plus, à un certain moment anti-bruxellois du discours de Marine Le Pen, il s'était penché vers elle pour chuchoter d'une voix mutine, 'J'espère que personne n'est au courant que César Franck était belge et Haendel allemand', et à cette occasion il avait mis sa main en coupe autour de l'oreille de Marguerite. Ce petit geste lui avait fait un nœud à la luette.

Pour le dire en bref, son désir pour Cosmo la mangeait de toutes ses dents.

Et comme si les choses ne pouvaient que devenir meilleures, ainsi que dans ces rêves éveillés que l'on se fabrique avec le plus grand soin dans le confort d'une place fenêtre lors d'un long voyage en train, Marguerite s'étonna à peine lorsque Cosmo lui murmura :

'On va danser des valses ; savez-vous danser la valse ?'

'Non', dit-elle paniquée.

L'attrapant par le poignet, Cosmo la releva lestement.

'Cela n'a aucune importance ; de toute façon lorsque l'on est une jeune femme, il suffit de se laisser faire, c'est l'homme qui mène.'

Marguerite songea qu'il était fort plaisant d'être en position de se laisser faire. Et de fait, lorsque les valses commencèrent, elle attrapa le rythme si aisément qu'il lui semblait être portée par Cosmo comme un enfant sur un manège. Ses pieds atteignaient exactement le sol au moment et à l'endroit voulus ; sa tête s'était courbée toute seule selon le bon angle. Il n'y avait rien de difficile à l'exercice : tout était si naturel qu'il lui semblait même extravagant d'avoir pu quelques minutes plus tôt déclarer qu'elle ne savait pas danser la valse !

'J'espère que vous ne vous ennuyez pas trop', lui souffla Cosmo.

'Mais pas du tout', dit Marguerite, et elle tenta : *'it's funny'*, le prononçant comme lui *funna*, et cela fit rire Cosmo, de ce rire dont il était impossible de diagnostiquer la nature exacte.

'Vous connaissez bien Justine ?' demanda encore Cosmo, alors qu'ils tournoyaient près d'un autre couple franco-britannique de leur âge, en plein éclat de rire.

'Je commence à la connaître', répliqua Marguerite. 'Depuis l'opéra et le mariage, on s'est vues plusieurs fois – et puis l'autre jour, quand elle m'a apporté la lettre…'

'Elle a essayé de vous dissuader de venir, n'est-ce pas ?'

'Elle voulait simplement que je sois certaine de… savoir où j'allais', dit Marguerite.

Ils passaient maintenant près de Neil Roddikin et de Marine Le Pen, qui exécutaient une valse studieuse et un peu lourdingue.

'Vous savez qu'elle déteste absolument ce genre de cercles.'

'Mais pourquoi êtes-vous amis ?' demanda Marguerite, le cœur brusquement soulevé, car elle se demandait un peu si Cosmo et Justine n'entretenaient pas un amour secret.

Cosmo ne répondit rien.

'Je veux dire qu'elle me semble être tellement différente de vous !'

Cosmo ne répondait toujours pas ; il manœuvrait leur équipage à travers la salle.

'Je veux dire', et la voix de Marguerite se colora un peu, 'rien que le fait que dans cette salle tout le monde ait l'air d'avoir voté pour le Brexit, alors que Justine – enfin, il me semble que Justine n'aime pas du tout le Brexit.'

Cosmo sourit assez plaisamment.

'Nous avons des opinions divergentes, mais on peut être ami avec des gens divers, ne pensez-vous pas ? L'amitié à travers les différends sociaux et politiques, c'est un art qui se perd. D'ailleurs Justine a parfois des idées intéressantes, et je crois qu'elle est assez ouverte d'esprit pour apprécier parfois les miennes, aussi nous nous fréquentons.'

Ils virevoltèrent un peu plus fort. Cosmo toussota.

'Quant au Brexit, je me demande si elle est montée sur son petit *cheval de passe-temps* à ce sujet…'

'*Hobby horse ?*'

'Pardon – sa petite obsession. Elle a une entreprise, un projet rigolo, je crois qu'elle l'appelle, hmm, *Brexit Romance*, ou un pareil titre un peu ridicule de ce genre.'

Marguerite se raidit.

'Oui, elle m'en a parlé.'

'Qu'en pensez-vous ?'

Marguerite retint son souffle.

Qu'en penser ?
Qu'en dire ?
Il était certain que Cosmo détestait l'idée, lui qui de toute évidence avait de vraies valeurs, traditionnelles, sincères ; lui qui pensait forcément au mariage comme à une institution sacrée.
Et en même temps, il avait indirectement complimenté Justine, il semblait lui trouver certaines qualités… Marguerite sentit qu'elle ne pouvait pas directement la dénigrer. Et de plus, le cœur de Marguerite était irrésistiblement loyal à Justine, à ses idées farfelues, à ses mains fines et hyperactives, à ses seins nus sous ses vêtements lâches et bariolés… de telle sorte qu'elle n'arrivait pas à dire : *C'est ridicule et c'est absurde, il faudrait évidemment en rire mais la pauvre jeune femme est sérieusement atteinte…*
Alors, au lieu de cela – britanniquement –, Marguerite déclara :
'Je pense… je pense que c'est intéressant.'
'Intéressant ?' répéta Cosmo Carraway, penchant sur le côté son visage intrigué.
'Intéressant, oui', dit Marguerite. '*Funna*.'
'*Funna*', se fit écho Cosmo, songeur, la fixant intensément désormais. 'Oui', redit-il une nouvelle fois, '*funna*…'

*

'Je ne suppose pas que vous soyez libre à partir de vendredi prochain.'
'Vous ne supposez pas… ?'
'Si je demande, c'est que je souhaiterais vous inviter à venir passer quelque temps dans notre maison de campagne dans le Yorkshire.'
'…'

'Je pourrais en toucher deux mots à Justine ; l'autre jour elle m'a dit que son frère Bertie ne part pas en vacances cette année, et cela m'a brisé le cœur. Ça pourrait être l'occasion d'offrir à cet enfant un beau séjour autre part que dans cette sinistre banlieue... Ma sœur aînée Imogen sera là et elle s'est confectionné au fil des années toute une équipe de petits garçons et de petites filles dont j'imagine que nous serions fort malchanceux si aucun d'entre eux n'avait en ce moment à peu près l'âge de Bertie.'

'...'

'Il y a beaucoup de place, même si c'est bien entendu à mourir d'ennui : c'est l'un de ces domaines plantés au milieu des champs avec pas grand-chose à faire, mais enfin il y a de jolies promenades autour du lac quand il fait du soleil, et le château a ses charmes, si l'on aime ce genre d'architecture.'

'...'

'Vous n'êtes pas obligée de me répondre tout de suite, car je vois bien à quel point je vous mets dans l'embarras en vous faisant cette proposition à brûle-pourpoint alors que vous vous dites sans doute que ce serait tout simplement abominable. Je vous en prie, attendez demain et envoyez-moi seulement un SMS pour me dire que vous avez d'autres engagements. C'est comme cela qu'on dit, par ici : « Malheureusement, j'avais d'autres engagements dont j'avais oublié l'existence ». Écrivez-moi demain pour me dire cela, d'accord ? Ainsi il n'y aura pas la moindre gêne dans votre refus.'

'...'

'Si toutefois il vous prenait l'envie folle d'accepter, n'hésitez pas à amener votre cher professeur de chant. Papa se plaint toujours que le quart-de-queue Pleyel du petit salon rouge et le grand Bösendorfer de la salle de musique ne sont jamais joués.'

'...'

'Du reste, ma sœur est une flûtiste hors pair.'
'…'
'Prenez le temps de la réflexion, et écrivez-moi demain si vous voulez venir. Je vous préviens, c'est parfaitement létal comme atmosphère, il n'y a rien à faire à part lire et se promener, et pas un être vivant à mille lieues à part nous. Et les lapins.'
'Les lapins !'

7

De l'autre côté de la ville, Kamenev et Justine jouaient au ping-pong.

Ce n'était pas une mince affaire, car sur la table de ping-pong se posaient régulièrement des verres de cocktails multicolores, ou des fesses de gens qui s'asseyaient, ou des balles mal lancées par d'autres joueurs depuis les tables voisines. Et la table était collante à cause des cocktails qui s'étaient renversés dessus. Et il n'y avait pas assez de place pour faire de beaux retours ; normalement il faut au moins un mètre de distance, mais là c'était tout bonnement impossible parce que la foule dense et serrée dansait, enserrant les joueurs – et occasionnellement des gens tombaient à moitié sur eux, leur faisant rater de jolis revers.

De plus on ne s'entendait pas du tout, à cause d'une musique atroce qui rendait d'autant plus compliqué le comptage des points (que Kamenev tenait scrupuleusement). Enfin, Justine ne cessait de danser tout en jouant, de sorte qu'entre un revers et un smash, Kamenev s'impatientait en la regardant tourner sur elle-même et articuler : '*We're up all night to get lucky*', alors qu'*all night* était déjà en cours depuis un certain temps, vu qu'il était trois heures du matin.

Le pire, c'était qu'elle s'arrangeait cependant pour gagner.

'Je crois qu'on en est à 14-9 pour vous !' hurla Kamenev.

'Quoi ?'

'*14-9 !*'

Pierre trouvait qu'elle ne prenait pas le jeu très au sérieux. Au moins n'était-elle pas, comme la voisine d'à côté, totalement avachie sur la table, à moitié enroulée dans le filet, en train de remplir son soutien-gorge de balles de ping-pong.

La soirée avait été globalement inédite pour Kamenev. De 19 heures à minuit, ils avaient célébré le 14 juillet dans le sous-sol d'un bar dont toutes les surfaces étaient dégueulasses. La bière brassée sur place par le jeune patron barbu avait ce goût délicieux d'amateurisme déterminé. Il y avait d'abord eu un speech de Justine pour célébrer les premiers couples officiels de *Brexit Romance* : Matt et Cannelle, qui se marieraient en décembre, et puis le Français romantique qui s'était casé avec une Écossaise joviale dont il aurait du mal à ne pas tomber amoureux, et aussi un couple de jeunes hommes, un Martiniquais et un Gallois, et puis un couple de jeunes femmes, une Bretonne et une Londonienne, et enfin une Hannah qui s'était trouvé un Lucas.

Il y avait ensuite eu une session Open Mic à l'occasion de laquelle le micro de l'établissement, petite chose accrochée au bout d'un portant squelettique, avait été monopolisé par ceux et celles qui avaient un jour appris quatre accords de guitare. On endura *Yesterday*, *Hallelujah*, et le début de *Hotel California* plusieurs fois, et comme l'assemblée était déjà assez alcoolisée, il y eut beaucoup d'applaudissements. Ensuite, quelqu'un d'un peu plus doué vint faire une performance de slam assez réussie. Puis un Français probablement galvanisé par le succès américain de Gad Elmaleh essaya de faire cinq minutes de stand-up en anglais, mais c'était un peu chaotique. L'auditoire s'enfonçait de plus en plus profondément dans les poufs défoncés et les sofas aplatis.

'Et vous, Pierre, vous allez bien nous jouer quelque chose ?' avait dit Rachel, qui, depuis le début de la soirée, lui prenait le bras ou lui touchait la jambe à la moindre occasion.

'Il n'y a pas de piano', fit remarquer Kamenev.

'Ne me faites pas croire que vous ne jouez pas un peu de guitare. Tous les musiciens jouent un peu de guitare.'

Kamenev protesta, dit qu'il était vaguement capable de quelques trucs en guitare classique, pas folk, ce qui n'était pas la même chose, mais hélas pour lui, quelqu'un dégota derrière le bar une guitare classique, qui était recouverte d'autocollants dont un disait très originalement que cette machine tuait les fascistes.

Kamenev n'était pas du genre à être victime de trac dans ce genre de situations. Il se percha sur le tabouret branlant et joua des morceaux de guitare classique doux comme des roucoulements de rivière.

Tandis qu'il jouait, il voyait, dans les clairs-obscurs du sous-sol illuminé çà et là par des bougies grisâtres, les gens s'amollir et le contempler pensivement. Il avait fait souvent l'expérience, plus tôt dans sa vie, de ce changement étrange parmi les spectateurs quand on leur joue de la guitare. Les gens perceptiblement se transformaient. Les garçons aux regards durs, les filles aux sourires mordeurs, se faisaient tendres et proches ; et après cela, plus rien n'était exactement pareil. Il y avait quelque chose de grisant, à triturer du bout des doigts les sentiments de ces gens-là, comme si chaque nouvelle corde pincée en tiraillait une autre, invisible, entre la poitrine de la guitare et celle des jeunes personnes qui l'écoutaient.

'Ajuste ton thermostat', murmura Matt Dodgson à Justine, caressant du dos de la main la joue brûlante de sa sœur.

'Hein ?' fit-elle, et elle lui envoya un regard comme une canonnade.

'Vous faites un concours de chaudières, avec Rachel ?'

'T'es hyper con', l'informa Justine.

Mais elle se tourna quand même pour constater que Rachel, non loin d'elle, visage framboise et regard vaporeux, était tout aussi hameçonnée à la ligne tendue de Kamenev.

'Il se débrouille pas trop mal', lança nonchalamment Matt à Niamh Hensley, qui se trouvait par un hasard extraordinaire assise à côté de lui sur l'un des canapés.

'Toi aussi, tu as très bien joué', chuchota Niamh en guise de réponse.

'Moi ? Ha ! Pff. Neh ! Gnnh', dit Matt tout en tripotant un fil qui dépassait du dessus du canapé – et il arracha par inadvertance un carré de patchwork entier.

'T'arrives à faire les accords barrés, en plus ! Pas comme Gonzague et Ed', dit Niamh.

'Accords barrés, oh, pff!'
'Ça fait mal aux doigts, il paraît.'
'Oh! Bah! Juste un peu', dit Matt, avant de montrer ses doigts qui avaient tant souffert que l'on y voyait encore des rainures rouges.
'Et tu es hyper fort en fingerpicking.'
'Oh tu sais, juste gling, gling, gling', onomatopéa Matt (il se détesta à ce moment-là à un niveau encore jamais atteint auparavant).
'Ça fait pas mal aux ongles?'
'Pas trop, un peu!'
Il montra ses ongles terriblement accidentés.
Alors Niamh lui prit la main pour faire en sorte que ces gros bobos aillent mieux.
Et ils écoutèrent le dernier morceau de Kamenev dans cette situation d'embarras extrême et d'épais délice, les mains jointes sur la forte cuisse drapée de soie rouge de Niamh Hensley.

Après le bar, le groupe s'était divisé : certains étaient allés dans un autre bar, d'autres dans une soirée secrète où il fallait dire un code et chanter une chanson après avoir frappé à une porte au fond d'une ruelle pisseuse de Liverpool Street, d'autres encore s'étaient échappés sur les Boris bikes en libre-service, et finalement Justine, Cannelle, Rachel, Matt, Niamh, un Polytechnicien nommé Gonzague, et le couple formé par la Bretonne et la Londonienne, étaient partis à pied dénicher la boîte à ping-pong & cocktails dans laquelle ils se trouvaient actuellement.
'Vous ne vous concentrez pas du tout', grogna Kamenev à Justine, qui jouait tout en dansant avec un mec derrière elle, et de manière très serrée.
'Quoi?'
'Vous n'êtes pas du tout dans le jeu!'
Elle n'entendait rien à cause du chanteur qui hurlait, en musique, qu'il avait le sentiment que cette nuit allait être une bonne nuit.

Kamenev se sentait extrêmement contrit, parce que ce jeu de ping-pong avait bien commencé et que Justine était vraiment une joueuse hors pair ; et voilà qu'elle... qu'elle gâchait son talent, et perdait toute chance de marquer des points, en dansant avec ce mec qu'elle ne connaissait même pas et qui semblait tout sauf un gentleman.

Vexé, il posa sa raquette, espérant peut-être amener Justine à remettre en question son comportement (c'était une technique qui fonctionnait sur Marguerite), mais au lieu de ça, Justine tendit nonchalamment la sienne à Niamh tandis que Matt s'emparait de celle de Kamenev, et Justine s'éloigna avec le non-gentleman, vers le bar.

Et tout à coup Kamenev se retrouvait tout seul et formidablement déçu par la situation.

'Je vais fumer, vous m'accompagnez ?'

C'était Rachel ; Kamenev la suivit, se coulant à travers la foule dans les escaliers sirupeux qui menaient au rez-de-chaussée. Les escaliers étaient vraiment une chose à voir, Kamenev y trouva un intérêt anthropologique, car ils étaient absolument recouverts de corps effondrés de jeunes gens peu vêtus, tachés d'alcool, de vomi et de sueur, certains endormis, d'autres sur le point de l'être, d'autres se hurlant des choses, petits malheurs, petits bonheurs et autres confessions. Les femmes étaient prolongées dans tous les sens, extensions de cheveux, extensions d'ongles, extensions de cils, talons compensés, et il y avait quelque chose de poétique dans cet effort désespéré à s'étendre au-delà de l'espace qui leur avait été alloué par la nature.

Alors que Rachel et Kamenev s'extrayaient du lot, un jeune homme expulsa un jet de vomi vin rouge-cocktails variés, avec même quelques feuilles de menthe entières, juste après leur passage.

Enfin ils furent dehors, dans l'air froid de Londres plein de fumée et de sirènes.

'Vous en voulez une ?'

'Merci, je ne pas', dit Kamenev qui maîtrisait désormais le *I don't* comme réponse.

Dans l'éclat glutineux d'un lampadaire, Rachel fit craquer son briquet, et bientôt entortilla autour de son poignet, de son bras, de ses cheveux, la mèche argentée de sa fumée de cigarette.

'Regardez', dit-elle en désignant d'un geste d'épaule l'entrée de la boîte.

Niamh et Matt venaient d'en sortir, enroulés l'un autour de l'autre comme des spaghettis au sortir de la casserole.

'Pas trop tôt', sourit Kamenev. 'Ça fait un bout de temps qu'ils se tournaient autour, ces deux-là.'

Rachel hocha la tête, souffla un tunnel de fumée vers la gauche, toussota.

'Pauvre Cannelle', murmura-t-elle.

Cannelle traînait derrière les amoureux, le regard fixé sur la petite fenêtre de lumière de son téléphone portable, par où elle paraissait, à en juger par son expression, avoir chu dans un abîme de difficultés.

Kamenev haussa les épaules.

'Je ne pense pas que Cannelle ait des sentiments pour Matt.'

'Moi non plus', dit Rachel, 'mais ça ne veut pas dire qu'elle est ravie de cette situation.'

'Je pense au contraire qu'elle est tout à fait heureuse', dit Kamenev. 'Ça doit lui sembler délicieusement *ironique*, dans ce contexte, d'être la fiancée officielle, tandis que son futur mari s'est trouvé une maîtresse. C'est la vie rêvée, pour ces disrupteurs.'

'Je crois que vous avez tort', dit songeusement Rachel. 'C'est peut-être ce qu'elle *aimerait* ressentir. Mais même avec la meilleure volonté du monde, on ne peut pas ne pas se sentir mis de côté quand la personne avec qui on a contracté un engagement de cette teneur se met en tête de coucher avec une autre.'

'Mais puisqu'ils savent que cet engagement n'a rien à voir avec l'amour ?'

'Il en a cependant toutes les apparences', poursuivit Rachel, 'et malgré tous nos efforts, les apparences sont importantes. À force de prier, on finit par croire en Dieu, comme dirait l'autre.'

'Vous pensez que Cannelle est tombée amoureuse de Matt à force de se mettre en tête qu'elle doit paraître l'être ?'

'Ça ne me semblerait pas aberrant. Et même si ça n'est pas le cas, il ne me surprendrait pas qu'elle adopte envers lui les réflexes d'une véritable épouse, même une qui ne serait plus amoureuse de son mari – c'est-à-dire, dans ces conditions, la désapprobation, voire un peu de jalousie.'

'Ça m'étonne que vous disiez cela d'une autre femme', fit remarquer Kamenev.

Rachel secoua fermement la tête.

'Vous vous trompez, Pierre, il se passerait exactement la même chose dans le cas d'un homme, ou de couples de même sexe. Si Cannelle se trouvait un Anglais, ça m'étonnerait que Matt fasse la danse de la joie. Ainsi va le monde. C'est compliqué, ces histoires.'

Elle chassa d'une pichenette le bout cendreux de sa cigarette, sembla hésiter.

'Ce n'est pas anodin', dit-elle, 'ce que Justine a créé. Elle était déjà comme ça petite, à jouer sous la table avec ses poupées. Elle arrangeait son petit monde.'

'Vous la connaissiez à l'époque ?' demanda Kamenev, frappé d'une étrange tendresse.

'Nos parents sont de vieux amis. Mais j'ai sept ans de plus qu'elle. Je me souviens bien : Justine était une bâtisseuse depuis le début. Elle voulait tout organiser, tout contrôler. Elle avait du mal à voir la frontière entre jeu et réalité, entre plaisanterie et sérieux. Je me souviens que quand ses parents ont divorcé, elle est partie en croisade pour les réconcilier, leur montrant, photos à l'appui, qu'ils étaient heureux ensemble. Autant dire que ça n'a pas marché.'

Elle ricana.

'Déjà, à l'époque, elle confondait amour et apparences de l'amour.'

Kamenev baissa les yeux. Il se demandait lui-même s'il n'était pas victime parfois d'une telle confusion.

'Ce qui est extraordinaire', murmura-t-il, 'c'est qu'elle a trouvé d'autres personnes à entraîner dans son délire.'
'En effet, sourit Rachel. 'Il a fallu que le monde s'ajuste parfaitement à elle ; un alignement d'étoiles tout à fait particulier.'
Kamenev hocha la tête.
'Je suis content que vous soyez d'accord pour admettre que *Brexit Romance* est une gigantesque folie.'
'Oui', dit Rachel.
Elle toussa à nouveau.
'Néanmoins, j'espère bien me trouver un mari par son entremise.'
Kamenev chancela.
'Vous plaisantez ?'
'Pas du tout, Pierre', dit-elle en braquant son regard sur lui.
Elle souffla sa fumée, fit un sourire.
'Je suis là pour ça.'
'Mais vous venez de dire…'
'Je viens de vous dire que le monde s'est parfaitement ajusté au projet de Justine ; qui est fou, certes ; mais ni plus ni moins, donc, que le monde. Et dans ce cadre-là, il me semble tout à fait raisonnable d'épouser quelqu'un qui pourrait m'aider à remiser au placard mon atroce passeport américain, faire un bras d'honneur au gouvernement britannique, et me laisser voyager et vivre en Europe si j'en ai envie. En l'occurrence, j'en ai envie. J'ai des projets dans divers pays européens, et un passeport français me simplifierait énormément la vie.'
'Je ne sais pas quoi faire', soupira Kamenev. 'Pendant quelques minutes j'ai eu l'impression qu'il y avait quelqu'un de sensé sur cette île de cinglés, et tout à coup…'
'Vous savez, Pierre', dit Rachel, 'quand on croit qu'on est le seul à être sain d'esprit, il faut commencer à se poser des questions.'
Elle avait fini sa cigarette, l'écrasa contre le lampadaire et remit soigneusement le mégot dans son étui afin de le jeter plus tard.

'Juste pour info', dit-elle en lui prenant le bras, 'Justine vous a prévu pour moi.'

'*Pardon ?*'

'Écoutez, c'est trop drôle. Quand j'ai annoncé à Justine que je venais, elle m'a dit : « C'est une heureuse coïncidence : j'ai quelqu'un qui te correspondrait parfaitement, il est cultivé, intelligent, calme et, pour ne rien gâcher, très beau ». C'était vous.'

'C'est une blague, c'est une blague', répéta Kamenev.

'Elle avait parfaitement raison, vous êtes tout cela à la fois – lui dites pas que je vous l'ai dit. Mais réfléchissez-y un peu, Pierre, soyez gentil.'

'Réfléchir à *quoi ?*'

'À m'épouser. Je pense sincèrement qu'on ne serait pas trop mal. On s'entend bien, non ? Et moi, j'ai tout un carnet d'adresses de gens plutôt intéressants qui adoreraient vous connaître. Vous savez que je compte dans mes proches amies Erin Morley ? On était encore récemment à un enterrement de vie de jeune fille ensemble. Et puis d'autres personnes, par-ci par-là, que je pourrais vous présenter. Kasper Holten, un vieil ami. Renée Fleming, figurez-vous…'

Elle lui cita encore une demi-douzaine de hauts personnages de la scène opératique mondiale avec qui elle avait récemment festoyé.

'Bref', conclut-elle, 'je pense que pour votre carrière, ce ne serait pas inintéressant. Marions-nous, Pierre. Justine serait ravie.'

'Justine serait *ravie ?*'

'Tout à fait enchantée.'

Pierre se sentit tout à coup extrêmement soûl. La rue tanguait.

'Justine', répéta-t-il, 'serait *enchantée* que je vous épouse ?'

'Bien sûr, elle ne rêve que de ça.'

Écarquillant les yeux, Kamenev vit justement Justine sortir des tréfonds de la boîte, et après elle le type qui lui avait offert un verre et dont elle semblait maintenant vouloir se débarrasser dans les plus brefs délais.

'Je suis désolée', dit Justine à l'inconnu, 'mais je dois rentrer tôt ce soir : je travaille toute la journée demain.'

'Tu me files ton numéro ?'

'Bien sûr', dit Justine, et épela consciencieusement un numéro composé, à la manière du monstre de Frankenstein, d'assortiments de chiffres trouvés sur toutes les plaques d'immatriculation des voitures qui l'entouraient.

Puis elle lui dit merci pour le Sex on the Beach et fit signe à Kamenev et Rachel, en s'approchant d'eux, de commencer à marcher le long de la rue afin d'éconduire le jeune homme.

'Il était gentil mais il était banquier', expliqua-t-elle.

'Je vous laisse', dit Rachel, 'je vais attraper ce taxi.'

Elle embrassa Justine, pressa Kamenev contre elle et lui murmura, 'Réfléchissez, OK ?' – puis elle était partie, dans un cliquetis de talons.

'Je vous appelle un Uber ?' demanda Justine nonchalamment, switchant en français.

'Je prendrai un taxi, comme un méchant anti-libéraliste', dit Kamenev.

'Oh là', sourit Justine, 'vous êtes pas content. Qu'est-ce qui vous arrive ?'

'Qu'est-ce qui m'arrive ?!' hoqueta Kamenev. 'Qu'est-ce qui *m'arrive* ?!'

Il se retint un instant à un mur. Elle lui posa la main distraitement sur le bras, aguerrie par les ivresses de week-end de ses amis britanniques.

'Il m'arrive que vous ne preniez pas cette partie de ping-pong au sérieux.'

'Je ne sais pas si c'était vraiment l'endroit pour faire un tournoi olympique', dit-elle. 'Vous avez fait un peu mieux connaissance avec Rachel ?'

Ils se remirent à marcher, tournèrent le coin de la rue, se retrouvèrent dans une grande avenue bien éclairée, où des grappes de fêtards oscillaient. Kamenev avait mal à la tête.

'Oui, elle m'a un peu parlé de vous.'

'Ah bon ?'
'Apparemment, votre carrière d'entremetteuse a commencé au berceau.'
'Elle a ressorti les vieux dossiers…'
'Vous organisiez des mariages de Barbie ?'
'*Oh, boy !* Qui ne le faisait pas ?'
'Et elles étaient heureuses en ménage ?'
'Parfaitement. Mais sinon, Rachel, vous la trouvez comment ?'
'Justine', s'écria Kamenev, 'vous vous foutez de ma gueule depuis le début ! Elle vient de me dire que vous aviez comploté toutes les deux pour que je *l'épouse* !'

Il y eut un silence, pendant lequel Justine resta immobile, un sourire comme amidonné sur le visage.

'Ah', marmonna-t-elle finalement, 'elle vous a dit ça…'
'C'est absolument surréaliste. Vous voulez que j'épouse cette nana ?'
'Vous pourriez arrêter de dire nana ?'
'Vous voulez que j'épouse cette pouffiasse ?'
'Elle n'a rien d'une pouffiasse !' s'indigna Justine.

Ensuite elle se corrigea :

'D'ailleurs aucune fille n'a rien d'une pouffiasse, vous faites du *slut-shaming* à tire-larigot.'

Kamenev se demanda vaguement qui lui avait appris l'expression *à tire-larigot*. Il s'arrêta sous un lampadaire, et de ses deux mains, orienta les épaules de Justine vers lui, fichant son regard dans le sien.

'Justine, répondez-moi sérieusement. Vous voulez que j'épouse Rachel ?'

Elle sembla hésiter un instant, l'ombre d'une grimace sur ses lèvres un peu bleuies par un cocktail.

Puis elle soutint son regard, et son visage se remodela, pour acquérir cette imperméabilité britannique, caoutchouteuse, qu'il connaissait trop bien.

'Idéalement', dit-elle.

Après un silence, Kamenev la lâcha. Ils se remirent à marcher, le long d'un sombre parc où des gens dormaient dans des cartons Sainsbury's de la Meilleure Purée de Petits Pois du Monde.

'Et donc, vous aussi, vous allez épouser quelqu'un', murmura Kamenev.

'Naturellement', dit Justine.

'C'est du délire.'

'Hmm.'

'Qui ?'

'Pardon ?'

'Vous allez épouser qui ?'

'Faites attention où vous marchez, vous êtes bourré ou quoi ?'

De fait Kamenev, ce soir, trouvait le trottoir très hostile aux intentions de ses chaussures, et n'arrêtait pas de trébucher.

'Qui ?' redemanda-t-il.

'Mais qu'est-ce que ça peut vous faire ?' demanda Justine. 'Je sais pas, écoutez, je peux pas vous répondre tout de suite, j'ai pas mon spreadsheet sous la main, là.'

'Votre spreadsheet…'

'Mon tableau Excel où il y a écrit toutes les catégories.'

'Votre tableau Excel.'

'Je dois bien m'assurer', dit Justine, 'de trouver la personne avec qui je sois parfaitement matchée.'

8

'Vous avez trop bu ?'
'Faux !'
Kamenev n'imitait Norman Fait des Vidéos que lorsqu'il avait vraiment un peu trop bu.
'Vous ne pensez pas qu'il faudrait vous mettre en pyjama ?'
'Pas la peine, il fera jour dans une heure. Je vais juste faire une petite sieste.'
Marguerite soupira.
'Pierre, vous êtes chez les Dodgson qui nous invitent gentiment, je préférerais que vous alliez vous coucher.'
'Les Dodgson ! Ils me verront pas, les Dodgson, je suis dans mon lit !'
'Non, vous êtes dans la baignoire.'
'Ah.'
'Je vous accompagne, mais il faut me suivre.'
'Comme ça ?'
'Ne vous accrochez pas au rideau de douche.'
Crac.
'J'ai dit, pas au rideau de douche !'
'Ça fait longtemps que ce n'était pas arrivé', commenta Kamenev.
'C'est ce que je me disais aussi. Vous faites de gros progrès.'
'On le dira au docteur.'
'OK.'
'Vous avez passé une bonne soirée, Marguerite ?'
Ils arrivaient à tâtons dans la chambre.
'Oui ; enfin, c'était bizarre.'
'Bizarre comment ?'
'Bizarre comme « on m'a fait une invitation bizarre ».'

'Encore une ! Où ça, cette fois ? À l'anniversaire d'Hitler ?'
'Je vous raconterai demain, quand vous serez en mesure de vous énerver normalement. Retirez votre pantalon.'
'La braguette marche pas.'
'C'est votre pantalon avec les boutons.'
'Ah, maintenant ça marche.'
'Bravo. Et vous, vous avez passé une bonne soirée ?'
'Non.'
'Ah bon ? Asseyez-vous, vous allez monumentalement vous péter la gueule si vous essayez d'enlever les jambes en restant debout !'
'C'est bloqué.'
'Vous avez encore vos chaussures.'
'Rhâ ! Chaussures !'
'Je sais, c'est agaçant.'
'Lacets, toujours des lacets.'
'La prochaine fois, on vous en achètera à scratchs. Pourquoi c'était une mauvaise soirée ? Ça avait l'air drôle. Justine m'a envoyé une photo de vous en train de jouer de la guitare.'

Il pointa un index en l'air :

'Cette machine tue les fascistes.'
'Il paraît. Allongez-vous. Dans la longueur. Là où il y a les oreillers. Pourquoi c'était une mauvaise soirée ?'
'Parce que !'

Il fronça le nez, bâilla comme un hippopotame.

'Parce que Justine ne prenait pas du tout le jeu au sérieux.'
'Ah', sourit Marguerite. 'C'est en effet un problème.'

Et comme il était déjà endormi, elle le recouvrit du duvet, et alla à son tour se coucher.

*

Cannelle avançait. Elle était si brave !

Comme elle se félicitait de prendre avec tant de détachement, avec tant de maturité, avec tant *d'humour*, cette glorieuse institution qu'avait été le mariage !

Elle savait maintenant que le véritable engagement avait toujours été ailleurs. L'engagement, ce n'était pas envers une personne ou même envers sa propre existence. Il fallait s'engager pour *la liberté* – la liberté d'aimer, la liberté de voyager, la liberté d'entreprendre et la liberté de vivre où on voulait ! C'était *tout cela*, pour elle, pour eux, que le Brexit symboliquement menaçait, et c'était pour toute cette liberté-là qu'elle voulait lutter !

Ils étaient si braves, tous ces adeptes de *Brexit Romance* !

Mais... Mais tout de même, c'était compliqué.

Un peu.

Pas beaucoup ! Chut.

Pas compliqué. Libérateur.

Libérateur, je te dis.

Ainsi réfléchissait notre pauvre Cannelle Fichin, tout en déambulant dans les rues de Londres derrière Matt et Niamh, qui avaient choisi de rentrer à pied (et donc elle aussi).

D'abord Cannelle avait réagi avec un sourire et un 'Enfin !' quand elle avait vu Matt et Niamh se rouler un colossal patin à la sortie de la boîte à ping-pong et cocktails. Ce n'était un mystère pour personne qu'il s'agissait de l'heureux dénouement souhaité par les deux protagonistes après six mois exténuants de cour acharnée, d'une lenteur irrémédiablement britannique.

Et donc, au début, Cannelle avait été amusée de cette situation et, voyant Niamh trottiner devant avec Matt à moitié avachi sur ses épaules blanches, elle s'était dit : *Voilà la liberté, voilà une situation ironique comme je les aime, moi la fiancée fausse et officielle observant avec bienveillance ce couple vrai et officieux, et tout cela marche parfaitement, car telle est notre vision des choses et du monde ; belle et radicale et vraiment drôle et absurde sur les bords !*

C'était génial, trop fun, ironique à souhait.

Cependant...

Cependant, alors que le petit couple cuit au rhum continuait d'avancer sur un pont déjà éclairé des premiers rayons du jour, et tandis que Cannelle suivait lentement, son enthousiasme s'érodait, et elle se trouva bientôt dans la situation fort embarrassante de ressentir une pointe de *jalousie* dans le cœur, puis carrément une *barre* de jalousie en travers de la poitrine, à regarder ces deux ivrognes s'arrêter toutes les quinze secondes pour se grignoter un morceau de cou ou de joue ou de bouche !

Et cette jalousie était aussi inopinée qu'insensée, puisque Cannelle n'éprouvait strictement aucune attirance pour Matt, ni, tant qu'on y était, pour Niamh, et donc aucune raison de s'opposer à leur si mignonne union !

Pourtant, comme on aurait pu, peut-être, le prévoir – et comme Rachel, perspicace, avait réussi à le discerner – une petite voix en Cannelle s'était élevée, aiguë, pointue, pour lui dire...

C'est tout de même ton futur mari,

et une autre répondait : *What ???*

et la première disait : *C'est quand même gonflé, c'est quand même un peu humiliant de faire ça,*

et l'autre répondait : *Mais enfin c'est un mariage blanc, un faux mariage, on est tous les deux libres c'est le principe,*

et la première disait : *Oui enfin d'accord mais ça va pas être super crédible si tout le monde voit que le mec te trompe déjà alors que vous vous mariez en décembre,*

et l'autre répondait : *Ils seront discrets et puis de toute façon tu peux pas tromper quelqu'un si dès le départ on est d'accord que le concept lui-même est une tromperie !*

Et tout le long du chemin, ce dialogue s'organisait en boucles et en spirales, aboutissant aux mêmes reproches et aux mêmes ripostes. Quand ils s'approchèrent enfin de l'appartement, Cannelle s'auto-houspilla : *Je te préviens, t'as pas intérêt à leur faire la gueule ; je te préviens, si tu leur fais la gueule comme une connasse de petite-bourgeoise, je te pète la tronche ; tu leur fais un grand sourire, une remarque amusante, la situation est totalement cool.*

Ils grimpaient les escaliers – *un sourire j'ai dit !*

Elle tournait la clef dans la porte de l'appartement *SOURIRE ! C'est un mariage ARRANGÉ, pauvre petite conne, c'est le principe, tu savais à quoi tu t'engageais – tu savais à quoi vous ne vous engagiez pas. Arrête de leur faire la gueule !*

'Ça va, Cannelle ? T'as l'air fatiguée.'

Il a remarqué. Ils ont remarqué. Ça y est, ils te prennent pour une pauvre mal baisée frigide jalouse de petite bourge.

'Bien sûr que je suis fatiguée, il est cinq heures du matin.'

Pourquoi le ton de reproche, putain ? Les gens normaux cool sympa sortent jusqu'à cinq heures du matin, c'est NORMAL.

'Bonne nuit alors !'
'Bonne nuit.'
Pourquoi le point final menaçant chiant qui fait la gueule, pourquoi pas un point d'exclamation totalement relax de meuf qui souhaite une bonne nuit, t'en as rien à foutre qu'ils passent le reste de la nuit à baiser puisque je te rappelle que c'est un FAUX mariage que tu t'en FOUS de Matt Dodgson qu'on ne peut pas être jalouse de quelqu'un qu'on n'aime pas, même si on est techniquement sa fiancée, ÇA NE VEUT RIEN DIRE.
Souviens-toi surtout que ça ne veut rien dire
Rappelle-toi que Tout. Ceci. N'est. Qu'un. Jeu.
Ça ne veut
Rien
Dire.
SOURIRE. Allez ! SOURIRE.

★

'Alors, je lui réponds quoi ?'
'Marguerite, vous ne pouvez pas me casser la tête avec ce genre de choses alors que je me remets à peine de ma nuit d'hier.'
'Ce n'est pas ma faute si vous avez bu comme un trou.'
'Laissez-moi manger mon porridge.'
'Mais il faut que je lui donne ma réponse aujourd'hui !'
'C'est facile, tapez trois lettres : N, O, N.'
'*Pierre !*'
'Quoi, *Pierre !* ?'
'Il m'invite à venir dans son *château* !'
Kamenev, dont les cernes avaient viré au brun cirage, poussa dans sa bouche une cuillère de porridge au miel.
'Vous avez vraiment des fantasmes étranges.'
'Il a un Bösendorfer à queue dans la salle de musique !'
'Il pourrait avoir Rachmaninov en personne assis sur le tabouret du Bösendorfer les mains en l'air prêt à jouer que je refuserais d'y mettre les pieds. Marguerite, qu'est-ce que vous ne comprenez pas dans la phrase : « C'est le fils de l'un des pires hommes politiques de Grande-Bretagne » ?'

Les joues de Marguerite s'enflammèrent.
'C'est juste que vous ne supportez pas le Brexit, mais…'
'Je me contrefous du Brexit. En revanche, si je me souviens bien, Roddikin a été mis trois ou quatre fois en examen pour avoir dit des choses charmantes sur les homosexuels et les immigrés, la plupart du temps relatives à l'espoir de leur systématique assassinat.'
'Hors contexte!'
'*Hors contexte?* Ça suffit, Marguerite! Roddikin est un infâme salopard, un raciste et un homophobe notoire.'
'Et alors? Cosmo l'est aussi nécessairement? On juge les enfants pour les crimes de leurs parents, maintenant?'
'On ne peut pas dire qu'il s'en soit particulièrement distancé!'
'Il a pris le nom de sa mère pour qu'on ne sache pas clairement qui il est.'
'Ah, ça, c'est sûr que personne ne sait qui il est. C'est un grand secret voilé de mystère. Les gens voient passer ce mec au Parlement, se disent : « Oh, tiens, ne serait-ce pas le fils Roddikin ? » et puis ils voient son nom et s'écrient, « Ah, non! Au temps pour moi! Il n'a absolument rien à voir, c'est évident! » Ensuite votre Cosmo anonyme glisse de pièce en pièce en se félicitant de passer incognito.'
'Je vous déteste', lui annonça Marguerite.
'Comme vous voulez', répondit Kamenev.
'Vous faites tout pour ruiner ma vie!' dit Marguerite.
'Bien sûr. Je ne fais que ça.'
'Figurez-vous que le père de Cosmo est très… très civil.'
Kamenev posa sa cuillère et pressa ses doigts contre ses yeux.
'D'ailleurs', continua son élève d'une voix un peu moins assurée, 'les autres gens là-bas étaient charmants, même… je sais pas, même certaines personnes dont vous auriez dit, genre, « Oh, elle, c'est une criminelle », eh bien en fait elle était bien sympa.'
'Vous voulez parler de quelqu'un en particulier?' murmura Kamenev, toujours enterré dans ses mains.
'Non, juste en général.'
'Mais *elle* qui était *bien sympa*… c'est Marine Le Pen?'
'Je dis juste que vous êtes toujours dans le jugement.'

'C'est vrai. Toujours en train de juger, ces gens qui jugent Marine Le Pen comme des espèces de gros méchants juges qu'ils sont. En fait elle est super cool et toutes les filles veulent être sa BFF. Vous avez pris des selfies et comparé vos coiffures ?'
Marguerite haussa un sourcil.
'Vous êtes au courant que c'est une politicienne de renom et que moi je suis chanteuse lyrique semi-professionnelle ? Non, dès qu'il est question de femmes, tout de suite vous pensez gossip, tutos beauté et hashtags.'
Cette remarque fit à Kamenev l'effet d'une petite gifle et il regarda, pas très fier de lui, Marguerite enfiler un cardigan vert thé sur sa tristoune robe grise.
'Je demande l'autorisation aux Sableur, et s'ils me la donnent, je pars chez Cosmo, que ça vous plaise ou non.'
Avant de claquer la porte :
'Et je vous enverrai un selfie depuis le Bösendorfer.'

*

(Cosmo Carraway)
Hello ma chère, j'espère que tu daigneras passer me rendre visite à Elms Heights, ainsi qu'à ton petit frère et à ma future épouse, à partir du week-end prochain.

(Pierre Kamenev)
Votre nazillon a invité Marguerite à passer les deux premières semaines d'août dans le bunker de son père !

Justine leva les yeux au ciel – ou plutôt, au faux plafond de bois rehaussé de perroquets en plastique.
Le magasin Joy était plein comme un œuf, ce samedi après-midi, et elle consultait ses messages près des cabines d'essayage, les bras remplis de gilets-doudounes bariolés qu'elle était censée installer sur un portant.
Elle n'avait pas d'autre choix que de mener les deux conversations en parallèle et en deux langues, tout en installant les gilets-doudounes par couleur et ordre de taille.

> *Hello ma chère, j'espère que tu daigneras passer me rendre visite à Elms Heights, ainsi qu'à ton petit frère et à ma future épouse, à partir du week-end prochain.*

Oh fucks sake Cosmo

> *Tu as oublié une apostrophe*

Tu me fous dans la merde avec Pierre Kamenev

> *Écoute on avait un plan et je suis en train de le suivre à la lettre*

Je crois pas que ce soit un bon plan. Désinvite-la.

> *Impossible : ce serait horriblement malpoli !*

Je m'inquiète qu'elle soit amoureuse de toi. Tu vas la faire souffrir.

> *Peut-être que moi aussi je suis très amoureux d'elle secrètement ?*

Bien sûr fous-toi de ma gueule. Tu vas jouer avec elle et elle aura le cœur brisé

> *Une petite tea party et ça ira mieux.*

T'es vraiment evil.

> *En tout cas, elle est ravie. Elle vient de me répondre qu'elle viendrait.*

Putain, Pierre va péter un câble

> *Qu'est-ce que ça peut te faire ?*
> *Tu l'as pas encore casé avec Rachel, celui-là ?*

J'essaie. Mais c'est pas facile.

> *Votre nazillon a invité Marguerite à passer les deux premières semaines d'août dans le bunker de son père !*

Ah ? Et alors ?

Et alors ???? Justine !!! Enfin !

Elle fait ce qu'elle veut, ce n'est pas à vous de décider pour elle.

Il veut quoi, votre ami ? Coucher avec elle. ou simplement la convertir aux idées du Führer ?

Il ne veut pas coucher avec elle, ce n'est pas son genre.

En plus, je crois qu'elle est amoureuse de lui.

haha lol vous seriez pas un peu jaloux pour vous faire des idées comme ça :D

Il va jouer avec elle et la laisser tomber et elle aura le cœur brisé.

Mais non, il est pas si… comment on dit 'evil' en français ?

'Britannique'.

Très drôle. Mauvais ? Méchant ?

Il faut agir avant qu'elle ait répondu. Elle m'a dit qu'elle allait demander aux Sableur

Ah peut-être qu'ils lui feront entendre raison !

Justine je vous en prie – faites ça pour moi : convainquez Cosmo de ne pas l'inviter

Je peux essayer. Mais c'est pas facile.

'Justine, quand t'auras fini avec les doudounes, t'oublies pas de restocker les bouillottes-palmiers ?'

Elle hocha la tête en jetant un œil auxdites bouillottes. Elles partaient comme des petits pains, ce qui était incompréhensible parce que, primo, elles devaient nécessairement piquer le cul du fait de leur forme, et secundo, on était en juillet.

Les clients étaient décidément imprévisibles ; on leur prévoyait de jolies bouées en forme de flamants roses pour l'été, et à la place ils achetaient des bouillottes-palmiers pique-cul !

'Excusez-moi, je suis vraiment désolée de vous déranger...'

'Vous ne me dérangez pas du tout', répondit automatiquement Justine.

Et elle songea qu'elle devrait mettre à jour sa description de profil Facebook une bonne fois pour toutes, pour toute sa vie, perpétuellement : *En dérangement.*

Rien n'aurait été plus juste. Toute l'année elle avait travaillé d'arrache-pied à l'université, à la fois pour les cours, qu'elle préparait consciencieusement, pour les activités extra-curriculaires, qu'elle prenait très au sérieux, et pour *Brexit Romance*, qu'elle menait de front. Son niveau de français avait bondi, dernièrement. Chaque jour, sur l'application Memrise, elle apprenait de nouveaux mots et expressions ; elle en était à 5490 en quelques mois ; elle commençait même à maîtriser le présent du subjonctif, même les *il faut qu'ils puissent, il faut que vous fassiez* et *il faut que nous allions*, et elle s'était mise également à lire des livres de plus en plus denses et à regarder des films de plus en plus ardus, se donnant de petits challenges de compréhension, un Jacques Demy sans sous-titres avant le dîner, un Colette en une semaine, une chanson de Fauve au petit déjeuner.

C'était dans cette concentration de l'apprentissage de la langue, et de toute la culture – les cultures – que cette langue trimbalait dans son grand sac à dos, qu'elle se sentait trouver comme une profonde stabilité existentielle. Quand elle se fixait sur une table de conjugaison, sur une page de Matthias Enard, sur un extrait de *Cyrano de Bergerac*, elle était enfin calme, son esprit comme clarifié, tenant une tâche précise et contrôlable : décomposer, décrypter, comprendre, assimiler. Rien d'autre ne lui donnait la même gratification, la même pleine et ronde satisfaction.

Seulement, elle était sans arrêt rappelée à une myriade d'autres infimes plaisirs. Son portable vibrait ; Facebook émettait la petite note de piano, douce et insistante, indiquant l'arrivée d'une nouvelle notification ; un Snap demandait à être ouvert ; un lien vers un article satirique, une vidéo hilarante ou une liste des quinze moments les plus embarrassants du premier jour à l'université implorait qu'on clique. Il y avait toujours des choses à faire, à commencer par prendre en photo, debout sur sa chaise, son petit déjeuner, après avoir arrangé de manière stratégiquement asymétrique petite cuillère, bol blanc, mug de café à formes géométriques et livre ouvert – *Bonjour Tristesse*, le dernier Booker Prize, un Murakami.

Et à chaque fois qu'un index désœuvré quelque part sur Instagram venait frapper le petit cœur sous la photo, c'était comme s'il lui tapotait son cœur à elle : *toc, toc*, je suis là, anonyme parmi des milliers, j'ai vu ce petit morceau de ta vie réorganisé pour moi, et il me plaît.

'Vous ne me dérangez pas du tout, Madame.'

'Est-ce que vous auriez ce T-shirt, le même, mais en coton bio ? J'ai vu sur votre site qu'il y a le même en coton bio, normalement. Mais je le trouve pas dans la partie « coton bio » là-bas. Il y en a des un peu similaires, mais pas exactement le même, en coton bio.'

Ce n'était peut-être pas une si mauvaise idée, se dit Justine en contemplant l'étiquette, que Marguerite parte pour Elms Heights. Elle se doutait que Pierre lui en voudrait de ne rien faire pour l'empêcher, certes, mais elle était là pour faire du business, pas se faire aimer.

'C'est bio', dit-elle, 'c'est écrit sur l'étiquette.'

De toute façon il fallait qu'elle laisse Pierre à Rachel. Laquelle s'en occuperait très bien, grâce à son pouvoir de conviction d'avocate et à ses dents superbement plantées.

'Donc c'est du coton bio issu d'élevages bio ?'

'D'élevages bio, je vous demande pardon, je ne...?'
'Les moutons, ils sont bio?'
'Les moutons de?'
'Dont est issu le coton.'
'Le coton ne pousse pas sur les moutons, du moins il me semble.'
'Ah non?'
'Je peux me tromper, cela dit, c'est entièrement possible que je me trompe.'
'Mais c'est doux.'
'C'est vrai, mais il me semble que le coton est végétal a priori.'
'Ah bon! Merci, au revoir!'
'Merci!'
Fucking idiot, pensa Justine en voyant la nana s'éloigner, *t'as voté pour le Brexit toi je suis sûre, championne.*
Et pour se rincer le cerveau, elle conta l'incident sur Facebook, suscitant une jolie petite pluie de likes et de smileys rigolards.
'Justine! Les bouillottes!'
'J'arrive!'
Mais en remontant les escaliers, le stock dans les bras, elle s'aperçut qu'elle avait une constellation de messages.

Snap de Matt : une photo de lui et Niamh au Blue Horse, message : 'Viens nous rejoindre?'
Deux autres snaps d'amies dans deux autres bars différents : 'Viens nous rejoindre?'
WhatsApp de Tommy : Claudio et moi, on a un nouveau bébé! (c'était un chaton bleu-gris prénommé Tigger. Justine pensa immédiatement qu'il faudrait qu'elle l'emprunte pour les photos officielles des fiançailles de Matt et Cannelle.)
OMG juste trop chou trop touffu!!! #câlins

'Justine!' lui jeta Boris, 'je t'arrache ce portable si tu continues.'

Elle s'appliqua tout le reste de l'après-midi à cacher le téléphone, vérifiant discrètement ses messages derrière une cabine d'essayage, entre les châles, près du carrousel à lunettes à verres blancs.

Cannelle, via Facebook :

Hey, tu rentres à l'appartement après le boulot ?

Je passe chercher des trucs à manger et j'arrive.

Cool. Soirée Netflix ?

Justine hésita. Elle avait trois autres invitations, et Cannelle n'était pas la personne avec qui elle mourait d'envie de passer la soirée.

Je suis pas encore totalement sûre de ce que je vais faire ce soir, je te dirai.

Il y eut un long moment de vaguelettes de points de suspension tandis que Cannelle répondait.

Puis enfin, un seul mot :

OK.

Il était évident que ce long silence à vaguelettes + OK voulait dire que ce n'était *pas* OK.

Ça va ?

Long silence à vaguelettes.
Nickel
Long silence à vaguelettes
+

Justine soupira. Visiblement, ça n'allait vraiment pas.

OK, soirée Netflix, ce serait fun.

Super, répondit immédiatement Cannelle. *Je t'attends.*

★

Pierre Kamenev 15.51
Dites, on pourrait se voir un jour de cette semaine ?

Pierre Kamenev 19.02
Vous avez eu mon message ?

Justine Dodgson 20.09
sorry !
J'ai bien peur d'être très occupée ces jours-ci

Justine, il faut que je vous parle de Marguerite
Je n'ai pas du tout confiance en ce Cosmo

Justine Dodgson 21.54
Tristement, il n'y a pas grand-chose que je puisse faire.

J'aurais vraiment aimé vous parler un peu de tout ça.
On pourrait se retrouver à la Tate Modern ?
Demain ? Après-demain ?

Justine Dodgson 02:15
Il me semble que Rachel serait ravie d'aller à la Tate Modern

Pierre Kamenev 08:13
Très bien
Je lui propose.

Justine Dodgson 12: 04
Parfait.

'Je ne vous ai jamais vu autant sur votre téléphone portable, Pierre', dit Marguerite.

'Ce pays', concéda Kamenev, 'me rend fou.'

*

La semaine suivante se déroula de manière étrangement civilisée, c'est-à-dire tout à fait britannique, entre Marguerite et Kamenev. Ce dernier s'éclipsait souvent ; il partait avec un parapluie et un livre le matin et ne revenait qu'en fin d'après-midi. Pendant ce temps, Marguerite se promenait toute seule, lisait, se posait mille questions sur son existence, pensait à son lord et soupirait tout haut.

Quand Kamenev revenait, Marguerite et lui répétaient.

Marguerite faisait des efforts considérables pour faire renaître la bienveillance de Kamenev. Elle n'était pas encore du tout calée sur le *Je veux vivre*, mais elle s'en sortait plutôt bien dans de nouveaux arias et plusieurs morceaux très compliqués, des passages en allemand du *Rosenkavalier*, en tchèque de Janáček, en russe de Moussorgski. Elle s'aventurait vers le baroque, pour s'amuser, quand Kamenev switchait le piano électrique en mode clavecin. L'entente était cordiale, bien qu'elle ne sût toujours pas s'il allait ou non l'accompagner dans le Yorkshire le vendredi suivant. Elle le sentait ailleurs : détaché. Il la félicitait non sans chaleur, mais sans emphase ; il la reprenait sans froideur, mais sans familiarité.

Bien sûr, il la guidait toujours avec soin à travers les vocalises les plus délicates, une main appuyée sur son ventre, l'autre posée sur le haut de son crâne... mais jamais il ne faisait ce qu'il faisait habituellement, comme par exemple la chatouiller lorsqu'elle n'arrivait pas à exécuter la pirouette vocale que tel morceau réclamait (l'indignation d'être ainsi traitée faisant souvent sortir miraculeusement le bon enchaînement de notes).

Les rares fois où ils se promenaient ensemble, Marguerite s'efforçait de parler de manière détendue, comme avant, mais Kamenev ne mordait pas à l'hameçon.

Ainsi en était-il ce soir-là, alors qu'ils se rendaient en métro à un concert à l'église de St Martin-in-the-Fields…

'Vous avez vu, Pierre', lança Marguerite en désignant un groupe de gais Londoniens à gros bras, 'ils ont des tatouages comme Justine.'

'Rien à voir', maugréa Pierre, un instant distrait de sa rêverie.

Il avait fondamentalement raison, car leurs tatouages verdis par le temps, qui représentaient d'horribles têtes de mort vomissant des champignons nucléaires ainsi que des femmes à poil dans des cœurs sanguinolents, ne ressemblaient guère à ceux de Justine.

N'empêche, songea Marguerite en se rasseyant plus droite sur son siège, il n'avait pas besoin de lui maugréer cela comme si elle était elle-même aussi déplaisante que le tatouage.

'Vous aimez mieux ses tatouages à elle ?'

'Bof', dit Pierre.

Marguerite supposait que la mauvaise humeur de Kamenev était due aux raisons habituelles, c'est-à-dire au creusement des inégalités socioéconomiques dans le monde, à la présidence jupitérienne d'Emmanuel Macron, ou à d'autres aspects encore de la pensée complexe de son mentor. Mais en réalité, il était surtout de mauvaise humeur parce que Justine était parfaitement incontactable ces jours-ci – elle n'avait jamais le temps de lui répondre, *I'm afraid*, alors qu'elle avait apparemment tout le loisir de poster sur Instagram une photo de porridge aux myrtilles.

Par-dessus tout, il était extrêmement irrité de ce que la moindre vibration de téléphone portable lui occasionnât un brusque saisissement, comme si quelque chose en lui espérait fort qu'elle ait, tout à coup, le temps de lui répondre.

'Pierre', souffla brusquement Marguerite entre deux embardées du métro, 'est-ce que… est-ce que vous connaissez une soprano de mon âge qui chante bien le *Je veux vivre* ?'

'Non', broncha Kamenev. 'Je vous ai dit trente mille fois qu'à dix-sept ans, vous n'êtes pas prête. On dirait un petit chien qui cherche à faire tenir un ballon sur son nez parce qu'il veut ressembler à une otarie.'

'Dans votre scénario, Maria Callas est l'otarie ?'

'Tout ce que je dis, c'est ce que vous n'êtes pas prête, et que vous me bassinez depuis des semaines avec ce morceau pour lequel vous n'êtes pas prête.'

'Mais par exemple, des sopranos de mon âge qui auraient', insista Marguerite (et de rougir copieusement), 'qui auraient vécu plus de choses que moi ?'

'Comme quoi ?' bâilla Kamenev.

'Je sais pas.'

Marguerite leva les yeux au ciel, suppliant mentalement son professeur de faire un effort d'imagination.

'Juliette, dans l'histoire… elle n'a que quatorze ans !'

Kamenev haussa les épaules.

'Vous savez très bien qu'aucune soprano ne chante cet air avant d'avoir développé une gorge aussi musclée que le triceps de Schwarzenegger. Et pour cela il faut attendre. *Patienter.* Si vous savez ce que ça veut dire.'

'Oui… Oui, mais… est-ce que vous pensez', dit Marguerite si bas que Kamenev dut se pencher vers elle pour l'entendre, 'est-ce que vous pensez que potentiellement, une soprano – même une soprano adulte, genre super forte, vraiment, rien à dire, triceps de Schwarzenegger à la place des cordes vocales ; une soprano donc incroyable, mais – mais qui n'aurait rien connu du tout dans sa vie… est-ce que vous pensez qu'elle pourrait bien le chanter ?'

Kamenev se frotta les yeux.

'Vous me posez des questions étranges. Est-ce qu'une soprano fictive, très forte mais sortant d'une boîte à chaussures dans laquelle elle aurait été enfermée depuis sa naissance, pourrait chanter cet aria-là de Gounod en particulier ? C'est ça que vous me demandez ?'

'Non', s'épuisa Marguerite. 'Enfin oui, enfin non, mais… Oh, Pierre ! Je vous demande si vous pensez qu'on peut chanter le *Je veux vivre* sans avoir jamais connu l'amour.'

Pierre Kamenev, à ce moment-là, dut se concentrer sur quelque chose qui n'avait rien à voir – une publicité pour RedBull qui promettait aux banquiers épuisés de la City de les faire joyeusement travailler jusqu'à l'aube – pour ne pas sourire devant la détresse évidente de Marguerite.

Sa question, de plus, n'était pas idiote, et il lui vint à l'esprit que durant toutes ces années à tenter d'en faire une chanteuse lyrique hors pair, il avait un peu négligé de l'encourager à acquérir *l'expérience de vie* nécessaire à ce qu'elle ressente jusque dans son être ces airs qu'elle devait chanter.

'*Figaro, dear, look at my wedding veil…*'

Tout à coup il lui sembla que c'était justement cette absence qu'il sentait parfois, quand elle exécutait un aria impeccable, mais qui semblait porté uniquement par les muscles de sa gorge et de son ventre. Il remédiait en général à ce problème en lui disant d'être plus «expressive»; il ne lui était pas venu à l'idée que l'expression ne pouvait pas flotter toute seule, désincarnée, sans s'attacher, quelque part dans la poitrine, à des souvenirs réels de réels transports…

Oui, maintenant qu'il y réfléchissait, c'était toujours sur ces arias d'amour, ces petites musiques sentimentales, ces doux morceaux romantiques, que Marguerite bloquait.

Elle n'avait tout simplement jamais assez aimé.

Et lui-même, d'ailleurs – avait-il déjà assez aimé pour lui enseigner ce morceau?

'Peut-être qu'après votre séjour dans le grand Nord anglais', dit-il d'un ton badin, 'tout se débloquera d'un seul coup.'

'Pourquoi? L'air de la campagne?' ricana Marguerite.

'Non, plutôt la proximité de Cosmo Carraway.'

Marguerite le fusilla du regard; mais en même temps, l'idée n'était pas entièrement mauvaise. Si tomber amoureuse de Cosmo Carraway contribuait à son art de la plus élégante manière, alors il n'y avait pas de raison de se priver.

C'était même une obligation professionnelle.

'Et vous', dit-elle d'un ton rogue, 'vous voulez pas tomber amoureux aussi, qu'on soit tous les deux encore meilleurs?'

Mais Kamenev ne l'entendit pas, apparemment, sans doute à cause du bruit que faisait dans la rame un ado bourré en frappant avec une spatule sur une boîte de Weetabix en métal pour accompagner son braillement de *We Will Rock You*.

★

Un jour, Pierre rentra de la ville les bras chargés de sacs, de boîtes et de cartons.

'Tenez, c'est pour vous. Il paraît qu'il faut des vêtements spéciaux pour aller à la campagne.'

Marguerite extirpa avec stupeur, de chaque boîte en carton, de chaque sac à écusson, des vêtements et des tissus tous plus splendides les uns que les autres : blouse Roksanda ivoire en soie fine, pantalon taille haute Holland & Holland en laine grise, combishort de satin d'un vert crémeux Emilia Wickstead, robe Daks bleue à franges brodée de colombes, jupe tulipe Max Mara gris perle, robe longue Fendi dégradé de violets en lambeaux de mousseline, légère comme un souffle ; ballerines orgeat Salvatore Ferragamo, veste Barbour brun chocolat cirée, bottines montantes en cuir Purdey, carré Hermès multicolore, manteau d'été Bottega Veneta ruisselant de sequins, chapeau de satin, de feutrine et de tulle, rose sombre, d'un petit chapelier pour femmes de Savile Row.

'Mais d'où ça sort, tous ces trucs ?' s'étrangla-t-elle.

'On me les a donnés pour vous.'

'Qui, *on* ?'

'Le Père Noël. Et il paraît que c'était aussi nécessaire de vous donner ceci.'

Il produisit d'un sac une paire de grosses bottes en caoutchouc.

'À ce qu'il semble, nulle lady ne peut se promener dans la campagne sans bottes en caoutchouc.'

Il jeta nonchalamment sur la table une autre petite boîte.

'Et vous trouverez assez de bijoux là-dedans pour dévisser la rétine de tous les ducs du shire quand vous irez dans les bals.'

La boîte était remplie d'autres boîtes qui contenaient des dizaines de petits bracelets d'or, des boucles d'oreilles en émaux, des bagues fines ponctuées de petites pierres, ainsi qu'un collier merveilleux qui retenait au ras du cou une tranche de diamant délicatement veinée.

Assis dans un fauteuil du salon, Kamenev regardait Marguerite balbutiante ouvrir l'un après l'autre ces petits coffrets, effleurer du bout de l'ongle les maillons minuscules, chiffonner d'un doigt les tissus fins, ne pas oser sortir de leurs écrins les petites bagues. Et il revoyait le visage satisfait de Cosmo Carraway, une heure plus tôt, lui confiant tout ce trésor à la sortie d'un taxi : 'C'est vraiment furieusement sympathique de votre part de lui donner tout cela de ma part ; je le ferais moi-même, bien sûr, mais je dois filer au Parlement, je gère en ce moment avec Papa une crise absolument astronomique…'

'Il est tellement *gentil* d'avoir acheté tout ça pour moi', dit faiblement Marguerite.

À ces mots Pierre se fissura de part en part, ému et agacé à la fois. Il voulut lui dire qu'il ne fallait surtout pas être impressionnée par cette petite capsule, qu'elle avait coûté beaucoup et pourtant rien du tout à la personne qui la lui avait achetée, que c'était le genre de choses que ces personnes acquéraient en un après-midi, sans se poser de questions, pour se remettre de la perte d'un cheval ou célébrer une bonne fortune à Wall Street…

Mais ces mots restèrent bloqués quelque part dans sa gorge ; il ne pouvait pas gâcher à Marguerite ce moment si étrange et si neuf. Il se souvint brusquement d'elle à quatorze ans, assise sur le lit chez les Sableur, dans son jean porté par douze autres gamins avant elle, dans son pull Gap miteux acheté dans un magasin d'occasion. Il se souvint de son visage émerveillé quand il lui avait dit :

'Écoutez, je vous propose de vous prendre pour élève, parce que je pense que vous pouvez vraiment être quelqu'un de très important bientôt, une grande soprano : vous avez à la fois la voix qu'il faut et la bonne attitude.'

Personne n'avait jamais dit à Marguerite qu'elle pourrait vraiment être quelqu'un de très important un jour. Elle n'y avait pas du tout cru.

Et de fait, songea Kamenev en la voyant manipuler maladroitement toutes ces fanfreluches et cette verroterie, elle n'y croyait toujours pas, elle avait toujours besoin qu'on le lui rappelle, qu'on l'emmène là où, pensait-elle, le bon goût régnait pour l'éternité, où l'on n'était jamais dérangée par la laideur et la pourriture et la pauvreté et la mort.

Or c'était exactement ce que ce minable petit Carraway avait fait ; sans le savoir, il avait offert à Marguerite – qui à dix-sept ans ne pouvait pas plus en croire sa chance qu'à quatorze – cette perspective de grâce et de beauté éternelles à laquelle elle aspirait tant.

'Ça vous va très bien', dit Kamenev, dont la gorge brûlait, quand Marguerite osa enfin essayer le collier exquis, dont la tranche reposait exactement dans le creux, d'une blancheur de plume de cygne, entre ses deux clavicules.

'Ça va être bizarre de se promener avec un collier comme ça et des bottes en caoutchouc', rigola Marguerite.

'Pas plus bizarre que quand vous vous baladiez en baskets Lidl dans le foyer en chantant à tue-tête avec cette voix-là', dit doucement Kamenev.

'Vous êtes en train de me dire que ma voix est une tranche de diamant ?'

'Métaphoriquement.'

'J'avais des baskets Lidl ?'

'Vous ne vous souvenez pas ? Madame Sableur vous avait acheté des baskets Lidl toutes blanches imitation Nike, avec une sorte de virgule à l'envers, vous étiez très fière.'

'Ça devait être le summum du cool en effet', opina Marguerite.

Kamenev se leva, et, distraitement, récupéra ici et là des affaires, rangea son portefeuille, farfouilla dans les poches de son manteau.

'Vous repartez ?' demanda Marguerite.

'Je sors ce soir.'
'Ah bon ? Où ça ?'
'Au cinéma. Il y a une rediffusion d'un Tarkovski que je veux voir.'
'Tout seul ?'
'Hmm.'
Marguerite hésita.
'Vous voulez pas m'emmener ?'
Le bruit de la bouilloire pour le thermos de thé que Kamenev se préparait couvrit un peu sa réponse.
'Depuis quand vous vous intéressez à Tarkovski ?'
'Depuis jamais, mais j'aime bien le pop-corn.'
Kamenev oscilla d'une jambe sur l'autre.
'Je ne sais pas si je vais y aller finalement', dit-il. 'C'est vrai qu'il est tard.'
Il sortit son portable, qui vibrait, et le contempla comme s'il ne l'avait jamais vu auparavant.
'Tard ? Il est à peine sept heures et demie.'
'Pardon ?'
'Vous écrivez à qui ?'
'À personne.'
'Comment ça, à personne ? Vous tapotez votre écran pour lui faire un massage ?'
Kamenev leva les yeux au ciel.
'Écoutez, Marguerite, je ne vous ai pas dit toute la vérité. Je sors en effet ce soir, mais pas pour voir un film de Tarkovski. Je vais dîner avec quelqu'un.'
'*Quelqu'un* ?' Le visage de Marguerite s'alluma comme une torche. 'Ou quelqu'*une* ?'
'Quelqu'une', admit Kamenev.
'Oh, Pierre !' s'écria Marguerite, tout sourires. 'Vous auriez dû le dire tout de suite ! Et alors, dites-moi, elle vous a expliqué l'origine de ce tatouage ?'
Kamenev se raidit sensiblement.
'Je ne vois pas de quoi vous voulez parler.'

'Vous voyez très bien', chantonna Marguerite. 'Est-ce que Justine vous a…'
'Il ne s'agit pas de Justine', coupa Pierre.
Marguerite le dévisagea.
'Qui alors ?'
'Rachel Greenblatt. Vous savez, l'Américaine.'
Marguerite écarquilla ses grands yeux clairs, et Kamenev, non sans inquiétude, vit sur le visage de son élève se modeler une expression soupçonneuse.
'Ah bon', murmura-t-elle. 'C'est cool.'
'Je peux annuler, si vous préférez que je reste.'
'Non, non !' s'écria Marguerite. 'Mais alors', et elle le regarda à nouveau dans les yeux, 'les autres jours, quand vous partiez… vous étiez aussi avec Rachel Greenblatt ?'
Kamenev toussota.
'Parfois.'
'Parfois', répéta Marguerite. 'D'accord.'
Elle se triturait les mains.
'Vous ne m'aviez jamais particulièrement parlé d'elle.'
'Ah bon ? Peut-être pas, en effet. Je n'ai pas fait attention.'
Il aurait souhaité qu'elle le fixât avec moins de méfiance.
'Mais pourquoi – enfin, je veux dire, pourquoi vous ne m'avez pas invitée, moi ?'
'Je ne sais pas', dit Kamenev, 'je ne pensais pas que ça vous intéresserait, de parler avec des vieux comme nous.'
Silence. Marguerite eut un petit rire.
'Parce que vous parlez de quoi ?'
'Oh, de choses diverses… Vous savez, elle connaît des tas de gens dans la musique classique. Elle me disait encore hier qu'elle avait rencontré Golda Schulz à une soirée.'
Marguerite hocha la tête, l'air à présent tellement circonspecte que Kamenev se demanda si elle avait accès, magiquement, à toutes les pensées conscientes et inconscientes qu'il avait dans la tête. Ce n'était pas la première fois, soit dit en passant, qu'il soupçonnait la jeune femme de télépathie intrusive à son égard.

'Cool', murmura Marguerite.

'Elle dit que si on venait lui rendre visite à New York, elle pourrait sans problème nous présenter à des personnes.'

'On a besoin d'être présentés à des personnes ? Depuis quand ?'

'Écoutez, je ne sais pas, mais je pensais que ça vous ravirait, vous qui aimez tellement tout ce qui brille.'

'Pourquoi elle s'intéresse tant à vous ?'

'Pourquoi, pourquoi !… Il faut croire que certaines personnes me trouvent d'agréable compagnie, qu'est-ce que vous voulez que je vous dise ? Je sais que ça vous paraît impossible à imaginer.'

'Pas du tout', murmura Marguerite, harnachant son regard franc dans celui de Kamenev. 'Vous savez très bien qu'il n'y a pas de compagnie que je préfère à la vôtre.'

'Ah ?' fut tout ce que Pierre trouva à dire.

Et durant un bref instant il chercha ses mots, mais son portable grésilla à nouveau. Marguerite le regarda, effarée, s'en saisir et pianoter dessus.

'Mais, et Justine ?' s'exclama Marguerite. 'Vous ne voyez plus Justine ?'

'Justine ne donne pas de nouvelles', murmura sombrement Kamenev.

'Je pense qu'il faut que vous la relanciez', dit Marguerite avec ferveur. 'Je crois que Justine et vous…'

'Bon, Marguerite', interrompit Kamenev, 'vous voulez venir avec moi ce soir ?'

'Non, ça a l'air de vous gaver.'

'Ça ne nous gave pas du tout', soupira Pierre.

'C'est *nous* maintenant ?'

'Nous quoi ?'

'Rachel et vous.'

'J'ai l'impression d'avoir accidentellement glissé dans une scène de comédie romantique', dit Kamenev. 'Marguerite, ma chère, ne me faites pas une crise parce que j'ai *une* autre amie que vous !'

'Une amie qui essaie de vous attirer à New York avec elle?'
'Pas du tout', dit Pierre sans conviction.
'Je crois bien que si', siffla Marguerite. 'Et de vous séparer de moi!'
Rire pâle de Kamenev.
'Mais non, elle veut justement vous faire entrer dans les réseaux qui…'
'Je n'y crois pas une seconde. Elle vous veut pour elle, Pierre! Je le sens.'
'Vous dites n'importe quoi. Vous ne connaissez même pas Rachel; elle est absolument charmante. C'est fou comme vous jalousez.'
De la racine des cheveux jusqu'au col de sa robe, Marguerite se sentait brunir de rage comme un sablé au four.
'Jalouse, moi!' finit-elle par souffler. 'Personne au monde ne vous souhaite plus que moi que vous tombiez enfin amoureux! Mais rien qu'à vous regarder parler de cette femme, je flaire l'arnaque. Rien qu'à vous entendre dire qu'elle est absolument charmante, je sens que c'est du toc. Vous n'utilisez jamais ce genre de langage, Pierre!'
'Qu'est-ce que vous en savez? Peut-être que maintenant, si.'
'Bien sûr! Et Justine? Vous la trouvez comment, Justine?'
Pierre leva les yeux au ciel, soupira profondément.
'Introuvable.'
'Cherchez mieux', dit Marguerite. 'Laissez tomber l'autre charmante et relancez Justine, ou vous le regretterez.'
'Laissez-moi tranquille avec ça. Vous n'y connaissez rien à rien, parce que… parce que vous perdez votre temps à vous imaginer des bluettes et des histoires d'amour là où il n'y a rien d'autre qu'une… qu'une concordance des goûts et des intérêts.'
'Oh, *Pierre*!' gronda Marguerite, la tête dans les mains.
'Rachel et moi, nous nous entendons bien, c'est tout. Et elle connaît beaucoup de monde qu'elle peut me présenter.'
Marguerite hocha la tête.

'Ce qui est bien, c'est que Cosmo aussi connaît beaucoup de monde qu'il peut me présenter', lâcha-t-elle finalement.
'Eh bien tant mieux', murmura Kamenev.
'J'en conclus que vous ne venez pas avec moi dans le Yorkshire ?'
Elle s'occupait à plier et déplier et replier des vêtements, qui lui semblaient presque vivants, frémissant entre ses doigts, pendant que Kamenev se grattait la tête. Elle s'efforça de ne pas faire voir à quel point elle avait envie de poser, comme on lâche un gros sac à dos après une longue journée de randonnée, le poids qui s'était accumulé au cours de ces deux dernières semaines.
'Écoutez', reprit Kamenev, 'après mûre réflexion, je me suis dit que nous avions tous les deux besoin de vacances.'
'C'est vrai', dit Marguerite. 'Et donc vous venez ou pas ?'
Kamenev la regarda, ouvrit la bouche, la referma. Toussa. Toussa encore.
Marguerite comprit alors, vu que Kamenev n'était pas du genre à tousser comme ça (sauf quand il lui montrait comment bien imiter une tuberculeuse).
'D'accord', dit-elle. 'Donc, vous… vous êtes sérieux ? Vous ne venez pas ?'
Il y eut encore un silence, puis Kamenev, qui s'était tourné vers le jardin, articula :
'Un peu de vacances ne nous feront pas de mal. Et ça n'endommagera pas votre voix, surtout si vous faites bien vos exercices de base tous les jours.'
La calamité de cette déclaration chemina jusqu'à la conscience de Marguerite.
'Pierre !'
Elle avait traversé toute la pièce et s'était campée devant lui, tenant encore ses bottes à la main.
'Pierre, vous ne pouvez pas faire ça, vous êtes payé pour rester avec moi !'
'Vous savez très bien que je suis payé pour faire le quart des heures que je fais avec vous.'

La pensée qu'il ait pu compter ses heures frappa Marguerite en plein dans le plexus solaire.

Il releva la tête, les yeux très fixes :

'Vous avez fait votre choix – Marguerite, non, arrêtez, vous savez très bien que je suis imperméable à vos larmes – ; vous avez fait votre choix et cela n'a rien de dramatique ; simplement, je ne viendrai pas traîner avec les aristocrates dégénérés de ce pays.'

Marguerite pleurait en effet, mais plutôt de rage que de tristesse. Elle s'aperçut à ce moment précis à quel point elle n'avait pas cru que Kamenev l'abandonnerait.

Et à ce mot, *abandon*, qui lui vint à l'esprit et appelait tant d'autres épisodes douloureux de sa vie passée, elle s'effondra sur une chaise, sonnée.

'Vous avez encore la possibilité de ne pas aller rejoindre votre lord', dit Kamenev sommairement.

Elle le fixa du regard, balança, s'apprêta à répondre…

… mais voilà qu'il avait reçu un autre texto.

Et qu'il y répondait.

'Hors de question', dit-elle. 'Je partirai comme prévu.'

'Alors c'est entendu.'

C'était entendu.

Acte III

1

Le jour du départ, il pleuvait épais, comme des gouttes de graisse, sur les vitres du train qui emmenait Marguerite, Bertie et Pebbles depuis la station de Londres Kings' Cross jusqu'à celle de Thirsk.

Tout le monde était de fort mauvaise humeur.

Bertie, d'abord, dont on avait forcé les pieds à entrer dans des chaussures « couleur crotte », et qui de plus n'avait pas eu le droit à un snack salissant, car il portait une jolie chemise nouvelle bien repassée : il devait donc se contenter de tranches de mangue séchées, qu'il observait avec une perplexité non dissimulée.

'Mais tu vas tellement t'amuser à la campagne !' lui avaient garanti ses parents. 'Et tu y vas avec Marguerite, tu te rends compte ? Elle te chantera des chansons comme Mary Poppins !'

Marguerite n'était pas mécontente d'avoir été castée dans le rôle de Mary Poppins, même si Bertie semblait trouver la perspective un peu terrifiante.

Pebbles était très malheureux aussi, parce qu'on l'avait casé dans un petit harnais à motifs écossais plus massif que ses petites jambes n'étaient longues, de sorte qu'il se tortillait bêtement sans pouvoir avancer. (Cela dit, le matin même, il avait été patiemment shampouiné par une toiletteuse pour chiens nommée Brianna, et pour compenser l'horreur du harnais il faisait l'effort, couché sous le siège, de se rappeler ces moments où les longs faux ongles de Brianna lui avaient raclé sous l'eau tiède l'arrière de l'oreille.)

Quant à Marguerite, après avoir été très excitée par la perspective de prendre le train dans la gare d'Harry Potter, à quelques mètres du quai 9 ¾, elle avait rapidement déchanté : la file était interminable, tout ça pour se faire prendre en photo près du moche demi-chariot à bagages encastré dans le mur, et il y avait là un étudiant dont le job d'été consistait à fournir aux fans une écharpe Gryffondor probablement pouilleuse, et il fallait aller très vite, et tout cet arrangement rappelait à Marguerite les files d'attente dans son école primaire sinistre pour se faire servir une flaque de purée glauque par une cantinière brusque. Le quai 9 ¾ était juste à côté d'un magasin Harry Potter où tout était laid et en plastique et coûtait des fortunes ; elle était très déçue, il n'y avait vraiment plus rien à espérer dans ce monde si même les lunettes d'Harry, en plastique, sans verres, étaient désormais vendues quasiment pour le prix d'une paire normale.

Kamenev les avait accompagnés jusqu'à l'intérieur du train. Au moment des adieux, il tenta un *hug* embarrassé – elle s'offusqua de ce geste étrange, trop britannique dans sa rigidité, trop étranger dans leur relation. Elle avait retiré son écharpe.

'Vous n'avez pas froid ?' fut la réaction réflexe de Kamenev.

'Pas du tout !' répondit-elle férocement.

'Vous êtes sûre que vous n'avez pas de la fièvre ? Vos joues ont la même couleur que les sièges.'

(C'était un train Virgin.)

'Laissez-moi tranquille', grommela Marguerite.

'Est-ce que vous vous disputez ?' demanda Bertie en anglais.

'Non, on se dit au revoir', répondit Marguerite qui éparpillait les affaires du petit garçon sur la table, prenant son rôle de Mary Poppins très au sérieux. 'Tiens, colorie l'écureuil. Pas en vert.'

'Vous pouvez vous dire au revoir en vous embrassant comme des amoureux si vous voulez', lança Bertie qui coloriait déjà l'écureuil en vert.

Marguerite ricana.

'Merci de ton autorisation, mais on va éviter.'

'Est-ce que vous êtes amoureux ?' demanda Bertie, qui coloriait maintenant les yeux de l'écureuil en rouge.

'La curiosité a tué le chat', récita Marguerite (c'était une expression qu'elle avait apprise en demandant à Justine le sens du nom du café à chats de Niamh).

'Mais est-ce que vous êtes amoureux ?' insista l'enfant, toujours en anglais, si bien qu'on ne pouvait pas savoir s'il avait dit cela, ou 'Est-ce que tu es amoureuse ?'

'Et toi ?' demanda Marguerite.

'Moi non, pas en ce moment', répondit Bertie d'un ton las. 'Mais Pierre et toi, vous êtes amoureux ?'

'Bien sûr que non', dit-elle à Bertie. 'Pierre est mon professeur. T'es amoureux de ta maîtresse, toi ?'

'Ben oui', dit Bertie en hochant la tête. 'Enfin, parfois.'

'OK', rigola Marguerite. 'Eh ben, nous, c'est pas pareil. On est juste meilleurs amis.'

'Comme moi et Iestyn', conclut Bertie, faisant référence à un garçon de sa classe qui avait partagé avec lui son Mars la veille.

'Voilà', dit Marguerite.

'Mais vous avez quand même l'air tristes de vous séparer', observa Bertie.

À cela ni Marguerite ni Kamenev ne put répondre. La voix métallique du conducteur annonçait aux voyageurs que le train allait bientôt s'ébranler.

'Au revoir', redit Marguerite.

'Ciao', dit Kamenev, et il lui fit un signe de la main, et sortit du wagon.

Il ne resta pas sur la rame pour regarder le train partir ; du moins, Marguerite ne le vit nulle part. Mais cela ne voulait pas forcément dire qu'il n'était pas resté, hors de vue, à faire exactement cela.

'Pourquoi tu pleures ?' demanda Bertie.

'Je pleure pas, il m'a plu sur le visage.'

'T'as les yeux tout rouges.'
'Ton écureuil aussi.'

*

Cosmo les attendait à la gare. Il portait un pantalon de velours cramoisi, droit comme un I sur ses jambes minces, qui menait d'un côté à une chemise d'un blanc étincelant et de l'autre à des mocassins en cuir. Ses cheveux fins chatoyaient sous le soleil d'une pâleur d'endive qui filtrait entre les nuages, et Marguerite remarqua qu'il avait bronzé, même si elle ne comprenait pas trop comment, étant donné le temps grisâtre qu'il avait fait depuis plusieurs semaines. Il s'était laissé pousser une petite barbe, d'un blond sombre, et quand il embrassa Marguerite à la française, elle sentit sa gorge se serrer brutalement au contact doux-piquant, qui faisait ondoyer à travers tout son corps une surprenante et inconnue résonance.

Cosmo, hermétique à ce trouble, tapota la tête de Bertie à qui il fit immédiatement miroiter, sur le chemin de la voiture, de longues balades en poney avec les enfants d'Imogen.

La voiture n'était pas une Rolls Royce, constata Marguerite (qui pour une raison ou pour une autre avait eu en tête qu'on viendrait les chercher avec un chauffeur), mais un vieux 4x4 qui sentait l'essence et dont les sièges étaient constellés de poils de chien. À l'arrière, où Bertie et Pebbles se tassèrent, on avait balancé de nombreuses bottes en caoutchouc vert, et dans le coffre ouvert sur le ciel se trouvaient plusieurs malles en métal d'apparence militaire.

'J'ai dû prendre la voiture de chasse de Papa, on n'a pas dix mille voitures ici', expliqua Cosmo en embrayant. 'Il y a la petite Mazda, mais Imogen l'a réquisitionnée pour aller sur la côte tout à l'heure. Et puis sinon il y a la Gallardo et l'Aston, mais on n'aurait pas tous tenu dedans.'

Marguerite ne savait pas ce qu'était une Gallardo ni une Aston, mais elle se douta que Kamenev aurait désapprouvé.

'Ça m'a l'air d'être une jolie petite ville, Thirsk', dit Marguerite en regardant autour, alors que l'énorme voiture s'extrayait péniblement du parking.
'*It's a dump*', répondit laconiquement Cosmo.
(*C'est une décharge publique.*)
Ils quittèrent la *décharge*, traversèrent plusieurs banlieues résidentielles aux petites maisons rouges identiques à fenêtres de plastique, et se retrouvèrent bientôt en rase campagne, entre de longues étendues de champs bien découpées par des haies ébouriffées. Le bras de Cosmo, quand il passait les vitesses, se raidissait de manière tout à fait attractive, contractant le dos de sa main en une jolie étoile de tendons, et rayant son avant-bras d'une petite vallée de muscles. Il conduisait comme quelqu'un qui a l'habitude de prendre des virages serrés dans des routes de campagne, et Bertie commença bientôt à prendre la même couleur que les bottes entassées à leurs pieds, ce qui inquiétait un peu Marguerite.

Tout à coup, une énorme bâtisse vint se mettre en travers du chemin de la voiture, et ils furent invités à descendre.

Elms Heights était un gigantesque édifice de style géorgien, présentant une façade rectangulaire, sérieuse, poinçonnée de grandes fenêtres elles aussi rectangulaires. Il était bien plus long que large, et au milieu de sa longueur une entrée s'avançait vers l'allée, chapeautée d'un auvent en triangle soutenu à dix mètres du sol par quatre imposantes colonnes. Il fallait gravir cinq marches pour arriver à la lourde porte de bois sculpté.

Toute la demeure était de pierre grise, çà et là zébrée de noircissures. Elle ne comptait que deux grands étages, qui laissaient présager des plafonds hauts ; et tout en haut, une ligne de plus petites fenêtres, à l'une desquelles Marguerite aperçut une ombre près d'un rideau – sans doute les quartiers des domestiques.

'Je n'ai jamais vu un manoir aussi énorme', murmura Marguerite.

'Oh, il est minuscule !' rigola Cosmo. 'Ce n'est pas vraiment un manoir, plutôt une maison de campagne.'

'Les maisons de campagne ne ressemblent pas à ça, en France', dit Marguerite.

'Ah bon ? Et à quoi ressemble votre maison de campagne ?' demanda distraitement Cosmo, qui la menait en haut des escaliers tandis que derrière Bertie faisait déjà attraper une baballe à Pebbles.

'Je n'ai pas de maison de campagne', dit Marguerite.

'Ah ? *funna*.'

Et puis il se souvint d'où venait Marguerite.

'Bien sûr', dit-il, 'je suis infiniment désolé, j'ai tendance à penser que tout le monde a une petite maison de campagne qui traîne.'

Pour masquer son embarras, il fit pivoter Marguerite d'un geste adroit du poignet, pour qu'elle admire la vue depuis le haut des marches.

'Bienvenue', lui dit-il, 'dans le derrière de l'au-delà.'

Marguerite gagea que cela voulait dire dans *le trou du cul du monde*, mais si c'était le cas, alors c'était un trou du cul qui avait de l'allure, car il déployait, au bout de l'allée de graviers large et blanche où Cosmo avait garé la voiture de travers, un paysage lunaire, magnifique, qui étageait des plateaux de toute une gamme de verts différents et des falaises de roche jusqu'à l'horizon ; et sur ce paysage, quelqu'un avait saupoudré plusieurs petits animaux blancs sur lesquels le regard jouait plaisamment à saute-mouton.

Cosmo confirma qu'il s'agissait, en effet, de moutons.

'Les landes du Yorkshire', dit-il en bâillant. 'Un spectacle d'un consternant ennui.'

'Mais non', pipa Marguerite, 'c'est magique…'

'Meh ! On s'y fait', dit le jeune lord. 'Enfin bref, c'est à peu près tout.'

Il lui reprit le bras.

'Derrière la maison, il y a la piscine, tout ça, et puis les jardins et les serres, mais j'imagine que vous avez déjà vu des fleurs dans votre vie. Je vais vous montrer votre chambre.'

Cosmo conduisit ses invités à travers la porte de bois noble (doublée par une porte de verre plus sécurisée), et ils se trouvèrent dans un hall sublime, sombre et résonnant, dont le sol de carrelage luisait rose et jaune comme une mosaïque orientale. Au-dessus de leurs têtes pendait un lustre dont les cent mille pampilles semblaient avoir été nettoyées l'une après l'autre à la brosse à dents. De part et d'autre du hall d'entrée se trouvaient deux longues pièces, où des sofas potelés et des petits fauteuils crapaud, couleur mimosa, étaient disposés de manière parfaitement symétrique autour de tables basses en acajou, sur de grands tapis orientaux. Chacun de ces salons jumeaux se terminait par une cheminée massive, qui supportait un ou deux bustes et des rivières de fleurs dans des vases en cristal taillé. De grands miroirs à cadre d'or, au-dessus des cheminées, reflétaient la vue blanche et verte par les fenêtres.

'C'est absolument incroyable, tout cet espace', dit Marguerite.

Cosmo haussa les épaules.

'C'est surtout absolument inconvénient, on perd sans cesse des objets ; l'autre jour, j'ai mis deux heures à retrouver mon iPhone qui avait glissé entre les coussins du sofa de gauche.'

'Dans de telles circonstances, ça ne me dérangerait pas de perdre mon iPhone dans l'un de ces sofas', dit Marguerite qui n'avait de sa vie jamais eu ni d'iPhone ni de sofa.

'Il faut déjà y être en position horizontale', dit Cosmo.

Illico Marguerite se consuma d'embarras.

Le remarquant, Cosmo lui fit un clin d'œil.

'N'y voyez rien de mal', dit-il, 'j'étais simplement en train de faire une sieste.'

Il soupira.

'Mais j'avais oublié sur quel canapé. Il y a, je crois, dix-sept canapés dans cette satanée maison.'

Il continua à lui faire visiter la maison, et peu à peu, à son bras, Marguerite s'épanouit de bonheur. Comme elle était différente, cette visite, de celle que lui avait fait faire Katherine Dodgson dans leur atroce petite bicoque ! Ici, pas de moquette dangereuse, pas de chasse d'eau flemmarde, pas de chambres grassement marquées par les mémoires des posters de jeunes filles passées. Tout était d'une impeccable beauté, d'un luxe et d'un ordre parfaits – sans extravagance, non, de cette beauté ciselée, contenue, de qui a confiance en sa richesse, de qui a conscience de sa richesse, et ne songe pas à en faire un étalage clinquant.

'Je trouve ces tapisseries d'un vieillot abominable, pas vous ? J'ai plusieurs fois demandé à Papa de les changer, de repeindre tout un mur en bleu canard, je ne sais pas, quelque chose de moderne, mais il dit que c'est dans la famille depuis des générations, alors... Et cette scène de chasse, qu'en pensez-vous ? On dit que c'est mon arrière-arrière-grand-père, dans ce costume rouge sur le cheval pommelé. C'était à l'époque où les renards avaient encore du souci à se faire, bien sûr... Mais je pense que je suis assez d'accord avec l'interdiction, pas vous ? Après tout, ces pauvres petites bêtes n'ont rien fait à personne ! Ah, et là c'est le bureau de Papa, nous ne pouvons pas entrer, il doit encore y être... Quant à Maman, j'imagine qu'elle est dans la bibliothèque, comme toujours. On ira dans un instant. À moins qu'elle ne soit au jardin ? Cette chinoiserie que vous voyez là se trouve être ridiculement chère – Papa l'a fait expertiser récemment, on était très surpris. D'accord, on se doutait que c'était de l'ivoire et de l'ébène ; mais bon, tout de même. Mais ce qui vous intéresse le plus, bien entendu, c'est le salon de musique...'

Il poussa une porte.

Le salon était niché dans l'un des angles du bâtiment, au deuxième étage. Il n'était que lumière d'un blanc assourdissant ; chaque fenêtre, comme un tableau particulier, offrait une vue différente sur les champs, les jardins et les landes. De l'autre côté, tous les murs étaient recouverts d'étagères en bois protégées par des grilles, sur lesquelles s'entassaient –

'Des milliers de partitions !' s'émerveilla Marguerite.

'Oui, c'est assez délirant', dit Cosmo en levant les yeux vers le plafond, qui était décoré d'une fresque ornée de muses baguenaudant dans un ciel beaucoup plus bleu que celui du Yorkshire. 'On ne sait pas du tout quoi en faire. Certaines sont signées, du coup on ne peut pas les jeter ; je vous montrerai la dédicace de Moussorgski, elle est à mourir de rire. Il devait être bourré, comme d'habitude. Il me semble aussi, ça risque de vous intéresser, qu'on a un joli exemplaire de concert de *Pelléas et Mélisande* avec les gribouillis du bonhomme dessus – le bonhomme, je veux dire Debussy –, je ne sais pas comment on s'est retrouvés avec ce truc, c'est l'arrière-grand-tante de Maman, je crois, qui avait de bonnes relations avec toute cette clique…'

Pendant qu'il parlait, négligemment adossé à l'une des bibliothèques, Marguerite effleurait le piano comme on caresserait un buffle sauvage, du bout des doigts et une expression de terreur sur le visage. Elle avisait aussi un clavecin splendide, si petit qu'on l'aurait dit de poche, dont le couvercle ouvert laissait voir une scène bucolique où un faune à pipeau séduisait une nymphette. Plus loin, un violoncelle debout, une flûte traversière, des lutrins squelettiques en acier et deux chevalets en bois, et un pianoforte très ancien aux touches jaunes comme de vieilles dents.

C'était le paradis.

'Vous pouvez venir jouer quand vous voulez', dit Cosmo. 'Réveillez un peu les bergères sur la toile de Jouy.'

Bzing, bzing ! Bertie s'était faufilé jusqu'au clavecin, attiré par l'ironie des touches noires et blanches inversées.

'BERTIE !' hurla Marguerite horrifiée, et elle se précipita pour enlever l'enfant, comme on arrache une prémolaire, au tabouret matelassé de velours rouge.

'Ne vous inquiétez pas, l'instrument doit être ravi d'être un peu taquiné !' dit un Cosmo rigolard, mais dont les joues s'étaient cependant vidées presto de leur joli rose. 'Enfin, à l'avenir, Bertie, je te conseille plutôt le piano électrique de la salle de jeux, il fait plein d'effets très marrants.'

Pour occuper le petit garçon, il lui fit faire un tour de la pièce :

'Tu vois, les soirs de récital, on amène une petite trentaine de chaises ici, pour que les gens puissent joyeusement s'ennuyer à écouter de grands musiciens jouer leurs airs… Je plaisante, bien sûr, on ne s'ennuie jamais ; mais disons qu'il vaut mieux avoir un bon verre de porto à disposition. Enfin, tout cela doit te paraître bien fastidieux, à côté de tout ce qui se passe à Londres.'

'Est-ce que t'as une PlayStation !' demanda-déclara Bertie.

'Bien sûr, et un casque de réalité virtuelle', répondit Cosmo. 'Dans la salle de jeux. Tu y joueras avec les enfants d'Imogen.'

'Un CASQUE de RÉALITÉ VIRTUELLE ?' s'étrangla le petit garçon.

Cosmo se retourna vers Marguerite.

'Vous venez ? Vous reviendrez quand vous voulez, bien sûr, mais je vais vous conduire à votre chambre…'

Marguerite s'était arrêtée près de l'un des lutrins de bois.

'Qu'est-ce… Qu'est-ce que c'est que ça ?' demanda-t-elle d'une voix blanche.

'Quoi donc ?'

'Cette partition.'

Cosmo s'approcha, jeta un œil distrait à la partition exposée sur le lutrin.

'Oh, c'est encore une de ces paperasses accumulées par mon arrière-grand-tante. C'était elle, la collectionneuse, comme je disais. Tiens, on dirait que c'est en français.'

'C'est le *Je veux vivre*', murmura Marguerite.

Elle effleura du doigt le papier, épais et gondolé comme une feuille d'automne. Ses yeux brillaient doucement, bien posés sur ses pommettes hautes.

'Ça m'a l'air d'être un manuscrit original de Gounod', dit Cosmo d'un ton las. 'C'est impossible à déchiffrer. Ce qu'ils écrivaient mal !'

'C'est incroyable', reprit Marguerite ; 'Gounod lui-même aurait écrit ces lignes ?'

'Il aurait pu mieux s'appliquer', dit Cosmo.

Marguerite fronça les sourcils.

'C'est drôle, comme coïncidence. C'est un aria que je n'arrive pas à maîtriser.'

'Ah, vraiment ?' dit-il avec un étonnement poli. 'Je suis surpris qu'il y ait encore des airs qui vous résistent.'

'Celui-là est horriblement difficile. Pierre me dit que je ne suis pas prête.'

Cosmo plissa les lèvres.

'Pierre doit vous sous-estimer. Il me semble impossible de croire que vous ne puissiez pas être maîtresse de ces quelques pages d'ici la fin du séjour.'

Marguerite ricana sombrement.

'C'est pourtant absolument impossible, surtout sans lui.'

Les globes oculaires de Cosmo effectuèrent une rapide et boudeuse rotation.

'Sans lui, sans lui – et qui vous dit que ce n'est pas une libération, *sans lui* ? Peut-être que justement vous y arriverez bien mieux. Tenez, vous savez quoi ? Je vous fais une promesse – ou plutôt, je vous demande de m'en faire une. À la fin de ces deux semaines, vous donnerez un récital ici même, à la famille et à une petite grappe d'amis proches – et vous nous ferez le... ce morceau-là, le *Je veux vivre* !' ('*Je viou viveur*')

'Mais c'est impossible', répéta Marguerite.

'Bien sûr que non. Je vous ferai trouver un professeur ici, et il vous l'apprendra. Vous le sortez d'où, ce Kamenev, de toute façon ? Je suis sûr qu'on trouvera quelqu'un qui s'occupe de l'opéra de Leeds, ou d'Edimbourg. Allez, nous ferons ça, c'est entendu.'

Et ayant ainsi remplacé Kamenev d'un large geste de la main, il l'emmena dans sa chambre.

'Bertie dormira dans la nursery avec les autres enfants, bien sûr.'

Bien sûr. Marguerite, quant à elle, avait droit à « la chambre blanche et jaune » – il était amusant, nota Cosmo, que son prénom veuille dire *daisy*, exactement comme la fleur symbole de cette chambre-là, dont les murs étaient tendus d'une soie aussi brillante que les plumes d'un poussin. Le lit, à baldaquin, couinait quand on y posait une fesse.

'Tu vas dormir dans tout ce lit ?' s'épata Bertie.

'Je ferai de mon mieux pour m'étaler', promit Marguerite. 'Oh, Cosmo, c'est totalement fou, j'ai l'impression d'être dans tous les livres et les films à la fois.'

'Ces vieilles chambres sont un cauchemar absolu', dit Cosmo. 'Je vous jure qu'après deux nuits, vous me réclamerez un duvet hypoallergénique et un matelas en mousse à mémoire de forme.'

Elle s'aperçut que quelqu'un avait déjà livré sa valise, dont elle avait entièrement oublié l'existence, et l'avait posée dans un coin de la pièce.

'Heureusement, Papa a un peu fait rénover la salle de bains, il y a une douche à l'italienne et tout ce qu'il faut. Vous la partagerez avec moi, ma chambre est de l'autre côté du couloir. J'espère que ça ne vous dérange pas –'

'Pas', monosyllaba absurdement Marguerite.

Cosmo sourit.

'Alors tant mieux', dit-il. 'Moi non plus, *pas*.'

2

Sans crier gare, Justine s'était échappée pour Bruxelles. Sa mère semblait s'y trouver dans un certain état d'anxiété, ayant – peut-être – réussi à retrouver un boulot de lobbyiste, mais pour une firme irlandaise, ce qui l'obligerait à déménager à Dublin. Pas idéal pour Bertie, ni pour le père de Bertie.

Face à ce possible changement de vie, Katherine avait invité sa fille à la retrouver dans un Pain Quotidien de Bruxelles, pour discuter.

'Je ne serais pas si inquiète si Bertie avait dix ans de plus', se lamentait Katherine. 'Ah ! si seulement j'avais fait gaffe, au lieu de me croire tranquillement ménopausée !'

'Maman', fit remarquer Justine, 'tu ne peux pas regretter la naissance de Bertie, c'est pas très gentil.'

'Lui non plus n'a pas été très gentil de se pointer alors que je pensais mon utérus à la retraite.'

'*Mum ! For goodness' sake !*'

'Et ce n'est pas le seul problème. J'ai l'impression de vous laisser tomber à un moment où vous prenez toutes les décisions les plus stupides du monde. Comme cette absurdité de mariage entre ton frère et Cannelle.'

Justine se mordit la lèvre. Tout n'allait pas au mieux entre Matt et Cannelle, ces temps-ci – elle avait dû passer beaucoup de temps en compagnie de la jeune Française, qui s'estimait lésée, voire menacée, par la relation entre Matt et Niamh.

'Dis-moi, Justine : c'est simplement parce qu'elle est française, non ? Pour une bête question de passeport ?'

Justine plongea la tête dans la bassine de café qu'elle avait commandée.

'Tu sais, les bêtes questions de passeport, ça peut être un plus appréciable dans une relation amoureuse.'

'Mais ils sont vraiment amoureux ?'

'Écoute, Maman, oui, j'imagine, enfin c'est leur affaire.'

'Je ne comprends rien à votre génération !' dit Katherine en secouant la tête. 'Vous allez sans doute vivre quatre-vingt-dix ans, et vous vous mariez à tour de bras, à vingt-quatre ans, comme dans les années quarante ! Nous qui pensions vous avoir sortis de là par notre mauvais exemple ! Vous n'avez pas vu tous nos divorces ?'

'Je ne sais même pas pourquoi on parle de ça', grogna Justine. 'Je croyais qu'on devait débriefer ton nouveau boulot.'

'Et je m'inquiète pour toi aussi', ragea Katherine. 'À quoi va te servir ton diplôme en langues, dans un pays où tout le monde se fout éperdument des langues ? Surtout après le Brexit. Tu parles français, *big deal !* Qui va t'embaucher ?'

'Je pourrai toujours partir sur le continent.'

'Pour faire quoi, serveuse ? Non, même pas, tu n'obtiendrais pas de visa pour être serveuse… Pour *bien* travailler en France, où tout est bouché, il faudrait que tu sois encore meilleure que tout le monde là-bas. Ou que tu fasses un master en France. Mais Dieu sait si on n'a pas d'argent pour te payer un master…'

'Je sais', interrompit Justine avec plus de dureté que dans son intention.

'En fait c'est toi', dit Katherine en regardant fixement sa fille, 'qui devrais épouser un Français ! Stratégiquement, c'est toi qui en bénéficierais le plus, de ce passeport.'

'Maman, sérieux, on dirait que tu nous prends pour des cyniques complets !' lança Justine d'un ton qu'elle voulait plein d'humour, mais où pointait une certaine fierté.

'Moi qui avais juré de ne plus jamais faire cette erreur', dit Katherine.

'Quelle erreur ?'

'Le mariage.'

'Je ne comprends rien', dit Justine reposant son verre de jus d'orange, 'tu es dans tous tes états, on dirait une véritable Européenne. Un peu de flegme, enfin ! Pourquoi tu m'as fait venir ? Qu'est-ce qui ne va pas, Maman ?'
'Ça va très bien !' répliqua Katherine Dodgson. 'Mais…'
'Mais quoi ?'
Alors sa mère soupira, et fouilla un instant dans sa poche. Elle en sortit une petite boîte cubique, dont la forme était reconnaissable. Et en effet, quand Katherine ouvrit la boîte, Justine vit une petite bague de fiançailles, d'or blanc, avec un diamant aux reflets verts.
Sa mère la regardait comme si elle craignait à tout instant qu'elle lui explose au visage.
Puis elle dit ces mots étonnants :
'Je ne vous l'ai pas dit, mais ça fait plus d'un an que je sors avec un Belge.'
Justine écarquilla tellement les yeux qu'elle sentit sa frange lui brosser le globe oculaire.
'Tu sors avec un Belge ?!'
'Il s'appelle Bruno', dit rapidement Katherine, 'et on est divorcés tous les deux, donc c'était hors de question qu'on recommence à faire n'importe quoi… et puis voilà que l'autre jour il m'a offert ça, et je ne sais absolument pas quoi en faire.'
Justine, interdite, dévisageait sa mère.
'C'est vraiment d'un inconvénient, cette bague !' se lamenta Katherine.
Elle attrapa au vol une jeune serveuse.
'Excusez-moi, je suis désolée de vous déranger, est-ce que je peux vous demander un Bloody Mary ?'
'Il n'y a pas d'alcool ici', répondit la serveuse dans un anglais bancal – et elle se campa sur ses deux pieds, l'air amusé, adoptant une position claire de jugement implicite envers cette Britannique qui, comme tous les Britanniques dans l'imaginaire européen, se bourrait la gueule dès dix heures du matin.
'Pas d'alcool !' se désola Katherine. 'Bon, alors un porridge avec du miel.'

'D'accord', dit la serveuse qui pouvait désormais cocher toute la carte de bingo « clientèle britannique ».

'Donc j'en fais quoi ?' reprit Katherine.

'Mais de *quoi* ?' demanda Justine.

'De ce Belge et de cette bague !'

'Mais enfin, Maman, j'en sais rien ! Déjà, il y a trois minutes je ne connaissais pas l'existence de Bruno, et maintenant tu me demandes si je le voudrais comme beau-père. Tu l'aimes ?'

'Mais oui !' dit Katherine avec force. 'C'est bien ça qui me désespère !'

'Qu'est-ce qui te désespère ?'

'Eh bien… Eh bien… On ne gâche pas une belle histoire d'amour par un mariage.'

Ou une belle histoire de mariage par un amour, pensa Justine en des termes plus Brexit-Romance.

'Seulement, maintenant qu'il y a un passeport à la clef…'

'Ben, prends sa main et son passeport', dit Justine. 'Quel est le problème ? Ça arrange tout le monde, et de toute façon ça ne veut rien dire, le mariage, de nos jours.'

'Quel triste sort', soupira Katherine.

Le porridge arriva ; elle y fit barboter sa cuillère comme une rame de barque dans un marécage. 'J'ai l'impression d'être retombée au dix-neuvième siècle, où tout à ce sujet était stratégique – il fallait réfléchir à toutes les unions, pour qu'elles soient le plus financièrement et symboliquement efficaces… Où sont passés nos idéaux de liberté, ma chérie ? C'est ce que je me demande parfois. Voilà qu'on est en 2017, et qu'on se demande devant un sinistre porridge belge comment bien se marier pour obtenir le bon passeport.'

Justine jugea que ce n'était sans doute pas le moment de parler à sa mère de *Brexit Romance*. Elle opta pour une plus précautionneuse maxime :

'La liberté a plusieurs formes, de nos jours.'

'Oui, je sais que c'est ce que vous autres pensez', grommela Katherine. 'Vous les jeunes, avec vos contrats à zéro heure – liberté ! –, avec vos régimes alimentaires que même le docteur Atkins n'aurait pas osé proposer – liberté ! – et avec, oh mon

Dieu! – vos gigantesques mariages documentés de A à Z sur Facebook, qui font passer celui de Charles et Diana pour une petite cérémonie entre amis…'

'C'est bon, t'as fini?'

'Mon porridge, ou mon sermon?'

'Les deux, de préférence. On va au musée Magritte?'

'Si tu insistes. J'y suis déjà allée.'

'Oh, tu t'apprêtes à te marier pour la deuxième fois, alors…'

'Vilaine! Je ne veux plus entendre parler de ce mariage. Je vais lui dire non.'

'Mais non, écoute : accepte, et on appellera ton mariage « *Ceci n'est pas un mariage* ».'

'Bonne idée. « *Vous êtes cordialement invités au Ceci n'est pas un mariage de Katherine et Bruno.* »'

'Ceci n'est pas une bague.'

'Ceci n'est pas une première danse.'

'Mais ceci est un vrai passeport.'

'Et ceci', soupira Katherine alors qu'elles quittaient le Pain Quotidien, 'n'est pas le monde dans lequel j'aurais voulu que mes enfants grandissent.'

★

Sans Justine ni Marguerite près de lui, Pierre était un peu désœuvré ; et il aurait repris l'avion pour Grenoble, s'il n'avait été invité par les Dodgson à rester un peu plus longtemps à Londres, car Katherine et Phil avaient tous deux ce goût britannique inné des invitations se prolongeant de manière absolument illimitée.

'Cette grande maison est si vide, profitez-en! Vous retournerez à *Grenobeul* quand vous en aurez assez…'

Il semblait à Kamenev qu'il était fort possible d'arriver en Grande-Bretagne avec la naïve intention de n'y rester qu'une soirée – *one night only!* – et de s'y trouver encore par inadvertance, presque tout à fait britannisé, onze ou douze ans plus tard, plus trop sûr de savoir à quel moment exactement on avait basculé.

Dans ces drôles de limbes, Pierre passait le plus clair de son temps avec Rachel Greenblatt.

À son grand agacement, il devait bien admettre que Justine avait eu raison sur un point : il y avait incontestablement un gouffre entre le *persona* public de Rachel et le *persona* privé de Rachel.

Le *persona* public de Rachel était sérieux comme un mur de pierre, cherchait principalement le conflit, l'inutile dénonciation des crimes de pensée des autres (la plupart du temps de son propre bord politique), et se hissait à la force des mots au-dessus de la foule, comme si elle seule avait été garante de l'ordre moral du monde. Ce *persona* s'affichait dans les déjeuners et les soirées avec d'autres amis ; et il s'affichait aussi, proéminemment, sur Twitter, où Rachel s'exprimait sous le nom de @grrrrachel90, et passait le plus clair de son temps à dénoncer publiquement ceux et celles qui, au détour d'une phrase malencontreuse, révélaient leur intolérance sur tel ou tel sujet.

Mais le *persona* privé de Rachel…

Le *persona* privé de Rachel était brillant et réfléchi, parlait avec aise, distance et nuance, connaissait tout un tas de choses, avait un puissant sens de l'humour, accueillait à bras ouverts le débat et la contradiction.

Et parvenait même, parfois – souvent – *très* souvent, en vérité – à faire changer Kamenev d'avis sur des sujets à propos desquels il aurait juré, trois semaines plus tôt, avoir une opinion aussi solide que le roc.

Cela commençait toujours de la même manière :

'Ah non, vous n'allez pas me dire que vous *[ex. : voudriez des quotas ethniques à l'université]*…'

'Si, c'est ce que je voudrais. Parlons-en, si ça vous intéresse. Quels sont vos arguments contre ?'

'Mais enfin, le bon sens ! C'est de… c'est de…'

'De la discrimination ?'

'Oui ! Enfin… non, mais…'

Et ainsi, de conversation en conversation, de pont en pont, de parc en parc, Rachel posait des questions ; les deux y apportaient des réponses, mais la première, en général, avec plus d'assurance – et de perspicacité – que le second. Rachel exposait ses arguments ; écoutait ceux de Kamenev ; y répondait avec vivacité ou pensivement, et la discussion ainsi grimpait vers le haut telle une vigne compliquée, s'orientait vers de nouveaux champs de réflexion qu'ils habillaient bientôt de leurs idées jointes… et toutes ces méditations duelles se déployaient dans l'air en une fort jolie treille.

D'éclosion en éclosion, Kamenev se prenait à comprendre des choses auxquelles il avait toujours opposé un outrage réflexe. À son corps défendant, il fut obligé de concéder par exemple qu'il pouvait être utile, voire nécessaire, pour un professeur, de prévenir ses élèves à l'avance que telle pièce de Shakespeare contenait un suicide ou que tel cours d'histoire allait aborder l'Holocauste ; il avait dû accepter qu'il n'y avait rien de particulièrement intelligent dans le rejet en bloc et sans appel de l'écriture inclusive ; il avait fini par décider que oui, en effet, il y avait lieu de réfléchir à des questions comme le prix des tampons, les toilettes non genrées, la couleur des prothèses mammaires, les déguisements d'Indiens ou de geishas, ou la représentation de personnages handicapés au cinéma par des personnes valides.

Lui qui, quelques mois auparavant, aurait bâillé, invoqué le démon du politiquement correct, ricané des préoccupations grotesques de ces engagés du dimanche, se trouvait peu à peu mis au sol par les arguments précis de Rachel.

Et par la conclusion, à laquelle il parvenait tout seul, inévitablement, dans sa tête :

'Mais enfin, qu'est-ce que ça peut bien te faire d'accepter un tout petit plus de *douceur* dans ce monde ?'

★

Justine avait fini par rentrer ; elle était même déjà rentrée depuis deux jours, puis trois, mais Kamenev ne la revoyait toujours pas, à cause de tout un tas d'excuses qu'elle lui donnait au compte-gouttes sur WhatsApp.

j'ai beaucoup de boulot au magasin
  tout le monde achète des vêtements chauds vu comme il fait froid tout à coup

Il faisait très froid tout à coup, oui ; Kamenev trouvait aussi.

et demain on pourrait se voir ?

demain je ne peux sans doute pas
je dois sortir avec Cannelle
elle est déprimée à cause de Matt & Niamh, c'est n'importe quoi

elle est amoureuse de Matt ?

non mais elle est quand même triste

incroyable
c'est presque comme si ces unions arrangées
ne garantissaient pas des sentiments totalement clairs
entre les deux partenaires !
(mais je ne voudrais pas m'avancer.)

Justine ?

Vous êtes toujours là ?

Souvent Justine faisait cette chose odieusement agaçante : elle ne répondait pas, mais le petit message était marqué ✓✓, donc elle l'avait forcément vu ; et puis cinq secondes plus tard, ailleurs, elle likait un commentaire. Elle était de toute évidence toujours là, pas loin, en ligne ; seulement elle le délassait, et Pierre trouvait cela vraiment très impoli.

Le soir d'après, elle était avec son frère à une représentation de la comédie musicale *The Book of Mormon* dans un théâtre du West End, qu'elle qualifia sur Facebook de « horriblement offensant, mais génial ». Les photos la montraient en compagnie de son frère, de Niamh, de Cannelle, de Fern, et de ce Gonzague que Kamenev avait vu traîner une fois ou deux – il était difficile à rater, ce type-là, avec sa mèche brune, ses pommettes assez acérées pour découper des viandes, ses Ray-Ban de vue et son gros diplôme.

Même quand Kamenev décidait de ne plus regarder Facebook ou Instagram, il trouvait encore le moyen de tomber sur ces images disruptantes, car il déjeunait souvent en tête à tête avec Phil, le père de Justine, lequel n'aimait rien tant que montrer des photos sur son portable. Dodgson était un grand enthousiaste du smartphone, et il *aimait* avec passion, parfois avec pouce levé, parfois avec un plein cœur, parfois même avec une explosion de rires aux larmes, la plupart des publications des jumeaux. Il n'hésitait pas non plus à laisser parfois un commentaire parfaitement maladroit, mais qu'il devait juger sympa et amusant, dans ce style inimitable qu'ont sur les réseaux sociaux les gentilles personnes d'un certain âge.

Par exemple, sous une vidéo rigolote-mignonne de caneton s'endormant très rapidement :

'Ta maman le samedi soir après une soirée arrosée ! LOL !!!'

(Le plus souvent, Justine et Matt effaçaient ces commentaires après une vingtaine de minutes, pensant que leur père ne le remarquerait pas, mais il le remarquait en effet et passait la journée à se demander avec une certaine angoisse ce qu'il avait pu dire qui soit si différent des commentaires tout aussi humoristiques de leurs autres amis.)

'Oh, regardez, Pierre : sur celle-là, c'est tout le portrait de Katherine à son âge !'

Et sous le pouce de Phil, Kamenev voyait défiler les photos de Justine ; et sans qu'il ne le voie venir ni ne l'admette vraiment, les chroniques de la vie de Justine devinrent pour lui une sorte de série étonnamment stimulante.

Justine à Bruxelles, mangeant un spéculoos couvert de chocolat fondu au Musée du Chocolat, et au-dessus du spéculoos spéculant que « les Brexiters n'auraient pas voté de cette manière-là s'ils avaient pu visiter l'endroit ». (*Fucking Brexiters !* commentait quelqu'un.)

Justine dans l'Eurostar, selfie à la vitre noire, menu dîner à 7 euros croque-monsieur et San Pellegrino, et lecture du moment : Maylis de Kerangal, *Réparer les vivants*. 'Unputdownable', disait-elle, *irreposable, inlâchable* (cependant elle l'avait lâché au moins le temps de prendre ce selfie).

Justine au travail, 'Un type est venu se plaindre que sa femme n'aime pas les bouledogues or il ne s'était pas aperçu que c'était un bouledogue sur le pull qu'il lui a offert, donc est-ce qu'il pourrait l'échanger ? Après interrogatoire, il apparaît que l'individu pensait qu'il s'agissait d'un visage de bébé, car, je cite, « Il porte un chapeau ».' (La photo montrait Justine faisant la moue, tendant devant elle le pull à l'énorme motif bouledogue.) Quarante-sept likes, fournée de commentaires ; gif de Trump, forcément ; images de Jean-Marie Le Pen. Gonzague Bourienne aimait ça, et avec un gros cœur rouge même. (Kamenev commençait à se demander franchement ce que ce Gonzague Bourienne faisait exactement dans la vie de Justine, ou du moins partout sur son profil.)

Justine Netflix & chill. 'Love mes soirées avec Cannelle.' (Cannelle marquée, bleue surbrillance). Les deux mangeant de la glace sans œufs ni lait ; le secret : noix de coco, incroyable non ? *Et la série que vous regardez, c'est quoi ?* demandait quelqu'un ; 'La servante écarlate', répondait Cannelle, un like de Justine. *Tellement d'actualité*, disait quelqu'un. *Mais tellement ! Juste trop important*. Rachel Greenblatt : *C'est à peine de la science fiction, de nos jours on y est presque*. Juste trop important.

Justine au parc. 'Oh, mais qu'est-ce que c'est que cette boule jaune dans le ciel ? Ça fait de la chaleur... Pas vu ça depuis si longtemps !' Selfie avant-bras cachant le visage, graines de pissenlit à l'encre soufflées partout sur sa peau pâle, cheveux par-ci par-là – Gonzague Bourienne aime ça.

Justine au théâtre, Justine au pub, Justine au travail (épisode 2), Justine en cuisine, Justine petite maman (du chat de Tommy)...

Justine à la piscine...

Particulièrement intéressante, cette aventure-là. Matt avait des abdos, d'où les sortait-il ? Niamh fabuleusement grasse et gracieuse dans un maillot vert émeraude à col bateau, ongles rouges, bandeau blanc. Cannelle tronche pas contente sur le côté, tresse mouillée sur l'épaule. Justine bikini à perles – Tiens, encore un tatouage ? Sur le ventre ? Impossible de voir de quoi. De combien de tatouages cette fille s'était-elle hiéroglyphé l'épiderme ?

S'il se posait ce genre de questions, c'était par simple curiosité anthropologique, bien sûr. N'empêche qu'il reprenait son téléphone portable trente fois par jour, pour aller directement regarder si Justine avait de nouveau posté quelque chose sur son profil, aussi pouvait-on dire que c'était quand même faire pas mal de zèle, en matière de curiosité anthropologique.

Et Pierre lui-même finit par s'avouer que s'il laissait ainsi son pouce s'éterniser sur l'écran, c'était peut-être par dépit de ne pas avoir sous les doigts, plutôt, la peau de Justine à effleurer.

3

Kamenev recevait, minimalement, des nouvelles de Marguerite, lorsque celle-ci lui envoyait des photos d'elle dans la roseraie, dans les jardins, dans les landes ou sur un cheval. Mais ces quelques cartes postales en pixels ne suffisaient certes pas à donner la mesure du pays merveilleux dans lequel la jeune femme s'était, à sa grande confusion, retrouvée.

Le premier jour avait été particulièrement saisissant pour Marguerite, qui brusquement devait s'accommoder des mouvements d'une gigantesque maison magique où, comme l'avait prévenue Cosmo, tout se perdait, tout changeait de place d'une minute à l'autre, objets et vêtements et bijoux.

On sortait pour aller prendre une douche et quand on revenait, la robe qu'il fallait pour ce soir s'était dégagée toute seule de la valise et déployée sur la malle comme une amante frissonnante, et les chaussures assorties montraient leur petit museau tremblotant sous la chaise d'à côté.

On allait dîner, et quand on revenait le lit s'était gentiment déplié d'un côté, couverture rabattue en oreille de basset, pour permettre au dormeur de se coucher sans avoir à peler sa couche comme une banane.

Au dîner, les plats apparaissaient par un trou dans le mur avant d'être apportés par des gens quasi-invisibles, dans un ordre qui semblait à Marguerite follement anarchique, la soupe après l'entrée, le dessert avant le fromage, et il y avait plein de choses complètement dingues, telles que la confiture avec ledit fromage, et le fait que tout le monde se mette à manger son pain avec du beurre, comme un enfant rentrant de l'école, avant même que le dîner ait commencé.

On disait le bénédicité en latin avant le dîner.

Il y avait une version courte : *Benedictus, Benedicat.*

Et puis une version longue, en cas d'invités : *Exhilarator omnium Christe : sine quo nihil suave, nihil jucundum est. Benedic, quaesumus, cibo et potui servorum tuorum, quae jam ad alimoniam corporis apparavisti ; et concede ut istis muneribus tuis ad laudem tuam utamur, gratisque animis fruamur ; utque quemadmodum corpus nostrum cibis corporalibus fovetur ; ita mens nostra spirituali verbi tui nutrimento pascatur. Per te Dominum Nostrum ; Amen.*

'Qu'est-ce que ça raconte ?' avait soufflé Marguerite à Cosmo la première fois.

'Oh, des choses parfaitement superfétatoires, merci pour la nourriture Jésus, c'est très gentil de ta part, on avait faim, on espère que toi ça va et aussi tes parents.'

Cosmo n'était jamais sérieux. Il pouvait dire à Marguerite quelque chose de parfaitement choquant, et aussitôt désactiver ses protestations d'un simple :

'Oh, soyez un bon sport, Marguerite.'

Be a good sport. Le Robert & Collins lui avait appris que cela voulait dire : 'Soyez moins premier degré ; ayez le sens de l'humour.'

'C'est juste un peu de *banter*.'

Robert & Collins : *banter* : plaisanteries, blagues.

Blagounettes, traduisit Marguerite.

Le *banter* numéro un dans la maison, surtout au dîner et au thé avec Roddikin et sa femme, était de se moquer des jeunes gauchistes qui trouvaient normal de changer de sexualité comme on change de chemise, et qui pensaient crucial de s'*identifier* comme tout un tas de choses à la fois.

'Qu'êtes-vous, aujourd'hui, ma chère ?' demandait Roddikin à sa femme au petit déjeuner.

'Une femme au handicap non visible pansexuelle s'identifiant comme cactus ; le pronom que je veux que vous utilisiez pour me désigner est *Qpeiotl*.'

'Ô meilleur des mondes !' riait Roddikin.

Devant l'expression mi-perplexe, mi-choquée de Marguerite, Cosmo :

'Soyez un bon sport, Marguerite.'

Aux côtés de Roddikin, Marguerite apprenait un vocabulaire très étoffé d'insultes envers les homosexuels et les transsexuels, qui étaient le principal objet de courroux blagueur du politicien ; il plumait ses dictionnaires pour trouver de nouveaux moyens de les mentionner. *Nancy, poof, fairy, fag, queen,* quand il n'était pas inspiré, et puis d'autres jours, quand il se sentait d'humeur plus graphique, *pillow biter, fudge-packer, brown piper, backdoor bandit, Marmite miner, shit-stabber.*

Cosmo, murmurant :

'C'est juste un peu de *banter*, Marguerite.'

À l'image de la demeure, Cosmo était éminemment imprévisible, changeant de vêtements au moins deux fois par jour, décidant sur un coup de tête d'aller cueillir un énorme bouquet de roses pour sa mère, qui le tançait vertement parce qu'on n'avait pas le droit de cueillir les roses et qu'il le savait très bien ; ou déclarant subitement qu'il serait amusant « d'inviter Stieg à venir prendre le thé », et quelques minutes plus tard il revenait avec un petit âne au bout d'une longe qu'il guidait dans l'un des salons et qui les regardait manger leurs scones à la crème grumeleuse et à la confiture de fraises. Il sortait d'une pièce et revenait soudain habillé totalement différemment, et quand son père disait, 'Qu'est-ce que c'est que ce déguisement de clown ?' (il n'appréciait pas toujours le choix de couleurs vives portées par son fils), alors Cosmo répondait par une clownerie, comme se mettre sur les mains et arpenter la pièce, ses longs pieds oscillant en l'air telles des oreilles de lièvre.

Rien de tout cela ne faisait plisser l'œil neurasthénique d'Imogen Phelps, la grande sœur de Cosmo, qui avait réussi l'exploit de produire dans un ventre absolument riquiqui un total de quatre beaux enfants (Cosmo avait un peu exagéré en disant à Marguerite qu'Imogen en avait « à peu près quinze ou seize, je ne me souviens plus »). Ces quatre enfants s'appelaient Max, Elsie, Wilf et Cassie.

'Ils ont de véritables prénoms aussi', avait dit Cosmo à Marguerite, 'mais on ne les sort que pour les fouetter avec.'
De fait, les seules fois où *Maximilian*, *Elspeth*, *Wilfred* et *Cassandra* se révélaient, prononcés par les lèvres minces d'Imogen, c'était lorsqu'elle les grondait. De toute façon, on s'en occupait peu, car une nanny élusive, qui demeurait au dernier étage et qu'on voyait parfois glisser comme un spectre dans les allées du jardin, les avait pris en charge, ainsi que Bertie ; son contrat était, apparemment, infiniment extensible.

*

Un soir, il arriva à Marguerite une chose tout à fait intéressante, et même *funna*, mais qui somme toute aurait pu être prédite : elle se convainquit que le château était hanté.
Une fois la porte de sa chambre refermée, et elle assise sur son lit au drap corné comme une page de livre, la jeune femme se mit à écouter la maison respirer et gargouiller.
La maison des Sableur, à Grenoble, était pleine de pieds d'enfants et d'adolescents ; c'était une maison qui sentait les pieds et qui n'était que pieds, chaussons abandonnés, vieilles baskets puantes et tongs à empreintes d'orteils. Marguerite connaissait tous les tapages, secs et tambourinants, de cette maison-là, et les odeurs de champignon et de caoutchouc pourri qui allaient avec.
À Londres elle avait pris l'habitude des bruits aqueux de la maison des Dodgson. C'était une maison qui sonnait comme constamment affligée d'un gros mal de ventre, de ballonnements indélicats et de pets de travers, et les tuyauteries cachées derrière le papier peint, le chauffe-eau enfermé dans son placard et la robinetterie tremblotante se racontaient les uns aux autres à longueur de journée leurs constipations et leurs diarrhées.
Mais à Elms Heights, les bruits étaient autrement inquiétants. C'était un concert d'instruments désaccordés, bois

grinçants, tentures susurrantes, pierres entrechoquées. Marguerite supputait que les murs étaient remplis de souris qui croustillaient près du baldaquin. Et au-dessus de sa tête, où se trouvait la nursery et d'autres chambres, elle entendait de nombreux craquements, des bruits traînants, comme des meubles tirés, et des chuchotements. À sa droite, le vent arrivé tout droit de la mer du Nord s'époumonait directement dans les fenêtres, et à sa gauche, côté couloir, le silence était perturbé de temps à autre par le cliquetis des griffes d'un chien (il y avait trois terriers et un vieux labrador, en plus de Pebbles, chez les Roddikin-Carraway) sur le bois des escaliers.

Marguerite écouta toute cette musique, guère rassurée par cet endroit qui rugissait autant, et bientôt s'imagina, couverture remontée jusqu'au menton, dans le noir – il ne filtrait des volets que de fines tranches de lune – que la grosse armoire du fond de la chambre… s'ouvrait…

Lentement, avec toute sa formidable puissance imaginative, Marguerite se représenta la scène ; le grincement d'abord vif, puis pointu comme une lame, de la porte s'ouvrant. Elle se dresserait alors sur son lit – un double imaginaire de Marguerite le fit justement, il apparaissait là en surbrillance dans la chambre – et dirait :

'Il y a quelqu'un ?'

Dans la lumière blette, qui se porterait directement sur cette porte d'armoire entrouverte, elle verrait comme un éclat de chose jaunissante et osseuse sortir du meuble ! De terreur et de curiosité, elle se mettrait cette fois entièrement debout – tandis que, debout déjà, son double translucide s'avançait…

Quelle était cette chose qui sortait, fine et bleuâtre, de l'armoire ?

Marguerite s'avança un peu, pas certaine de vouloir exactement savoir. Arrivée à un mètre du meuble, elle observa la porte figée dans une position à moitié ouverte. Derrière, on entendait un bruit sourd, comme une cavalcade dans un champ couvert de neige. D'ailleurs il faisait froid, juste là, devant cette entrouverture…

Au-dessus de sa tête, le bruit sourd reprenait, parfois entrecoupé de ce qui ressemblait à des hululements d'oiseaux, brefs et acides. Que renfermait cette armoire ? Tout un monde, clairement, de neige et d'animaux sauvages...

Elle vit soudain, à sa grande terreur – que c'était une main qui était recourbée sur la porte *et la poussait de l'intérieur !*

La main apparaissait distinctement cette fois, phalanges crochues de sorcière, chevalière en or au petit doigt...

'Qui est là ?' répéta Marguerite, puis elle essaya de le dire en anglais, mais cela sortit dans une concoction infâme avec l'espagnol :

'*Who aquí ?*'

La porte de l'armoire s'ouvrait de plus en plus.

Bientôt elle vit s'engouffrer dans la chambre des boucles d'air froid charriant des flocons de neige, et la créature sortit tout à fait du placard, et c'était une mariée diabolique, une femme recouverte entièrement par un long voile jaunâtre et déchiré, et qui s'avançait en poussant un horrible râle !...

Marguerite posa la main sur son cœur, terrifiée au point qu'elle ne pouvait pas décrocher les jambes du sol. Au-dessus de sa tête, la cavalcade enneigée reprenait, et les hululements déments. Elle eut le réflexe de dire à l'atroce mariée, qui s'avançait vers elle main en avant, 'Expecto Patronum !' car c'était ce qu'il fallait dire à un Détraqueur dans *Harry Potter*...

... mais au lieu de détruire le fantôme, cette incantation fit tomber le voile. Et dessous il n'y avait pas une femme, mais le visage cireux d'un jeune garçon boutonneux : et ce garçon dans sa robe de mariée pourrissante regardait fixement Marguerite, tandis qu'elle poussait un long cri d'horreur...

Slap !

Dans un bruit d'élastique de jokari, la Marguerite qui s'était aventurée à l'autre bout de la chambre se rapatria dans celle qui était en train, transpirante et agitée, de remuer dans le lit, et cette dernière s'éveilla en sursaut, le cœur battant de ces courts rêves atroces qui nous accueillent parfois méchamment dans le sommeil.

Encore tremblante, Marguerite alluma à tâtons sa lampe de chevet. L'armoire, au bout de la chambre, était solidement fermée.

Mais quant aux bruits, elle ne les avait pas rêvés ! On les entendait encore, et elle resta au moins quelques minutes, dans un état proche de l'ensorcellement, à écouter, à l'étage du dessus, ou peut-être sur le toit, ces sons sourds et répétés, étouffés par les murs de pierre et les plinthes de bois...

★

'Vous allez dire que je dis n'importe quoi, mais j'ai eu l'impression que la maison était hantée.'

'Ici ? Si seulement. On s'ennuierait moins.'

'J'ai rêvé que la porte de mon armoire s'ouvrait, et qu'il en sortait...'

'Une sorcière blanche et un lion qui parlait ?'

'Non, une mariée, qui était en fait un jeune homme...'

'Arrêtez là, sinon je vous psychanalyse.'

'Oh, *mon Dieu !* Je me souviens !'

'De quoi donc ?'

(Ils se promenaient dans la roseraie, et Marguerite, comme foudroyée, se planta là parmi les fleurs.)

'Je me souviens de qui c'était.'

'Qui donc ?'

'Le garçon de mes rêves. C'était... c'était un jeune homme qui vous servait le champagne au mariage de Tommy Dodgson.'

Cosmo la regarda longuement, les sourcils dressés jusqu'à la racine des cheveux.

'Non seulement vous remarquez les serveurs, mais en plus vous avez bonne mémoire.'

'Vous vous souvenez de lui ?'

'Pas du tout. Pourquoi je m'en souviendrais ?'

'C'est étrange, ces rêves. D'où me vient le soudain retour de ce visage-là ?'

'C'est intéressant', dit Cosmo. 'Cette rose-là, regardez, porte le nom de la cousine de ma mère. C'est apparemment la grande mode de donner son nom à une rose…'

'Et en plus', continua Marguerite, 'vous savez quoi ? Le fantôme de mariée, il portait une chevalière…'

Elle effleura la main de Cosmo, son petit doigt.

'Exactement comme celle-là.'

Et Cosmo dit :

'Vraiment ? *How funna.*'

★

Au-dessus de la chambre de Marguerite, comme elle le constata quelques jours plus tard, après avoir eu l'idée de mener une investigation, il y avait une pièce ; mais c'était juste un débarras, avec des meubles et des malles et des vêtements en tas.

'Qu'est-ce que vous faites ici ? Je vous oublie deux minutes et vous disparaissez…'

Cosmo venait de se matérialiser sur le pas de la porte.

'Oh, vous m'avez fait peur !' s'exclama Marguerite. 'Je regardais juste ce qu'il y a à cet étage. Le soir j'entends beaucoup de bruits, je me demandais si je n'étais pas au-dessous de la chambre des enfants…'

'Mon Dieu, je ne savais pas, vous avez du mal à trouver le sommeil ? On vous achètera des boules Quiès.'

'Non, non, ce n'est pas ce que je veux dire. J'arrive parfaitement à m'endormir, c'est juste que je me demandais d'où venait ce-'

'*Laissez ces placards tranquilles.*'

Marguerite leva les mains en l'air.

'Je n'ai rien touché.'

'Je suis désolée, j'ai été un peu brusque', dit Cosmo s'épanouissant tout à coup en un sourire solaire. 'C'est que c'est très poussiéreux ici, et puis il y a des échardes, il ne faudrait pas que vous, je ne sais pas si, et de plus vous n'êtes pas, et on ne sait jamais si, et de toute façon regardez le temps dehors, vous ne voudriez pas faire une balade dans la lande ?'

Il passa son bras autour du sien, ils étaient repartis.

'Je suis désolée', dit Marguerite, 'vraiment je n'étais pas en train de fouiller dans les placards.'

'Je sais très bien que vous n'étiez pas en train de fouiller dans les placards.'

'C'est bête, je suis dans un château, j'entends trois bruits et j'ai l'impression qu'il est hanté.'

'Ce serait tellement, *tellement* intéressant si c'était le cas. Oh, regardez, on dirait que Pebbles nous a rapporté une taupe morte, la pauvre bête…'

★

Ils se promenaient dans la lande. C'était un paysage étrange, mouvant et sombre, comme une grosse langue brune avec des papilles roses-violettes. Bertie et les enfants d'Imogen couraient devant, petits pointillés de couleur entre les rares moutons. Marguerite était à la fois émue et déçue de ce spectacle, comme on peut l'être devant toute chose qui a ravi notre imaginaire et se révèle bêtement réel, et dont l'odeur de terre nous semble un tant soit peu vulgaire.

Du reste, il ne faisait ni tout à fait assez moche ni tout à fait assez beau pour que la lande corresponde exactement à ses souvenirs de lecture.

Cependant Cosmo, quand il arrêtait de tripoter son téléphone portable, était absolument charmant, et Marguerite, bien qu'elle se fût un peu habituée à être en présence du jeune lord, tressaillait encore quand il lui prenait le bras ou lui disait de faire attention où elle mettait les pieds – une souche ! un terrier ! *Careful*, des orties…

'Tiens, nos garçons de cuisine.'

Marguerite leur jeta un regard distrait. Entre deux et quatre heures de l'après-midi, les domestiques d'Elms Heights avaient une pause, et ils en profitaient pour aller fumer dans la lande. Elle ne les reconnaissait jamais tout à fait, c'étaient de jeunes hommes et de jeunes femmes des villages alentour, qu'on voyait rarement dans la demeure. Le seul membre du personnel qu'il était impossible de rater était la majordome, Sonya Tikhona, une formidable Russe de soixante-cinq ans, qui avait longtemps servi de cheffe de wagon dans les trains soviétiques et en avait gardé un sens obsessionnel de la propreté, ainsi qu'un pas lourd et fort, comme si le sol sous ses pieds était en permanence en mouvement.

'Combien de personnes travaillent pour vous à Elms Heights ?' demanda Marguerite.

'Combien ? Bonté divine, je n'en sais rien. Pas assez quand on a besoin d'eux, trop quand on aimerait bien qu'ils nous laissent tranquille.'

'Mais cela ne vous gêne pas, quand même ?' reprit Marguerite. 'Je veux dire, qu'ils soient là à vous servir, et tout ?'

'Ça vous gêne que des gens travaillent à la caisse chez Sainsbury's ? Non ? Eh bien, c'est la même chose. Et c'est merveilleux pour eux : tous les jours ils viennent travailler dans une maison absolument splendide. Bonjour, Freddie, Marco, Krzysztof', dit-il poliment à trois jeunes domestiques qui marchaient vers eux, et qui répondirent par un hochement de tête.

'Vous connaissez leurs noms !' s'émerveilla Marguerite.

'Quand même, c'est la moindre des choses. Il faut un peu leur donner l'impression qu'on valorise nos employés de maison… Et puis d'une certaine manière, on peut s'attacher à eux, je pense.'

'Je trouve ça étrange comme système, d'avoir quelqu'un de plus âgé qui travaille pour moi', dit Marguerite.

'C'est vous qui dites ça ? Et votre Kamenev, ce n'est pas votre employé, peut-être ?'

'Pierre ?' s'écria Marguerite horrifiée. 'Mais non, ce n'est pas du tout la même chose !'

'Attention, terrier', dit Cosmo, qui la prit par la taille pour l'aider à enjamber le dangereux orifice. 'Ce n'est pas du tout la même chose ? Pourquoi ? Vous le payez pour qu'il vous suive partout et vous donne des cours, c'est exactement la même chose.'

'Je ne le paie pas', répliqua Marguerite, 'c'est l'association qui le fait.'

'Grâce aux donations de mon père, d'ailleurs', dit Cosmo.
'Oui', murmura Marguerite. 'Merci.'
Cosmo la fixait de côté, de ce regard embarrassé caractérisant le Britannique qui par accident a mis le pied sur un sujet délicat.
'C'est intéressant', dit-il, 'cette association, je veux dire. Mais donc, qu'est-ce que – enfin, vous n'avez pas du tout besoin de me le dire… Hey-ho, regardez un peu ce que fait ce petit diable de Max avec cette chèvre ! – mais donc, qu'est-ce que, finalement, qu'est-ce qui est arrivé à vos parents ?'
'Mes parents ? Ils sont morts. Ils étaient toxicomanes', balança Marguerite. 'Quand j'étais petite, ils ont fait des overdoses, et donc les services sociaux m'ont retirée à leur garde…'
'Très bien, très bien !' continua Cosmo qui toussa. 'Oh ! Quelle beauté, ce petit papillon, regardez donc. Hop ! Il est parti.'
Et tout le long il serrait Marguerite contre lui, et il n'est pas impossible qu'à ce moment-là il ressentît, au plus profond de lui-même, comme une sorte d'empathie qui ressemblait à de la tendresse.
'J'étais petite', poursuivit Marguerite en haussant les épaules. 'Et ensuite j'ai été longtemps en famille d'accueil, avant qu'on ne me donne l'occasion d'aller à l'association prendre des cours de musique. Et c'est là que Pierre, je ne sais pas pourquoi, a trouvé que je pouvais être entraînée à plus haut niveau, alors il a décidé de me prendre en charge et…'
Elle dut s'interrompre car sa gorge s'était subitement constrictée au souvenir de Pierre.
'C'est très intéressant', dit Cosmo en recommençant à marcher. 'Eh bien ! C'est une bonne chose que ça existe, ce genre d'associations ! Bonne chose !'
Il répéta 'Très bonne chose !' plusieurs fois.
'Et donc', finit-il par dire, 'potentiellement, la famille de vos parents – ont-ils, enfin, je veux dire – ont-ils des frères et sœurs, ou bien sont-ils tous en dehors de l'image ?'
'De quelle image ?'

'Excusez-moi, expression anglaise étrange, ha ha !' hurla de rire Cosmo. 'Je voulais dire – sont-ils encore dans votre vie, ont-ils, viennent-ils ?...'

'Il me semble que j'ai des cousins', dit Marguerite, 'des oncles, des tantes, je ne sais pas, je ne les ai pas vus depuis des années. À Grenoble, je vis chez un couple qui accueille des enfants comme moi.'

'C'est une très bonne chose, ça, une très bonne chose !' déclara Cosmo.

Il composait déjà dans son cerveau mille textos à Justine :

Une fille de junkies, si Papa l'apprenait !
Fais tout ce que tu peux pour qu'il ne l'apprenne jamais !

'Mais donc', dit Cosmo, 'on pourrait partir du principe qu'ils ne seraient pas invités, par exemple, à vos anniversaires, ou à toute autre fête importante ?'

(*Histoire qu'on puisse célébrer le mariage*
sans son reste de famille potentiellement héroïnomane, thank you very much !)

'Je ne comprends pas votre question', dit Marguerite un peu perdue.

Un petit chemin les avait menés sans qu'elle s'en aperçoive à un cottage au toit de chaume, attenant à une église, et ils s'assirent sur un banc de pierre entouré d'une cloche de lavande.

'Ce n'est pas grave du tout, ça n'a aucune importance', dit Cosmo. 'Et vos parents adoptifs, ils sont ?'

'Ils sont ?'

'Ils sont – je ne sais pas, leurs métiers ?'

'Oh, eh bien Jeanne – ma mère adoptive – reste au foyer pour s'occuper de nous tous, étant donné qu'il y a aussi des tout-petits là-dedans, et son mari, Xavier, donc – lui, il travaille à la mairie, un boulot administratif.'

'Très bonne chose !' cria presque Cosmo. 'Et je ne suppose pas – je veux dire, il me semblerait plausible qu'eux-mêmes, si vous deviez organiser une large célébration, seraient invités aussi ?'

'Je ne comprends pas', s'épuisait Marguerite, 'ce que vous me demandez.'

'C'est parfait', répondit Cosmo. 'Je veux être certain, voyez-vous, que vous êtes entourée de gens qui vous protègent et dont l'importance dans votre vie est extrêmement haute.'

'C'est le cas', répondit Marguerite en tordant les sourcils.

L'intensité du regard de Cosmo l'effrayait un peu ; on aurait dit qu'il eût en un sens préféré qu'elle n'ait plus personne du tout dans sa vie... Elle arracha quelques branches de lavande et les tressa entre elles, pensivement, tandis que Cosmo embrayait sur un autre sujet : 'Papa, le saviez-vous, sponsorise tout un tas d'associations en plus de la vôtre, visant à développer les talents de jeunes pupilles de l'État, d'enfants placés et de prisonniers, de malades mentaux et d'handicapés moteurs, le genre d'associations qui vous a vous-même tirée de votre, disons, de votre milieu difficile' ; et il était ravi, Cosmo, ravi véritablement, de voir à quel point ces associations pouvaient servir...

'Je ne savais pas qu'il poussait de la lavande ici', l'interrompit rêveusement Marguerite, qui se demandait si l'effort de cueillir toute la brassée de lavande nécessaire serait équitablement compensé par la joie de fabriquer une couronne de ladite fleur odorante.

'Ma chère Marguerite', dit Cosmo avec un sourire, 'il pousse de la lavande absolument partout ici, vraiment partout, et il m'est dans l'idée que cela ferait une fleur parfaite à assortir à une robe de mariée...'

'À une robe de mariée ? Pourquoi dites-vous cela ?'

'Comme ça', dit Cosmo, 'juste comme ça...'

4

Vint le soir où Justine, ébouriffée comme un chiot après toute une journée de travail chez Joy, dut faire face à une grave crise.

'Il ne veut plus m'épouser !'

Cannelle, hoodie licorne, pantalon de pyjama bleu aquarium et pantoufles en forme de Bob l'éponge, était assise sur le sofa, et pleurait.

'Oh, Cannelle', s'effondra Justine. 'Mais non, ce n'est pas vrai. C'est impossible.'

'C'est totalement possible, puisqu'il me l'a dit !' cria Cannelle.

Elle arracha sa bague de fiançailles pas chère, et la jeta sur le tapis rainbow.

'Il a dit qu'il ne pouvait plus m'épouser, parce qu'il est amoureux de Niamh !'

'Tu as dû mal comprendre. Attends, je l'appelle.'

Justine sortit son portable, détruisit le mur habituel de notifications, appela son frère. Pas de réponse. Elle songea presque à lui laisser un message, même si seuls les dangereux harceleurs laissent encore des messages de nos jours. Une sorte de lassitude brumeuse, lactescente, lui baignait le crâne.

Quelques minutes plus tard, elle recevait un message sur WhatsApp :

Sorry, my love. I just can't.

Et elle comprit, comme parfois seuls les frères et sœurs entre eux se comprennent, que Matt était sérieux.

Il n'allait plus épouser Cannelle.

'Bon, on ne va pas faire comme si on ne l'avait pas vu venir', dit-elle bravement à Cannelle.

Celle-ci pleurait dans un kleenex fantaisie en forme de billet de 100 euros.

'C'est n'importe quoi !' renifla Cannelle. 'Je viens ici, je fais plein d'efforts, on prépare tout le mariage, on est d'accord pour tout, et là…'

'C'est un petit con', dit Justine, 'c'est tout ; tu connais les hommes, ils sont cons parfois.'

'*Hashtag « not all men »*', murmura Cannelle par réflexe.

'*Not all men*', confirma Justine. 'Écoute, Cannelle, je suis désolée, c'est de ma faute. J'aurais dû voir que Matt n'était pas prêt. Qu'il n'était pas assez sérieux.'

À cet instant, elle se sentit tellement épuisée qu'elle n'avait même pas la force d'être en colère contre son frère.

'Je repars pour Paris demain', dit Cannelle.

Et elle enfouit la moitié de son visage dans un mug de thé à la pastèque.

'Non, attends', s'empressa Justine. 'On va trouver une solution. On va te trouver quelqu'un d'autre.'

Elle sortit son portable.

'Je t'envoie le lien pour télécharger l'appli *Brexit Romance*…'

'Je ne veux pas de votre appli pourrie. J'ai déjà donné émotionnellement, je ne peux plus m'investir dans une autre relation sans savoir si ça va aboutir. Je ne suis même plus sûre d'avoir envie d'ouvrir un restaurant en Angleterre.'

'Mais on a plein de gens, regarde !' dit Justine, agenouillée au pied du canapé, et fit tournoyer devant Cannelle, sur l'application *Brexit Romance*, tout un carrousel de jeunes Britanniques souriants. 'Tiens, Harry, 24 ans – c'est un pote de Fern – il bosse pour Ernst & Young, il fait de la batterie et il adore les animaux… ou là, regarde, Fraser, je le connais, il a plaqué son job chez HSBC pour ouvrir une pâtisserie, c'est juste merveilleux, et regarde, il a 29 ans, en plus, hyper mature…'

'Je m'en fous', asséna Cannelle. 'J'ai été trop trahie !'

'Cannelle', dit Justine, 't'as eu *un* mariage qui est tombé à l'eau. Elle est où, ta résilience ? Rebondir, c'est le mot-clef. Tomber encore, rebondir mieux. Si ce deal-là n'a pas été actionné, c'est qu'il n'était pas viable. On va reconfigurer le business plan.'

'Non, je rentre en France. À l'origine, c'est pas pour moi que j'ai fait ça, de toute façon. C'est pour vous, c'est pour l'Europe. Moi, je m'en fous. C'est pas mon affaire. Tant pis, je ne créerai pas de restaurant ici. Je le ferai en France. Je rentre en France ! Et vous vous démerdez avec votre Brexit à la con. Je m'en balec.'

Justine n'était pas trop sûre de ce que voulait dire « je m'en balec », mais elle dit très vite :

'Ne t'en balecs pas, Cannelle, attends !'

Et elle réfléchit à toute allure. Il ne *fallait pas* que Cannelle rentre en France. Ce tout premier mariage *Brexit Romance* – pardon, *Mariage Pluvieux* – était capital ; elle en avait déjà parlé à tous les partenaires de la société ; elle l'utilisait comme levier auprès des autres couples potentiels ; elle avait déjà ébauché le plan comm' qui l'accompagnerait ; la date et le lieu étaient fixés. S'il tombait à l'eau, la crédibilité du projet tout entier était mise en jeu !

'Attends, Cannelle, deux secondes, attends.'

Elle plaqua ses mains sur les épaules de la pleureuse, et établit un yeux-dans-les yeux digne d'un couple coach-colosse avant un match de boxe.

'J'ai quelque chose à te proposer. On maintient tout – le mariage, le contrat, même le nom de famille de la personne que tu vas épouser. On opère juste une petite substitution.'

'Une substitution ?'

'Tu m'épouses, moi. OK ? Le premier mariage *Brexit Romance* sera un mariage entre femmes.'

Cannelle, de ses yeux rougis par la tristesse, fixa Justine par-dessus son mouchoir en forme de 100 euros.

'Et quelles femmes', sourit Justine.

'Tu plaisantes ?'

'Je ne plaisante', dit Justine, 'jamais.'

★

Ainsi fut-il décidé que Cannelle Fichin épouserait Justine Dodgson en décembre.

★

Justine se retrouva soudain dans la situation complexe de devoir préparer, en quelques mois, un mariage dont elle n'avait pas du tout vu venir la perspective. De plus, la trahison de son frère avait ébranlé la confiance qu'elle s'était accoutumée à placer dans les autres couples ; et elle se prit à craindre que certains Brexit-Romancers, échaudés par la mésaventure de Cannelle, se missent à remettre en question les engagements qu'ils avaient contractés.

Pragmatique, elle décida de faire d'une pierre deux coups, préparant par la même occasion non seulement son mariage à elle, mais aussi celui de Gonzague Bourienne et Fern Chan, qu'elle avait réussi à caser ensemble la semaine précédente.

Le vendredi suivant, elle se trouva avec Cannelle, Gonzague et Fern chez Oxfam, à essayer une robe de mariée de seconde main. Étant donné que Justine avait malencontreusement oublié de grandir après l'âge de quatorze ans, et que les robes de mariée léguées à ce genre de magasins taillaient généralement plutôt grand, la robe avait l'allure d'un de ces déguisements que les enfants inventent en se nouant des draps autour de leurs tout petits corps.

'Qu'est-ce que vous en pensez ?' dit Justine. 'On pourrait la reprendre ?'

À côté d'elle, Cannelle et Fern étaient également en train d'essayer des robes de mariée. Gonzague, étouffant çà et là de petits bâillements ronds, jouait à Candy Crush, assis par terre à côté du rayonnage 'Steaming Hot Romance', où s'accumulaient des livres au titre comme *Il n'était pas fait pour toi* et *Toxique luxure*.

'Facile', dit Fern, 'mais je ne sais pas si ça te va, cette forme, la coupe brassière…'

'Oui, mais je m'en fous totalement', rappela Justine, 'du côté esthétique…'

Elle intercepta le regard du vendeur bénévole, longs cheveux et barbe brune, T-shirt Korn, qui jamais auparavant n'avait entendu les mots « Je m'en fous totalement du côté esthétique » lui parvenir de la section Robes de Mariée.

'Moi', dit Cannelle, 'je me demande si, dans la situation actuelle, je dois porter une robe. Est-ce qu'il ne vaudrait pas mieux que je porte… je sais pas, un costume trois-pièces ? La robe blanche, est-ce que c'est vraiment ce que font les femmes qui se marient entre elles ?'

'Ça dépend', dit Fern. 'Ça ne surprendra personne. Il faut surtout ne surprendre personne. Il faut que ce mariage soit aussi *normal* que possible.'

Le bénévole à barbe venait d'encaisser une petite mamie qui avait dégoté un grill George Foreman à £7, et il avait recommencé à regarder les trois jeunes mariées d'un air un peu surpris.

'La tienne est parfaite, Fern : le col en V et les manches en dentelle, c'est bien, ça fait très Kate Middleton', lança Justine. 'Gonzague, tu penses quoi de nos robes ?'

'C'est très bien', dit Gonzague qui avait regardé une demi-seconde.

'Bon, nickel alors, je la prends !' dit Fern, et se déshabilla d'un coup (elle avait enfilé la robe directement sur un débardeur et son jean). 'Vous venez ?'

'Je sais pas', grimaça Cannelle, qui hésitait toujours. 'Je suis pas sûre que ce soit la bonne…'

'On s'en *fout*, Cannelle', répondit fermement Justine. 'C'est ton mariage, pas un défilé de mode.'

Le vendeur se tourna vers Gonzague.

'Elles vont à une soirée déguisée ?'

Gonzague interrompit son écrasage de bonbons.

'Non non', dit-il, 'elles se marient toutes bientôt.'

'Je dois dire que je n'ai jamais vu des jeunes femmes choisir leurs robes de manière aussi… expéditive.'

Près des cabines, elles roulaient les robes en boule et les calaient sous leur bras comme des tapis de yoga pour aller payer.

'Oh, elles sont, euh, un peu en retard sur les préparatifs. Mais c'est vrai qu'elles sont assez *chilled* sur le sujet, vous voyez, elles prennent pas ça en mode *bridezilla*.'

'Je vois ça', dit le vendeur, s'essuyant le front d'un bras recouvert de tatouages. 'Je pense que ma femme à moi était un peu moins chilled.'

Il contempla pensivement les trois filles, dont Justine qui disait :

'Tiens, j'en profite pour embarquer ces pompes, £3, un vrai deal, et j'ai pas de ballerines blanches pour aller avec la robe.'

'Vous pensez qu'il faudrait que je me prenne une tiare ?' demanda Cannelle, avisant un diadème ignoble suspendu à une lampe. 'Il y a plein de cruches qui portent des tiares à leur mariage, ça ferait normal, non ?'

'Très très *chilled*', répéta le barbu pensivement. 'Mais, euh, et vous, vous êtes… le frère ?'

'Moi ? non, le futur mari de l'une d'entre elles. Celle-là, là-bas', dit Gonzague en agitant une main en direction de Fern, comme il aurait désigné une vague connaissance dans une soirée ennuyeuse.

'Hein ? Mais vous êtes pas censé voir sa robe, ça porte malheur !' s'offensa le vendeur.

'Ah bon ? Zut alors', dit Gonzague. 'Bof, j'oublierai vite, j'ai pas trop de mémoire pour les trucs comme ça.'

Et tandis que les trois filles fourraient leurs robes dans des grands sacs Ikea bleu canard, Gonzague ouvrit machinalement Tinder, et se mit à swiper, sous les yeux éberlués du barbu.

'Les temps ont changé', dit finalement ce dernier comme pour lui-même, et il tritura son alliance en les regardant quitter gaiement le magasin.

*

Pierre Kamenev :
bonjour Justine, quoi de neuf ?
peut-être qu'on pourrait se voir ?
je suis à la Tate avec Rachel
vous faites quoi ce soir ?

Kamenev avait un peu honte d'envoyer des SMS alors qu'il était en pleine visite de musée, mais cela faisait plus de deux jours qu'il avait résisté à la tentation de s'informer sur la vie de Justine, et il estimait avoir à présent mérité de le faire. Il était quand même incroyable qu'elle n'ait pas eu l'air de remarquer la petite torture mentale qu'il s'infligeait en ne lui envoyant aucun message pendant cinquante-sept heures !

Près de lui, Rachel s'était arrêtée devant un tableau d'un réalisme saisissant, fort différent du reste de l'exposition permanente, où les peintures abstraites coudoyaient des fauvistes, des cubistes et des pointillistes.

C'était le portrait d'une femme brune, aux cheveux courts, vêtue d'une robe blanche et lâche, et assise de travers dans un sofa sombre. En chaussures rouges.

'*Marguerite Kelsey*', dit Rachel d'un ton amusé. 'À chaque fois que je viens ici, elle me fascine.'

'Vous venez souvent ?' demanda Kamenev.

'Oui, je n'ai pas cherché sur Wikipédia, si c'est ça que vous insinuez.'

'Je n'insinue rien du tout, pourquoi vous croyez toujours que je pense que vous êtes une idiote finie ?'

'Réflexe', dit Rachel avec un sourire. 'Allez-y : mansplainez-moi.'

Kamenev n'avait pas un grand désir de mansplainer. Il observait, lui aussi, la toile. Marguerite Kelsey était le nom du modèle ; celui de l'artiste, Meredith Frampton. 1928 ; presque exactement quatre-vingt-dix ans en arrière. Il y avait quelque chose d'antique, mais aussi de profondément actuel, dans son regard calme, vague, désabusé.

'Je n'aurais pas cru que vous aimeriez une peinture aussi réaliste', dit Kamenev. 'Je pensais que vous préféreriez quelque chose d'un peu plus avant-gardiste.'

'Ce tableau n'est pas réaliste, enfin, Pierre!' déclara Rachel. 'Tout est trop lisse et trop brillant pour être réaliste. C'est extrêmement stylisé.'

'Womansplaining', taquina Pierre.

'On en a déjà parlé : ça n'existe pas plus que le racisme inversé. Et venez voir l'autre, maintenant, venez vous informer un peu.'

L'autre, c'était un deuxième Meredith Frampton. Une autre femme, debout et droite celle-là, et l'air préoccupé, la main gracieusement courbée près du visage tourné vers la droite, en longue robe d'une pâleur de nacre, près d'un violoncelle et d'un guéridon supportant une feuille de papier et un vase, dont s'échappait une branche d'arbre. Sous elle, le carrelage noir et blanc semblait incliné selon une perspective incorrecte.

Portrait d'une jeune femme

'C'est Justine, celui-là', dit Kamenev.

Rachel éclata de rire. 'Vous trouvez ? Elle ne lui ressemble pas du tout.'

'Si, je vous jure.'

'Justine est toute petite!'

'Elle lui ressemble *subtilement*.'

Rachel pinça les lèvres.

'On voit ce qu'on veut voir', dit-elle.

'C'est-à-dire ?'

'Quand on a quelque chose ou quelqu'un à l'esprit, on a tendance à le voir partout. Vous ne trouvez pas ?'

'Je ne sais pas', se troubla Pierre. 'Je trouve juste qu'elle a la même expression.'

'La même expression ? Peut-être, oui. Cet air un peu… *scheming*.'

'*Scheming* ?' répéta Kamenev.

Il n'avait jamais entendu ce mot. Rachel chercha sur Reverso. « Com-plo-tant », ânonna-t-elle en français, avec un accent à couper à la tronçonneuse [*komm-plo-tanntt*]. 'Magouillant.' [*magwey-yoo-lanntt*]

'Ah, d'accord. *Scheming*', dit Kamenev d'un ton appréciateur. 'Oui, c'est exactement comme ça que je la décrirais. *Scheming*.'

'Ce n'est pas une mauvaise définition', admit Rachel. 'Mais alors, si Rachel est la jeune femme de ce portrait, Marguerite doit être celle de l'autre.'

'Cela va de soi, ne serait-ce que pour une question d'homonymie.'

'Pas seulement. Il y a aussi quelque chose dans le regard.'

'Ah oui ? Et alors, comment caractériseriez-vous ce regard-là ?'

Ils retournèrent voir *Marguerite Hensley*. Rachel resta un instant songeuse.

Puis elle dit :

'*Undecided*.'

'*Indecisive* ?'

'Non, *undecided*, ce n'est pas la même chose.'

Le dictionnaire confirma cependant que les deux mots anglais se serreraient sous le même parapluie sémantique français.

'Il faudrait un autre mot en français. Pas indécise ; indécidée.'

De fait, le mot correspondait plutôt bien à Marguerite. Pierre resta un instant perdu dans la contemplation du tableau.

'*Undecided*', répéta Rachel. 'Entre la France et la Grande-Bretagne. Entre Grenoble et le Yorkshire, Paris et Londres… vous et Cosmo…'

Kamenev se tourna vers elle, un peu surpris. Il ne lui avait pas beaucoup parlé de Marguerite ; encore moins de Cosmo.

'Qu'est-ce que vous voulez dire ?'

'Pardonnez-moi si je suis indiscrète. J'ai cru comprendre, en lisant entre les lignes de ce que vous me racontez parfois, que votre demoiselle cherche à voler de ses propres ailes. Vous savez, j'ai été une jeune fille de dix-sept ans. Je sais bien qu'à cet âge, on papillonne vite, et que les figures d'autorité, même celles qu'on a autrefois beaucoup respectées, perdent rapidement de leur lustre…'

Kamenev frémit quand Rachel lui prit le bras.

'Mon pauvre ami', lui dit-elle, 'heureusement qu'il y a encore quelques personnes qui s'occupent de vous.'

Au même instant, le téléphone de Pierre vibra dans sa poche.

Il avait deux notifications de nouvelles conversations.

L'une de son *indecided*, l'autre de sa *scheming*.

Marguerite :
Cosmo me propose de rester jusqu'à la fin de l'été si je veux !
Au besoin, vous pouvez rentrer en France tout seul ?

Justine Dodgson :
bonjour Pierre.
je suis vraiment désolée mais je ne peux pas vous rejoindre au musée :
je prépare mon mariage.

★

'Ça va, Pierre ?'
'Ça va.'
'Qu'est-ce qui vous arrive ?'
'Ça va parfaitement.'

Kamenev alla s'asseoir dans un fauteuil doux et dodu comme un ourson, entre un Pollock, un Rothko et un Braque ; autant dire qu'il avait mal à la tête rien que d'ouvrir les yeux.

'Ce n'est rien', dit-il. 'Juste de nouveaux messages de l'indécidée et de la complotante. La première me dit qu'elle va rester dans le Yorkshire jusqu'à nouvel ordre. L'autre…'

Sa voix se perdit quelque part.
'Ah', soupira Rachel. 'L'autre vous annonce qu'elle se marie.'
Kamenev écarquilla les yeux.
'Vous le *saviez* ?'
'Je l'ai entendu dire. C'est étonnant, n'est-ce pas, à quel point c'est arrivé vite ? Il faut croire que c'était une correspondance parfaite.'
The perfect match.
'Parfait', marmonna Kamenev. '*Scheming*', répéta-t-il.
Puis :
'Tous fous.'
Il écrivit à Matt, pouces tremblotants, tandis que Rachel regardait le Braque jusqu'à se disloquer la rétine.

Justine se marie ?

Yeah, répondit Matt. *Don't ask.*

Le problème fut que Kamenev ne comprit pas que *Don't ask* en anglais veut en réalité dire *Ask*. Et donc il n'aska rien. Et il resta sans complément d'information sur ce fait-là, bien qu'il se doutât au fond de lui, avec cette certitude plombante des grands malheurs, que c'était Gonzague le polytechnicien qui avait obtenu la main de Justine.
Obtenu sa main ! Comme ces mots sonnaient dans son esprit, aigres et piquants. Ridicule ; ce mariage ne voulait rien dire ; et pourtant il en était extrêmement heurté, et honteux d'en être heurté, et furieux d'y accorder la moindre importance, à ce mariage, qui était faux et qui était vrai à la fois.
L'absurdité de son trouble l'obligea à s'auto-examiner, par pure curiosité anthropologique. Pourquoi était-il si vexé ? Peut-être avait-il espéré en un sens que Justine entendrait raison, que lui, Kamenev, finirait par la convaincre que tout ce projet était parfaitement absurde ; que lui, Kamenev, serait celui qui aurait ramené à la raison toute cette communauté, et toute la Grande-Bretagne aussi pendant qu'on y était...

Il avait un gigantesque sentiment d'échec.
Et un sentiment, moins avouable, d'abandon.
Il se dit tout cela, le regard perdu dans les dédales des tableaux. Puis Rachel revint :
'Vous avez des projets pour ce soir ?'
'Je n'ai aucun projet', répondit Kamenev.
'Alors, allons donc nous balader près du canal…'

Alors ils échouèrent dans un pub branché d'Angel, un ancien loft industriel reconverti – tout bois, béton et tuyaux de métal au plafond –, à boire des cocktails dans des verres Duralex sur des tables qui étaient d'anciens tonneaux customisés, tandis qu'autour d'eux riaient et bavardaient des jeunes gens qui étaient à la fois très exactement pareils et entièrement différents de Justine, Matt et Cannelle. Par les grandes fenêtres, on voyait le canal où passaient de très belles personnes alanguies dans des barques à fond plat ou des bateaux-jacuzzi.

Las, Pierre se demandait vaguement comment il avait abouti dans cet endroit, dans cette vie, dans cette soirée-là, donc, où Rachel aborda à nouveau *le* sujet.

'Pierre', dit-elle en le fixant sans détour de ses yeux vert-chocolat, 'est-ce qu'il ne serait pas temps de parler un peu de nos projets pour l'avenir ?'

'De ?' dit distraitement Pierre, qui était en train de se gaver de petits pois au wasabi. 'Quels projets ?'

'Écoutez, on en a déjà discuté, et j'attends depuis quelque temps que vous me fassiez un débriefing de vos intentions.'

'Un débriefing ?'

'Arrêtez avec vos questions, Pierre', dit tendrement Rachel. 'Vous savez très bien de quoi je parle. Tout le monde se marie, vous le voyez bien. Il ne reste plus que nous.'

'Tout le monde…'

Par coïncidence, Kamenev était tombé sur un petit pois beaucoup plus dur que les autres, qu'il n'arrivait pas à mâcher, et qui faisait une boule toute dure sous le matelas de sa langue.

'Écoutez-moi', reprit Rachel de cette voix qui, roulée par les vagues de l'océan Atlantique ouest, résonnait dans toute sa cavité nasale. 'J'ai dit à Justine que j'étais intéressée par ce projet, je m'y suis investie à fond ; elle m'a trouvé un *match* parfait, en votre personne, ce dont je lui suis tout à fait reconnaissante. Mais je vais bientôt devoir repartir pour les États-Unis, et j'aimerais bien pouvoir annoncer à ma famille mon nouveau partenariat.'

'Rachel, che n'est pas pochible, choyez raichonnable', dit Kamenev qui négociait toujours son petit pois.

'Non, Pierre – *vous*, soyez raisonnable. Il est évident que nous avons tous les deux engagé des ressources assez significatives dans l'entretien de cette relation ; il est temps de voir le retour sur investissement. Je veux devenir française ; j'en ai l'opportunité, et je compte bien la saisir, avec votre assistance.'

'Mais enfin', dit Kamenev (découvrant un coin de joue où cacher le petit pois), 'Rachel, on ne choisit pas un nouveau pays comme on choisit une destination par rapport au prix du vol Ryanair…'

'Vous vous trompez : j'ai toujours pensé que c'était un peu mon pays de cœur – vous savez bien que j'adore la France, sa littérature, les films de la nouvelle vague et les paysages…'

'Vous plaisantez ? La France est à l'opposé de toutes vos convictions ! Vous m'avez dit mille fois détester l'universalisme français', (il comptait sur ses doigts), 'l'obsession de la laïcité, l'intolérance, le racisme, le…'

'Je n'ai pas perdu espoir de réussir à réformer le pays comme j'ai réussi à vous réformer, vous.'

'Vous ne connaissez rien de la France', dit Kamenev.

'Je suis allée plusieurs fois à Paris, à Nice aussi, j'ai fait la route des vins dans le…'

'Vous ne connaissez *rien* de la France', insista Kamenev.

'Eh bien, vous m'apprendrez à la connaître !' s'irrita Rachel.

'Vous ne parlez même pas la langue.'

'J'y arriverai', dit Rachel en battant l'air d'un grand geste de la main – et en effet, cela semblait un obstacle mineur pour quelqu'un qui maîtrisait déjà deux autres langues, trois instruments, le Pilates à haut niveau et la natation synchronisée.

'Bref' conclut-elle, 'soyons sérieux un instant. Vous êtes d'accord pour qu'on se marie, ou pas ?'

À cet instant-là, Kamenev s'aperçut que la manière même dont il venait de lui opposer des arguments laissait finalement entendre qu'il était d'accord sur le fond, et qu'il n'avait que quelques inquiétudes techniques.

Il avait déjà capitulé. Il était piégé.

Constatant cela, il en avala tout rond son petit pois, qui resta coincé dans son œsophage. Kamenev l'imagina niché dans un terreau fertile de gorge chaude, porteur de douloureuses perspectives de germination d'arbrisseau à petites cosses étendant ses branches feuillues par les trous du nez et des oreilles.

'Je vais être franche avec vous', continua Rachel en notant que Kamenev, tout traversé par ses inquiétudes laryngo-jardinagières, ne répondait pas. 'J'avais dit à Justine que je n'épouserais qu'un Français qui soit extrêmement intelligent ; j'avais même précisé : « mon égal ». Je ne veux pas m'ennuyer, et si on doit vivre ensemble quelques années, je préférerais que ce soit avec quelqu'un que je peux emmener sous le bras au Metropolitan Opera le vendredi soir.'

Dans un flash, Pierre imagina les grandes verrières du Met, Rachel en robe longue, une coupe de champagne à vingt-cinq dollars.

'Je trouve qu'on s'entend bien, que j'ai une bonne influence sur vous, mais aussi que vous avez une bonne influence sur moi. Vous ne pouvez pas le nier – je m'aperçois moi-même que mon comportement a changé, surtout en groupe : depuis que vous m'avez dit que mon *persona* privé était plus convaincant que mon *persona* public, j'ai un peu modifié ce dernier.'

Il ne pouvait pas le nier.

'Je pense donc que nous formons le couple idéal, et qu'il faut en profiter. Quant à vous, en plus de votre *undecided*, vous trouverez bien de nouvelles pupilles. Il y a du talent à revendre aux States, et vous pourriez y être un peu plus… efficace.'

L'efficacité n'était pas une valeur qui venait spontanément à l'esprit de Kamenev, mais il la considéra avec vaillance.

'D'ailleurs, pour être tout à fait franche', dit Rachel, 'je doute que votre Marguerite reste longtemps votre élève.'

Il reçut ce doute comme une poutre sur la tête.

'Cependant mon oncle, qui travaille à la célèbre école de musique Juillard, pourrait avoir fort besoin d'un professeur dans les mois à venir…'

Cet oncle sorti de nulle part se matérialisa devant les yeux de Kamenev, un contrat signé à la main et un gros cigare à la bouche.

'Bref!' dit Rachel. 'Nos vies abordent tout un tas de tournants, et il est temps de les envisager avec soin.'

Kamenev soupira. *Tout le monde est fou ici*, pensa-t-il, mais lui aussi, finalement, avait été un peu contaminé par cette folie, et il éprouvait tout à coup un immense vague à l'âme. Justine mariée, incapable de répondre à ses messages ; Marguerite, sa Marguerite, aussi loin que possible ; le jeu continuait avec lui dedans, et décidément il n'avait pas beaucoup d'arguments à opposer à la proposition de Rachel.

'Vous acceptez ?' le pressa Rachel. 'Réfléchissez encore cinq secondes', ajouta-t-elle en consultant son portable, 'pendant que je réponds à ce gif ridicule que ce troll néo-nazi vient de m'envoyer en réponse à mon tweet d'il y a quelques heures…'

Elle répondit, rosie de colère par le troll.

'Alors ?' asséna-t-elle en rangeant l'appareil. 'Vous acceptez ?'

Kamenev la contempla, regarda autour.

Ne dit mot.

'Parfait', approuva Rachel, 'je pensais bien que ce serait le cas.'

Le petit pois se pressait toujours contre la pomme d'Adam de Pierre. Il but une goulée de bière pour l'en déloger, et le sentit dégringoler jusqu'au fond de son estomac.

'Eh bien, félicitations à nous!' dit Rachel.
Et elle commanda deux verres.
'Et vive la France!' dit-elle. 'Champagne!'
Mais c'était du prosecco, et il était assez atroce.

5

Pendant ce temps, à quelques kilomètres de là, dans un bar ambiance volière à oiseaux, avec une grande verrière blanche qui donnait sur la Tamise...

'Notre cocktail spécial du jour est le Cockatoo-tail : c'est le truc le plus jaune que vous avez jamais vu de votre vie.'

La serveuse portait un chapeau à plumes.

'Il y a de l'ananas dedans ?' demanda Gonzague.

'Oui, mais si vous êtes allergique, on peut le remplacer par du beurre d'amandes', dit la serveuse.

'Je vois pas le rapport', dit Gonzague en français.

'Je vous demande pardon ?' dit la serveuse.

'Il dit qu'il voit pas le rapport', dit Justine en anglais.

'Alors de la banane ?'

'Oui, ce serait plus logique.'

'Cockatoo-tails pour tout le monde ?'

'*Deal*', dirent les amis, ce qui voulait dire *vas-y, balance, envoie, trop bien*.

La serveuse partit. Justine, Fern, Gonzague et Cannelle se retassèrent sur leurs chaises en rotin ou en fer forgé, autour d'une table en verre que de nombreux coudes transpirants avant eux avaient pommelée de traces blanchâtres. Chacun réveilla son téléphone d'un petit coup dans les côtes. Une photo instagrammée par Justine sur sa page *Mariage Pluvieux*, avec, savamment filtré, un détail romantique de la robe, au niveau du corset, le miroir derrière reflétant un morceau du dos nu, et la description #momentmagique #choixderobe #plusbeaujour et #sequinsornotsequins? – avait déjà obtenu 59 likes.

'Putain, t'as géré : cette robe mochissime a l'air sortie de chez Prada', dit Cannelle.

'Tout est une question de cadrage' dit Justine.

Elle avait tellement de notifications qu'elle en aurait presque pleuré de fatigue, dont trois messages de sa mère (*J'ai accepté / Tu penses que j'ai bien fait ? / Quelle connerie ces histoires !*), un de son frère (*T'es chiante de m'ignorer comme ça*), et Facebook qui lui rappelait qu'elle était amie avec telle fille depuis cinq ans, et avait créé une glorieuse vidéo pour célébrer cet anniversaire, faisant défiler des photos absolument immondes de Justine et la fille ensemble dans des soirées, prises avec un iPhone préhistorique.

Et enfin une autre notification, par SMS celle-là.

'Mais… non ?' dit Justine à voix haute.

'Quoi ?' demanda distraitement Cannelle, absorbée par la lecture d'un article sur Les Dix Choses Qu'Emmanuel Macron Ne Veut Pas Que Vous Sachiez Sur Sa Vie Sexuelle.

Justine émit un rire incrédule.

'J'hallucine.'

'Vas-y', dit Cannelle, qui scrollait rapidement vers la septième chose, dont on lui avait promis qu'elle allait l'étonner.

'Ouais, vas-y !' dit Fern qui venait de donner £15 en ligne à une association caritative contre la maladie d'Alzheimer pour soutenir un ami qui faisait un saut en parachute.

Justine regardait toujours son portable, posé sagement très à plat sur sa paume grande ouverte.

'Je viens de recevoir un SMS de Rachel', dit-elle, un sourire raide lui démantelant le visage. 'Elle me dit qu'elle vient de se Brexit-Romancer.'

'OhmonDieu, avec qui ? Avec qui ?' firent Fern, Cannelle et Gonzague ensemble, se doutant de la réponse, mais sans oser y croire.

'Avec Pierre Kamenev.'

Fern siffla d'admiration.

'Pierre Kamenev ! *Bloody hell*, elle a géré, l'Américaine, vu comment il était totalement *anti*.'

Justine se redressa sur sa chaise, les muscles de son sourire commençaient à la tirailler.

'Wow. Je suis… Enfin, je suis pas peu fière', dit-elle lentement. 'Ça fait deux semaines que je manœuvre pour que ça fonctionne, cette union-là. J'ai laissé faire Rachel, en restant dans l'ombre pour pas faire flipper Pierre. Mais je dois bien admettre, je ne pensais pas vraiment que ça marcherait.'

Elle fixa à nouveau l'écran de son portable.

'Je dois admettre', répéta-t-elle, 'je ne pensais pas vraiment que ça marcherait.'

Les Cockatoo-tails venaient d'arriver, ils étaient encore plus jaunes que promis, et chapeautés de queues d'ananas auxquelles pendaient de petits piercings en faux or.

Justine tapota vivement :

MAZELTOV RACHEL !!!
TELLEMENT GENIAL !!!

Est-ce qu'elle avait le droit de dire *mazeltov*, n'étant pas elle-même juive ? Appropriation culturelle ? Elle effaça.

RACHEL OMG !!!!
TELLEMENT GENIAL !!!!

Mieux. Elle envoya. Puis un autre :

Tu m'impressionnes je pensais pas que ça marcherait !!!!!!!!

Puis un autre :

Le mariage Brexit Romance le plus glamour de tous !!!!!

Puis un autre :

Littéralement je suis en train de sauter de haut en bas en poussant des cris de joie !!!!

Par « littéralement » elle voulait dire « figurativement », car elle était en vérité très assise et silencieuse.

C'est wow wow wow !

Elle allait taper une autre réponse pour bien signifier son enthousiasme, encore plus et encore mieux, quand tout à coup Cannelle, qui semblait pensive, intervint pour déclarer, en français :
'Connaissant Pierre, s'il l'épouse, c'est qu'il est amoureux d'elle.'
'N'importe quoi', ricocha Justine, souriant toujours comme une maniaque avant de reposer son téléphone. 'C'est la règle numéro un : si on se fiance, pas de romance.'
'Tu rigoles, Justine ? Tu sais comment il est. C'est pas le type à entrer dans ce genre de plan sans y être poussé par les sentiments.'
'Faux, juste faux !' riposta Justine en souriant toujours de plus en plus. 'Ils savent tous les deux où sont leurs intérêts, c'est tout.'
'Je sais pas', dit Cannelle, plutôt emballée par cette idée de romance, 'je pense que pour le coup, t'as vraiment joué les entremetteuses. Quand on y réfléchit, c'est vrai qu'ils se correspondent tout à fait. Ça ne m'étonne pas qu'ils se soient fiancés !'
Justine souriait si fort maintenant qu'elle avait un peu peur de se retrouver brusquement coupée en deux, au milieu du visage, par cette bouche qui ne faisait que s'élargir.
Impossible d'arrêter de sourire. Pourquoi ne pouvait-elle pas arrêter de sourire ?
'C'est faux, c'est juste faux', répétait-elle.

'Mais non', dit Cannelle pleine de joie, 'c'est vrai ! Ne t'en cache pas, Justine, t'es juste plus douée que tu ne le penses en arrangement de mariages d'amour... peut-être que c'est ta nouvelle vocation !'

'Absolument pas !' dit Justine. 'Je n'ai aucune vocation là-dedans, OK ? C'est un mariage d'ordre purement administratif !'

'T'es trop modeste !' riait Cannelle, et Justine eut une puissante envie de lui enfoncer une queue d'ananas dans la bouche pour la faire taire.

'Vous vous disputez ?' demanda distraitement Fern, qui ne comprenait pas le français.

'Pas du tout', dit Justine, 'on se marre à cause de cette situation marrante.'

'Je fais des compliments à Justine', dit Cannelle, 'mais elle ne les accepte pas. Elle est trop british !'

'J'arrive pas à comprendre l'intonation française', soupira Fern. 'J'ai toujours l'impression que quand des gens parlent français, ils sont en train de s'engueuler.'

'On s'engueulait pas', répéta trois fois Justine. 'On rigolait. On *rigolait*. Parce que cette situation, c'est juste trop marrant.'

6

La nouvelle prof de chant de Marguerite, Eleanor Montfort, était une épaisse duchesse de soixante-dix-sept ans, qui dans sa jeunesse avait été une chanteuse, mais surtout réputée pour ses récitals – elle avait du mal à tenir toute la longueur d'un opéra et préférait les « moments mélodieux » aux « moments ennuyeux ».

'Il n'y a rien de pire que les récitatifs !' disait-elle régulièrement à Marguerite.

Le matin elle arrivait vers onze heures, après le copieux petit déjeuner (Marguerite se sentait enfler de partout comme une pâte à pain). Elle tenait toujours quelque chose dans ses bras, parfois un énorme bouquet de fleurs et de fruits, parfois une pierre bourrelée qu'elle avait ramassée par terre et dont elle affirmait qu'elle ressemblait « exactement à une sculpture de Jeff Koons ».

Ce matin-là, à Elms Heights, Lady Montfort portait une chose qui ressemblait à un gros bébé rose. Une inspection plus attentive révéla qu'il s'agissait d'un petit porcelet, de la race dite *teacup pig*, cochon tenant dans une tasse de thé, qu'elle avait acheté parce qu'elle le trouvait truculent et irrévérencieux.

'Joyeux Noël !' annonça-t-elle à Cosmo.

'C'est vraiment très gentil de votre part', dit Cosmo en se grattant la tête, 'quel cadeau merveilleux.'

Il le posa par terre près de Pebbles, et teckel et porcelet s'enfuirent à travers le petit salon comme s'ils avaient gardé les cochons ensemble, ou un équivalent plus approprié à leur espèce.

'Allons vite au salon de musique, ma chère ; je sens que vous êtes différente, ce matin, vous avez en vous cet aria !'

Lady Montfort disait cela tous les jours. Marguerite et elle se précipitèrent à l'étage, où la grosse prima donna s'installa immédiatement au piano, et Marguerite, pas même échauffée, dut commencer le *Je veux vivre*.

En quelques jours, cet aria était devenu sa torture quotidienne, car Lady Montfort s'était mis dans la tête qu'il serait sa mission absolue de le lui enseigner.

'On reprend à *bonheur* !'

Ainsi les trois heures de cours quotidiennes étaient-elles entièrement dévouées à cet air-là, sans la moindre petite chanson de Reynaldo Hahn pour souffler.

'Ouvrez votre poitrine ! Ouvrez votre poitrine !' glapissait Lady Montfort. 'L'air vient du fond de votre ventre, il faut qu'il trouve par où passer !'

Mais il ne trouvait pas par où passer. Marguerite avait la singulière impression, non seulement de ne pas s'améliorer, mais de régresser. Cependant, la professeure était aisément satisfaite.

'C'est parfait ! C'est magnifique !' hurlait Lady Montfort quand Marguerite produisait des sons que Kamenev aurait comparés à des « cris d'Américaine face à une attaque d'aliens mutants dans un film hollywoodien ».

'Lady Montfort, je sais que ce n'est ni parfait ni magnifique', répondait doctement Marguerite.

'Mais si, mais si, ma chère, c'est d'une telle joliesse !'

Il n'avait fallu que quelques heures à Marguerite pour comprendre que Lady Montfort, de toute sa vie, n'avait envisagé le chant que pour « *aider à s'accomplir* » des jeunes femmes qui par ailleurs se destinaient à quelque chose de tout à fait différent. Elle glissait de château en château, apportant fleurs et porcelets en cadeau, pour divertir cette jeunesse aisée et la convaincre de sa valeur ; mais au fond, elle n'avait pas une idée très claire du niveau véritablement requis pour devenir une professionnelle du chant lyrique.

'Ça tire', se plaignait Marguerite quand sa professeure, d'un index tendu vers le plafond, lui ordonnait de chanter plus haut et plus fort.

'Les cordes vocales sont un muscle', répondait Lady Montfort, 'qu'il faut étirer comme un mollet de basketteuse ! Allez !'

Ce jour-là, alors que la vieille dame dodue faisait piailler la petite mince, Bertie entra comme une balle de fusil dans la pièce, le visage couleur pâte à sel.

'Bertie', dit Marguerite, 'qu'est-ce qui t'arrive ? Tu t'es fait mal ?'

'J'ai entendu un fantôme', dit le petit garçon.

La duchesse éclata d'un grand rire en lames d'épée.

'Un fantôme ! Mais c'est tout à fait merveilleux.'

'Il est là-haut, au troisième étage', expliqua rapidement le petit garçon, 'dans la pièce avec la porte verte.'

Marguerite s'agenouilla pour lui caresser la tête.

'Et comment tu l'as entendu, ce fantôme ?'

'Je cherchais le petit cochon et Pebbles, et ils étaient allés jouer là-haut sur le tapis, et j'ai entendu le fantôme derrière la porte qui faisait du bruit.'

'Je vois', dit Marguerite très blanche. 'Je pense que c'était sans doute le vent, mon cœur.'

Mais elle l'entendait elle-même chaque soir depuis son arrivée, ce bruit, et ce n'était pas le vent.

'Tu peux venir vérifier avec moi ?' dit Bertie.

Il lui prit la main. Marguerite, s'excusant auprès de la duchesse (qui pour accompagner leur expédition joua une terrible marche funèbre sur le Bosendorfer), sortit dans le couloir avec lui.

La maison était silencieuse ; Imogen était comme toujours allée s'aplatir dehors près de la piscine, décidée à cuire sous le non-soleil, et les quatre enfants jouaient dans le jardin, où Pebbles et le porcelet venaient de les rejoindre.

Ils marchèrent lentement le long du couloir, adressèrent des signes de tête respectueux aux portraits des aïeux dans les couloirs, au buste de pierre de Churchill, à l'un des garçons de cuisine qui descendait les escaliers, à l'un des petits terriers secs qui les montait, aux grosses têtes de lions sculptées dans le bois des rampes...

'C'est là', dit Bertie en montrant la porte du doigt, quand ils furent arrivés à l'étage supérieur.

'Je sais', répondit Marguerite. 'Je sais.'

Elle appuya son oreille à la porte... On n'entendait aucun bruit à l'intérieur. Elle finit par poser ses mains sur le panneau – et tout à coup –

– la porte s'ouvrit! – et elle dégringola –

dans les bras de...

'Cosmo!'

Il semblait courroucé.

'Vous écoutez aux portes, maintenant? C'est quoi, votre obsession avec ce cagibi?'

'Je suis désolée, c'était Bertie qui avait soi-disant entendu un fantôme, et...'

'Pour l'amour du ciel! Reprenez-vous, cette maison n'est pas hantée. J'étais juste en train de faire un peu de rangement.'

Marguerite regarda par-dessus l'épaule du jeune lord; la remise était aussi en désordre qu'avant.

'Tu vois, Bertie', dit-elle au petit garçon d'une voix peu assurée, 'ce n'était pas du tout la peine de s'inquiéter. Il n'y a pas de fantôme.'

'Il y en avait un', insista-t-il.

Cosmo avait retrouvé le sourire.

'Il y aura surtout des fantômes de sorbet, si tu rates le moment où Imogen va ouvrir le congélateur! File d'ici!'

Bertie ne se fit pas prier, et Cosmo prit le bras de Marguerite pour la ramener jusqu'à Lady Montfort.

'Reprenons!' glapit la duchesse. 'Assez perdu de temps! *Aaaaah!*'

'*Aaaaah!*' chanta Marguerite en hâte, et puis, encore pétrie d'émoi par ce qui venait de se passer... 'Je – veux – vivre – dans – ce rê-ê-êê...'

... et *CLAC!* quelque chose en elle se cassa.

'Reprenons!' cria Lady Montfort. '*Aaaaah!*'

Marguerite ouvrit la bouche pour aaaaaher.
Rien ne sortit.
'*Aaaaah!*' refit la professeure. 'Allez, allez, ma chère, un peu d'entrain! *Aaaaah!*'
La jeune femme avait pourtant modelé sa bouche de la bonne forme, accroché à ses yeux ses cordes vocales, empli son ventre d'air prêt à devenir musique…
'*Aaaaah!*' répéta Lady Eleanor. 'Quelles sont ces manières?'
'Lady Eleanor', chuchota Marguerite terrifiée. 'Je n'y arrive pas…'
Elle tenta à nouveau. Pas une haute note ne sortait.
'Hé bien', dit Lady Eleanor, 'notre gorge nous fait un petit caprice?'
Marguerite avala, toussota ; aucune note au-dessus d'un *sol* n'acceptait de se lever de son petit lit rose.
'Il vous faut une bonne tasse de thé!' déclara la duchesse.
Elle avisa Sonya Tikhona, qui passait justement dans le couloir.
'Sonya! Faites-nous monter une tasse de thé! Bien brûlante, bien brûlante!'
L'un des garçons, peut-être Freddie, parut quelques minutes plus tard avec une théière de l'élixir, une tasse de porcelaine Wedgwood et une soucoupe posée par-dessus. Cosmo, pensif, l'accompagnait.
'Vous ne pouvez pas m'annoncer que vous avez perdu votre voix, Marguerite', dit-il d'un ton désolé. 'Ce serait un gros drame : on ne retrouve jamais rien dans cette maison.'
'Je suis aussi inquiète que vous!' croassa Marguerite, pas amusée par la plaisanterie.
Elle souleva la soucoupe et poussa un cri : il y dormait une petite souris grise.
'Mon Dieu', soupira Cosmo tandis que l'animal s'échappait paresseusement, 'ce n'est pas votre jour.'
On apporta une autre tasse. Sonya Tikhona, Freddie, Cosmo, Lady Eleanor, Pebbles et le cochonnet regardèrent avec anxiété Marguerite prendre sa gorgée de thé.
'Alors?' murmura la duchesse. 'Réparée?'

'Faites-nous le début de l'air de la Reine de la Nuit', proposa Cosmo.

Étonnamment, le thé n'avait pas suffi à retresser entre elles les fibres humides des cordes vocales de Marguerite. Paniquée, elle observa dans l'air, comme si elle était capable de les voir, les pauvres lambeaux de notes qu'elle avait produits.

'C'est vraiment ennuyeux', dit Cosmo, 'parce que j'allais justement vous annoncer qu'on est invités à prendre le thé demain chez les Beskow, et qu'ils auraient bien aimé que vous chantiez un petit quelque chose.'

'Il faut que j'appelle Pierre', dit Marguerite. 'Tout de suite.'

'Mais bien sûr, prenez donc le téléphone du château.'

Il l'accompagna au rez-de-chaussée, où un antique combiné en bakélite tendait l'oreille près de la salle à manger. Marguerite mit une bonne poignée de minutes à composer le numéro de Pierre sur la roulette dans les trous de laquelle il fallait insérer le doigt. Cosmo la regardait faire.

'Vous ne partez pas ?' demanda Marguerite.

'Je ne comprends pas le français, de toute façon. Tout est très confidentiel.'

'Alors pourquoi rester ?' reprit Marguerite. 'Allô ? Allô, Pierre ?'

'Juste pour regarder votre doux visage', murmura Cosmo. 'Et puis, je préfère être là s'il faut ramasser les morceaux.'

★

'Marguerite ! Ça va ?'

'Pas… Pas trop.'

'Qu'en est-il de votre prince charmant ?'

'Il a des… secrets', dit Marguerite. 'Il cache des trucs dans une pièce.'

'Sans doute les corps démembrés de ses six premières femmes.'

'Pierre, j'ai perdu ma voix.'

'Vous avez bien cherché ?'

'Vous arrêtez avec ces blagues ? Vous êtes pareil que Cosmo, décidément. Vous vous entendriez bien, tous les deux.'

'Tout ce que j'entends, c'est que vous me parlez normalement.'

'Je n'ai plus rien au-dessus du sol.'

'Faites-moi un *la*.'

'Impossible.'

'Un beau *la* tout rond. *Laaaa-la-lala-laaa*.'

'Pierre, je n'y arrive pas !'

Elle se mit à sangloter.

'C'est vraiment négligent de votre part', lança Pierre, 'd'aller égarer comme ça toute une octave et demie de notes, alors que j'ai travaillé des années à vous les faire atteindre.'

'Pierre !' s'effara Marguerite, 'vous vous en foutez complètement ou quoi ?'

'Pas du tout, c'est d'une importance capitale.'

Une certaine inflexion de la voix de son professeur lui fit comprendre ce qui se passait.

'Pierre, vous êtes soûl, je me trompe ?'

'Vous vous trompez entièrement. Il est onze heures trente du matin.'

'Ça ne vous a jamais arrêté.'

'Vous êtes terrible ! Je suis presque sobre.'

'Je le savais. Je suis sûre que vous n'avez pas arrêté de boire depuis que je suis partie !'

'Faux. Je m'y suis mis hier, pour déloger un petit pois que j'avais dans la gorge.'

'Ce n'est pas drôle, arrêtez tout de suite ! Là, vous êtes en train de boire ?'

'Non.'

'C'est vrai ?'

'Oui. Pas depuis dix minutes.'

'Dix minutes ! Pierre, arrêtez vos conneries, merde ! Il faut que je sois là pour veiller sur vous 24 heures sur 24 ?'

'Ma petite Marguerite', dit Kamenev, 'il ne vous vient pas à l'esprit que je puisse être non pas déprimé, mais en train de célébrer quelque chose ?'

'Bizarrement, non, ça ne me vient pas à l'esprit que vous soyez en train de célébrer quoi que ce soit.'

'Eh bien, vous avez tort, figurez-vous. Il m'est arrivé un drôle de truc.'

Marguerite s'aperçut qu'elle avait mal à la main à force de serrer le téléphone. Elle en changea.

'Qu'est-ce qui vous est arrivé ?'

Il y eut un silence, durant lequel Marguerite crut entendre un bruit de déglutition, comme si Kamenev n'avait pas entièrement suivi son conseil d'arrêter de boire.

'Je vais me marier !' dit-il enfin.

'OK, bien sûr', soupira Marguerite. 'Sinon, ça vous dirait pas de venir ? Venez, Pierre, je vous en supplie, prenez le premier train – il faut que vous m'aidiez, ma voix est totalement partie...'

'Je vais véritablement me marier, Marguerite. J'ai vu la lumière. *I have seen the light!* J'ai compris tout l'intérêt de *Brexit Romance*. Dans un monde où rien ne fait sens, vive *Brexit Romance* ! Dans un monde où plus personne ne s'engage, vive le mariage ! Pour un monde sans frontières ni barrières, vive la bague à l'annulaire !'

Marguerite s'aperçut, à ce point-là, qu'elle avait enroulé l'intégralité du zigouigoui de caoutchouc qui entourait le fil du téléphone autour de son avant-bras. Cosmo, adossé au coin d'une porte dans l'obscurité, la regardait de ses yeux perçants, regardait son bras qui se boursouflait comiquement sous la pression du sang entre les serrements du cordon du téléphone.

'J'espère que vous êtes en train de me dire n'importe quoi', articula Marguerite. 'C'est Justine Dodgson qui essaie de vous épouser ?'

Au nom de Justine Dodgson, Cosmo leva les yeux vers le plafond.

'Nan', dit Kamenev, 'Justine se marie aussi, mais pas avec moi.'

'Justine se- ?'

'Un Polytechnicien. Vous lui demanderez. Moi, j'épouse l'Américaine. Vous verrez, je suis sûr que vous vous entendrez très bien. Elle est loin d'être bête, elle connaît presque toutes les catégories du *Fach*, figurez-vous.'

'Vous n'êtes pas sérieux', dit Marguerite, et répéta en boucle ces mots, avec quelques variations et quelques trilles, 'Vous plaisantez', 'C'est une blague', tandis que Kamenev répliquait, quant à lui, 'Mais si, je vous jure', 'Mais pas du tout', 'Je suis très sérieux', et cet ardent duo dura au moins quatre minutes.

'Mais', finit par s'écrier Marguerite, 'mais – et moi ?'

'Ma chère Marguerite', dit Pierre, 'vous êtes un peu jeune pour m'épouser, ça ferait mauvais genre.'

'Arrêtez ! Qu'est-ce que je vais devenir ?'

'Vous avez l'air de devenir quelque chose toute seule, dans votre paradis nordique, non ?'

'Non ! Bien sûr que non !

'Ah bon. C'est bien dommage pour vous.'

'Vous êtes devenu complètement fou', murmura Marguerite.

'Tout le monde ici est –'

Slam ! – Marguerite lui raccrocha au nez.

'Mauvaises nouvelles ?' s'enquit Cosmo d'un ton badin, tout en s'approchant d'elle. 'Il ne sait pas comment faire pour vous redonner votre voix ?'

'Cosmo', s'effondra Marguerite, 'Pierre va se *marier* !'

'Pas possible !' s'exclama Cosmo, la soutenant pour qu'elle se relève.

'Avec une Américaine !'

'De pire en pire.'

'Je ne comprends plus rien.'

'Il s'est Brexit-Romancé, il n'y a rien à comprendre. C'est tout de la faute de Justine Dodgson, ainsi que de mon père, d'une certaine façon, et également de millions de Britanniques. C'est très beau, d'un certain côté, enfin si l'on apprécie les choses un peu tragiques – vous ne trouvez pas ? Venez, allons en discuter dans la roseraie. On parle toujours mieux de mariage dans les roseraies. N'avez-vous pas remarqué à quel point la proximité des roses facilite les conversations matrimoniales ?'

★

'Vraiment, vous ne trouvez pas ? Regardez comme elles nous regardent. On dirait que d'un moment à l'autre, il va leur pousser des petites lèvres roses au milieu, qui nous chuchoteront des mots d'amour.'
'On dirait que pour vous, rien n'est jamais grave.'
'Si, des tas de choses. Par exemple, le jardinier a planté des rosiers blancs par erreur. Ma mère les aime rouges. Et sachez, entre nous, que si elle voit un rosier blanc…'
Il fit le signe de s'égorger avec le tranchant de l'index.
'Ce que vous n'avez pas encore compris', dit Cosmo à Marguerite (il la tenait avec fermeté, un bras passé dans son dos, l'autre lui caressant tendrement l'épaule, sous une autre pergola de lavande), 'c'est que tout cela n'a strictement aucune importance. Ces roses rouges manquantes, c'est tout aussi grave que nos passeports qui vont soudain changer de couleur. C'est à la fois capital et sans importance. Le remède trouvé par Justine est exactement similaire. Le mariage a toujours été un marché. Croyez-vous que quiconque s'épouse jamais par amour ? On s'épouse par désespoir ou lassitude, stratégie familiale, arrangement économique ou légal, présence d'enfants. Parfois on s'épouse pour s'obliger à se jurer qu'on restera toujours ensemble, car *rien*, dans le monde, ne déclare plus à personne : « Par la présente j'engage la personne de quatre-vingt-dix ans que je serai dans très longtemps ». C'est ce que Justine a très bien compris. Elle a déshabillé le mariage jusqu'au squelette. Elle nous a forcés à reprendre conscience de son extraordinaire importance, et en même temps de son abominable futilité. Tous les Brexit-Romancers sont à la fois entièrement sérieux,

et absolument légers. En cela, c'est un concept très de notre époque.'

Marguerite leva vers Cosmo des yeux excédés.

'Ne me dites pas que vous êtes séduit par l'idée, Cosmo.'

'Eh bien', dit le jeune homme, 'puisqu'on est sur le sujet, que diriez-vous d'en parler un peu plus ?'

Les oreilles de Marguerite se mirent à bourdonner.

'Vous plaisantez ?'

'Jamais.'

'Je sais très bien que vous plaisantez absolument toujours.'

Il lui sembla soudain qu'elle passait ses journées, ces temps-ci, à demander aux gens s'ils plaisantaient ou non.

Cosmo s'éclaircit la gorge.

'Ma chère Marguerite, voyez-vous, j'ai moi-même mes raisons de souhaiter ardemment une union avec une jeune femme exactement comme vous, quoique j'eusse préféré qu'elle ait le bon goût d'être un peu plus âgée – dix-sept ans, je suis sûr que vous serez d'accord, ce n'est pas très sérieux comme âge.'

'Oh', dit Marguerite en plongeant la tête entre ses mains, '*for fuck's sake.*'

'C'est le genre d'expressions qu'il faudrait éviter en présence de Papa et Maman', dit Cosmo, 'mais sur le principe, donc, j'ai des raisons précises pour souhaiter à la fois préserver ma citoyenneté européenne, et préserver, disons, un semblant de *décorum* dans ma vie ; et ces raisons me poussent à choisir quelqu'un avec qui contracter une union légalement valide, émotionnellement contentée… et sexuellement – je vous prie de prendre note de mes mots – *absolument non consommée*. Or il me semble, et les jours précédents l'ont confirmé, que vous seriez la meilleure candidate, puisque vous êtes parfaitement jolie, élégante, cultivée, calme et de droite.'

'De droite ?'

'C'est important. Vous pourriez faire l'effort de croire en Dieu aussi, mais je dois bien admettre que le monde qui nous entoure ne rend pas la tâche aisée.'

Sans crier gare, Cosmo se mit alors à genoux, et extirpa quelque chose de sa poche ; ce qui lui demanda quelques efforts, car sa poche était blindée de trucs et de machins, et il fit tomber par terre, entre les pétales de roses et de lavande, tout le contenu de son portefeuille : ses cartes bleues, d'étudiant, de bibliothèque, d'une salle de sport oxfordienne d'élite, et de fidélité pour tout un tas de magasins différents – ce qui indiquait une fidélité un tant soit peu baladeuse –, et puis six billets de vingt livres, et une vieille photographie de sa maman...

... et donc, il extirpa finalement une boîte :

'Enfer sanglant. Où en étions-nous ? Ah oui.'

Il présenta la boîte, que Marguerite ouvrit avec une sorte de résignation. Elle contenait une bague qui la fit rire tellement elle brillait.

'Combien de milliers de carats ?' demanda-t-elle, prononçant 'caraa' à la française.

'Je crois que vous trouverez que l'on dit *cAratt*', la corrigea Cosmo.

'Comme une carotte ?'

'À peu près. Vous comptez me parler de lapins alors que je vous parle de mariage ?'

'Vous êtes totalement dingue. Cosmo...'

'Non, attendez, Marguerite, il faut que je vous explique le plan d'attaque, parce que c'est compliqué ces choses-là, et cela demande de la stratégie. On va faire la feinte dite de *Natacha-Bolkonsky*. Vous savez qui c'est ?'

'Une joueuse de tennis ?'

'Presque. Ce sont deux personnages de *Guerre et Paix*.'

'Ah ?'

'Et donc, ils se fiancent, *mais* ils attendent une année avant de se marier.'

'Pourquoi ?'

'Écoutez, vous le lirez et vous le découvrirez vous-même, je ne vais pas vous le spoiler, c'est un bouquin très sympa. Bon, dans notre cas, la raison est un peu différente : votre âge actuel est un peu dégoûtant. Mais dans un an, toute scintillante de vos dix-huit ans, vous pourrez marcher avec moi vers la petite église près de laquelle vous m'avez fait l'honneur de vous asseoir à mes côtés il y a quelques jours, et à partir de ce jour-là, dûment enregistrée au consulat sur la liste des Français de l'étranger, vous vous délecterez de tous les scones que vous voulez, tout en paraissant être une épouse aimante et douce, et en continuant à prendre des cours de chant auprès des plus grands professeurs. J'irai bien sûr à vos récitals et voir vos opéras, et j'accepterai avec joie les compliments que l'on me fera d'avoir une épouse aussi prodigieuse. Dans quatre ans, j'obtiendrai ma nationalité française. Il faudrait entre-temps que vous m'appreniez la langue, si ça ne vous ennuie pas. Je prendrai quelques cours sur le côté, mais idéalement vous me parlerez dans votre joli babil quand je rentrerai du Parlement, le soir. Ensuite, si cela vous convient, on pourra même rester mariés, ce qui, pour être honnête, m'arrangerait personnellement beaucoup ; toutefois, si vous cherchiez à vous échapper, je comprendrais et tenterais de trouver une nouvelle victime.'

Il sourit, grattant distraitement sa petite barbe.

'D'accord ?'

'D'accord', dit Marguerite.

'D'accord ? Vraiment ?'

'*Non !*'

'Non ? Mais pourquoi non ?'

Elle s'était levée, et Cosmo dans un état moins calme, d'une voix plus urgente, la suivait maintenant à travers les allées de la roseraie.

'Marguerite, écoutez, soyez sérieuse un instant…'

'C'est vous qui me dites ça ?'

Ils passaient près d'un petit jardinier maigrelet, aussi se calmèrent-ils, et firent semblant de caresser les roses comme des chatons.

'Bonjour, Will', dit Cosmo, et le jardinier lui répondit d'un signe du menton et d'un, 'Bonjour, Monsieur.'

'Ma mère va vous arracher la tête à cause de ce rosier blanc, Will', dit Cosmo poliment.

'Oui, Monsieur', dit Will.

'Où en étions-nous ?' reprit Cosmo une fois hors de portée auditive du jardinier. 'Donc, ma chère, il faut être raisonnable. N'oubliez pas que vous venez d'être plantée par Pierre Kamenev.'

'Je n'ai *pas* été plantée par Pierre Kamenev !'

'Ah bon ?'

Ils arrivaient maintenant dans le labyrinthe de haies vert perroquet, ponctué d'étranges buissons modelés en animaux, qui était adjacent à la roseraie.

'Vous n'avez pas été plantée par Pierre Kamenev ? N'allez pas là-bas, c'est un cul-de-sac.'

'Absolument pas !'

'Si, je vous jure. Je connais ce labyrinthe par cœur, je le parcours dans tous mes rêves – et vous ne voulez pas savoir les monstres que j'y trouve, d'ailleurs. Voilà : vous voyez, c'est un cul-de-sac.'

'Je disais *absolument pas* en réponse à votre question sur Pierre !'

'Alors, repartons dans l'autre sens. La troisième à droite. Donc, Pierre – il vous plante pour aller vivre à New York. La Greenblatt habite un loft façon *Friends* avec briques apparentes, à dix minutes du Met.'

'Vous la connaissez ?!'

'Très bien. Elle est férocement intelligente, même si ses idées politiques sont consternantes. Allez à droite. L'autre droite. Voilà. Encore plus à droite.'

'Eh bien, Pierre m'emmènera à New York avec lui !'

'Parfait, excellente idée. Et alors, vous serez quoi ? Pour toujours l'élève orpheline du gentil Kamenev ? Le jour de votre début à Garnier, habillée en *Carmen*…'

'Je ne pourrai jamais jouer *Carmen*, c'est un rôle de mezzo dramatique et je suis soprane colorature.'

'OK. Gauche. Attention, il y a une sculpture d'aigle au coin, et il a le bec pointu, j'en ai encore une cicatrice depuis un jour où je courais là-dedans, au début des années 2000, en poursuivant… mais peu importe. Donc, le jour de votre début à Garnier, habillée en Reine de la Nuit, vous ferez quoi ? Vous remercierez encore le gentil Kamenev de vous avoir sortie de nulle part, vous direz, *Oh, merci Monsieur Pierre, de m'avoir hébergée dans le loft de Rachel Greenblatt votre épouse* ? Ou alors est-ce que vous ne direz pas plutôt – droite, puis gauche – est-ce que vous ne direz pas plutôt, *Je remercie la terre violette et brune du Yorkshire, le comté de Dieu lui-même ; je remercie mon cher époux Cosmo Roddikin-Carraway, qui par son travail acharné au Parlement britannique a enfin réussi à faire réintégrer les châtiments corporels à l'école* ? Merveilleux, on arrive.'

Ils étaient arrivés, en effet, au cœur du labyrinthe, où un cadran solaire tirait la langue bien inutilement vers le ciel gris, et où une petite fontaine clapotait.

'Marguerite, *come on*', dit Cosmo, et il la prit dans ses bras.

De près, son visage bien structuré avait quelque chose d'un peu grotesque, comme un personnage dessiné par un caricaturiste juste un peu plus subtil que la moyenne. Et tandis que Marguerite aurait dû être saisie de délice et d'effroi à cette étreinte, elle se sentait, à la place, vide de toute signification, comme un mot qui perd son sens à force d'être répété.

'Kamenev vous abandonne, vous n'avez pas de parents, vous avez une carrière brillantissime devant vous, mais seulement à condition de vous payer les meilleurs professeurs. Épousez-moi, et on gère tout cela ensemble.'

Kamenev vous abandonne.

'Il ne m'abandonne pas.'

'Très honnêtement, vous êtes absolument formidable, ma chère, mais en Amérique, le niveau est très haut. La Greenblatt aura tôt fait de lui trouver toute une paluchée de jeunes élèves américaines toutes plus talentueuses les unes que les autres.'

Les yeux de Marguerite se bombèrent de larmes.

'Je voudrais appeler Justine', dit-elle plaintivement.

'Elle vous dira la même chose. Justine se marie aussi. Tout le monde se marie.'

'Laissez-moi l'appeler !'

'Écoutez, ce n'est pas *Qui veut gagner des millions*, ici, on n'appelle pas un ami quand une question aussi simple est posée. Vous m'épousez, oui ou non ?'

Marguerite contempla le visage empourpré de Cosmo. L'eau de la fontaine chantait sa petite mélodie.

'J'ai perdu ma voix', chuchota Marguerite.

'Et moi, toutes les cartes de mon portefeuille. On les retrouvera peut-être ensemble, avec des chaussettes dépareillées. Kamenev, à l'inverse, se sera depuis longtemps envolé. Alors, vous acceptez ?'

Envolé, Kamenev, envolé.

'Cosmo…', dit Marguerite.

'Si vous n'arrivez pas à dire *I do* ou *I will*, hochez donc la tête', glissa Cosmo, avant de lui placer deux doigts pile sous le menton. 'Je peux vous montrer comment.'

Et opérant vers le haut une légère poussée, puis tirant vers le bas le petit menton, il fit hocher le visage de Marguerite.

Et Cosmo, secrètement, se trouva lui-même un peu surpris de la tiédeur qui lui gagna le cœur quand il exécuta ce hochement ; et il observa ces grands yeux stupéfaits, respirant l'odeur de fruit rouge qui émanait des cheveux de Marguerite, éprouvant, tendre et élastique, le menton rond sous ses grands doigts.

'Véritablement, je vous assure', murmura-t-il, 'je n'aurais pas de souffrance à être votre époux.'

Puis son regard, à nouveau, se vitrifia.

'Alors ?' murmura-t-il. 'Qu'en dites-vous ?'

Alors, très lentement, Marguerite – hocha – la tête.

'Splendide !' s'exclama Cosmo, dont Marguerite eut la surprise de voir la gorge palpiter. 'Je savais que vous seriez un bon sport. Je vous embrasserais bien, mais ce serait partir sur de mauvaises bases. Vous porterez ma bague ?'

'Non.'

'Essayez-la quand même pour voir.'

Elle lui allait parfaitement, s'enclenchant à la naissance du doigt comme si elle s'était resserrée magiquement une fois passées les fines phalanges.

'Elle y est, elle y reste, sinon c'est du mauvais sort en barres', dit Cosmo. 'Félicitations à nous. Sortons de ce terrible dédale et allons annoncer la bonne nouvelle : coup de foudre au mariage de Tommy Dodgson, continuation de la relation, fiançailles rapides pour cause d'intensité cardiaque, délai d'un an pour permettre à la mariée de ne pas être tout à fait une enfant le soir des noces. Jolie petite histoire. Très jolie.'

Il sembla hésiter un moment, se retourna, la regarda du coin de l'œil.

'On est d'accord sur cette version du conte, n'est-ce pas ?'

Marguerite hocha la tête.

'Haut les cœurs !' dit Cosmo. '*We're all in this together*. Vous savez, mon amour, Kamenev est en train de raconter exactement la même chose à sa famille en ce moment.'

'Il n'a pas de famille.'

'Lui non plus ? C'est une véritable épidémie, dites donc. Bref, il est en train de s'inventer la même histoire avec Rachel Greenblatt. En tout cas, on est d'accord sur cette version du conte ?'

'On est d'accord', murmura Marguerite.

'Eh bien, c'est parfait. On la racontera bien proprement demain, en prenant le thé chez nos chers amis. Vous nous chanterez quelque chose ?'

'Je ne sais plus chanter.'

'*Too bad.*'

7

Pierre :
Désolé pour hier, Marguerite, je n'étais pas vraiment là
J'ai dormi depuis. Rêves bizarres.
Vous avez perdu votre voix, donc ?
Vous voulez qu'on en reparle au téléphone ?

Vous ne répondez pas
Pas de réseau dans votre Nord ?

Marguerite ?

Marguerite :
désolée j'avais pas vu vos messages
oui voix perdue mais je vais la retrouver lol
juste un truc pour que vous soyez au courant
je me suis fiancée
hier avec Cosmo

c'est beaucoup trop drôle
c'est une épidémie ces mariages mdr !

pardon
????

oui trop fun
je vais être lady Roddikin-Carraway
ça fait plus classe que Fiorel ou bien ?

?????
Marguerite ?????
Qu'est-ce que c'est que cette connerie ?
j'essaie de vous appeler décrochez
!!!!!!!!!!!!!!!!!!!!

Vous avez 13 appels en absence de : Pierre

MARGUERITE APPELEZ-MOI BORDEL

OK
bonne journée, Monsieur Bordel
mais je préférais votre ancien nom

Vous avez 9 appels en absence de : Pierre

★

Sonya Tikhona :
'Je ne peux pas déranger Mademoiselle Marguerite, *I'm afraid*. Lord Roddikin refuse absolument que la famille prenne des appels à l'heure du déjeuner.'

'Je vous en supplie…'

'*I'm afraid* que je ne peux pas, Monsieur. Lord Roddikin tient à ce que les repas restent un moment de calme et de tranquillité.'

'Rendez-moi au moins un service : allez étrangler son fils.'

'Je ne peux pas obéir à votre demande, *I'm afraid*', dit Sonya Tikhona. 'Lord Roddikin a un certain attachement pour le jeune homme.'

'Un étranglement long, lent et avec quelques moments où vous lui relâcheriez très légèrement la gorge pour lui faire croire qu'il va s'en sortir… Vous faites ça pour moi ?'

'Je suis vraiment désolée de ne pouvoir satisfaire cette requête.'

'Est-ce que vous pourriez le tuer d'une autre manière ?'
'Non, Monsieur.'
'Vous comprenez, je le hais de toute la puissance dont je suis capable, et donc j'aimerais bien qu'il meure tout de suite ou, au plus tard, d'ici une ou deux heures.'
'*Quite.*'
'Allez, faites-le.'
'*I'm afraid not, sir.*'

★

'Qui était au téléphone, Sonya Tikhona ?'
'Un jeune homme qui voulait parler à Mademoiselle Marguerite.'
'Vous lui avez dit qu'on ne parlait pas au téléphone pendant les repas ?'
'Oui, Monsieur.'
'Était-ce urgent ?'
'Je ne sais pas, Monsieur.'
'A-t-il laissé un message ?'
'Non, mais il m'a enjoint d'étrangler Monsieur Cosmo, très lentement et très longuement, en faisant par moments semblant de le laisser s'échapper.'
'Ce n'est pas banal. Et pourquoi donc ?'
'Parce qu'il le hait de toute la puissance dont il est capable.'
'Ah ? Tiens donc', dit Roddikin.
Et il haussa les épaules.
'*Fair enough.*'

8

Justine tournait en rond dans l'appartement de Clapham, un sentiment de malaise grandissant au cœur.

'Salut, ma chérie', lui dit son frère en entrant dans le salon, parfum oreiller.

Il essaya de l'embrasser sur la joue, mais Justine le chassa d'un geste de la main réservé aux agaçants hyménoptères.

'Mauvaise humeur ?' demanda-t-il.

'Je me demande bien pourquoi !' sarcasma-t-elle.

Mais en vérité, elle se le demandait un peu. Ce n'était pas seulement son frère qui l'irritait ; tout l'irritait. Même les récents succès de l'appli *Brexit Romance* – trois nouveaux couples formés en deux jours ! – avaient échoué à lui redonner de l'enthousiasme.

'Tu soûles', répondit Matt. 'Tu vas arrêter quand, de me faire la gueule ? J'ai dit que j'étais désolé !'

Il faisait semblant d'être plein d'un triste et digne repentir, mais depuis l'annulation de son mariage *Brexit Romance*, il devait précautionneusement s'accrocher aux meubles, tel un ballon d'hélium, pour ne pas s'envoler directement jusqu'au plafond.

À cet instant, Cannelle sortit de sa chambre, en onesie de tigre, joues rosies par la couette.

'Salut, tigresse', dit Matt.

La réaction de Cannelle fut à peu près similaire à celle de Justine, aussi Matt alla-t-il grincheusement se toaster son bagel.

'Bien dormi?' demanda Cannelle à Justine, tout en étalant des tranches d'avocat sur un pain de mie grillé chafouin.

'Pas idéalement', admit Justine qui n'avait strictement pas fermé l'œil de la nuit. 'J'ai reçu un message de Cosmo Carraway, hier soir. Il – *ahem* – il s'est Brexit-Romancé avec Marguerite. Il l'épouse dans un an.'

'Incroyable!' s'enthousiasma Cannelle. 'C'est hallucinant, Justine, ce que tu as réussi à faire! Grâce à toi, tout le monde va vivre heureux.'

Justine hocha la tête, puis s'effondra nonchalamment sur le sol et commença à faire des mouvements de yoga à même le plancher dans l'espoir de se décontracter.

'Eh bien, tu n'es pas contente?' demanda Matt. 'Je croyais que tu voulais absolument caser Cosmo.'

Justine ne répondit rien. Puis:

'C'est Pierre', dit-elle piteusement à Cannelle. 'Il… Il va être furieux.'

'Pourquoi? Lui aussi se marie.'

'Oui, mais Marguerite a dix-sept ans! Il va dire qu'elle n'est pas responsable de ses actes et que ce n'est pas raisonnable.'

'Non', dit Cannelle, 'c'est tout à fait raisonnable au contraire. C'est si elle était amoureuse de Cosmo que ce ne serait pas raisonnable.'

'Justement, je me demande si ce ne serait pas un peu le cas.'

'Marguerite est bien du genre à tomber amoureuse de cette lavette', dit Matt.

Les deux filles l'ignorèrent.

'Quel est le problème, Justine?' demanda Cannelle. 'Je sais bien que tout n'a pas exactement marché comme prévu, mais enfin, ça se passe plutôt bien, dans l'ensemble… On va avoir un beau mariage en décembre…' (Elle jeta un œil furtif à Matt, qui engloutissait son café), 'et puis Cosmo t'attirera toute l'aristocratie de la province, qui épongera tout ton stock de Françaises. Peut-être qu'au bout du compte, tu auras même le Prix Nobel de la paix, pour ton travail de coopération européenne!'

'J'ai juste quelques doutes', dit Justine. 'Avec cette histoire d'appli, et puis ces gens qui décident tout seuls qu'ils vont se marier, comme ça, sans moi… et puis ceux qui décident que finalement ils ne vont *pas* se marier…'

'Toute entremetteuse a des revers', déclara Matt.

Les deux filles l'ignorèrent.

'Et puis, reprit Justine, je suis un peu inquiète que Pierre me tienne pour responsable du mariage de Cosmo et de Marguerite.'

Elle disait cela d'un ton léger tout en se contorsionnant par terre, mais l'angoisse, en vérité, lui mangeait la poitrine depuis la veille. Il ne lui avait même pas écrit pour l'engueuler. Elle tripotait son téléphone, y laissait des rayures et des pois de beurre en tapant et retapant son code pour vérifier qu'elle n'avait pas de nouveau message.

'Je ne sais même pas s'il est au courant, et je n'ose pas le lui annoncer.'

'Qu'est-ce que ça peut bien te faire, de toute façon, si jamais te tient pour responsable ? Tu t'en fous de ce type', dit Cannelle.

Devant le silence de Justine :

'Hein ? Tu t'en fous, on est d'accord ?'

'J'ai juste du mal à me dire', articula péniblement Justine, désormais pliée comme un bretzel, 'qu'il serait en ce moment quelque part à penser du mal de moi.'

'Ah ouais', maugréa Cannelle, 'donc tu t'en fous pas tant que ça.'

'Elle s'en fout pas tant que ça', confirma Matt.

'Je ne m'en fous pas tant que ça', capitula Justine.

★

Au même moment, celui dont elle ne se foutait pas tant que ça venait d'assener dans le mur de la maison des Dodgson un terrible coup de poing, ce qui eut pour effet de lui faire extrêmement mal aux phalanges.

'Putain de bordel de merde!'

Et de toute la force de ses jambes, il se mit à traverser Londres, déboulant dans les rues en furie, à tel point qu'un gendarme vint le trouver pour s'enquérir avec amabilité de ce qui justifiait d'afficher un visage aussi rouge de colère au-dessus d'un grand corps aussi rapide.

'Vous comprenez, *Sir*, je n'ai pas l'intention de vous disrespecter, mais nous sommes en ce moment particulièrement sensibles à l'ordre public, du fait qu'il existe un risque terroriste non négligeable dans le pays.'

'Terroriste ? Qui est le terroriste dans cette affaire, hein ?!' rugit Kamenev. 'Moi, ou le sale petit con d'aristocrate déglingué qui est allé enlever ma...'

Il s'arrêta, car il ne trouvait pas de mot anglais ni français pour exprimer sa relation à Marguerite, ricochant entre élève, amie, fille, sœur, protégée, et même *chérie* et âme, avant de dire :

'Ma Marguerite!'

'*Sir*', dit le gendarme, 's'il y a bien une chose sur laquelle on va être d'accord tous les deux, c'est que les aristocrates sont en effet de sales petits cons déglingués.'

'Parfaitement!' brama Kamenev.

Et il reprit sa course.

Enfin il arriva à l'appartement de Clapham. Il faillit défoncer la porte à force d'y tambouriner, à l'aide de sa main déjà blessée, ce qui n'arrangea pas les choses.

'C'est Pierre', prédit Justine, toujours pliée par terre.

'C'est Pierre', confirma Cannelle en ouvrant la porte.

'Il me déteste', marmonna Justine, le nez dans la plante des pieds.

'JE VOUS DÉTESTE!' mugit Pierre en entrant.

'Et vous voulez que je vienne avec vous dans le Yorkshire pour aller récupérer Marguerite', dit Justine, tournant la tête directement dans le creux de sa hanche.

'Je veux', dit Kamenev en se campant devant elle, 'que vous veniez avec moi dans le Yorkshire pour aller récupérer Marguerite.'

Justine dressa un sourcil, et l'une de ses mains émergea d'un angle de genou plié au-dessus de son oreille gauche. De cette main elle fit un pouce levé.

'Tout de suite!' rugit Kamenev.

'Attendez au moins que je nous trouve un véhicule!' dit Justine.

De sa main libre elle attrapa son portable, et quelques minutes plus tard elle avait dégoté un bon plan.

'J'ai un bon plan. On part dans deux heures.'

'Dans deux heures?!'

'Le bon plan est libre dans deux heures. Et en attendant, vous allez vous mettre en tailleur et on va faire un peu de yoga.'

'Je ne ferai aucun yoga.'

'Faites du yoga, Kamenev!' dit Matt. 'Vous êtes sérieusement tendu, là.'

'Il est hors de question que je fasse du yoga! Merde à la fin!'

'Vous devriez grave', dit Cannelle. 'Je dis ça, je dis rien.'

Pour montrer l'exemple, ils s'assirent tous en tailleur par terre et firent du yoga. Alors Kamenev, au bout d'un moment, fut obligé de les rejoindre.

Et il fit du yoga.

Acte IV

1

En fin de matinée, Neil Roddikin, Eugenie Roddikin-Carraway, Cosmo, Marguerite, Bertie, Imogen, Max, Elsie, Wilf et Cassie embarquèrent dans diverses voitures pour aller prendre le thé chez les Beskow, qui avaient une demeure sur la côte, près de la petite ville maritime de Whitby, et non loin de celle, tout aussi charmante, de Scarborough.

'Ce moteur est tellement grippé', se plaignit Cosmo en démarrant la Lamborghini Gallardo.

Il était un peu vexé de n'avoir pas été autorisé à conduire l'Aston.

'Sur mon corps mort!' avait dit Neil Roddikin.

Les cinq petits avaient embarqué dans le 4x4 conduit par Eugenie. Imogen avait seulement dit d'un ton las :

'Ne touchez pas aux Beretta, les enfants.'

Alors les enfants s'occupaient, au lieu de ça, à fourrer Pebbles et le petit porcelet dans des bottes en caoutchouc pour voir s'ils y tenaient.

Le porcelet s'appelait désormais Jeremy Corbyn, sur une idée de Neil Roddikin – Jeremy Corbyn étant un homme politique de gauche, le leader de l'opposition, et l'un des plus fervents adversaires politiques de Neil Roddikin.

Finalement les trois équipages, Lamborghini, Aston et voiture de chasse cradingue, avaient pris la route. Il fit un temps précaire comme une toupie, tantôt beau tantôt innommable, pendant la poignée d'heures qu'ils passèrent sur la route. Enfin ils atteignirent l'immense domaine des Beskow, dont le haut château de style néogothique s'élevait majestueusement sur la falaise émiettée.

C'était un spectacle grandiose, et Marguerite se surprit à songer, sans bien comprendre comment une telle pensée lui était venue, qu'elle pourrait peut-être trouver chez les Beskow un meilleur parti encore que Cosmo Carraway.

'C'est splendidissime', souffla-t-elle en français.

'Oh, ça tombe en ruines', dit Cosmo, 'mais c'est sûr que c'est sympa, comme endroit.'

'Par rapport à Elms Heights, c'est encore plus spectaculaire', dit Marguerite.

'Certes, si on aime ce style un peu tape-à-l'œil', dit Cosmo.

'Ils doivent être extrêmement riches.'

'Oui, mais ne leur demandez pas d'où vient leur argent.'

'D'où ?'

Cosmo désigna de la main la mer qu'ils longeaient.

'De la pêche ?'

'Non, du pétrole.'

Marguerite s'était immédiatement imaginé des émirs saoudiens enturbannés, mais les Beskow s'avérèrent ressembler tout à fait à des membres de l'aristocratie britannique normale. Il y avait en mer du Nord des stocks faramineux de pétrole (cela, Cosmo le lui expliqua un plus tard dans l'après-midi) et les Beskow avaient fait l'acquisition de nombreuses plates-formes.

'C'est un peu sale, mais c'est un choix qu'ils ont fait pendant que nous autres continuons vaillamment à labourer nos champs.'

Marguerite n'eut pas le temps de se demander si Cosmo avait déjà une fois dans sa vie labouré un champ ; Lady Beskow paraissait au seuil de la demeure.

'Mon Dieu !' dit-elle en les accueillant tous. 'Vous êtes déjà là ? Je ne suis pas prête du tout, je vous reçois quasiment en pyjama et sans mon maquillage !'

Elle portait une somptueuse robe à fleurs qui lui tombait jusqu'aux chevilles.

'Je finis de me fabriquer un visage et j'arrive !'

Elle reparut deux minutes plus tard, exactement identique. Pendant ces deux minutes, Marguerite avait eu le temps de se voir proposer une flûte de champagne, des myriades de petits sandwichs et des fairy cakes bleu layette.

'Je croyais qu'on venait prendre le thé', murmura-t-elle à Cosmo.

'C'est bien ce que nous sommes en train de faire', dit Cosmo en descendant sa deuxième flûte de champagne. 'Bonjour, Stephen', dit-il à un homme qui s'approchait de lui.

'Bonjour, Monsieur.'

'Vous connaissez le majordome ici aussi ?'

'Bien sûr, il serait odieux de ma part de ne pas connaître les domestiques de mes plus proches amis. De plus, il est très ami avec Sonya Tikhona. La pauvre est follement amoureuse de lui, de cette manière qu'elle a de fondre comme neige sibérienne au soleil de la Place Rouge quand un bel homme approche. Je la chambre souvent sur le sujet. C'est sans espoir, cependant, pauvre Sonya.'

'C'est fou que vous sachiez tout ça. Je ne vous vois jamais interagir avec les gens qui travaillent pour vous', dit Marguerite.

'Ah ? *Funna*. Peut-être ne payez-vous pas assez d'attention.'

Elle essaya alors de payer de l'attention aux personnes qui les entouraient, et s'aperçut à sa propre surprise qu'il y avait en effet de nombreuses choses qu'elle n'avait pas remarquées. Le jardin, en partie recouvert de marquises agitées par le vent, était en réalité rempli d'employés de maison ; et ceux-ci s'agitaient, agissaient, parlaient entre eux, et aux hôtes, et aux invités.

Marguerite se demanda pourquoi elle ne s'en était pas fait la réflexion plus tôt. Il y avait à portée de vue au moins deux jardiniers ; une demi-douzaine de serveurs et serveuses probablement employés pour l'occasion ; deux *nannies*, qui s'occupaient des enfants ; et Stephen, le majordome.

Mais en se concentrant mieux, elle parvint bientôt à détecter la présence invisible de nombreuses personnes supplémentaires.

Ainsi, c'était sans doute le chef cuisinier de la demeure qui avait conçu le menu du thé du jour (Marguerite n'avait presque jamais vu le chef à Elms Heights, elle savait simplement qu'il s'appelait Bernardo et qu'il était italien parce que les Roddikin disaient « Compliments à Bernardo » à la fin des repas), et ils avaient sans doute fait appel à un pâtissier pour ces petites tartelettes à la framboise, cette pavlova croustillante et crémeuse, ce crumble aux poires à la fois sablonneux et fondant, ces macarons de toutes les couleurs, cette glace au pain ('De la glace au *pain* ?' 'Oui, c'est banal comme la pluie', avait soupiré Cosmo), ces tranches bien alignées de gâteau à la carotte, au chocolat, à l'orange et à la Guinness ('Du gâteau à la Guinness ?' 'Oui, c'est tellement prolétaire', avait soupiré Cosmo).

Et puis ces buissons là-bas avaient bien dû être taillés par quelqu'un, tout comme la barbe de Lord Beskow ; et puis cette piscine avait bien dû être nettoyée, tout comme les murs blancs du château que la mer devait sans cesse recouvrir de dégueulasseries ; et puis quelqu'un avait bien dû s'occuper des cheveux de leur sculpturesque adolescente Celeste, tout comme du crin des deux poneys Shetland qui avaient été amenés pour amuser les enfants.

Et l'allée, n'avait-elle pas eu besoin d'être désherbée ? La glycine, d'être amoureusement attachée aux petits crochets qui l'aidaient à se suspendre à la face sud ? Les chiens d'être nourris ? Le chapeau de Lady Beskow d'être accroché à ses cheveux par un subtil agencement d'épingles secrètes ? Et qui gardait, en ce moment même, les manteaux et sacs des invités au sous-sol de la demeure ? Et il fallait bien, sans doute, que quelqu'un soit en train de s'occuper de la vieille Lady Beskow, qui avait cent trois ans, à l'étage, et de couper des scones en tout petits morceaux pour les insérer dans la fente de sa bouche...

Ainsi Marguerite employa-t-elle les vingt minutes suivant son arrivée à entraîner son regard à *payer de l'attention* à ses alentours, détectant pour la première fois la présence directe ou indirecte des individus vivants qui animaient ces demeures de leur magie.

'Ils sont si dévoués', fut sa réflexion.

'Des huîtres ?' lui proposa Cosmo, réapparu de nulle part.

'Je croyais qu'on prenait le thé', répéta Marguerite.

'Précisément.'

'On n'est pas dans un mois en R', dit Marguerite. 'On ne peut manger des huîtres que dans des mois en R.'

'Ah ? C'est intéressant', dit Cosmo qui en goba trois en trente-huit secondes. 'Tenez, je vais vous présenter au général Carpenter et à sa femme.'

Il la présenta à un énorme général dont la moustache blonde pleine de miettes de meringue lui donnait l'allure d'un gros animal polaire ; et à la générale, Mrs Carpenter, qui était petite et nerveuse et raide comme une planche.

'Notre invitée Marguerite, qui nous vient tout droit de Grenoble.'

'Ski ! Fondue ! Stendhal !' s'ébaubirent les Carpenter.

'Maintenant, je vais vous présenter à ce parterre de jeunes filles en fleurs', poursuivit Cosmo, et il entraîna Marguerite vers un bouquet multicolore de ravissantes baronnettes, duchessettes, marchionesses et autres petites princesses, toutes entre quatorze et vingt ans, et qui s'appelaient Lizzie, Lydia, Fiona, Jane, Charlotte, Emma, Mary, Kate et encore Emma.

'Voici notre invitée Marguerite', annonça Cosmo.

Toutes ces jeunes filles approuvèrent fiévreusement, se balançant sur leurs tiges et secouant leurs pétales avec une grâce printanière, et l'une d'elles dit à Cosmo : 'Je vois que tu as trouvé une fort jolie solution, Cos', et Marguerite dit à Cosmo : 'Qu'est-ce qu'elle veut dire ?' et Cosmo répondit : 'Rien du tout. Je vais maintenant vous présenter à mon vieux professeur, qui m'a enseigné bien des choses' ; et il redit : 'Marguerite, mon invitée', à un bonhomme chauve et ridé comme une tortue qui rentrait sa petite tête triangulaire dans la carapace rigide d'un costume vert bouteille en tweed.

Ensuite, il la présenta encore à beaucoup de créatures diverses et étranges.

'Voulez-vous une tasse de thé ?' demanda-t-il à Marguerite au milieu de ce marathon.

'Je n'en ai pas encore bu une goutte !' dit Marguerite.

'Alors prenez une coupe de champagne', sourit Cosmo. 'Ça va bientôt être l'heure du croquet.'

'Du croquet ? Vous plaisantez ?'

'Mais bien sûr que non', dit Cosmo, 'je ne plaisante jamais. Et je serai horriblement offensé si vous refusez d'être dans mon équipe.'

'Mais je ne sais pas jouer au croquet !' protesta Marguerite.

'C'est comme la valse', répondit Cosmo, 'ça s'apprend tout seul quand on a un bon partenaire.'

'La pelouse du croquet est prête !' annonça en effet le majordome.

'Il y a une pelouse spéciale pour le croquet ?' s'exclama Marguerite.

'Bien sûr, on ne va pas y jouer sur un coin d'herbe poinçonné par tous les talons aiguilles de ces dames', dit Cosmo d'un air dégoûté.

Les joueurs et les joueuses firent leur lent chemin jusqu'à la pelouse de croquet, où l'on avait adroitement disposé des arceaux métalliques et des piquets de bois à rayures colorées. Cosmo tendit à Marguerite un maillet presque aussi grand qu'elle.

'Bonté divine ! Pas comme ça !' s'effraya-t-il en la voyant se placer comme pour jouer au minigolf.

Et de fait, joueurs et joueuses avaient interrompu leurs conversations pour regarder Marguerite avec effarement.

Cosmo mima le geste.

'Vous le tenez entre vos jambes, et vous le balancez d'arrière en avant.'

'C'est une blague ?'

'C'est la chose la plus sérieuse au monde. En piste.'

Pour la première partie, l'équipe formée par Marguerite et Cosmo s'opposait à celle de Neil et Eugenie Roddikin (les enfants avaient bien essayé de venir jouer, mais avaient manqué se faire assommer à coups de maillet par les adultes présents, qui avaient aboyé à leur adresse que c'était un jeu uniquement pour les adultes).

'C'est passablement plus stressant que je ne le pensais', marmonna Marguerite. 'Je ne savais pas qu'on ne serait que deux équipes de deux, avec tout le monde qui nous regarde.'

'Oh, personne ne fait attention à nous', dit Cosmo, mais il semblait bien à Marguerite qu'un mur solide de spectateurs encerclait la pelouse de croquet, et regardait avec attention.

'De toute façon, Papa et Maman sont très nuls', dit Cosmo.

Cependant, Neil Roddikin envoya la première boule directement dans le premier arceau.

'Coup de bol', dit Cosmo en relaxant ses épaules.

'C'est la première fois que vous jouez, chère Marguerite ?' demanda Eugenie Roddikin-Carraway.

Marguerite hocha la tête.

'Je crois que j'ai joué au mini-croquet sur la plage du lac d'Annecy, une fois', dit-elle.

'C'est fascinant', dit Eugenie, qui fronça éphémèrement les sourcils en notant que son fils venait d'égaliser le score. 'Si vous voulez bien m'excuser, c'est mon tour.'

Elle s'avança sur la pelouse, faisant virevolter son maillet d'une manière que Marguerite jugea un tant soit peu menaçante.

'Très bien joué, mon chéri', dit-elle à Cosmo. 'Moi, je suis toute rouillée, avec mes vieux os !'

Toutefois elle envoya négligemment sa boule à travers le premier arceau, et encore plus loin que celles de son mari et de son fils.

'Quelle chance, ce doit être le vent !' dit-elle.

Immédiatement, tous les yeux se braquèrent sur Marguerite.

Celle-ci se mit dans la position que les trois autres avaient adoptée, c'est-à-dire à cheval sur le maillet comme un joueur de Quidditch prêt au décollage, et elle balança la chose avec énergie – hélas, le maillet rata la boule et elle se trouva quelque peu désarçonnée.

'Recommence, ma chérie', lança Cosmo d'un air encourageant.

'*Ma chérie ?* Comment ça, *ma chérie ?*' demanda Eugenie.

'Arrêtez de distraire cette charmante petite *mademoiselle*', dit Neil Roddikin.

Poc ! Le maillet cette fois heurta la balle, qui se mit à trottiner tranquillement, et à peu près dans la bonne direction.

'Merveilleux !' dit Cosmo.

'Comment ça, *ma chérie ?*' répéta Eugenie. 'Cosmo, tu m'écoutes ?'

'Elle a passé l'arceau !' se félicita Roddikin. 'Il y a donc quelque chose à tirer de ces Français après tout !'

Puis, d'un geste leste, il envoya sa boule à travers le deuxième arceau. Il lui faudrait ensuite négocier le virage, et il ferma un œil et étendit le doigt pour calculer l'angle exact, comme un marin chevronné.

'Maman', dit Cosmo en visant (et d'une torsion de la hanche il envoya sa boule à travers le deuxième arceau), 'Papa, et tout le monde', dit-il en posant son maillet sur l'épaule, 'j'ai quelque chose à vous dire.'

'Ah oui ? Et quoi donc ?' s'enquit Eugenie, qui s'à-califourchonna rapidement sur son maillet, semblant n'avoir pas encore tout à fait choisi si elle allait frapper la boule ou son fils.

'Marguerite et moi-même sommes fiancés', déclara Cosmo.

'Oh !' firent les spectateurs.

'L'êtes-vous, maintenant ?' demanda poliment Roddikin.

'Plutôt', dit Cosmo.

Les spectateurs tressaillaient de félicitations et de remarques selon lesquelles c'était une situation très intéressante.

Eugenie ne dit rien mais, d'émoi, elle rata son arceau.

'C'est parfaitement drôle !' s'écria-t-elle, les phalanges blanchies par la drôlerie de la situation. 'À vous, alors, chère fiancée de mon fils !'

Marguerite avait maintenant quelques petits tremblements. Elle rata encore plusieurs fois la boule, mais s'arrangea pour l'envoyer à travers le deuxième arceau ; elle s'arrêta juste après, dans une petite oscillation fatiguée.

'Vous aurez remarqué sa jolie bague', hasarda Cosmo. 'Juste Tiffany's, mais ils font parfois des trucs pas trop moches.'

'Cette jeune fille', dit Roddikin en anglant bien sa boule pour qu'elle arrive pile en face du troisième arceau, 'a remarquablement bien chanté à la soirée UKIP du 14 juillet. Je suis honorée qu'elle vienne gracier mon fils de sa si jolie voix !'

'Ah bon ? Chantez-nous donc quelque chose, alors', asséna Eugenie.

'Ce n'est pas un juke-box, Maman', dit Cosmo, qui – négligemment – envoya sa boule jusqu'au bord du bord de la pelouse de croquet, faisant bruire la foule d'un murmure anxieux. 'Ne te sens pas obligée de chanter, Marguerite.'

'J'en serais bien incapable !' se lamenta Marguerite.

'*Est-ce toi, Margueriiite ?*' chanta Eugenie. '*Réponds-moi, réponds-moi, réponds-moi vite !*'

'On préférerait tous que tu ne chantes pas, Maman', coupa Cosmo.

Cependant Eugenie, tout en chantant l'air des bijoux, avait réussi un incroyable coup brossé ; sa boule traversa l'arceau qu'elle avait raté, et vint se placer exactement à côté de celle de son mari.

'Je dois dire', dit Eugenie à Marguerite qui se mettait en selle, 'que je suis tout à fait charmée de voir que notre mystérieux fils nous ramène enfin quelqu'un à la maison. On commençait à avoir nos doutes sur ses… inclinations.'

Cosmo et son père la fusillèrent du regard.

'Maman, joue au lieu de dire n'importe quoi.'

'J'ai joué magnifiquement. Observons maintenant la boule de Marguerite. Oh ! joli coup. Elle l'a dans le sang. Êtes-vous tout à fait britannique, ma chère ?'

'Non', dit Marguerite, 'ma mère est de Cras-sur-Reyssouze et mon père d'Alençon.'

'Ah ? Ça n'est pas banal. Et que font vos parents, ma chère ?'

'Ils –'

'Parfait ! Parfait ! Très bien !' interrompit fortement Cosmo tout en venant s'interposer entre sa mère et Marguerite. 'À toi, Papa.'

'Je suis tellement ému par ces heureuses nouvelles, je ne sais pas si je vais y arriver', dit Roddikin, faisant semblant d'écraser une larme sur sa joue. 'J'ai soudainement perdu toute agressivité !'

'Tu n'as qu'à imaginer que la boule est la tête de Diane Abbott !' lança Eugenie.

Cet exercice d'imagination eut apparemment du succès, car la boule enchaîna deux arceaux de suite.

'Qui est Diane Abbott ?' demanda Marguerite.

'Adorable, ta fiancée', approuva Roddikin. 'À toi, mon fils ! Imagine que la boule est la tête d'Ed Milliband.'

'Qui ?' demanda Marguerite, mais apparemment Cosmo était également galvanisé par l'image, puisque la boule passa un arceau et alla presque jusqu'au suivant.

'À moi ! À moi !' fit Eugenie. 'Je vais imaginer que c'est la tête de... de...'

Elle n'avait pas d'inspiration. Marguerite proposa :

'Hitler ?'

L'assemblée se répandit en petits rires.

'Ma chère Marguerite', dit Roddikin, 'on n'atteint pas le point Godwin du croquet aussi rapidement.'

'Plutôt Barack Obama, tiens !' décida Eugenie, qui envoya valser sa boule à travers un arceau.

Marguerite, outrée, intercepta le regard de Cosmo. Il lui décocha un sourire.

'Je serais sûrement allée plus loin si j'avais dit Hillary', constata tristement Eugenie.

L'auditoire riait toujours.

'Et vous, ma chère ? Qui allez-vous imaginer ? Prenez donc un politicien français que vous abhorrez. Tenez, Jean-Luc Mélenchon.'

Marguerite se fichait pas mal de Jean-Luc Mélenchon, mais elle se souvenait que Pierre avait voté pour lui aux dernières élections, et à ce souvenir de son Pierre, son cœur se serra. Il ne serait sans doute pas très content qu'elle imagine donner un grand coup de maillet dans la tête de Jean-Luc Mélenchon.

'Non : si elle imagine cette énorme tête, sa boule ne risque pas de bouger', dit Cosmo. 'Imaginez plutôt celle d'Emmanuel Macron, Marguerite.'

'C'est vrai, elle est plus légère', dit Roddikin.

'Oui ! Ça partira tout seul', dit Eugenie.

'Sinon, on pourrait arrêter d'imaginer des têtes ?' dit faiblement Marguerite.

Elle imagina que c'était juste une boule de bois, et l'envoya honorablement loin.

'À moi !' s'exclama Roddikin. 'Je vais imaginer la tête d'un parlementaire européen.'

'Lequel, mon bon ami ?' demanda Eugenie.

'N'importe ; je fais une synthèse dans mon esprit.'

Et, les yeux fermés, il envoya la boule se placer directement devant les cinquième et sixième anneaux.

'Bon, alors moi, c'est la tête d'Angela Merkel !' dit Cosmo.

L'idée de la chancelière allemande fit rouler sa boule à travers le quatrième anneau.

'Et moi, la tête d'un immigrant illégal qui demande asile en Grande-Bretagne pour rafler toutes nos aides sociales !' couina Eugenie.

Marguerite laissa tomber son maillet.

'Ça ne va pas, ma chérie ?' demanda Cosmo.

'Je n'ai plus envie de jouer', lâcha-t-elle.

Cosmo vint lui remettre le maillet dans les mains, lui murmurant à l'oreille :

'Il faut finir la partie, sinon c'est le scandale.'

'Cosmo, ça ne m'amuse pas du tout.'

'Qu'est-ce qui vous arrive ? Ce sont nos petites blagues qui vous choquent ? Soyez un bon sport.'

Marguerite envoya valser sa boule n'importe comment, et elle arriva malgré tout au-delà du quatrième arceau.

'En plus c'est nul, ce jeu, c'est beaucoup trop facile', dit-elle.

'Vous avez simplement un talent inné !' lui dit Cosmo. 'Allez, un peu de sens de l'humour.'

'Je vais imaginer…', dit Roddikin.

'Est-ce qu'on pourrait l'empêcher d'imaginer quelque chose ?!' coupa Marguerite.

'Pas du tout', répondit Cosmo. 'Et quoi d'autre ensuite, la police de la pensée ?'

'… la tête d'un militant LGBT.'

Cosmo sourit, mais il paraissait fort sombre.

Marguerite reposa son maillet.

'Marguerite', dit Cosmo, 'reprenez votre maillet.'

Poc ! La boule passa avec succès le cinquième arceau.

'Encore mieux visé que tous ces *[incompréhensible]* de la Gay Pride !' fit remarquer quelqu'un.

Marguerite se douta que le mot qu'elle ne comprenait pas n'était pas particulièrement sympathique.

'Cosmo, je vous jure : si vous dites un truc dans ce genre, je pars d'ici et je vous balance votre diamant à la figure.'

'Chiche !' dit Cosmo, mais il avait l'air peu assuré, et pour finir il dit qu'il imaginait la tête de Jean-Claude Junker, ce qui restait dans le domaine de l'acceptable.

La balle passa le quatrième arceau, de justesse.

'Même pas drôle', dit sa mère, particulièrement excitée par la scène. 'Moi, j'imagine la tête de tous ces jeunes pervers qui ont été zigouillés à Orlando !'

Il y eut un silence.

Marguerite, qui contemplait sur le haut de son maillet une libellule en train de se balancer délicatement, releva la tête, peinant à en croire ses oreilles.

On entendit quelques rires gênés. Elle vit alors que le regard de Cosmo était rivé sur elle comme pour la sonder. Mais pour la première fois, elle n'y lut pas l'habituel *banter*, l'habituel *Be a good sport, Marguerite*. Il y avait de la détresse dans ce regard. Une alerte.

'Eh bien, eh bien', toussota Roddikin, 'ma chère amie, je pense qu'on ne peut pas tricher comme ça, à invoquer des gens qui ne peuvent plus se défendre…'

'Je suis sûre qu'ils nous auraient invoqués mille fois à leur propre jeu de croquet, mon chéri.'

'Je ne pense pas que de jeunes gays latinos jouaient au croquet', dit Roddikin, qui ricanait toujours nerveusement. 'Et puis, je me demande quelle image nous donnons à notre future belle-fille, à faire des plaisanteries aussi osées!'

'Il faudra bien qu'elle les tolère', dit Eugenie. 'Du reste, vous n'avez pas encore bu assez de vin pour lui dire tout le bien que vous pensez de la France et des Français… n'est-ce pas, Cosmo ? J'espère que tu as prévenu ta petite amie.'

Et elle envoya la tête de tous ces jeunes fusillés rouler à travers le cinquième arceau et tout près du sixième.

'Je refuse de jouer mon coup', déclara Marguerite, qui frémissait maintenant des pieds à la tête.

'Ils vous taquinent', dit Cosmo d'une voix un peu brisée.

'Ils me détestent', dit Marguerite.

'Pas du tout', répondit Cosmo, se remplumant un peu, 'ils vous adorent ; vous interprétez très mal les signes. Ils vous considèrent déjà comme faisant partie de la famille, sinon ils ne se permettraient pas ces petites galéjades. Tapez dans la boule.'

Marguerite tapa dans la boule. En position de minigolf, et un tout petit coup minuscule.

'Que signifie cela ?' s'agaça Roddikin.

'On ne joue pas correctement, maintenant ?!' s'écria Eugenie.

La boule fit quelques petits sauts, et elle allait s'immobiliser, et Marguerite partir en envoyant valser le maillet, quand tout à coup…

'*Jeremy Corbyn,* reviens ici!'

… le porcelet, poursuivi par Pebbles, poursuivi par Bertie Dodgson, déboula à toute blinde sur la pelouse de croquet!

Il passa audacieusement sous les jambes des hommes, enjamba les chaussures des femmes, galopa de ses toutes petites pattes sur toute la surface, et puis, juste avant que la boule de Marguerite ne s'immobilise…

… la fit rouler du bout du groin, puis la poussa en avant, vingt centimètres, quarante centimètres – jusqu'au cinquième arceau – 'Oh!!!!' fit la foule – puis un peu plus loin, tourna avec autour du sixième arceau, un tour, deux tours – 'Ohhh!!!' fit la foule – et enfin…

… effectuant un adroit demi-tour sur lui-même, poussa la boule *sous* le sixième arceau, et à nouveau s'échappa de la pelouse, sa petite queue en tire-bouchon gigotant dans la brise comme un lombric emporté par un merle.

'Jeremy Corbyn!!!' hurlait Bertie. 'Tu peux *pas* faire ça! Tu peux *pas* entrer sur une pelouse de croquet et jouer à la place des adultes!'

'C'est infernal', dit Eugenie. 'Trucidez ce cochon et servez-nous-en la tête pour le dîner, Stephen.'

'Oui, Madame', s'inclina Stephen.

'NON!' hurla Marguerite, s'apercevant à l'occasion de ce hurlement qu'elle avait regagné son *la*, et même son *la* dièse.

'Du calme', dit Cosmo, 'il ne va évidemment pas le faire. Vous prenez tout très au sérieux, ma chère.'

'Je me demande bien pourquoi!' grinça Marguerite.

'Je déclare Marguerite vainqueur grâce à un putsch de Jeremy Corbyn!' lança Cosmo.

La foule applaudit cette victoire. Beau joueur, Roddikin alla serrer les mains de sa concurrente.

'Encore une fois, ces porcs de socialistes ont gagné', grogna-t-il. 'Je vous donne ma bénédiction pour épouser mon fils. Faites-en quelqu'un de bien, et non plus ce rustre aux mœurs confuses dont j'entends de mauvais échos de temps en temps.'

De mauvais échos. La phrase résonna bizarrement aux oreilles de Marguerite.

'Je ne vois pas de quoi vous voulez parler', dit Marguerite – sincèrement, cette fois.

'Oh, juste des bruits. Allons prendre le thé.'
Des bruits.
'Je ne crois plus à l'existence du thé', dit Marguerite.
'Vous avez tort, il est délicieux. En voudriez-vous une tasse ?'
'Ce serait vraiment splendide', dit Marguerite.

Et à sa grande surprise, on lui donna en effet une tasse de thé. Mais avant qu'elle n'ait pu y poser les lèvres, un puissant coup de tonnerre retentit au-dessus de leurs têtes.

'Bonté gracieuse !' s'exclama Lady Beskow. 'Il vaudrait mieux rentrer au château, ou nous serons tous grillés comme des vaches à l'abattoir.'

('Non *hallal*', spécifia quelqu'un.
'Ha ! Ha !' rirent d'autres.)

On se dépêcha de rentrer, tandis que l'orage envoyait des éclairs directement dans la mer avec une sorte de férocité viscérale, comme si un certain poisson avait eu des pensées véritablement indélicates. Le jardin se défit magiquement – Marguerite remarqua cependant qu'une bonne dizaine d'employés avaient jailli des portes et des fenêtres pour récupérer tables, couverts, chaises et nourriture – et resta bientôt tout à fait nu et gris.

Quelques secondes après que le dernier enfant eut été harponné par le majordome, le ciel vint s'effondrer en trombes d'eau sur le château, et on se félicita d'avoir été aussi rapide. Lady Beskow, pendant ce temps, passait d'invité en invité, s'excusant de l'état de désordre de son misérable château (qui était aussi rangé que splendide), et indiqua que du feu allait bientôt apparaître dans la grande cheminée, ce qui fut le cas, sans que l'on ait vu – ou à peine ! – quinconque l'allumer avec un grand soufflet.

'C'est parfaitement romantique', dit Cosmo, 'ne pensez-vous pas ?'

'Est-ce que j'ai le droit d'aller lire un livre ?' demanda Marguerite.

'Surtout pas. On va jouer aux cartes.'

'Oh, pitié !' dit Marguerite.

'Pas de pitié qui tienne', dit Cosmo, 'il faut bien continuer à vous présenter à nos amis et à la famille, et j'ai des difficultés à comprendre comment ce serait possible sans l'entremise d'un petit amusement.'

'Un *amusement* ?'

'*Be a good sport, Marguerite.*'

2

'C'est ça, votre bon plan ?'
'Ne faites pas votre dégoûté.'
'Justine', dit Kamenev, 'c'est une camionnette à glaces.'
'Bien observé. Vous montez ?'

Kamenev grimpa dans la camionnette. Elle était rose vif et vert pomme, surmontée d'un gigantesque cône en plastique avec deux boules (pistache-chocolat) et couverte de mots tels que '*Yummy!*' '*Another one!*' '*Come on, Mummy, please!*' et '*Big bites!*' (ce dernier voulant dire 'grosses bouchées' en anglais et absolument rien d'autre).

'Vous savez au moins comment faire en sorte que la musique ne se déclenche pas ?' soupira Kamenev.

'Bien sûr !' dit Justine – mais quand elle mit le moteur en route, la petite mélodie mécanique de *Greensleeves* commença à résonner dans les rues, attirant toute une ribambelle d'enfants comme pour une réinterprétation londonienne du Joueur de Flûte de Hamelin.

Enfin Kamenev trouva le gros bouton rouge avec une trompette dessus, par l'activation duquel *Greensleeves* pouvait être stoppé ou redémarré.

Ils étaient en route.

'Vous savez où vous allez, au moins ?' gronda Kamenev.

'J'ai mis le GPS', dit Justine en montrant son téléphone portable ; mais comme celui-ci n'arrêtait pas de biper sous l'effet de telle ou telle notification, la carte ne restait pas en place, gigotait, tourbillonnait sans arrêt sur elle-même.

Et Justine avait, de plus, beaucoup de mal à ne pas tendre le cou comme une autruche pour regarder qui lui avait écrit, au lieu de fixer la route.

'Vous êtes insupportable !' s'emporta Kamenev, attrapant le téléphone qui oscillait sur le cadran de bord. 'On ne vous a jamais dit de vous concentrer sur une seule chose à la fois ? Vous voulez nous tuer tous les deux pour… pour…'

Il consulta l'écran :

'Pour une notification vous avisant que Lola Poxton a aimé le lien que vous avez posté hier, intitulé, je cite, « *Cet homme fait une surprise incroyable à sa femme à l'aide d'un bébé cocker et de 300 barquettes de myrtilles* » ?'

'C'était un super lien, j'avoue', dit Justine.

Et de fait, Kamenev dut grandement se retenir de ne pas cliquer dessus, parce qu'il se demandait quand même bien ce que cet homme avait pu faire avec un cocker et 300 barquettes de myrtilles.

'Concentrez-vous sur la route !' dit-il. 'Je vais vous guider.'

Il avait trouvé dans une boîte à gants un accordéon gigantesque de carte routière, dont il s'arma comme il faisait de *l'Humanité*, sans peur de l'immensité de papier qui se dépliait sous ses doigts. Cependant, il s'avéra que la carte datait de 1989, de sorte qu'absolument tout ce qui était dessus était soit faux soit troué : le paysage londonien avait tellement changé qu'il aurait tout aussi bien pu être en train de lui lire une carte de Paris ou du Mordor.

Ils mirent à peu près une heure trente à quitter le quartier, repassant trois fois devant l'appartement de Clapham, et au moment où ils atteignirent enfin le périphérique londonien, ils étaient complètement épuisés.

'Vous pouvez mettre Spotify ?' demanda Justine.

'J'ai trouvé mieux', dit Kamenev qui, ayant farfouillé à nouveau dans la boîte à gants, avait déniché une cassette audio dont le ruban n'était pas totalement déroulé ; il la remonta avec un stylo bille et l'inséra dans l'autoradio.

Par chance, c'était une compilation des plus grands hits de Queen, et Justine et Kamenev chantèrent à l'unisson, et parfois avec d'audacieuses harmonies, pendant plus d'une heure et demie.

Et ainsi ils continuèrent leur route, jusqu'à arriver devant un panneau vert foncé qui annonçait : THE NORTH (à peu près vingt minutes en sortant de Londres).

Justine s'écria :

'Attachez vos ceintures, Pierre ! On arrive dans Le Nord !'

Et Kamenev frissonna, car il était véritablement excitant et terrifiant de s'aventurer ainsi aussi loin de la civilisation.

★

'Elle roule quand même pas très vite, cette camionnette.'

'Vous avez peur de quoi, exactement ? Qu'on arrive trop tard pour empêcher le mariage ?'

Kamenev ne l'avoua pas, mais il avait en effet des visions tout à fait grandiloquentes. Dans ses fantasmes furieux, il entrait dans l'église, pile au moment du « *... ou se taise à jamais !* », et il hurlait, index pointé vers Cosmo Carraway, quelque chose comme, 'Cette union est nulle et non avenue ! C'est un mariage blanc de blanc !' – sauf que ce n'était pas une très bonne réplique et qu'il aurait fallu trouver quelque chose de plus percutant.

'Vous savez', dit Justine, 'on est seulement à trois-quatre heures de route, ça m'étonnerait qu'ils aient le temps de publier les bans et tout ça.'

'Je vous déteste d'avoir laissé ce sale petit aristo faire ça', dit Kamenev.

'Je sais.'

'Vous l'avez piégée. Vous m'avez piégé, moi.'

'Hmm-hmm.'

Le téléphone de Justine vibrait dans le creux de la main de Kamenev, et il avait l'impression étrange de tenir entre ses doigts le petit cœur rouge de la jeune femme. De temps à autre, il jetait un œil à l'écran, que les notifications réveillaient en sursaut. Il en disait mécaniquement le contenu à Justine.

'Votre père vous envoie un lien vers un article du *Guardian* sur la francophonie.'

'Il m'envoie tous les trucs qui passent avec le mot *French* à l'intérieur. Je le soupçonne d'avoir mis une alerte Google.'

'Votre frère et sept autres personnes parlent très vite sur WhatsApp du film qu'ils iront voir ce soir.'

'Sans moi, puisque je serai dans le Nord, *too bad*.'

'Votre mère vous demande conseil pour la location de sa salle de mariage.'

'*Oh boy!* Encore des mariages, toujours des mariages.'

'Votre mère se marie?'

'Oui, et pour de vrai, Pierre. Ça devrait vous plaire.'

'Comment ça? Pas pour le passeport? Ça existe encore?'

'Un peu pour le passeport quand même, mais avec des sentiments à l'intérieur. Un mariage avec des sentiments, ça vous dit quelque chose?'

'Non.'

'Ah bon? Vous êtes sûr? Même en référence à votre propre mariage?'

Kamenev ricana.

'Mon mariage?'

Justine regardait droit devant.

'Ne me faites pas croire que vous avez contracté un arrangement d'ordre purement administratif avec Rachel.'

Kamenev poussa un sifflement.

'Avec une telle maîtrise du jargon institutionnel, vous êtes prête à devenir française.'

'Ce que je veux dire', souffla Justine, 'c'est que, comme Cannelle l'a très bien fait remarquer, vous n'êtes pas du genre à avoir dit oui à Rachel si c'était juste pour le passeport. Vous avez bien dû avoir un... un coup de cœur.'

Disant cela, elle s'était empourprée, et maugréait pour elle-même des choses en anglais relatives à la route, du type *Which damn exit am I meant to be taking now?* et *What's that fuckwit doing?* et lisait machinalement les panneaux d'affichage, *Caution men working* et *Kill your speed* et *Soft verges* (ce dernier voulant dire en anglais *Bas-côtés irréguliers* et absolument rien d'autre.)

'Je n'ai jamais de coups de cœur', dit Kamenev, 'je déteste jusqu'à l'expression « coup de cœur », c'est absurde'.

Et justement le téléphone vibra, et Kamenev dit :

'Yuliya Stepanova vient de mettre un like sur une photo de vous en position du lotus sur les pavés de Brixton.'

'Un like ou un love ?'

'Celui avec le cœur rouge.'

'Ah, ouf, un love. Ça m'étonnait de Yuliya qu'elle ait juste mis un like, ça aurait voulu dire qu'elle trouvait ça vraiment nul. Et donc, Rachel ?'

'Quoi Rachel ?'

'Je trouve ça intéressant', siffla Justine, 'que vous soyez passé du refus absolu d'épouser qui que ce soit au désir puissant de, comment dire ça ? convoler en justes noces.'

'De *convoler en justes noces* ? Vous avez avalé un magazine de mariages des années cinquante ?'

'Je vous demande juste si vous êtes totalement sur elle ou pas !' s'écria Justine.

'Et moi', s'offusqua Pierre, 'je refuse que vous parliez de mes amours comme d'une serviette de plage.'

'Vous décryptez donc bien cela comme de l'*amour*', fit Justine d'une voix blanche.

'Je ne décrypte rien, je ne suis pas un lecteur de codes-barres', dit Pierre.

Le téléphone vibra à nouveau. C'était un message de Gonzague.

'À ce propos', dit Pierre d'un ton si acide qu'il aurait pu dissoudre toute la rouille de l'intérieur de la camionnette à glaces, 'c'est la très agréable personne avec qui vous êtes fiancée, *vous*, qui vient de vous écrire. Je cite : « Salut poulette, c'était quoi déjà le nom du fromage chelou de l'autre soir au libanais ? » Élégant.'

Justine haussa les épaules.

'Ça devait être du halloumi', dit-elle. 'Répondez-lui.'
Et elle épela halloumi.

Dûment, Pierre tapa. Chacun de ses coups de pouce aurait pu être un coup de bec dans l'œil de Gonzague.

'Réponse : « Merci, moins puant que l'époisses ». Vous avez des conversations romantiques, dites donc !'

'C'est quoi, votre problème, Pierre ?' riposta Justine, couleur harissa. 'Ce n'est pas parce que vous êtes intoxiqué de Rachel et de vos conversations aussi haut perchées que vos deux egos qu'il faut vous en prendre à mon couple à moi.'

'Votre couple à vous s'est mis en place bien vite, je trouve !'

'Je vous le confirme', dit Justine, 'et c'était pas faute d'avoir essayé d'éviter ça. Mais quand l'amour s'en mêle, qu'est-ce que vous voulez…'

Le choc fut tel que Kamenev eut l'impression que la camionnette venait de s'encastrer dans la voiture en face.

'L'amour', hoqueta-t-il. 'D'accord. Je vois.'

Il y eut un long silence, pendant lequel Justine prit une sortie, tourna deux fois autour d'un rond-point, se rendit compte qu'elle avait pris la mauvaise sortie, et redescendit sur l'autoroute.

'*Le Nord !*' se lamenta-t-elle.

'Et donc', murmura Kamenev, 'il y a quand même bien une histoire d'amour là-dedans, malgré tout ce que vous m'affirmiez sur le sujet.'

'On dirait bien', grommela Justine.

Puis elle se reprit, car connaissant son frère, elle n'était pas sûre que ce fût véritablement de l'amour.

'Enfin, pour l'instant, surtout de sexe.'

'De sexe', répéta Kamenev.

'Clairement', soupira Justine, qui ne jugea pas utile de donner des exemples d'excuses bidon inventées par Matt et Niamh pour s'éclipser dans leur chambre. 'Du soir au matin et du matin au soir. J'essaie de lui dire de se calmer, mais c'est impossible. Je lui dis : « On a du boulot ! », mais il n'écoute rien. Il est dans son monde.'

'Pas pratique', lâcha Kamenev d'une voix pâteuse.
'Et donc ça ne nous a pas laissé le choix, question mariage.'
'Je comprends.'
Au-dehors, la grisaille s'était transformée en une obscurité si menaçante que Kamenev dut cligner des yeux à plusieurs reprises, les rouvrant à chaque fois dans un monde où Justine, dans sa toute petite et toute infinie étendue de peau blanche, les yeux rivés sur la route, faisait jouer ses muscles pour pivoter le grand cerceau du volant de la camionnette.

Elle allait donc, pensa-t-il, se marier par amour. L'ironie de la chose ne lui échappa pas.

Il ricana sombrement, soupira, enferma le portable grésillant dans la boîte à gants, comme un enfant capture un grillon dans un tiroir.

'Il me reste encore Marguerite à sauver', déclara-t-il, 'de toute cette folie.'

'Je l'espère pour vous', dit Justine. 'Sauf que là, on ralentit.'

'On ralentit ?'

'Oui. Le moteur devient calme. Trop calme. J'aime pas trop beaucoup ça.'

Ensemble, ils regardèrent avec curiosité le compteur tomber à 20 miles/heure, puis à 10, puis à 5, puis à…

'Je ne comprends pas', dit Pierre. 'Pourquoi ça ralentit ?'

'J'ai un drôle de pressentiment', dit Justine, et elle tapota la face de la jauge d'essence. L'aiguille, qui était fixée sur *Presque Plein*, se délogea gentiment et tomba sur la gauche comme quelqu'un qui s'évanouit.

Vide.

'Ah là là, c'est juste agaçant, ces choses-là !' dit Justine en utilisant les deux dernières gouttelettes d'essence qui restaient dans le réservoir pour garer la camionnette sur une *soft verge* de la route. 'On aurait dû s'en douter : c'était bizarre qu'on ait fait tout le chemin entre Londres et le Nord sans avoir besoin de refaire un plein.'

'ARGHH !' hurla Kamenev.

Il descendit de la camionnette et shoota dans une barrière.

'Calmez-vous', dit Justine. 'On n'est pas en Europe, ici, les gens ne font pas de crises comme des enfants de deux ans.'

'Il faut faire du stop!' s'exclama Pierre.

'Ça ne va pas la tête? Vous vous croyez dans un film d'horreur? Personne ne nous prendra en stop, surtout vous, avec votre main bandée comme quelqu'un qui vient d'assommer une vieille dame pour lui voler son sac à main. Venez, on va appeler un garage.'

'Il n'y a pas. De. Réseau!' brailla Pierre, consultant son téléphone.

'Ah, c'est le Nord', dit Justine. 'Heureusement qu'on a pensé à acheter des sandwichs chez Tesco tout à l'heure. Œuf-mayonnaise ou thon-concombre?'

'Je n'ai pas faim!' mugit Kamenev en s'asseyant par terre, la tête entre les mains. 'Il faut qu'on trouve un moyen d'atteindre Elms Heights, Justine!'

'Bien sûr', dit Justine, qui déballait tout un pique-nique dans l'habitacle. 'Un peu de bière au gingembre?'

'Non!'

'Pastilles de poire. Pierre, vous ne pouvez pas refuser mes pastilles de poire.'

'NON! Je *déteste* vos foutues pastilles de poire dégueulasses! Pourquoi vous ne pouvez pas faire des bonbons normaux, dans ce pays?!'

Ayant grignoté ses bonbons anormaux, Justine marcha jusqu'au téléphone d'urgence fixé au bout de la bande d'arrêt d'urgence pour appeler un garage.

'Vous avez intérêt à vous tenir tranquille quand ils arriveront', dit-elle en se rasseyant. 'Je ne veux pas de scène. Vous, les Européens, vous êtes vraiment insortables.'

Et Kamenev s'emmura dans un silence vexé, et parvint à ne pas faire de scène, même quand, une fois au garage, on leur annonça qu'en plus de l'essence qui manquait, les bougies avaient été soufflées, et qu'il faudrait attendre le lendemain matin pour que de nouvelles pièces arrivent.

'Je refuse d'attendre', dit Kamenev. 'Je prends le train et j'y vais !'

'On peut pas laisser la camionnette', dit Justine.

'Vous vous débrouillez avec ce véhicule de l'enfer. On est où ?'

'À Doncaster, c'est-à-dire nulle part.'

'C'est bien un truc de Londonien, de dire ça. C'est une grande ville et il y a une gare. Ce n'est pas nulle part. Je prends un train pour Thirsk et puis je vais à Elms Heights, et puis c'est tout.'

'*Whatever*', répondit Justine, ce qui voulait dire *OK, c'est comme vous voulez, sans problème, je suis furieuse mais d'accord, nickel, c'est totalement votre choix.*

Alors Kamenev endossa son sac et sa tristesse, et partit pour la gare.

'J'ai nulle part où dormir', expliqua Justine à l'un des garagistes, qui avait l'air jeune, sympa et d'avoir un canapé de libre. 'Je peux venir chez vous si je fais un crumble ?'

'*Deal*', opina le garagiste. 'Ollie Wilson.'

'Justine Dodgson.'

Ils se serrèrent la main, et Justine bouquina tout l'après-midi au garage, vérifiant sporadiquement ses messages, jusqu'à la fin de la journée de travail d'Ollie Wilson, après quoi ils rentrèrent ensemble dans la petite maison de Doncaster où il habitait encore avec ses parents.

3

Pierre Kamenev :
*Panne d'électricité. Mon train est bloqué en pleine voie.
Depuis 2h.*

Justine Dodgson :
*Trains anglais
normal
Sorry
Privatisation des transports*

Vous êtes tjs à Doncaster ?

Oui je dors chez le garagiste.

Chez le garagiste ?

*Il veut bien que je vienne dormir chez lui
pour me…
zut ???
Comment on dit ça en français ?
Pour me…*

Alors écoutez je préfère ne pas savoir

Pour me dépanner !

Vous dépanner, hum.
Si Gonzague apprend ça...

Gonzague ?
Pourquoi vous dites ça ?

il ne voudra plus vous épouser

???

Dans le train arrêté, Pierre contempla cette réponse, sur son portable, avec perplexité.

Quoi, « ??? », textota-t-il
Votre mariage.

Quoi mon mariage ?
Cannelle ?

'Folie. Folie totale', décréta Kamenev à voix haute, épouvantant une vieille dame assise auprès de lui, qui, étant originaire du sud de l'Angleterre, était tout à fait inaccoutumée à ce qu'on lui adressât la parole dans les transports publics.

Je ne parle pas de Cannelle et Matt
je parle de vous

Le texto mit un petit moment à décoller : on était dans le Nord, le réseau était parcellaire.
Et puis,

Hein ?
Mais non Cannelle et Matt c'est fini

Dit Justine, une excruciante minute plus tard.

C'est fini depuis suuuuuper longtemps genre la semaine dernière
Wow juste une minute : on vous a pas dit ?
Mon frère est tombé amoureux de Niamh Hensley,
et d'un coup il était là « Oh non, je ne peux plus
me marier avec Cannelle ».

Treize secondes plus tard :

C'était décevant.

Trois secondes plus tard :

Alors c'est moi qui l'épouse
Cannelle je veux dire
Toute façon je m'entends bien avec elle

Kamenev :

Mais alors Gonzague ?

Justine :

Mais quoi Gonzague ?

Je croyais que vous vous mariiez avec Gonzague ?

Enfer sanglant, que ce ciel du Nord était lent à transmettre les messages !
Enfin une réponse arriva...

Mariiez avec deux i ?

Kamenev fulminant :

Oui subjonctif des verbes du premier groupe en ier !

Justine :

C'est fou cette langue.

Kamenev :

Mais Gonzague ?!

Il mettait rarement un point d'exclamation après un point d'interrogation, ou l'inverse d'ailleurs, car c'était une pratique barbare, mais l'air du Nord, peut-être, l'avait poussé à cette abomination. C'est du moins ainsi qu'il s'expliqua ce choix étonnant.

Gonzague épouse Fern, pourquoi ?

Il éclata de rire. La vieille dame à côté de lui, absolument terrifiée, en fit une faute d'orthographe en remplissant une ligne de mots croisés du *Daily Mail*.

*Ah d'accord
Je pensais que quand vous parliez
de votre dieu du sexe et de l'amour
c'était Gonzague*

*Mais non, je parlais de mon frère avec Niamh
C'est quoi cette obsession sur Gonzague
Je le connais à peine ce mec*

*Je vois
Je vois
Ah là là.
C'est bête
J'ai dit oui à Rachel parce que
je pensais que vous étiez déjà prise*

Je le suis
dit Justine

Oui mais je veux dire, avec quelqu'un qui vous importait.
Dont vous étiez amoureuse.

Goodness
Je vous ai pas assez dit que le principe
c'était justement l'inverse ?
Jamais de la vie !!
dit Justine,
Jamais je n'épouserais quelqu'un qui m'importerait
Ou dont je serais amoureuse.

'Mesdames et Messieurs', annonça le conducteur du train, 'nous sommes au regret de vous annoncer que nous devons repartir vers Doncaster pour procéder à des réparations sur le train.'

Mon train revient à Doncaster

OK alors rejoignez-nous
C'est bien ici, c'est un repaire de gauchos

Elle lui donna l'adresse.
Kamenev prit une longue inspiration.
Puis il tapota très rapidement,

Moi non plus.

Vous non plus quoi ?

Puis, encore plus rapidement et fébrilement :

Moi non plus, jamais je n'épouserai quelqu'un dont je serais amoureux

> *J'espère bien*
> dit Justine.

Il faut croire, donc, que je ne pourrai jamais vous épouser
dit Kamenev, en envoyant d'un pouce décidé ce message décisif.

*

Hélas ! Le Nord avait décidé de faire chier le monde ce jour-là, et ce message resta perdu, à jamais, dans les labyrinthes infinis du réseau satellite.

*

Le paysage changeait très vite, nota Kamenev alors que le train rétrogradait lentement vers Doncaster. Il s'était vaguement imaginé le Nord comme rouge brique et noir charbon, et il avait été stupéfait de s'apercevoir qu'en réalité Doncaster était situé à peine à mi-hauteur de l'Angleterre, et n'avait pas grand-chose en commun avec les villes industrielles de Manchester ou de Newcastle. De fait, il se souvint que Phil Dodgson (qui était, quant à lui, de Birmingham, dont il avait gardé un accent doux et plat tendrement réconfortant) lui avait expliqué un soir que les Londoniens appelaient *le Nord* presque tout ce qui était au nord de Londres.

Tout travaillé par ces distinctions, Kamenev remarquait, cependant, qu'en effet rien ici ne rappelait Londres, son agitation et son indifférence, ses rames de métro qui charriaient tout ensemble jeunes cadres tirés à quatre épingles, punks multicolores, jolies mamans en robe vintage, vieillards à la rue et fugueuses grunge.

Dans le train rentrant à Doncaster, puis dans le bus pour se rendre à la maison d'Ollie, on se parlait davantage entre inconnus ; et tout le monde par ses vêtements, sa façon de se tenir, sa façon de parler, se ressemblait un peu, ni sublime ni déglingué ; par ailleurs, il y avait beaucoup plus de différentes couleurs de peau que Kamenev n'aurait pu le penser, car il s'était imaginé un grand Nord d'un blanc polaire, fermement raciste. Ce n'était pas le cas.

'Je peux vérifier ton ticket, mon amour ?'

C'était aussi un endroit où les contrôleuses de billets, épaisses comme des troncs et blondes platine, appelaient les passagers *mon amour*.

Kamenev se rappela avec une certaine nostalgie le moment où Justine lui avait dit : *Are you alright, my love ?* – et il s'aperçut, non sans douleur, que c'était sans doute là simplement un réflexe qu'elle avait acquis à Leeds, où elle étudiait depuis deux ans.

Il en conclut que ce *my love*, comme décidément beaucoup de choses dans ce pays, ne voulait rien dire.

Ollie habitait – ou plutôt, ses parents habitaient – dans ce que Justine avait décrit par SMS comme « un petit bungalow ». Nul toit de paille, cependant ; c'était le nom que donnaient les Britanniques à une petite maison de plain-pied.

Il mit très longtemps à la trouver, casée qu'elle était dans une rue ni moche ni belle de la très grande banlieue doncasterienne, similaire à toutes les maisons autour et à toutes les rues autour, comme si le quartier avait été bâti par copié-collé. On pouvait jouer au jeu des différences, si on faisait attention ; telle maison avait des rideaux en dentelle, telle autre un chien en céramique à la fenêtre ; mais Kamenev eut l'impression, errant dans ce labyrinthe de rues identiques, qu'il patinait dans l'un de ces rêves qui ne sont pas exactement des cauchemars, mais n'en restent pas moins d'un inquiétant ennui.

Enfin il découvrit le bungalow, devant une petite station-service BP où des ados faisaient du skate, où deux femmes fumaient juste à côté des bornes d'essence, où trois petites gamines noires jouaient à la marelle, et où un vieux bonhomme promenait un bouledogue presque aussi grincheux que lui.

'Entrez, mon vieux ! Mes parents sont en vacances à Malte, comme tout le monde', expliqua Ollie en menant Kamenev à travers la petite maison sombre.

'Comme tout le monde ?' répéta Kamenev. 'Je n'ai jamais entendu quiconque me dire qu'il allait en vacances à Malte.'

'Les Britanniques sont en permanence en vacances à Malte', expliqua Justine qui attendait dans le salon, les doigts enroulés autour d'un mug de thé du Yorkshire, fort et noir comme un lac.

'Suivez-moi au garage', dit Ollie. 'C'est là qu'on bosse sur *Austerity Watch*, et vous êtes tombés pile un soir de bouclage.'

Kamenev interrogea silencieusement Justine, dressant les sourcils, mais celle-ci se contenta de passer devant lui, et ils sortirent dans le petit jardin défoncé de mauvaises herbes, dont certaines digéraient un vélo rouillé, pour entrer ensuite dans un garage reconverti en squat-imprimerie.

On, découvrit Kamenev, c'était Ollie, mais aussi sa sœur aînée Linda, assise devant l'antique ordinateur qui servait visiblement de base d'écriture ; et deux autres amis, Hasim et Olivia, qui étaient occupés à imprimer en sérigraphie, l'un des posters, l'autre des T-shirts.

L'endroit était recouvert du sol au plafond d'un mélange éclectique de tracts, places de concerts de rock, articles de journaux découpés, reproductions d'affiches soviétiques, banderoles imitation de mai 1968, sans oublier une grande photo de David Cameron servant de cible à de petites fléchettes. Partout on trébuchait sur des ramettes de papier, des pots de peinture, des piquets de manifestations, des guitares et des appareils électroniques divers.

'Qu'est-ce que vous imprimez ici ?' demanda Kamenev.

'*Austerity Watch*, une revue militante. On passe en revue les mesures de privatisation et d'austérité que le gouvernement met en place et on parle des conséquences concrètes. Tiens : un exemplaire en exclusivité.'

Le nouveau numéro atterrit comme une colombe dans les mains de Kamenev.

Et Kamenev sourit en découvrant les six pages de papier recyclé A3 grossièrement imprimées en noir et blanc, pliées, agrafées à l'arrache. *Austerity Watch* numéro 10 (été 2017) passait en revue toutes les nouvelles coupes infligées ux différents budgets – santé, logement, éducation, salaires des fonctionnaires, pensions – et dévouait les deux pages centrales à des entretiens avec des personnes directement laissées sur la paille par les mesures en question.

Ce mois-ci, l'une des interviewées, qui racontait la fermeture d'un centre public de soutien aux personnes dépressives, était morte.

'Après l'entretien', précisa Ollie.

'Qu'est-ce qui lui est arrivé ?'

'L'austérité.'

Kamenev en savait trop sur la question pour choisir de ne pas croire le jeune homme, mais en même temps il fut frappé par le ton factuel, presque froid, de ces activistes-là. Ollie lui versa un thé qui semblait luire comme de l'onyx dans les tasses – avant de se muer en peinture brune sous une cascade de lait.

Kamenev voulut comprendre.

'Racontez-moi l'austérité aujourd'hui en Grande-Bretagne.'

Alors les quatre lui racontèrent les fermetures des centres d'aide publique – désignés comme *inutiles* –, les coupes budgétaires à la protection des femmes et de l'enfance, les services de santé vendus par petits bouts à des industriels, les personnes handicapées à qui on refusait une dispense de travail, l'extrême pauvreté des retraités.

Ils connaissaient par cœur leurs statistiques, et les dispensaient pour étayer tel ou tel chapitre de leurs histoires. Parfois ils ajoutaient un détail plus intime. La mère d'Olivia qui travaillait dans un refuge pour femmes battues et avait perdu son emploi à cause de la fermeture du centre ; mais ça allait encore, expliqua-t-elle ; au moins, elle n'était pas morte comme trois des anciennes pensionnaires récurrentes du centre… Le petit frère d'Hasim, quant à lui, s'était échappé de justesse de la tour en feu de Grenfell ; Hasim livra cette anecdote au détour d'une explication de l'état du logement.

Ollie et Linda s'estimaient chanceux : leurs parents allaient bien, Ollie avait un boulot stable, et Linda était la première de leur famille à être allée à l'université. Bien sûr, elle avait maintenant quarante mille livres de dette, mais l'année prochaine elle commencerait sa qualification pour être prof de collège-lycée, et elle aurait un boulot, c'était certain. À l'origine, elle voulait être journaliste, seulement il aurait fallu aligner les stages non rémunérés, et c'était impossible. C'était un peu un problème, il fallait bien avouer, que la presse ne paie presque plus personne de nos jours, sauf si on acceptait de travailler pour un tabloïd…

Kamenev écoutait, un peu interdit, ce calme quatuor d'histoires. Il avait déjà rencontré des gens comme ce petit groupe en France… mais peut-être que la situation n'était tout simplement pas aussi *dure*, en France.

'Vous avez l'air tellement calmes. Ça ne vous mine pas ?' finit-il par demander.

'Si', dirent-ils tous, 'mais là on est fatigués, à cause du bouclage.'

Quand ils n'étaient pas fatigués, expliquèrent-ils, ils étaient un peu plus vocaux. Mais surtout ils organisaient des meetings, et envoyaient des cars remplis à craquer vers Londres, Leeds ou Manchester pour de grosses manifestations.

'À chaque fois la presse dit qu'on est quinze mille alors qu'on est cinquante mille. C'est un peu décevant.'

On s'alluma des cigarettes tandis que l'imprimante industrielle, achetée à bas prix à une école du coin, crachotait les quatre cents exemplaires d'*Austerity Watch* qui seraient vendus par les syndicats locaux et dans les rues des villes et des villages voisins le lendemain, dimanche. Les autres antennes d'*Austerity Watch* à travers la Grande-Bretagne étaient, ce soir, elles aussi en train d'imprimer leur cargaison.

Ollie, sorti prendre l'air, regardait les étoiles comme si la pensée de tous ces toners marquant toutes ces feuilles des mots qu'ils avaient si stratégiquement choisis lui donnait un peu d'espoir.

'Vous êtes bien silencieuse', dit Kamenev à Justine.

Effectivement, elle n'avait presque pas dit un mot de la soirée, sinon pour remarquer poliment que le magazine était bien mis en page (ce qui n'était pas le cas) ou que le travail du petit groupe était « très important », et même « vital ».

'Et vous, vous faites quoi par chez nous, dans votre camionnette à glaces ?' demanda Ollie, qui revenait du salon avec un plat de gratin de pâtes. 'Mac'n'cheese ?' proposa-t-il.

'Avec plaisir', dit Kamenev. 'On monte dans le Nord pour aller récupérer mon élève, qui…'

'Qui prend des cours de chant vers Thirsk', dit rapidement Justine.

Elle avait posé sa main sur le bras de Kamenev. Clairement, il était hors de question de mentionner que Marguerite était en pension chez le fils Roddikin.

Avec un accent dont Kamenev remarqua qu'il était à nouveau transformé – plus rugueux, plus *nordique* que d'habitude –, elle se répandit alors en histoires sur les inégalités sociales à Leeds, où elle étudiait. Elle parla de son engagement à l'université pour le soutien aux femmes victimes de violences sexuelles, et expliqua qu'elle comptait s'investir après sa licence pour une association qui donnait des cours particuliers à des enfants des milieux modestes.

Kamenev, qui observait le visage pâlichon et souriant de Justine, dans la lumière rougeâtre du garage, remua la tête, interdit.

'Vous êtes un vrai caméléon', lui murmura-t-il tandis qu'Ollie servait du gratin aux autres amis. 'Et donc comme ça, maintenant vous êtes un chevalier blanc qui va humblement lutter contre les inégalités sociales ? Vous n'allez pas leur parler de votre start-up ?'

'Ssch !' dit fiévreusement Justine.

'Une rapide présentation de *Brexit Romance*, allez… Ça les amuserait sans doute de vous écouter leur parler de cette *noble cause*.'

'Pierre, vous n'êtes pas drôle.'

'Vous faites exprès de changer votre accent, ou il s'adapte naturellement à votre environnement ?'

'Ça s'appelle être quelqu'un de sensible et qui a du tact', dit Justine.

'Ou alors une grande hypocrite.'

Justine le fusilla du regard, mais se tut – Ollie revenait vers eux.

'Ollie', dit Kamenev, l'air de ne pas y toucher, 'vous avez voté quoi, pour le référendum sur le Brexit ?'

Justine broncha audiblement, et se recentra sur son mac'n'cheese comme un chat baisse les oreilles et enroule sa queue autour de lui.

Ollie toussa et soupira :

'Écoute, on a voté un peu dans tous les sens. Linda a voté contre, mais moi j'ai voté pour. Hasim s'est abstenu et Olivia ne veut pas nous dire.'

Il sourit et dit :

'Mais la vérité, c'est qu'on n'en a pas grand-chose à foutre, franchement, d'être ou pas dans l'Europe.'

'Moi j'en ai quelque chose à foutre !' dit Linda depuis l'autre côté de la pièce.

'Oui', dit Ollie avec fermeté, mais non sans affection, 'parce que tu t'es mise à fréquenter des gens à l'université qui t'ont expliqué que c'était grave. D'un coup, tu deviens prof, tu te sens citoyenne du monde, t'as l'impression que t'as une identité européenne. Pour moi, ça change rien, ça m'empêche pas de réparer des bagnoles à Doncaster.'

Il désigna vaguement Justine de la main :

'Les Londoniens, c'est sûr, ça les fait chier.'

Derrière les lèvres pincées de Justine, Kamenev devinait une foule d'imprécations, de questions et d'exclamations :

C'est l'Union Européenne qui finance vos centres culturels, vos musées, vos bibliothèques en province ! L'Union paie des millions pour la recherche sur ces inégalités sociales qui vous préoccupent tant ! Comment, comment peux-tu t'en foutre ?

Mais elle ne dit rien, tout comme elle n'avait rien dit au chauffeur Uber.

'L'UE', reprit Ollie, 'c'est juste une machine à fabriquer encore plus d'austérité, encore plus de capital, encore plus de malheur. J'en ai rien à foutre d'en sortir. Tout ce qui m'intéresse, c'est le gouvernement ici, et leurs conneries à eux. C'est déjà bien assez.'

4

Les Beskow ne voulaient plus laisser personne partir.
'Par cet orage ? Vous n'y pensez pas !'
'Mais ma chère Sara…'
'Vous resterez dormir dans les chambres d'amis !'
Il était déjà dix heures et demie du soir et ils avaient fait approximativement cent trente-six parties de whist, treize parties de poker, quarante-sept parties de bridge, et encore de très nombreux jeux que Marguerite ne connaissait pas et dont elle soupçonnait vaguement les Beskow, les Roddikin-Carraway et le majordome Stephen de les inventer au fur et à mesure. La plupart des autres invités s'étaient éclipsés – ceux qui n'habitaient pas trop loin, et avaient réussi à échapper à la surveillance des Beskow –, mais il restait au moins une demi-douzaine de prisonniers.
'Vous, dans la chambre rose ! Vous, dans la chambre aux ananas ! Les enfants, dans la nursery ! Vous, dans la chambre coloniale ! Vous, dans la suite nuptiale !'
Cette dernière injonction s'adressait à Cosmo et Marguerite.
'Oh, parfait', dit Cosmo.
'Eh bien quoi ? Vous n'allez pas nous faire croire que vous attendez le mariage, Cosmo.'
Il s'inclina, et passa le bras autour de la taille d'une Marguerite scandalisée.
'Ne vous inquiétez pas', lui dit-il, 'on fera une séparation très efficace au milieu du lit avec des polochons.'
La suite nuptiale, dénommée ainsi car chaque génération de Beskow y avait passé la nuit avant le départ en voyage de

noces, possédait toutes les décorations appropriées : tableau de Vénus et de Cupidon par un peintre contemporain écossais, grands miroirs rutilants, gargantuesque lit à baldaquin en bois de rose.

'J'espère que vous avez apporté un pyjama', lâcha Cosmo, qui négligemment retira d'un coup sa chemise, puis son pantalon, puis son caleçon, et se glissa dans un très beau pyjama de soie rouge sombre.

Marguerite en avait pris la couleur. Elle n'avait jamais auparavant vu d'homme nu, même de dos, sauf si l'on comptait les malingres petits garçons de la maison Sableur ; et il lui fallut un certain temps pour effacer de son esprit les fesses sculptées au biseau de Cosmo Carraway.

Elle se changea, plus pudiquement, derrière le paravent en soie blanche qui encadrait un pot de chambre en porcelaine visiblement inutilisé depuis des décennies. Elle n'avait apporté que son pyjama ordinaire, un vrai ensemble de petite fille, de cette espèce de matière spongieuse dont on fait les grenouillères pour enfants, et dont le motif de petit chat endormi fit rire Cosmo.

'Je ne pense pas que la suite nuptiale ait déjà vu des dessous aussi transgressifs !' médita-t-il alors que Marguerite, un peu honteuse, se couchait à côté de lui.

'On le construit, ce mur de polochons ?' demanda-t-elle.

'Si ça vous amuse', bâilla Cosmo.

Il aligna dans le lit, les tapotant comme pour un château de sable, trois longs oreillers mis bout à bout.

'Ça vous va ?'

'Oui', dit Marguerite un peu déçue, car elle aurait quand même préféré qu'il ne construisît pas le mur.

Il éteignit la lumière.

Au cœur de la chambre plongée dans le silence et l'obscurité, plusieurs anxiétés diverses vinrent toquer à l'esprit de Marguerite. Tout d'abord, comment s'assurer de ne pas ronfler ? Elle se positionna sur le côté en chien de fusil, la gorge droite. Seulement, dans cette position, comment être sûre de ne pas péter en dormant ? Terreur. Elle regretta d'avoir mangé tant de *sponge cake* aux trous pleins d'air. Et si jamais, se dit-elle avec un petit frisson, si jamais Cosmo essayait, après tout, d'aller au-delà du mur ? Elle n'était pas rasée, du moins pas partout... Détestait-il les poils ?

Mais de toute façon, le laisserait-elle aller bien loin ? Elle n'avait jamais ne serait-ce qu'embrassé un garçon. Enfin si, deux ou trois fois, pendant des Actions ou Vérité, mais c'était nul. Et puis un type de passage chez les Sableur, qui était un peu délinquant. Et puis tous les ténors sur scène, mais ce n'était pas la même chose.

Non, pas la même chose du tout ; car la pensée de Cosmo se penchant par-dessus le mur pour la regarder dormir – pour l'effleurer de ses lèvres, peut-être ! – la fit frémir de désir et d'angoisse. Il lui avait bien spécifié que ce ne serait pas le cas ; que leur union resterait « non consommée ». Seulement, pouvait-on faire confiance aux garçons ? Était-il vraiment sérieux ? Elle n'était pas si moche, après tout, et elle avait été assez claire sur le fait qu'elle ne s'y opposerait théoriquement pas ; du moins, il lui *semblait* avoir été assez claire...

Si jamais il approchait ses mains, si jamais il lui caressait les cheveux – si jamais, comme il était – apparemment – en train de le faire – ! ? –, il se levait du lit – oui, ce grincement ! il se *levait du lit !* – pour en faire le tour, peut-être, pour contourner le mur et venir auprès d'elle...

'Cosmo !'

Elle se dressa sur le lit.

'Vous faites quoi ?'

'Hmm ? Oh ! Je vous ai réveillée.'

Il éteignit le portable qu'il avait allumé, et qui l'avait éclairé, blafardement, debout devant le grand lit conjugal.

'Vous allez dormir ailleurs ?'

'Non, non, pas du tout.'

'Vous aviez l'air de vouloir sortir de la chambre.'

'J'allais juste aux toilettes.'

'Avec votre téléphone ?'

'Oui, pour me distraire pendant que j'y suis. Vous êtes curieuse comme les huîtres, vous !'

'Cosmo', ronchonna Marguerite, 'vous me cachez quelque chose.'

'Moi ?'

'Vous êtes toujours en train de vous éclipser. La nuit, à Elms Heights, vous allez dans le débarras à l'étage du dessus. Et pendant mes cours aussi, en pleine journée. Et là, vous vous apprêtiez à partir de nouveau !'

'J'ai des insomnies', marmonna Cosmo.

'Non', dit Marguerite. 'Je crois que vous avez... vous avez...'

Elle attrapa son portable, tapa à toute allure sur l'application du Robert & Collins : *amante*.

'*You have a lover*', lui dit-elle.

Elle vit Cosmo sourire nerveusement, dans la lumière érudite de l'application du dictionnaire.

Il se rassit sur le lit.

'Ma chère Marguerite', dit-il, 'il vaut sans doute mieux en effet que vous le sachiez aussi tôt que possible.'

'Vous alliez partir retrouver votre amante ?'

'Oui', dit-il. 'À vrai dire, j'en ai plusieurs.'

'*Plusieurs ?*'

'Ça dépend des endroits. Il y a des applis très pratiques pour en trouver.'

'Vous les trouvez sur *Internet* ?'

'Avant qu'on ne passe aux confessions', soupira Cosmo, 'je vous fais confiance, ma chère – cela ne sortira pas de ces murs, on est d'accord ? J'aurais espéré que Justine vous mette elle-même au courant de tout cela, mais elle est injoignable et frustrante, et il faut admettre que *Brexit Romance* ne dispose pour ainsi dire d'aucun service client.'

'Justine est au courant ?'

'Bien sûr. Voyez-vous, Marguerite, la raison pour laquelle je vous épouse, c'est principalement que je préférerais que Papa et Maman me laissent un peu tranquille. Ils ont quelques doutes, je le vois bien, et cela agace beaucoup Papa.'

'Quels doutes ? Qu'est-ce qui l'agace ?'
Cosmo soupira.
'Toutes ces personnes en général. Les personnes comme moi, Marguerite. Pourtant, Dieu sait si j'essaie d'être discret, même à Oxford, où tout le monde s'en fiche ; mais Papa, lui, trouverait cela véritablement indécent, et je tiens à faire bonne figure. C'est important de rendre ses parents heureux, vous ne pensez pas ?'
Il fallut quelques secondes, une éternité de secondes, à Marguerite, pour comprendre véritablement de quoi il s'agissait.
A lover : une amante.
Ou *un amant*.
Mot non genré dans la langue anglaise.
Elle eut envie de pleurer. Puis de rire de sa propre bêtise. Puis de pleurer à nouveau.
'Cosmo', hoqueta-t-elle, 'vous êtes en train de me dire que vous êtes-'
'Non', interrompit fiévreusement Cosmo. 'Vous n'êtes vraiment pas obligée de dire… le mot, vous savez. Quelque mot que ce soit. On n'est vraiment pas obligé de mettre des mots, je vous jure, sur toutes ces choses-là.'
'Cosmo – mon Dieu, quelle idiote complète j'ai été –'
… et elle se souvint de tout ce qu'il lui avait dit de ses « bonnes relations » avec tel ou tel jeune homme –, et elle se revit comme dans un rêve monter les escaliers avec Bertie et croiser l'un des jeunes cuisiniers qui descendait –, et elle se rappela le garçon servant le champagne au mariage de Tommy Dodgson qui était reparu dans ses songes –
– et elle se souvint, comme au début d'un très long rêve, de *l'ami* qui l'accompagnait à l'opéra, la toute première fois qu'elle l'avait vu, assis à ses côtés au balcon, et à qui elle n'avait jeté que le regard le plus indifférent…
L'un de ceux-là, peut-être… ?
'Mais enfin, Cosmo', arriva-t-elle enfin à articuler, 'mais quelle importance, quelle importance ? Pourquoi chercher à le cacher ? Si vous êtes – '

'Je ne *suis* rien', dit Cosmo avec force. 'Je voudrais qu'il soit clair que je ne *suis* rien. Il y a des choses que je *fais*. Il y a des désirs que j'*ai*. Cela ne veut rien dire quant à ce que je *suis*.'

'Enfin tout de même', dit-elle, rassemblant toutes ses pensées, pour la première fois depuis des semaines, en une réflexion soudain plus lucide ; 'enfin, Cosmo, en vous mariant avec moi, votre but est tout de même qu'on vous pense hétérosexuel.'

'Merci de nous épargner ce vocabulaire, Marguerite. Mon seul but est qu'on me *foute la paix*.'

'Mais qui ne vous fout pas la paix ? Sérieusement, qui s'offense aujourd'hui de ce que l'on soit…'

'Arrêtez de dire *être*, arrêtez !'

Il y eut un silence. Il toussa, reprit.

'Ce n'est pas une question d'être. D'abord, j'ai bon espoir que cela puisse changer. Il y en a qui changent…'

'Cosmo, enfin-'

'Quant aux personnes qui *s'offensent*, comme vous le dites, ou qui s'offenseraient, c'est évidemment mes parents, et bien d'autres personnes.'

'Mais *qui* ?'

'Ma pauvre chérie, vous êtes tellement naïve. Vous semblez croire que notre société entière vit sur le même palier que les Dodgson, avec leur merveilleuse ouverture d'esprit, leur libéralisme totalitaire, leur relativisme radical qui confine à la démence. Cependant, tout en haut et tout en bas des escaliers, on *n'aime pas* les gens qui font ce genre de choses. La majorité de la population déteste ça.'

Il se passa la main dans les cheveux impatiemment, jeta :

'Et avec raison. C'est simplement pervers.'

'Vous ne pensez pas réellement cela.'

'Mais si, bien entendu. C'est quelque chose de tout à fait ignoble, et j'espère bien m'en débarrasser un jour. En attendant, il faut au moins rester discret.'

'Je n'arrive pas à savoir si vous plaisantez.'

'Je ne plaisante jamais.'

Elle alluma la lampe de chevet. Le jeune lord, surpris par la vive lumière, n'eut pas le temps de se masquer le visage.

'Vous pleurez !'

'Non, vous m'avez juste envoyé un tas de lumière dans la rétine.'

'Non, Cosmo, vous pleurez.'

'Absurde. J'aimerais bien que vous arrêtiez de m'aveugler.'

'Je ne peux pas vous épouser, Cosmo, si c'est pour couvrir un… un crime qui n'en est pas un ! Je pensais que vous vouliez obtenir un passeport !'

'Ce serait appréciable aussi', reprit Cosmo. 'Papa a une propriété en Dordogne et j'aimerais bien pouvoir en hériter en étant tout à fait français. Allez, soyez sympa, Marguerite, épousez-moi, on en est convenus. Ça porte un joli nom, d'ailleurs, quand c'est pour cette raison-là : un *mariage de lavande*.'

Marguerite secouait la tête.

'Vous êtes totalement dingue, avec vos préoccupations du siècle dernier.'

'Non', trancha Cosmo, 'c'est vous qui êtes entièrement aveugle, avec votre conviction en acier trempé que les choses ont énormément changé. Croyez-moi : dans d'autres mondes que le vôtre, on ne se balade pas en affichant sur la tête des choses aussi graves.'

'Alors quittez ce monde ! Quittez votre famille, venez fréquenter des gens un peu plus tendres, un peu moins…'

'On ne quitte pas sa famille', dit simplement Cosmo, et il se pencha par-dessus le mur, et par-dessus Marguerite, pour éteindre la lumière.

Puis plus férocement :

'*On ne quitte pas sa famille.*'

Et quelques minutes plus tard, il ronflait paisiblement.

5

À Doncaster, Kamenev ne ronflait pas paisiblement.

Il faut dire qu'il était dans une situation douloureusement similaire à celle de Marguerite, car quelque trente centimètres au-dessus de lui, sur le canapé, Justine dormait – ou faisait semblant de dormir – et lui, allongé sur le tapis dans un sac de couchage, estimait cette proximité très contraire à ses sincères intentions d'ensommeillement.

Et il se détestait, parce qu'avant de se découvrir dans cette position, tout ce qu'il avait trouvé à dire à Justine, ce n'était pas :

'Bonne nuit, Justine'

Ni même :

'Bonne nuit, ma chère Justine, j'espère que vous allez faire de beaux rêves'

Ni même encore :

'Je vous souhaite une très douce nuit, ma très chère Justine, et de jouir d'un sommeil reposant avant notre route de demain ; au passage, juste pour que vous sachiez ; bien que vous restiez à mes yeux complètement incompréhensible, je ne suis jamais aussi heureux que quand je suis comme ça à trente centimètres de vous, et d'ailleurs la perspective d'essayer de m'endormir dans cette situation m'épouvante.'

Non. Il lui avait dit :

'Eh bien, *good night*, Che Guevara de la classe moyenne. J'espère que vous allez vous remettre d'une soirée qui a prouvé que vos opinions politiques, si mignonnes soient-elles, ne tiennent pas trois secondes face à des gens qui doivent vraiment se battre chaque jour pour vivre décemment.'

Pourquoi exactement avait-il dit cela ? Il n'en était pas sûr lui-même. Parce qu'il le pensait, sans doute. Parce qu'il était français, aussi, et qu'on ne disait pas, en français, de choses qui ne fussent pas un tant soit peu conflictuelles, juste par amusement.

Peut-être aussi, en un sens, parce qu'il était *réellement* épouvanté par cette proximité ; et ainsi donc pour que la distance de trente centimètres, peut-être, n'ait aucun risque – aucune chance – d'être traversée.

Elle lui avait répondu, en anglais :

'Je vous demande pardon ?'

Et lui, au lieu de prendre ce soudain passage à la politesse anglaise comme un avertissement sévère qu'il dépassait les bornes, avait enchaîné, en anglais :

'Parfaitement, ma chère ! Il a bon dos, votre activisme petit-bourgeois, à côté de ces gens qui font des recherches précises, qui vont trouver des chiffres, des corrélations, des faits, de vraies personnes, qui s'intéressent au quotidien de ceux qui souffrent – et dont la conclusion n'est pas : « Vous savez quoi, les mecs, on va épouser des Européens pour se barrer d'ici illico presto » – mais qui disent : « Le Brexit, on s'en fout ; vous savez quoi, on va changer les choses par la rue, par le papier et par la parole ».'

'Activisme petit-bourgeois...', avait répété Justine, assise sur le canapé où elle allait dormir.

Elle avait hoché la tête.

'C'est ça que vous pensez de moi.'

'Parfaitement', avait dit Kamenev.

Elle avait continué à hocher la tête. Elle avait dit, 'D'accord', et puis s'était couchée.

Et Kamenev se détestait maintenant de ne pas avoir aussitôt dit, *Écoutez, j'ai exagéré, on peut en parler plus calmement si vous voulez*, et en même temps il savait qu'il avait raison, et en même temps il souffrait que ces contradictions de Justine, cet immense paradoxe qu'était Justine, lui dévorassent ainsi la gorge et le ventre de désir et d'affection, et qu'il eût envie à ce point d'arracher la jeune femme à ce canapé pour la serrer contre lui, de l'arracher à ce monde qu'elle réorganisait autour d'elle avec tant d'enthousiasme.

De son côté, Justine ne dormait pas. Furieusement, elle essayait dans sa tête de répondre aux accusations de Kamenev.

Elle n'y arrivait pas.

★

Le dimanche matin, sous les marquises réinstallées, sur les tables réagencées, les invités des Beskow prirent un gigantesque petit déjeuner composé de douzaines d'œufs brouillés, de saucisses à la peau craquante, de tomates au four, de champignons fondants, de pain de mie grillé en quantités infinies, et d'un déluge de café et de thé.

'Il fait si beau!' s'exclama Lady Beskow. 'Je propose qu'on aille tous se promener sur la plage!'

'Oui! La plage! La plage!' hurlèrent les enfants, et Bertie jeta en l'air plusieurs fois Jeremy Corbyn pour signaler son enthousiasme.

'Comme d'habitude, ma chère, vous nous invitez pour le thé et vous nous gardez en otage tout le week-end', se plaignit Eugenie.

'Il le faut bien, on n'a strictement rien d'autre à faire', dit Lady Beskow.

Alors on ordonna qu'un pique-nique fût préparé, que maillots et serviettes fussent embarqués dans les voitures et, sous le ciel rincé et essoré, on partit pour Scarborough.

★

Dans la camionnette réparée, l'ambiance était exactement aussi glaciale que le thème du véhicule l'exigeait. Justine, grave, conduisait en autopilote; Kamenev, contemplatif, pensait à sa main, qui pendant la nuit avait enflé de manière considérable et pris des reflets jaunâtres et violines assez inquiétants. (Heureusement, il restait une glacière dans la camionnette, et il s'était couvert le poing d'un sac de framboises surgelées.)

Ils étaient partis à huit heures pile de Doncaster. La route aurait pu être moins longue, mais pour des questions de déviations, ils s'étaient perdus au moins quatre fois.

Il était dix heures trente quand ils arrivèrent à Elms Heights.

En avisant la maison, alors que la camionnette s'engageait dans la proprette allée centrale bordée d'animaux de pierre et de buissons taillés, Pierre sentit son cœur grimper jusqu'à ses lèvres. C'était donc cela, la demeure atroce où Marguerite s'était retrouvée embrigadée ! Où avait-il fait sa demande, l'horrible petit nobliau ? Dans cette tonnelle, au bord de ce bassin, sur ce banc de la roseraie, près des chevaux ? Voire dans la lande, paysage qui fascinait tant Marguerite ?

Il se promit qu'il lui dévisserait la tête avec application dès qu'il le verrait.

Toutefois, cette grande demeure vide lui faisait perdre ses moyens. Il regardait les fenêtres, les portes, espérait voir jaillir d'une encoignure Marguerite, qui courrait vers lui les bras ouverts, et dans son esprit elle avait l'apparence qu'elle avait eue à quatorze ans, petite et frêle, et s'empressait de lui dire que rien, rien de tout cela n'était véritablement arrivé.

Ils sonnèrent à la porte, et reçurent la terrible nouvelle :

'Marguerite n'est pas là. Elle est partie avec la famille prendre le thé chez les Beskow hier.'

Kamenev et Justine regardèrent, désespérés, l'inflexible Sonya Tikhona.

'Et ils ne sont toujours pas rentrés ?'

'Il est fréquent que les Beskow proposent à leurs invités de rester dormir sur leur domaine. Je suis désolée que vous ayez fait tout ce chemin ; vous auriez dû appeler avant.'

Elle se retourna.

'Ne tapez pas dans le mur, cette fois' dit Justine à Kamenev, 'vous avez déjà bien endommagé votre main.'

'Attendez !' hurla Kamenev à Sonya Tikhona. 'Où habitent les Beskow ?'

'Vous n'allez pas rouler jusque là-bas, c'est très loin', dit la major-dome. 'Attendez-les, ils reviendront sans doute ce soir.'

'Marguerite ne rentrera plus jamais dans cette maison si je peux l'en empêcher !' tonna Kamenev.

Sonya Tikhona haussa les épaules et repartit de son pas de colonelle.

'Il faut que vous arrêtiez d'empêcher Marguerite de faire des choses, c'est une vraie maladie', dit tranquillement Justine, s'asseyant sur une marche de l'escalier et sortant son téléphone. 'Pastille de poire ?'

'Arrêtez avec vos bonbons dégueulasses !' s'écria Kamenev. 'Et vous savez quoi, Justine ? Vous commencez à me gonfler, avec votre portable. Je peux voir vos yeux, parfois ?'

Justine leva la tête, le flasha deux secondes de ses grands yeux noisette, puis les reporta sur l'écran de son téléphone, tandis que dans le silence un écureuil curieux s'approchait à petits bonds.

'OK', dit finalement Justine, et elle rangea son portable dans sa poche.

'OK quoi ?' demanda Kamenev, tandis qu'elle s'éloignait de lui. 'Quoi, OK ? Vous avez répondu à tous vos messages urgents ? Quelqu'un s'est Brexit-Romancé et veut savoir le nom fictif de la mère de sa fiancée ? Votre frère a posté une photo de son chat pour la millionième fois de la journée ? Niamh et Matt en selfie sur la Tamise ? Cannelle s'est acheté un nouveau collier qui dit « Girl Power » avec une sucette rouge en forme de cœur ?'

'Vous venez, ou vous continuez d'insulter tous nos amis ?' demanda Justine.

'Ce ne sont pas mes amis !'

'Vous venez ou pas ?'

'Où ?'

'Eh bien, chez les Beskow.'

Kamenev s'immobilisa.

'Vous savez où ils habitent ?'

'Écoutez, c'est juste incroyable, mais Google a la réponse. Allez, en route.'

Kamenev suivit Justine dans la camionnette à glaces, et Justine, qui avait toujours un peu rêvé de faire cela, démarra avec un *Grrrcccrrr!* d'embrayage martyrisé sur les gravillons d'Elms Heights.

'La maison des Beskow est là', montra-t-elle à Kamenev sur la grande carte routière jaunie. 'Vous me guidez ?'

'OK', dit Kamenev. 'Dieu merci, ces salopards d'aristos existaient déjà à l'époque où cette carte a été produite. En revanche, l'espèce de cité résidentielle en face de nous n'apparaît pas. Vous pensez que c'est un mirage ?'

'Si seulement tout ce qui a été fait dans les années quatre-vingt-dix était un mirage', rêva tout haut Justine. 'On va y arriver, Pierre, ne vous inquiétez pas. Vous allez la récupérer, votre Marguerite.'

'Y a intérêt', dit Kamenev.

'*Si elle consent* à être récupérée', précisa Justine.

'Elle a intérêt', dit Kamenev.

Quelques errements plus tard, ils aperçurent un panneau engageant :

Whitby, 45 kilomètres

'Merveilleux!' dit Justine. 'On y sera dans moins d'une heure. Et par la côte, en plus! Si c'est pas glorieux. Regardez ce beau soleil.'

La beauté du soleil était discutable ; il était un peu pâlichon ; mais la mer du Nord, par contraste, faisait un joli parterre de glitter bleu, l'horizon poinçonné par les silhouettes des plateformes pétrolières, des éoliennes et des énormes bateaux à containers.

'Soyez gentil avec Cosmo', dit Justine en passant la quatrième sur le petit serpentin de route qu'ils empruntaient. 'Il n'est pas aussi atroce que vous l'imaginez.'

'Je crains de ne pouvoir accéder à votre demande', dit Kamenev, 'car j'ai déjà planifié intégralement la façon dont j'allais lui démonter la face.'

'Ah oui ?' dit Justine en passant la cinquième. 'Vous êtes quelqu'un de prévoyant.'

'Je vais d'abord lui mettre un direct du droit dans son grand nez de Habsbourg croisé Bourbon à la sauce hollandaise', dit Kamenev.

'Vraiment ?' demanda Justine. 'Allez, camionnette, avance !'

'Vraiment. Ensuite, un uppercut dans son grand menton chevalin de petit-fils caché de double-poney pur-sang à la robe baie.'

'Intéressant', s'intéressa Justine. 'Plus vite, plus vite', dit-elle à la camionnette, qui était décidément beaucoup trop limaçonne pour les ambitions de Pierre.

'Et puis un coup de genou dans son estomac glaireux de géant bouffeur de prolétariat !'

'J'approuve la comparaison', dit Justine, 'mais le geste me semble excessif.'

'POF dans son gros bide !' s'enthousiasma Kamenev.

POF ! fit au même moment la camionnette comme pour l'encourager.

'Et enfin, je termine en lui fauchant les jambes comme ça : *pffiouuff !!!*'

Et pour illustrer cet habile fauchage, Pierre donna un grand coup de pied latéral brossé… qui se termina pile poil sur le gros bouton rouge à trompette.

gling-liiiing-gling-liiiing-dadaliiing-gling-gliiing

'Oh, non, pour l'amour du ciel, pas *Greensleeves*', dit Justine.

'C'est bloqué', constata Kamenev en essayant de rappuyer sur le bouton.

'Appuyez !' dit Justine.

'Mais j'appuie !'

'Appuyez mieux !'

'Essayez donc, si vous êtes si forte !'

'Je ne peux pas, je conduis !'
'Vous ne conduisez rien du tout, on ralentit encore.'
'En effet, c'est bizarre. Pourtant, je suis en cinquième.'
'Et elle sort du garage… Vous appuyez sur l'accélérateur ?'
'Oui, merci, Pierre, je sais conduire.'
'Mais il faut qu'on arrête cette putain de musique !'
'Je suggère qu'on fasse contre mauvaise fortune bon cœur', dit Justine, 'et qu'on chante les paroles de *Greensleeves*.'
'Il y a des paroles ?'
'Aucune idée. Mais même si *Greensleeves* n'a absolument aucune parole, qu'est-ce qui nous empêche d'en inventer ? Essayons :

Oh vent du Nord tu es bien cruel
De nous empêcher d'aller voir la belle
Qui dans sa tour la plus haut perchée
Va épouser un lord tout dégénéré
Greensleeves ! Il va se faire taper
Par Pierre Kamenev à la main d'acier
Greensleeves ! Et son sang bleuté
Les terres du Nord viendra irriguer !'

'Justine', dit Kamenev, 'vous savez que dans la vie de tous les jours, j'entraîne à chanter l'une des plus belles jeunes voix du monde ; et à vous écouter, je souffre beaucoup de cette comparaison.'
'Attendez, j'en ai une autre, mais il y a une rime un peu osée.'
'Je refuse d'écouter vos rimes osées !'

'*Oh manque d'essence, tu nous as laissés*
Près d'une plage moche, sur l'herbe mouillée
C'est pas gentil, on était pressés
Car sa belle diva Pierre veut embrasser !'

'Je ne veux pas l'embrasser, ça ne va pas la tête ?'

*'Greensleeves ! Donne-nous bien vite
Notre enchanteresse petite Marguerite...
Greensleeves !...'*

'Justine', dit Pierre, 'Je ne VEUX PAS de votre rime en -ite !'

Et la camionnette s'arrêta dans un dernier ronchonnement, sur un petit triangle de terre barbue en marge de la route. À nouveau en panne.

★

Pendant que ces jolies et subtiles inventions jaillissaient, la douce musique ne tombait pas dans l'oreille d'un sourd. Car parmi les quelques baigneurs qui paressaient sur la plage sauvage à côté de laquelle la camionnette était tombée en panne, quelques-uns avaient un intérêt tout particulier pour ce qu'elle impliquait de friandises sucrées.

'CAMION À GLACES !' hurla un premier enfant.

'GLACES !!!' hurla un deuxième.

'GGG !!' fut la seule chose que réussirent à dire les autres, tout paralysés de bonheur par anticipation.

'Oh, Dieu du ciel', dit Lady Beskow depuis sa chaise longue à Lady Carraway. 'Ils ne nous laisseront donc jamais tranquilles, avec leurs esquimaux révoltants.'

'Maman ! Je veux une glace !'

'On ne dit pas *je veux*, Maximilian.'

'UNE GLACE !'

'Ils sont épouvantables', constata Imogen avant de se recoucher.

'Jeremy Corbyn aussi veut une glace !' insista Bertie auprès de Marguerite.

Celle-ci poussa un vaste soupir. Cela étant, il n'y avait rien d'autre de follement intéressant à faire, à part continuer à lire un exemplaire de *Country Life*, le magazine de la grande aristocratie britannique ('Comment entretenir au mieux sa canne au pommeau d'ivoire ?' 'Plumer son faisan correctement en cinq gestes simples !' 'Mon meuble Boulle est rayé, que faire ?').

'J'emmène les enfants s'acheter des glaces', dit-elle à la ronde.

'Merci, ma chérie', dit Cosmo.

'Merci', dit Imogen du ton qu'elle aurait employé pour remercier le rouleau de papier toilette de lui avoir octroyé une ou deux feuilles.

Sur le chemin qui remontait vers la falaise, les enfants surexcités grignotaient les bras de Marguerite, au point qu'elle en fut recouverte de petites morsures.

'Mais *aïe* ! Vous êtes infernaux !' leur dit-elle.

'GGG !! GGG !!!'

'Je ne suis pas une glace au citron !'

'GGGGG !!!!'

Et enfin ils déboulèrent tous sur la petite esplanade d'herbe qui surplombait la mer.

★

'Aïe', dit Justine. 'On a des clients.'

'GGGG !!!! GGGG !!!!!'

'Et ils ont très faim. Très, très faim...'

'GGGGGG !!!!!!!!!!'

'Pierre, vous savez, la scène dans *Jurassic Park* où les petits dinosaures en forme de poules géantes arrivent, et qu'il faut partir très, très vite...'

'GGG !!!!!' hurlaient les enfants de plus en plus fort, mangeant maintenant leurs propres bras puis arrachant des herbes pour se les fourrer directement dans leurs bouches affamées...

Et soudain :

'JUSTINE !'

'*Bertie ?*'

'JUSTINE !!!'

Bertie se retourna vers les autres enfants, expliqua :
'C'est ma sœur !!! Ma sœur est devenue glacière ! C'est la meilleure nouvelle du monde !'
Il déboula si vite dans les bras de Justine qu'elle en chavira vers l'arrière, manquant écraser Jeremy Corbyn.
'Bertie ?! Mais qu'est-ce que tu fais là ?'
'GLACE !'
'Oh, mon cœur, je suis désolée, mais…'
Kamenev, de son côté, s'était relevé et cherchait à voir d'où venait le ruban d'enfants qui s'introduisait maintenant dans le véhicule, yeux injectés de sang et doigts crochus.
Et alors il vit –
'MARGUERITE !'
Et elle le vit aussi :
'PIERRE !'
Et tous deux se mirent à courir l'un vers l'autre, de cette incroyable course au ralenti qui transforme vingt mètres de séparation en cent, et permet par cette extension de l'espace d'arriver haletant, transpirant, transporté…
… et enfin ils furent face à face !
et se –
… regardèrent, et se –
dirent :
'Bonjour.'
'Bonjour !'
'Ça va ?'
'Ça va bien. Et vous, ça va ?'
'Ça va. Vous-même ?'
'Bien.'
'Tant mieux.'
'Quoi de neuf ?'
'Oh ! Vous savez. Et vous ?'
'J'ai toujours pas retrouvé ma voix.'
'Mais si : votre « PIERRE ! » était au moins un *si* bémol.'
'Vous êtes sûr ?'

'Même peut-être un *si* bécarre. Et de toute façon, vous avez le temps de la récupérer, parce que moi, c'est ma main qui s'est cassée.'

'Oh ! Comment ça se fait ?'

'Elle a heurté un mur.'

'Ah !'

'Oui.'

'Et qu'est-ce que – qu'est-ce que vous faites là, Pierre ?'

'Écoutez, c'est une coïncidence amusante…'

'On dirait, oui, je…'

'On passait en voiture, et on est tombés en panne.'

'En camionnette à glaces, vous voulez dire ?'

'Oui, c'est pas banal.'

'Oui.'

'Et vous, Marguerite, qu'est-ce que vous faites là ?'

'On se baigne.'

'Vous vous baignez ?'

'Oui, enfin non, il fait trop froid, mais on est assis sur la plage.'

'Ah ! Eh bien, c'est bien.'

'Oui, c'est bien.'

'Marguerite, je… Enfin, comment dire…'

'Pierre…'

'*Pierre !* Venez m'aider !!!'

Kamenev se retourna. Justine était en train d'être dévorée par les enfants. Le spectacle était épouvantable.

'Je dois aller l'aider', dit Pierre.

'Faites, faites', acquiesça Marguerite.

Kamenev courut vers la camionnette à glaces, et bientôt réussit à arracher tous les enfants de la pauvre Justine, en les faisant tourner en l'air avant de les jeter plus loin, comme des gnomes de jardin. *Greensleeves* faisait toujours entendre sa mélodie métallique dans l'air de la falaise.

'Je n'ai *pas* de glaces !' hurlait Justine, tandis que Pierre faisait face à la meute d'enfants qui revenaient déjà, à peine assommés par leurs vols planés, en se léchant les babines.

Bientôt, la musique eut ameuté tous les occupants de la petite plage, qui regardaient avec un dégoût non dissimulé le faux glacier et son partenaire.

'Un glacier sans glaces?' s'interrogea tout haut Lady Beskow. 'Comme c'est intéressant! Ne trouvez-vous pas cela intéressant, Neil?'

'Très intéressant', dit Roddikin. 'Comment allez-vous, Miss Dodgson? Vous-même, Mr Khrouchtchev?'

'GGGG!' faisaient encore les enfants.

'Attendez trois secondes', leur dit Justine épuisée.

Et elle sortit du camion tout le contenu de la vieille glacière oubliée dans le coffre, c'est-à-dire: un sac de cornets, un sac de framboises surgelées (celui que Kamenev avait utilisé pour soigner sa main endolorie), un Magnum au champagne, un Solero bigoût, et quatre Mister Freeze.

'Servez-vous!'

Tandis que les enfants se précipitaient sur les glaces en poussant des mugissements extraterrestres, Justine et Kamenev serraient les mains à la ronde.

'Enchanté, quelle coïncidence', disaient-ils à tout le monde.

'Enchantée, vraiment enchantée.'

'Et maintenant', dit Pierre, 'si vous voulez bien m'excuser', et il attrapa Marguerite – puis la jeta par-dessus son épaule.

'PIERRE! Mais qu'est-ce que vous faites?!'

'Je vous ramène à la maison.'

'Laissez-moi descendre!'

(Elle frappait des deux genoux le buste de Kamenev, qui s'aperçut en ployant un peu qu'elle avait dû manger beaucoup de scones ces dix derniers jours.)

'Bertie, on rentre à la maison!' dit Justine à son petit frère.

'Et Jeremy Corbyn, alors?' cria Bertie entre une bouchée de Magnum et une de Mister Freeze.

'Jeremy Corbyn?' demanda Justine un peu perplexe.

'Il faut l'emmener aussi! Je veux vivre avec Jeremy Corbyn!' se mit à pleurer Bertie. 'Oh, Justine, je t'en supplie, est-ce qu'on peut adopter Jeremy Corbyn?'

'Je te laisse trois minutes avec les Roddikin, et tu veux adopter Jeremy Corbyn ?' s'émut Justine. 'Mon amour !'
'*Ahem, ahem.*'
Le toussotement interrompit tout le monde.
'Excusez-moi, *Monsieur Kamenev*', (ces deux mots en français dans le texte), 'mais il me semble que vous êtes en train de partir avec ma fiancée.'
Cosmo Carraway avait fendu l'auditoire pour se planter devant Kamenev.
'Est-ce le cas ?' demanda sirupeusement Kamenev.
'Il me semble.'
'Vous m'en voyez bien désolé.'
('Laissez-moi descendre !' s'écria Marguerite.)
'Marguerite', dit Kamenev, qui pivota sur lui-même pour que la jeune fille fît face au lord, 'ce garçon affirme être votre fiancé. Est-ce la vérité ?'
'Euh', dit Marguerite.
'Ma chérie', grinça Cosmo.
'Est-ce la vérité, Marguerite ?'
'Posez-moi d'abord, bordel de queue de chiotte !' (dit-elle en français pour ne pas heurter la sensibilité des Britanniques).
'Je ne crois pas que ce soit entièrement la vérité', dit Kamenev.
'Vous me faites tous chier !' hurla Marguerite, toujours en français.
'Justine', dit Cosmo, 'as-tu réellement escorté ce gentleman jusqu'ici dans le but de l'aider à me subtiliser ma fiancée ?'
'Il me faut revoir un peu le business plan', dit Justine, 'et mettre en suspens quelques-unes des opérations.'
'Je suis déçu', dit Cosmo.
'Je suis désolée d'avoir suscité cette déception', dit Justine.
Cosmo remontait sa manche.
'Êtes-vous en train de vous préparer à une bagarre, Mr Carraway ?' demanda Kamenev.

En vérité, le jeune lord remontait sa manche pour regarder l'heure, mais il ne voulut pas perdre la face.
'Ce n'est pas impossible', dit-il précautionneusement.
'C'est intéressant', dit Kamenev.
'*Très* intéressant', dit Cosmo.
'Encore *plus* intéressant que *très* intéressant', dit Kamenev.
'N'exagérons rien', dit Cosmo.
'Soit', convint Kamenev.
('Posez-moi ou je vous arrache l'oreille avec mes dents!')
'Allez-y, Pierre!' lança Justine. 'Direct du droit, uppercut, coup de genou dans le bide, fauchage des jambes!'
'C'est cela que vous comptez me faire?' demanda Cosmo d'un ton curieux.
'Merci de me spoiler ma bagarre, Justine', soupira Kamenev.
'Une bagarre? Mais quelle horreur!' s'écria Lady Beskow. 'Alors qu'il y a encore quelques minutes on lisait la page *accessoires et colifichets* du Financial Times!'
Sans prévenir, Kamenev posa Marguerite et se rua sur Cosmo.
'*Rhâââââ!!!!*'
'PIERRE!'
'*Urgghhnnn!!!*'
'COSMO!'
'*Ggggnhh!! Wham!! Sschhhhpprrrhaaa!!*'
'ARRÊTEZ! Mais enfin, arrêtez!'
En vérité, les deux hommes ne savaient pas très bien se battre, aussi la bagarre n'était-elle pas particulièrement captivante; il y avait beaucoup de 'Mais aïe!', de 'Ouille!' et de claques et de tirages de cheveux, ainsi – étonnamment – qu'une vaste quantité de sang, car Kamenev s'était ouvert l'arcade sourcilière tout seul (il avait voulu donner un coup de boule à Cosmo, et s'était écrasé sur l'un des boutons en nacre du jeune lord), tandis que Cosmo s'était rétamé par terre en ratant un coup de pied, déchirant la moitié de son pantalon sur le gravier du bord de route.
Au bout de quarante-sept secondes, Marguerite et Justine vinrent mettre fin à ce pitoyable massacre en tirant les deux guerriers par les tibias.

'Ça suffit, oui ? On est devant des enfants.'

'Ils sont pires', dit Kamenev, ce qui n'était pas tout à fait faux.

'Vous avez failli me casser mon iPhone !' s'indigna Cosmo, qui administra une sorte de respiration artificielle à l'appareil en appuyant et réappuyant sur le bouton devant.

Greensleeves hurlait toujours aux oreilles de tout le monde.

'C'est outrageant', dit Lady Beskow, 'parfaitement outrageant.'

'Entièrement choquant et tout à fait indécent', dit Lady Carraway.

'Fiston', dit Roddikin, 'c'est dans les couilles qu'il fallait donner le coup de pied.'

'*Neil !*'

'Quoi, ma chère amie ? Si on suivait votre mode d'éducation, on ferait de toute notre belle jeunesse britannique un club de parfaites tafioles. D'ailleurs, j'ai parfois craint que Cosmo n'ait lui-même un penchant pour...'

'Ta gueule, Papa', dit Cosmo.

'*Pardon ?*'

'J'ai dit : ta gueule !'

Neil Roddikin s'effondra en arrière, comme terrassé par une attaque cardiaque, et on se précipita auprès de lui, mais rapidement il reprit sa respiration :

'Sale petit ! Sale ! Espèce de !'

Cependant, son fils était déjà parti à la suite de Kamenev, lequel avait réendossé Marguerite (qui cherchait maintenant à lui enfoncer les doigts dans les yeux) et de Justine, qui traînait Bertie par le bras, et tous marchaient en direction de la route.

*

'Écoutez-moi, Kamenev', dit Cosmo haletant. 'On a de jolis deals qui fonctionnent pas trop mal ; vous et Rachel, moi et Marguerite ; on peut s'arranger, sans doute...'

(Marguerite : 'Pierre ! Lâchez-moi !')
'On n'arrangera rien du tout', dit Kamenev. 'Vous êtes un fou et un pervers.'
'Certes', dit Cosmo. 'Mais votre Marguerite n'est pas tout à fait nette non plus.'
'Vous ne l'épouserez jamais !'
(Marguerite : 'J'ai mon mot à dire ?')
'Justine', dit Cosmo, 'j'espère que tu te rends compte que si ce mariage tombe à l'eau, tes prévisions de chiffre d'affaires sur l'année vont prendre un peu de plomb dans l'aile.'

Justine s'en rendait compte, ainsi que de la réaction en chaîne que ce fracassement risquait de susciter chez les autres couples ; et elle passait déjà en revue, à la vitesse de l'éclair, dans son esprit, toutes les stratégies qui se proposaient à elle : diplomatiser la relation entre Kamenev et Cosmo ; acter leur différend sans prendre parti ; prendre parti d'un côté ; prendre parti de l'autre ; dans les deux cas, endurer la perte considérable d'argent et d'opportunités ; et aussi, ce qui n'était pas tout à fait anodin tout de même, endurer la perte d'une amitié et…

Tant était-elle perdue dans ces considérations qu'elle ne se rendit compte qu'alors de ce qui se passait du côté de la camionnette.

'Oh, non', ronchonna-t-elle, 'un flic s'intéresse à notre bagnole.'

En effet, un agent de la maréchaussée se tenait près des ruines de la glacière pillée par les enfants. Plus loin, deux de ses collègues observaient la scène, assis dans une voiture au gyrophare clignotant.

'Je suis extrêmement désolée, Monsieur', dit Justine en accourant vers le policier, 'du dérangement auditif provoqué par ce véhicule. Le bouton d'arrêt n'a malheureusement pas été enclenché correctement.'

Le bonhomme, qui était long, fin et moustachu, regarda, non sans intérêt, Pierre arriver, ballottant toujours Marguerite comme s'il s'était agi d'une enfant récalcitrante.

'Il semblerait', dit le policier, 'que ce jeune homme transporte contre son gré cette jeune femme.'

'Oh, c'est leur petit jeu', dit Justine.

Et, en guise d'explication :

'Ils sont français, voyez-vous.'

Le policier hocha la tête.

'Je vois. Pouvez-vous confirmer', dit-il, 'que vous êtes Miss Justine Charlotte Dodgson, domiciliée au 36, Peony Crescent, Putney, Londres ?'

'Celle-là même', dit Justine, un peu surprise ; puis elle se fabriqua un beau sourire pour dire : 'Vous connaissez un peu Londres, officier ?'

'J'y habite', dit l'officier sans la regarder, et tout en écrivant quelques notes sur un morceau de papier.

'Quelle coïncidence !' lança Justine.

Elle se tourna, et remarqua que la voiture d'où venait l'agent affichait en effet son appartenance à la police de Londres.

'Et qu'est-ce que vous venez faire dans nos contrées reculées du grand Nord ?'

L'agent toussa, rangea son carnet, reboucha son stylo, et flanqua son regard dans celui de Justine.

'Vous chercher, Miss Dodgson.'

Justine, Kamenev, Marguerite, Bertie et Cosmo s'immobilisèrent.

'C'est très gentil', dit Justine, 'mais il nous faut juste un peu d'essence pour repartir, vous n'avez pas du tout besoin de…'

'Vous êtes en état d'arrestation, Miss Dodgson', dit l'agent. 'Nous venons vous chercher pour vous mettre en garde à vue, *I'm afraid.*'

'Est-ce le cas ?' demanda Justine.

'Ça l'est, *I'm afraid.*'

'Et pourquoi donc cette idée vous a-t-elle traversé la tête ?' s'enquit Justine.

'Parce qu'il semblerait qu'une enquête ait été menée sur vos activités, donnant lieu à une garde à vue et à de potentielles poursuites, *I'm afraid*', dit l'agent.

'Est-ce en effet le cas ?' demanda Justine.

'Ça l'est', dit l'agent.

'C'est regrettable', dit Justine.

'Je vais donc devoir vous demander de me suivre', dit l'agent.

'Est-ce qu'il faut impérativement que ce soit tout de suite ?'

'Cette minute même', précisa l'agent.

Justine inspira puis elle se retourna vers Cosmo et Kamenev.

'Pierre', dit-elle d'abord en français, 'envoyez immédiatement un SMS à mon frère avec le mot : *Obliviate* – O.B.L.I.V.I.A.T.E.'

'*Obliviate* ?'

'*Obliviate*. Et faites-moi plaisir – dites à Cosmo que je lui saurais gré d'activer quelques-uns de ses réseaux pour me sortir de là.'

'Miss Dodgson, je dois vous demander de m'accompagner et de cesser de communiquer avec vos amis', dit l'agent.

'Je leur disais juste que j'apprécierais qu'ils m'apportent des croissants pendant que je serai en prison', expliqua Justine.

Et ce fut ainsi que Justine Dodgson se trouva dérobée à leur vue : après un dernier mot, *prison*, un dernier regard – vers Kamenev, Cosmo, Marguerite ; une ricoche sur Bertie – et enfin une dernière accélération du moteur, qui fit disparaître dans un virage la voiture de police.

6

'Ils vont la pendre', prédit Bertie.
'Mais non', assura Cosmo en tapotant la tête du petit garçon, 'ce serait très inélégant de leur part.'
Il se tourna vers Kamenev.
'Nous rentrons à Londres ?'
'On dirait bien. Et la camionnette ne redémarre pas.'
'Je n'ai que l'Aston de Papa à vous proposer.'
'Il va bien falloir la tolérer', dit Kamenev.
'En revanche, je préconise de faire vite, parce qu'il ne va pas être content quand il s'apercevra qu'on la lui a prise.'
'Alors courons.'
Et les quatre s'élancèrent vers l'Aston.

*

Pierre Kamenev, 11:57 :
Obliviate.

*

Aussitôt, par une courte pression du pouce de Matt, des dizaines – des centaines – des milliers de lignes de conversation –
De Dropbox à WhatsApp, de Messenger à Gmail en passant par iMessage –
disparurent –
pouf!
de la surface de la planète.

Matt Dodgson, 11:59 :
Méfait accompli.

★

Dans la maison du 36, Peony Crescent – devenu QG de soutien à Justine Dodgson – défilaient amis et membres de la famille éplorés. Katherine Dodgson avait attrapé un Eurostar en catastrophe, et se trouvait parmi eux, ainsi que Bruno le Belge, son futur époux.

Celui-ci se demandait un peu dans quelle famille il avait atterri. Il avait apporté des chocolats pour ses futurs beaux-enfants, mais sa future belle-fille étant en garde à vue, il n'était pas certain de savoir s'il serait poli ou non de les sortir de la valise. Aussi, en attendant, jouait-il gauchement avec Bertie, usant de ce colossal enthousiasme pour Minecraft que seuls savent déployer les vaillants beaux-pères.

'Est-ce que Justine va être condamnée à mort ?' demandait l'enfant de temps à autre, faisant varier les supplices et les modes d'exécution (dans l'ordre : fusillée, pendue, électrocutée, écorchée vive, crucifiée, écartelée, bouillie) ; les adultes s'empressaient de dire que non, ça n'arriverait pas, mais Bertie soupçonnait quand même, de par leur agitation et la quantité de café consommée, que la situation était presque aussi grave que ses exagérations le laissaient entendre.

Cela faisait un jour et une nuit que Justine était en garde à vue ; son passage devant le juge pour une première audience devait avoir lieu le lendemain matin. Kamenev avait pu parler très rapidement à Justine au téléphone : elle lui avait paru assez guillerette.

'J'ai emmerdé les policiers pour qu'ils m'apportent un repas sans gluten, alors que je ne suis même pas céliaque', avait-elle dit d'un ton triomphant. 'Bon, après, l'inconvénient, c'est que j'ai dû manger un repas sans gluten.'

Kamenev, lui, ne pouvait rien avaler. Gluten or not gluten, ça ne franchissait pas sa luette. L'idée d'une Justine enfermée dans ce qu'il imaginait, avec une force romanesque, comme un cachot froid rempli de prostituées et de junkies, le remuait au plus profond de son être.

Il repensait sans cesse à cette dernière nuit fatidique : à ce qui l'avait empêché de s'excuser auprès d'elle, de la cueillir sur son sofa où – il en était presque certain – elle non plus ne dormait pas. Il imaginait une nuit alternative, d'une douloureuse tendresse, où il aurait été capable de l'inviter à se lover contre lui – et son ventre se traversait de brûlures à l'idée d'elle, empressée et joyeuse, cédant enfin au désir...

'Vous m'apporterez des oranges en prison ?' avait demandé Justine, et sa voix s'était perdue en route.

'Ce n'est pas drôle !' avait tonné Kamenev.

'Non', avait finalement admis Justine.

'Justine, je...' avait commencé Kamenev.

Mais un clic lui avait cloué le bec : ils avaient dépassé le temps imparti.

Il s'avéra que la police britannique avait été mise au courant des agissements de Justine par l'interception accidentelle d'une conversation par email avec un Français. Cette interception avait eu lieu dans le cadre d'une mission de surveillance antiterroriste.

'C'est quand même pas de bol', expliqua Matt. 'Ils sont censés espionner les échanges de gens qui foutent des bombes, mais ils sont tombés pile sur un échange *Brexit Romance*. Et au lieu de se dire : « Les mecs, on a d'autres poissons à frire », ils se sont dit : « Putain, c'est vachement une priorité de sécurité nationale, enfermons cette entremetteuse criminelle ».'

Miraculeusement, les autres échanges ayant été effacés à distance par le sortilège de Matt, le tribunal n'avait eu accès qu'à quelques conversations relativement innocentes. Relativement.

La nuit précédant le procès, on avait réuni en renfort au 36, Peony Crescent tout un tas de connaissances de Cosmo Carraway : de jeunes avocats, de jeunes magistrats et de jeunes notaires, tous spécialisés dans la défense juridique des cas désespérés.

'C'est vraiment désespéré ?' s'inquiétait Pierre Kamenev.

Il s'était attablé auprès du comité d'avocats, que Cosmo arrosait de Bourgueuil pour leur faire oublier qu'ils intervenaient bénévolement.

'Très désespéré', confirma Frederick, un grand maigrichon élevé sous serre depuis Eton jusqu'à Cambridge, qui grignotait une tranche de pizza English Breakfast œufs/champignons/bacon. 'Une accusation d'organisations de mariages de convenance, ce n'est pas rien.'

'Tu parles !' rigola Rachel. 'Si c'était un jeune homme pauvre de couleur au lieu d'une femme blanche de la classe moyenne, on aurait de quoi désespérer ; mais Justine va évidemment s'en sortir.'

'On dirait que vous le regrettez !' dit Kamenev sans cacher son agacement.

'Non, je trouve juste ça intéressant, sociologiquement parlant', dit Rachel, flashant un sourire mordeur.

Kamenev, qui pourtant n'était habituellement pas le dernier à jeter sur le monde un regard empreint de curiosité anthropologique, ne parvenait pas à trouver dans cette situation l'intérêt clinique qu'elle avait pour d'autres. Et Rachel particulièrement l'irritait, qui s'était plantée au 36 Peony Crescent comme si l'affaire lui appartenait, et le suivait comme son ombre, interrompant ses conversations avec Marguerite, l'abordant à n'importe quel endroit de la maison et attrapant de son faux diamant à l'annulaire la lumière jaune des plafonniers pour le faire scintiller pile quand il avait ses yeux dans l'axe.

'J'espère que ce procès ne nous empêchera pas de mener à bien nos projets', lui avait-elle dit la veille au détour d'un couloir, lui enserrant le poignet de ses doigts effilés.

Rien n'épouvantait davantage Kamenev que de songer à l'aboutissement desdits projets, dont il lui semblait à présent qu'ils avaient été concoctés dans le repli d'un étrange et vaporeux cauchemar.

'Concentrons-nous !' dit soudain une jeune femme à la voix tranchante, séparant Kamenev de ses anxieuses rêveries.

Elle s'appelait Karina Lawes. Sa frange de fer griffait des lunettes en titane. Amie proche d'une cousine de la mère de Cosmo, elle avait été dépêchée en urgence pour s'occuper de la défense de Justine. Karina Lawes était le top du top ; la crème de la crème d'avocate. Elle était spécialiste du « crime en col blanc » : avec l'aide de ses argumentaires sidérurgiques, nombre de traders véreux, de PDGs peu scrupuleux et de financiers aux amendes avaient échappé à des peines de prison théoriquement trop longues pour le temps imparti au commun des mortels par l'obsolescence programmée de leurs petits corps pâles. En entendant les charges qui pesaient contre Justine, elle avait à peine haussé la commissure droite. Puis elle avait accepté, car elle se sentait surmenée ces derniers temps et avait besoin d'un peu de divertissement.

'Récapitulons. Justine est accusée d'organisation de mariage de complaisance à visée de facilitation d'obtention illégitime de la nationalité britannique ou d'un titre de séjour. Elle risque dix ans de prison', résuma-t-elle. 'Ou 250 000 livres d'amende, ce qui n'est pas une option que la famille privilégierait, nous sommes d'accord.'

'Mon Dieu !' s'écria Katherine Dodgson. 'Je préférerais ne pas.'

'Si on en vient à ces extrémités, il va falloir que l'un d'entre nous vende son foie', observa Cosmo. 'Pas vous, Kamenev, pour des raisons évidentes.'

Kamenev ne trouvait pas ça drôle du tout ; d'ailleurs, Marguerite lui avait confisqué sa flasque de whisky, et sa poche vide flottait, trop légère, contre sa poitrine.

'Tout d'abord, le chef d'accusation est incorrect', dit Karina Lawes, épluchant les papiers et une mandarine. 'Si un individu était effectivement occupé à une entreprise de la sorte, ce ne serait pas pour faire obtenir la nationalité britannique à des Français, mais pour faire obtenir la nationalité française à des Britanniques. C'est donc devant une cour française qu'un tel individu devrait être déféré.'

'Oui', nota un jeune avocat autour de la table (Kamenev ne parvenait pas à retenir tous leurs prénoms, ils se ressemblaient trait pour trait), 'mais il vaut mieux ne pas dire ça, parce que côté français, Justine ne pourra pas bénéficier d'un réseau de défense aussi efficace.'

'Exact', dit Cosmo. 'Ici, elle a des amis haut placés.'

'Je trouve ça ironique', lança Rachel, 'que quelqu'un d'aussi vocalement de gauche que Justine se voie assistée par toute une armée d'avocats mise à sa disposition par ses accointances avec la grande aristocratie.'

'Tu préférerais que ce ne soit pas le cas, Rachel ?' demanda Cosmo avec un ricanement. 'Nous pourrions ne rien faire, si tu veux, et voir comment elle s'en sort avec un avocat commis d'office.'

'Je dis simplement que c'est ironique', dit Rachel, que son *persona* public semblait décidément taquiner.

Karina Lawes hocha la tête, répéta, 'Ironique', et écrivit ce mot sur un coin de cahier. Puis :

'Nous allons commencer par plaider la bonne foi', déclara l'avocate. 'Dire que Justine a créé une start-up de rencontres entre personnes françaises et britanniques, et qu'elle n'avait pas du tout pensé à l'usage malveillant de cette application.'

'Mais les conversations interceptées risquent d'être assez claires à ce sujet', dit le jeune avocat.

'Oui et non', dit Karina Lawes. 'Écoutez, voilà mon idée : nous allons jouer *l'argument Millennial*.'

'C'est-à-dire ?' demandèrent Kamenev, Cosmo et Katherine, mais pas les autres avocats, qui hochèrent respectueusement la tête, l'ombre d'un sourire aux lèvres.

'C'est-à-dire l'argument *ironie absolue*. On va dire que cela, *tout* cela, est une blague ; que les conversations interceptées étaient pure ironie et humour décalé, et qu'elles n'avaient rien à voir avec le projet très sérieux, lui, de *Mariage Pluvieux*, de créer de véritables relations amoureuses entre des personnes profondément attachées l'une à l'autre.'

'Donc… on va faire passer le projet sérieux de *Brexit Romance* pour une plaisanterie, et la plaisanterie de *Mariage Pluvieux* pour un projet sérieux ?' dit Kamenev.
'Exactement !' triompha Karina.
'Déstabilisation absolue, disruption totale, déconstruction intégrale', dit l'un des jeunes avocats, qui prenait des notes.
'Mais alors, il va falloir prétendre que tous les couples s'aiment véritablement d'amour', fit remarquer Katherine.
'Oui', dit Lawes, 'mais pour cela, je fais confiance aux principaux intéressés. Rachel, Pierre, Cosmo ? Vous participerez ?'
'Participer comment ?' demanda Kamenev.
Rachel sourit et dit :
'Laissez-moi faire, Pierre.'

Dans le *conservatory* ouvert sur le jardin, pendant ce temps, avait lieu une veillée chansons et guitare, avec Marguerite, Matt et Niamh, Cannelle, Fern et Gonzague, mais aussi Bertie, Pebbles et Jeremy Corbyn. Et puis peu à peu de nouveaux arrivants, jusqu'à totaliser une trentaine de personnes, toutes de près ou de loin liées à Justine ou à *Brexit Romance*.
Au petit matin, on appela toute une colonie d'Uber et de taxis, et les uns et les autres montèrent dans ceux-ci ou ceux-là selon leurs inclinations idéologiques, pour se rendre à la Cour des Magistrats de Londres.

*

La Cour des Magistrats de la Cité de Londres est généralement plutôt vide, car malgré les auditions publiques, il ne s'y passe habituellement rien de tout à fait intéressant : quelqu'un a poignardé quelqu'un d'autre, la plupart du temps, et c'est assez banal, toutes ces lames entrant dans tous ces ventres.
Mais ce matin-là, l'agitation dans la salle d'audience était telle qu'il sembla à Kamenev et Marguerite que la juge, Judge

Stolentart, avec sa perruque baroque, allait devoir se mettre debout sur la table et taper du marteau sur un gros gong pour rétablir l'ordre.

'Mesdames et Messieurs, si vous pouviez faire un peu de calme, l'audience va commencer !... Du calme, j'ai dit ! J'entends encore des couinements !'

Bertie pinça le museau de Jeremy Corbyn, qu'il avait amené avec Pebbles : les deux animaux étaient déguisés en bébés, et avaient été attachés dans une vieille poussette à deux places ayant appartenu aux jumeaux Dodgson.

'L'audience numéro 1 ce matin concerne Miss Justine Dodgson, domiciliée au 36, Peony Crescent, Putney, Londres LV1 OE2. La comparution a pour cause des soupçons d'organisation de mariages de complaisance entre personnes de nationalité britannique et personnes de nationalité française, en vue de l'obtention de nationalité et/ou de titre de séjour sur le territoire britannique, suivant la sortie du Royaume-Uni de l'Union Européenne, le référendum de juin 2016 ayant eu pour conséquence le processus dit « du Brexit », acté par l'activation de l'article 50 de la Constitution européenne.'

Cette avalanche de termes latinisants doucha l'auditoire, qui mâchouilla quelques instants ces paroles comme un enfant qui fait ses dents.

'Le – très large – public de cette audience est prié de se tenir tranquille', prévint Judge Stolentart.

Elle eut envie d'ajouter 'Et de payer attention au procès !' parce qu'elle était assez irritée de voir beaucoup d'écrans de téléphone allumés, les nombreux auditeurs étant très occupés à livetweeter l'événement. Pendant une seconde, elle fut prise du désespoir de la professeure d'université devant un amphithéâtre inattentif.

'La parole est au procureur', soupira-t-elle.

Le procureur, un petit bonhomme avec une touffe blanche et un accent de la Reine, lut du bout des lunettes les chefs d'accusation.

'Merci, Madame la juge. Les chefs d'accusation sont les suivants : élaboration d'un projet d'entreprise illicite nommé *Brexit Romance*, visant à l'arrangement de mariages entre personnes sans attachement sentimental, dans le but de permettre l'obtention de passeport une fois la sortie du Royaume-Uni de l'Union Européenne entérinée ; conception d'une société-écran nommée *Mariage Pluvieux* visant à masquer les activités susdites ; conception d'une application électronique pour smartphones visant à mettre en relation des personnes dans le cadre des activités susdites ; mise en relation avec des entreprises spécialisées dans l'industrie du mariage afin de préparer et mener à bien les activités susdites ; planification d'au moins un mariage correspondant à la définition des activités susdites.'

Tout cela était très difficile à tweeter, alors Judge Stolentart laissa passer un peu de temps.

'Mesdames et Messieurs du jury', dit-elle ensuite, 'votre contribution sera attendue de la manière la plus importante qui soit : vous devrez déterminer s'il y a lieu d'estimer que les chefs d'accusation sont justifiés.'

L'attention du public se reporta sur les jurés. Ceux-ci, extirpés de leurs occupations quotidiennes par le tirage au sort, semblaient un peu mal à l'aise derrière leurs grandes tables de bois. Ils faisaient semblant de prendre des notes sur leurs carnets, mais il était assez clair que la plupart étaient en réalité en train de gribouiller des spirales ou de faire des labyrinthes avec les carreaux de leurs feuilles.

'Si ceux-ci le sont', dit la juge, 'l'accusée encourt jusqu'à 10 ans de prison et 250 000 livres d'amende.'

Une rumeur parcourut l'auditoire, agité de visions de rats et de pain sec, ainsi que de fantasmes de valises s'ouvrant brutalement pour libérer des avalanches de billets.

Judge Stolentart annonça :

'L'accusée est autorisée à entrer.'

Justine fit son entrée dans la salle en compagnie d'un beau policier, à qui elle venait clairement de raconter une blague – il lui restait sur la bouche un fossile de sourire.

Elle était habillée d'un T-shirt noir et d'un jogging beige qui tranchaient avec son style habituel. L'audience applaudit avec défiance son arrivée, sauf Kamenev qui avait toujours sa main dans un bandage, et qui se dressa sur son siège pour mieux la voir.

Or Justine, par une coïncidence étonnante, accrocha justement Kamenev d'un papillonnement de cils, et leurs deux regards se rencontrèrent par-dessus la foule. Le sourire frondeur de Justine se troubla un instant, comme une petite flaque d'eau par une feuille qui s'y pose. Puis elle reprit contenance.

'J'espère qu'elle s'en sortira !' dit Marguerite qui observait Kamenev du coin de l'œil. 'Vous seriez capable d'attendre dix ans, parfaitement puceau, qu'elle ait purgé sa peine.'

'*Marguerite !*' s'outra Kamenev.

'L'accusée a fait le choix de s'en remettre à une avocate choisie par elle et à ses frais pour sa défense', dit Judge Stolentart. 'Ms Lawes, si vous voulez bien vous avancer.'

Karina Lawes prit place sur la scène.

'La parole est à la défense.'

'Madame la juge', dit Karina Lawes, 'ma cliente est injustement accusée de chercher à lier entre elles des personnes dans un but illicite. Il est en réalité très clair que Miss Dodgson n'a jamais eu à cœur que de favoriser un rapprochement *sentimental* entre des personnes d'un côté et de l'autre de la Manche.'

'Vive la France !' cria quelqu'un dans l'assemblée avec un fort accent anglais.

'Silence !' s'agaça Judge Stolentart.

'J'attire l'attention du jury', reprit Karina Lawes en se tournant vers le petit groupe gribouillant, 'sur le fait que Miss Dodgson est en ce moment même en train de terminer de brillantes études de langue française à l'université de Leeds. Il n'est donc pas étonnant qu'elle ait un intérêt tout particulier pour la France ; et l'expression de sa francophilie a trouvé son apogée dans la création de *Mariage Pluvieux*.'

'La parole est au procureur', dit Judge Stolentart.

'Merci, Madame le juge', dit le procureur. 'Ms Lawes, vous prétendez donc que *Mariage Pluvieux* est une véritable entreprise ?'

'Objection !' cria Matt Dodgson.

'Il n'y a pas d'objections dans les tribunaux britanniques', souffla Rachel.

'Je sais, mais j'avais envie de le hurler au moins une fois dans ma vie', lui dit Matt.

De nombreux spectateurs approuvèrent cet effort.

'M. Dodgson', dit Judge Stolentart, 'encore un écart de ce genre et vous irez tweeter dehors. Répondez, Ms Lawes.'

'Monsieur le procureur, je ne vois pas comment on pourrait arguer du contraire', dit Karina Lawes. 'L'entreprise est enregistrée, et ses statuts ainsi que son comité de direction sont aisément trouvables. De plus, il est prouvé que Miss Dodgson a déployé des efforts considérables pour entrer en contact avec des starts-up d'organisation de mariage tout à fait respectables.'

'Ms Lawes, votre cliente aurait-elle pu cacher à ces sociétés le fait que les couples qu'elle leur confierait n'étaient pas véritablement attachés par des liens d'ordre sentimental ?'

'Cette question n'a pas de sens', dit Lawes. 'Il me semble que la plupart des sociétés spécialisées dans le mariage se fichent pas mal de l'état des sentiments des couples dont elles favorisent les épousailles, tant qu'elles peuvent leur vendre des cerisiers japonais en pot et des billes de cristal pour décorer les tables.'

'Je vous prie de garder pour vous votre analyse critique de l'industrie du mariage', dit Judge Stolentart.

'Pardonnez-moi, Madame la juge', dit Karina Lawes avec un petit rire. 'Sans doute ai-je dû avoir trop de fois affaire à de telles sociétés.'

'À qui le dites-vous', soupira la juge.

'Trois mariages ici', dit Lawes.

'Deux de mon côté', dit la juge.

Elles s'envoyèrent un regard entendu. Le procureur s'exclama :

'Et un seul mariage de mon côté – et qui dure, figurez-vous !'

'Toutes mes félicitations', dit Karina Lawes comme on exprime ses condoléances.

'Ms Lawes', riposta le procureur, 'comment expliquez-vous la teneur des conversations retrouvées, qui semblent indiquer au-delà de tout doute raisonnable que l'accusée était bien en train d'arranger des mariages entre personnes non animées d'un amour mutuel ? Je cite par exemple : « *Il n'est pas nécessaire d'être amoureux* ».'

'Monsieur le procureur', dit Karina Lawes, 'ai-je raison de supputer que ces conversations se déroulaient en français ?'

'En effet', dit le procureur.

'Elles ont donc été traduites, n'est-ce pas ?'

'Par un traducteur accrédité de la Cour des Magistrats', confirma le procureur.

'Pouvez-vous nous lire la version originale à haute et intelligible voix ? Je vous l'ai apportée ici même', dit-elle, et produisit de sa poche, comme un prestidigitateur un lapin, une feuille de papier.

Le procureur rougit.

'J'ai... J'ai fait allemand au lycée.'

'Essayez quand même. Lisez seulement la phrase que j'ai surlignée.'

Elle tendit la feuille au germaniste.

'Êttwe amouwiouxe neste pass la pine', s'efforça le brave homme.

'Être amoureux n'est pas la peine', rectifia Karina Lawes. 'Je crois que nos spectateurs confirmeront que cette expression, en français, ne veut strictement rien dire.'

Elle interpella Justine.

'Miss Dodgson, pouvez-vous clarifier ce que vous vouliez dire par cette expression ?'

'J'ai fait une erreur basique', dit piteusement Justine – et chacun se raidit sur son siège d'entendre l'accusée s'exprimer pour la première fois. 'J'ai confondu *peine* en français et *pain* en anglais. Je voulais dire : être amoureux n'est pas une *pain*. Ce n'est pas une *douleur*, d'être amoureux.'

'Aaaaah, d'accooooooord!' s'écrièrent, dans l'auditoire, un grand nombre de spectateurs, en hochant la tête comme si l'argument les avait parfaitement convaincus.

'Ce point-là est donc éclairci', dit Karina Lawes.

Le procureur soupira.

'Vous affirmez, Ms Lawes, que tous les chefs d'accusation reposent uniquement sur une traduction approximative du français approximatif de Miss Dodgson ?'

'Peut-être pas tous', concéda Lawes.

Elle se tourna vers le jury, se campa davantage sur ses deux petits pieds, sanglés dans ces chaussures épaisses et néanmoins à talons que les Anglaises affectionnent.

'Mesdames et Messieurs les jurés', dit-elle, 'j'attire votre attention sur le fait que Justine Dodgson appartient à une génération au sein de laquelle il n'est pas hors du commun de faire parfois des plaisanteries.'

'Bonté gracieuse', fit le procureur en mimant un bâillement, 'vous nous sortez l'argument du Millennial?'

'Je dis simplement', reprit Karina, 'que ma cliente n'a créé le nom de *Brexit Romance* que dans le but de partager, de manière privée, une plaisanterie. Elle n'avait d'autre ambition que de passer un bon moment entre amis, et de bien rigoler.'

'Je peux dire quelque chose ?' demanda Justine.

'Techniquement, non. Mais au train où nous allons... d'accord', soupira Judge Stolentart.

'Je voulais juste confirmer qu'on a bien rigolé !' dit Justine.

Le public applaudit vivement, et Jeremy Corbyn, réveillé en sursaut, poussa un absurde grouinement.

'Les conversations interceptées par les enquêteurs', répliqua le procureur, 'faisaient cependant état d'au moins un mariage engagé par le biais de cette... *plaisanterie*. Et une enquête plus approfondie a permis de découvrir une publication de bans au nom de Matthew Dodgson, frère de Miss Dodgson, et Cannelle Fichin, pour un mariage prévu pour décembre.'

'Ces bans étaient sur le point d'être annulés', déclara Karina Lawes en brandissant une feuille, 'par la présente lettre qui, au moment de l'arrestation, allait être envoyée par Matthew Dodgson au représentant de l'État chargé de les marier.'

'Mr Dodgson et Mlle Fichin sont-ils en situation de confirmer cette intention d'annulation ?' intervint la juge.

'Oui !' s'écrièrent, d'un côté Matt, et de l'autre Cannelle.

'Il va nous falloir un peu plus de détails sur la dissolution si rapide d'un mariage organisé avec tout autant de célérité', observa la juge.

'Je suis tombé amoureux de quelqu'un d'autre', dit Matt, qui se leva avec Niamh – et les deux se roulèrent un patin colossal devant toute l'assemblée.

'Excusez-moi, Mr Dodgson, mais j'échoue à voir ce que vous cherchez à prouver par ce gluant spectacle', dit Judge Stolentart.

'Eh bien, que je suis amoureux d'une autre femme que Cannelle', expliqua Matt.

'Cela n'a jamais empêché aucun mariage', dit Judge Stolentart en roulant des yeux.

'Exactement : ça n'aurait pas empêché le mien *s'il avait été arrangé*', lança Matt. 'Mais si j'ai éprouvé le besoin de briser mes fiançailles avec Cannelle, c'est bien qu'il y avait conflit sentimental.'

'J'ai beaucoup souffert !' confirma Cannelle.

Les jurés prirent note.

'Continuez, Monsieur le Procureur.'

'Quelques-unes des conversations retrouvées', poursuivit le procureur, 'faisaient également allusion à un prochain mariage de Justine Dodgson elle-même, quoique les enquêteurs n'aient pas réussi à identifier la personne qu'elle prévoyait d'épouser.'

Cannelle se recroquevilla sur sa chaise.

'Il est bien évident que c'était également une plaisanterie', dit Karina Lawes. 'Aucun tel mariage n'était prévu.'

'Cela, nous ne pouvons le savoir', déclara le procureur, 'car,

Mesdames et Messieurs du jury, il vous faut être conscients du fait que l'accusée a usé d'un logiciel d'effacement de données à distance, et qu'aucune conversation ne mentionnant les mots *Brexit Romance*', 'mariage', ou même 'fiançailles', n'a été retrouvée sur le compte de l'accusée.'

Les jurés hochèrent la tête et gribouillèrent. L'un d'eux fit tomber sa feuille, et chacun alentour put voir qu'il avait été occupé à dessiner Judge Stolentart, avec une tête aux proportions quelque peu hasardeuses (cependant, la perruque était plutôt bien rendue).

'Cela étant', précisa le procureur, 'les échanges par SMS n'ont pas été effacés, eux ; or, parmi ceux-ci, nous avons pu identifier une conversation compromettante pour Justine Dodgson. Avec Mrs Katherine Dodgson, mère de l'accusée, qui lui confiait les détails de son propre mariage avec un certain Bruno.'

Murmure dans l'assemblée : qui était donc ce mystérieux Bruno ? que faisait-il avec la respectable Katherine Dodgson ?

'C'est nous !' s'écrièrent Katherine et Bruno en faisant de grands signes de la main depuis le milieu de l'assemblée ; et ils s'embrassèrent pudiquement sur la bouche.

'Est-ce que l'on pourrait arrêter de s'embrasser ?' demanda Judge Stolentart.

'Ce mariage', dit Karina Lawes, 'ne semble pas faire l'objet d'un quelconque soupçon, je ne vois donc même pas pourquoi il est mentionné.'

'Félicitations quand même !' s'écria quelqu'un dans l'assemblée, et il y eut un tonnerre d'applaudissements, suite à quoi Katherine Dodgson et Bruno se trouvèrent fort rouges et souriant un peu bêtement.

'Il a toutefois été possible de récupérer quelques-unes des données effacées à distance de l'ordinateur de Justine Dodgson', contre-attaqua soudain le procureur. 'D'après un tableau Excel dont une version a été restaurée, la société *Mariage Pluvieux* s'apprêtait apparemment à préparer l'union de plusieurs personnes : Mlle Marguerite Fiorel et Mr Cosmo Carraway ; Mr Pierre Kamenev et Miss Rachel Greenblatt ; Miss Fern Chan et Mr Gonzague Bourienne. Dans l'état des choses, nous n'avons plus accès aux conversations qui se rapportent à ces alliances. Mais enfin, Ms Lawes, oserez-vous prétendre qu'il s'agisse là uniquement de mariages d'amour ?'

Karina Lawes allait répondre, mais Rachel se leva, tempétueuse et essoufflée.

'Madame la juge ! Il me semble important que, dans une cour comme celle-ci, on prenne le temps, avant d'évoquer publiquement les noms des individus, de s'assurer qu'ils sont correctement énoncés.'

'C'est-à-dire ?' demanda la juge.

'Je parle de vérifier auprès des individu·e·s s'il leur est confortable de se voir attribuer le titre *Mademoiselle* ou *Miss* alors qu'ils ou elles préféreraient peut-être se faire désigner par les termes *Madame, Ms, Docteur, Révérend, Monsieur,* ou tout autre titre de leur choix.'

'Monsieur le Procureur', soupira la juge, 'faites vos excuses à Madame… enfin, je veux dire, à cette personne.'

'*Quoi ?*' s'écria le procureur.

L'assemblée frémissait d'une petite musique composée de rires, de glapissements, d'applaudissements, de soupirs et de grognements, comme il convient de bruire quand on fait collectivement face à une fière et féroce féministe.

'Allez !'

'Je vous prie de bien vouloir accepter mes excuses d'avoir omis de vérifier l'énonciation des titres de vos noms', grogna le procureur.

'Merci', dit Rachel, 'j'accepte vos excuses.'

'Alors comment voudriez-vous être appelé·es ?' demanda Judge Stolentart.

'Mlle', dit Marguerite.

'Ms', dit Fern.

'Dr', dit Rachel.

Le procureur prit note.

'D'après un tableau Excel dont une version a été restaurée, *Brexit Romance* aurait réussi à mettre en contact, et à préparer l'union de plusieurs personnes : Mlle Marguerite Fiorel et Mr Cosmo Carraway ; Mr Pierre Kamenev et Dr Rachel Greenblatt ; et Ms Fern Chan et Mr Gonzague Bourienne.'

'Et nous ?!' s'indigna Gonzague. 'Vous ne nous demandez pas si on veut bien être appelés *Monsieur* ? Il y en a que pour les femmes ! C'est du sexisme à l'envers.'

'Le sexisme à l'envers, ça n'existe pas, Monsieur Bourienne', dit la juge.

'On en reparlera quand il faudra porter quelque chose de lourd', dit Gonzague en français.

'Reprenez, Monsieur le procureur', dit la juge.

'Ce document Excel liste les unions précitées, et livre de nombreux renseignements quant aux différents passeports des intéressé·es ; envisage des dates pour le mariage, et dresse des listes de choses à faire pour leur organisation, en partenariat supposé avec l'entreprise Something Borrowed Something Blue, ainsi qu'avec l'entreprise Wool You Marry Me, qui organise des mariages avec des lamas.'

Il leva les yeux de ses papiers et déclara :

'Je répète mes soupçons, Madame la juge, Mesdames et Messieurs les jurés, que ces mariages-là soient parfaitement illégitimes.'

'Les mariages avec les lamas sont en effet parfaitement illégitimes', dit Justine, 'là-dessus on est d'accord.'

'Miss Dodgson, nous ne sommes pas là pour plaisanter', dit la juge.

'Non, Madame', dit Justine.

'Merci, Monsieur le procureur', reprit la juge. 'La parole est à la défense.'

'Madame la juge, Mesdames et Messieurs les jurés, les unions que vous mentionnez ne sont pas illégitimes. Elles sont le fruit d'un amour profond, réel et mutuel.'

'L'une des unions concerne une mineure de 17 ans', observa la juge.

'L'amour à tout âge peut frapper un cœur ; je dirais même qu'on lui est d'autant plus susceptible qu'on est jeune et impressionnable.'

'*Hear, hear!*' dirent certaines personnes dans l'assemblée, ce qui voulait dire *bien dit ! mais carrément, t'as vu ! c'est trop ça !*

'Je veux bien croire qu'on puisse être amoureux à dix-sept ans, mais vouloir se marier ?'

'J'aime Cosmo Carraway et je veux l'épouser !' intervint Marguerite.

Et elle se leva d'un bond, faisant lever aussi Cosmo, et plaqua fermement ses lèvres contre les siennes, en une imitation tout à fait parfaite d'un baiser passionné – grâce à son expérience des baisers passionnés sur scène, elle s'en sortait plutôt bien, avec le rosissement des oreilles assorti.

(Elle fut aussi très intéressée de constater qu'elle ne ressentait désormais plus rien pour Cosmo que la plus grande et amicale tendresse, qui rend ce genre de baisers particulièrement agréable.)

Au bout de dix secondes, Kamenev fronça les sourcils.

'Hé, oh, ça suffit, maintenant !' murmura-t-il en lui enfonçant un doigt dans les côtes.

'Quant à nous', annonça Rachel Greenblatt, 'on est pareillement amoureux !'

Et elle attrapa Kamenev par le col, et lui administra voluptueusement un baiser au double goût bain de bouche menthe ultrapuissant / baume à lèvres Burt's Bees noix de coco.

'On a compris, Rachel !' tonna Justine du bout de la pièce.

Elle continuait cependant. Elle embrassait d'ailleurs fort bien.

'On a *compris*, Rachel !' répéta Marguerite, qui n'avait pas pardonné Rachel d'avoir voulu emmener son Pierre de l'autre côté de l'océan.

Justine :

'Rachel ! *Lâche-le !*'

'Oui, lâchez-le, Rachel', dit la juge.

Rachel le lâcha, dans un bruit de ventouse, et Pierre vérifia d'un coup de langue qu'il n'avait perdu aucun plombage.

'Merci', dit la juge. 'De toute façon, un baiser ne prouve rien ! N'importe qui est capable d'embrasser n'importe qui sans être le moins du monde amoureux. Mesdames et Messieurs les jurés, ne vous laissez pas influencer.'

'Seriez-vous capable d'embrasser n'importe qui sans être le moins du monde amoureuse, Madame la juge ?' demanda Karina Lawes.

'Ne me tentez pas', dit Judge Stolentart en jetant un sourire à l'avocate. 'Bon, on a assez perdu de temps comme ça. Un dernier mot du procureur ?'

'Chers jurés, le Royaume-Uni a voté en majorité pour la sortie de l'Union Européenne. Réfléchissez bien, je vous en prie, au message qu'un non-lieu enverrait pour ceux et celles qui essaieraient maintenant d'y rentrer sous des prétextes fallacieux.'

'Un dernier mot de la défense ?'

'Oui !' s'exclama Justine. 'Moi, je voudrais dire un dernier mot !'

Un spasme traversa l'assemblée. Un dernier mot de Justine ! On avertit immédiatement Twitter de cette éventualité.

'Je m'adressais à votre avocate, Miss Dodgson.'

'Je laisse la parole à ma cliente, Madame la juge.'

'Bon, mais faites vite, et n'embrassez personne s'il est possible de l'éviter.'

'Un dernier mot, seulement', dit Justine se levant. 'Un dernier mot pour vous demander, Mesdames et Messieurs les jurés, d'examiner vos propres consciences. Vous êtes peut-être marié·es. Ou peut-être voulez-vous l'être ! Madame, je vois scintiller à votre doigt le fruit du labeur d'un mineur anonyme quelque part dans un pays lointain ; pourtant vous ne le regardez guère, ce beau diamant qui un jour vous fit tant tourner la tête…'

'Miss Dodgson…'

'Vous, Monsieur ! Je note, à la manière dont vous triturez votre alliance dès qu'une jolie jeune femme se met à parler, que vous ne seriez pas toujours hostile à l'idée de lancer en l'air cet anneau, et peu importe où il retombe !'

'Miss Dodgson!'

'Justine', chuchota Karina Lawes, 'arrêtez d'accuser les jurés d'avoir des pensées adultères, ce n'est pas la meilleure stratégie.'

Mais le jury écoutait ; la preuve, les gribouillis avaient cessé.

'Vous tous, vous toutes, avez un jour caressé l'idée de vous engager pour toujours auprès d'une personne qui vous ressemblerait *exactement*, qui lirait votre âme comme un manuel d'instructions, qui comprendrait vos moindres gestes, vos moindres froncements de sourcils ! Peut-être avez-vous trouvé cette personne. Et pourtant... pourtant, parfois, il arrive que cette personne vous agace, vous heurte, vous attriste ou vous déçoive. Et alors, vous imaginez parfois un autre horizon, un autre engagement, plus fébrile et plus bref, un accord parfait pour une heure, pour deux jours ! Et alors, votre mariage, que devient-il, sinon un contrat signé il y a fort longtemps, pour des bénéfices dont vous disposez certes désormais, mais sans plus en jouir – un mur de papier entre vous et votre conjoint·e ? Et en somme, pourquoi restez-vous ? À quoi vous êtes-vous engagés ? Bien malin, Mesdames et Messieurs les jurés, celui qui saurait dire où commence l'amour et où il se termine, dans ce contrat si lointainement signé ! Bien maligne celle qui saurait reprocher à d'autres de chercher dans le mariage de nouveaux papiers d'identité, quand eux-mêmes n'y trouvent même plus aucune trace de leur identité propre !'

'Concluez, Miss Dodgson', dit la juge.

'Parmi vous, statistiquement, certains et certaines ont voté pour le Brexit. Si c'est le cas... n'oubliez pas que vous avez voté pour que nos rêves d'amour se fracassent sur les rochers pointus de la nécessité d'un visa. Vous avez voté pour que nos cœurs battants ne trouvent devant eux que de longues files d'attente à la sortie d'un avion. Mesdames et Messieurs les jurés, Brexiters de la première heure ou tendres Remainers, trouvez à l'intérieur de vous-mêmes l'énergie de saluer cette force qui détruit toutes les frontières, qui surmonte la barrière de la langue de la plus tendre des manières : l'amour. Et, je vous en supplie, ne sacrifiez pas à l'aulne de vos peurs incontrôlées vos rêves d'émotions incontrôlables.'

L'auditoire rugit et se leva et claqua des mains et poussa de hauts cris, pendant que Justine faisait des courbettes.

'Vous avez fini, Miss Dodgson?' demanda la juge d'une voix fatiguée. 'Bon, les jurés, vous sortez d'ici, et vous revenez avec une décision, soyez gentils!'

Les jurés partirent dans une envolée d'origamis, de dessins et de petits mots qu'ils s'étaient fait passer, tandis que Justine disparaissait par une porte du mur.

'Eh bien', dit Rachel à Kamenev, 'c'était pas trop mal, ce baiser. Je vais commencer à me dire que le discours de Justine m'a donné des idées d'amour!'

'Sauvez-moi', murmura Kamenev à Marguerite, tournant vers elle des yeux terrifiés.

'Il a de l'herpès', dit Marguerite à Rachel.

'Pas comme ça!' se lamenta Kamenev en levant les yeux au ciel.

Cosmo s'était joint à eux.

'Ma chère Marguerite, vos lèvres sont plus douces que les pétales de la fleur dont vous portez le nom.'

'Parce que vous embrassez souvent les fleurs du jardin?' demanda Kamenev.

'Mon cher Pierre', bifurqua Cosmo, 'je suis tout à fait désolé que vous ayez tiré à la loterie du mariage un prix aussi encombrant que Rachel Greenblatt, et moi une jeune fille aussi légère et agréable que Marguerite, mais très honnêtement, vous l'aviez à côté de vous depuis des années sans vous en rendre compte.'

'Cos, va te faire foutre!' dit Rachel.

'Ce qu'elle est désagréable!' dit Cosmo à Kamenev. 'Vous êtes sûr que vous voulez vivre avec elle? Vous savez que c'est la moins pire de tout son cercle d'amis. Les autres sont véritablement insupportables.'

'Pierre', souffla Marguerite, 'est-ce qu'à votre avis on devrait se séparer?'

'Quoi, nous deux ?' s'étouffa Pierre.

'Non, des deux autres. Je ne sais pas si c'est une très bonne idée, finalement.'

'Ah ?'

'Oui, Cosmo ne pourra jamais m'aimer et Rachel est en train de tomber amoureuse de vous, alors aucun des deux mariages ne sera totalement heureux.'

'Vous pensez ?'

'Oui.'

'Alors il faudra sans doute y re-réfléchir', dit Pierre.

'En plus', reprit Marguerite, 'vous êtes amoureux de Justine.'

'On dirait', admit Pierre.

'Pierre', dit Marguerite en le regardant droit dans les yeux, 'écoutez-moi bien. Si après ce procès vous n'allez pas directement la prendre dans vos bras, je… je…'

'Vous quoi ?'

'Je vote Macron en 2022 !'

'Aïe aïe aïe…'

Cependant, Judge Stolentart reprenait le contrôle de la salle.

'Mesdames et Messieurs, asseyez-vous, s'il vous plaît, et silence !'

'Silence, Jeremy Corbyn !' dit Bertie, qui donnait le biberon au porcelet bien enveloppé dans ses langes.

Les jurés, les uns après les autres, entrèrent dans la salle en une procession silencieuse et malaisée, serrant dans leurs mains des feuilles de papier et des crayons mordillés. Puis la présidente du jury, une petite dame rondelette, s'éclaircit nerveusement la voix.

Judge Stolentart reprit.

'Membres du jury, rendez, s'il vous plaît, votre verdict. Considérez-vous ou non que l'accusation, formulée à l'encontre de Miss Justine Dodgson, concernant l'élaboration d'un projet d'entreprise illicite nommé *Brexit Romance* visant à l'arrangement de mariages entre personnes sans attachement sentimental, dans le but de permettre l'obtention de passeports une fois la sortie du Royaume-Uni de l'Union Européenne entérinée, soit justifiée ?'

Il y eut un silence. Mâchoires crispées, Kamenev observait Justine, raide comme un piquet, visage impassible, parfaite illustration de la jeune Anglaise tenez-vous-droite, dans son petit box de bois.

'Nous considérons l'accusation justifiée', déclara la présidente du jury.

L'assemblée se hérissa d'un électrique frisson d'angoisse. Kamenev écarquilla les yeux, se tourna vers Cosmo.

'Justifiée ?' répéta-t-il. 'C'est-à-dire ?'

Cosmo, dont les traits du visage s'étaient temporairement désordonnés, s'ébroua comme un jeune chiot pour revenir à la normale.

'*It's not good*', dit-il sobrement.

Autour d'eux, les amis de Justine s'étaient crispés. Apparemment, personne n'avait anticipé une telle conclusion. Quant à Justine, diablotin dans sa boîte, elle s'était légèrement effondrée sur la gauche, fixant les membres du jury avec incrédulité.

Pierre chercha à capter son regard, mais elle le gardait fermement de biais. Il s'aperçut qu'il avait arrêté de respirer, et reprit son souffle, les entrailles taraudées d'une anxiété acide.

'C'est… décevant', fit finalement savoir Justine, se redressant sur son siège.

'Mesdames et Messieurs les jurés', reprit la juge, 'considérez-vous ou non que l'accusation, formulée à l'encontre de Miss Justine Dodgson, concernant la conception d'une société-écran nommée *Mariage Pluvieux* visant à masquer les activités susdites, soit justifiée ?'

'Nous considérons l'accusation justifiée', dit à nouveau la présidente du jury.

'Merde', dit Kamenev.

'*Quite*', dit Cosmo.

'Mesdames et Messieurs les jurés : considérez-vous ou non que l'accusation, formulée à l'encontre de Miss Justine Dodgson, concernant la conception d'une application électronique pour smartphones visant à mettre en relation des personnes dans le cadre des activités susdites, soit justifiée ?'

'Nous considérons l'accusation justifiée', dit la présidente du jury.

De nombreuses têtes, de part et d'autre, étaient tombées entre les mains de leur propriétaire, qui se massaient le crâne comme pour tenter d'y faire entrer cette incroyable nouvelle : les accusations étaient justifiées, et perçues comme telles par le jury. Kamenev ne quittait pas des yeux Justine, de plus en plus affaiblie, la lèvre frémissante. Il se demanda si elle avait déjà, une fois dans sa vie, encouru quoi que ce fût de grave ou de dangereux. Sans doute avait-elle vécu jusqu'ici dans cette duveteuse certitude bourgeoise qu'absolument rien ne lui arriverait, même si elle faisait quelques mignonnes bêtises... Les gens comme elles n'allaient pas en prison. Pensaient-ils.

Comme si elle avait lu dans ses pensées, Rachel se pencha vers lui à cet instant pour dire :

'Je regrette de ne pas avoir suffisamment prévenu Justine que la justice rend parfois la justice.'

'Mesdames et Messieurs les jurés : considérez-vous ou non que l'accusation, formulée à l'encontre de Miss Justine Dodgson, concernant la mise en relation avec des entreprises spécialisées dans l'industrie du mariage afin de préparer et mener à bien les activités susdites, soit justifiée ?'

'Nous considérons l'accusation justifiée', dit la présidente du jury.

'C'est incroyable', sanglota brusquement Katherine. 'Ma pauvre petite fille !'

'Elle était au mauvais endroit au mauvais moment', dit Phil Dodgson, et beaucoup autour hochèrent la tête à cette douteuse affirmation.

'Mesdames et Messieurs les jurés : considérez-vous ou non que l'accusation, formulée à l'encontre de Miss Justine Dodgson, concernant la planification d'au moins un mariage correspondant à la définition des activités susdites, soit justifiée ?'

'Nous considérons que cette dernière accusation est justifiée', dit la présidente du jury.

La salle s'enfonça dans un silence solide comme du saindoux. Pierre avait saisi la main de Marguerite, et celle-ci lui administrait de petites pressions régulières, comme pour rappeler à son cœur de continuer à pomper du sang dans son grand corps glacé.

'Bingo !' lança faiblement Justine. 'Une ligne gagnante, gling, gling ! collectez votre argent !...'

Mais elle n'en menait pas large : elle était si pâle que ses tatouages ressortaient sur sa peau, comme tracés au feutre par un enfant. Et pour la première fois, elle regarda ses chaussures, telle une vulgaire criminelle de film policier. Kamenev, une pierre froide tombée dans le ventre, fantasma qu'il se levait, traversait la pièce, redressait ce visage penché du bout des doigts, ramassait tout ce petit corps dans ses bras...

(Pourtant, même en rêve, il savait que ce geste chevaleresque échouerait. Il pouvait déjà voir l'air sarcastique, le visage subitement reconstitué :

'Vous croyez que j'ai besoin de vous pour me consoler ?')

Judge Stolentart s'éclaircit la gorge.

'En conséquence de ce verdict, confirmez-vous que vous souhaitez donner suite à cette affaire, faisant encourir à l'accusée l'amende et la peine de prison dont il a été question à l'ouverture de ce procès ?'

La présidente du jury remit ses petites lunettes rondes, regarda sa page, et déclara :

'Attendez, je relis mes notes... Ah oui : non merci, on ne le souhaite pas.'

'Pardon ?' dit la juge.

'On ne le souhaite pas, mais merci de nous avoir donné l'opportunité de nous exprimer sur ce cas.'

Il y eut un silence pâteux. Kamenev sentit par un chatouillis que Justine le regardait soudain ; il reporta ses yeux sur elle. Elle avait l'air si sérieuse qu'on eût dit qu'elle posait pour un croquis d'audience.

'Pour clarifier, vous ne souhaitez pas que l'accusée réponde de ses actes ?'

'Pas spécialement', dit la présidente du jury.

Elle se tourna vers ses congénères.

'On est d'accord ?'

Ses congénères arrêtèrent ce qu'ils étaient en train de faire, c'est-à-dire ronger leurs branches de lunettes, faire des boulettes de papier, se peigner la frange avec les doigts ou enlever des morceaux de saleté de sous leurs ongles, et tous et toutes hochèrent la tête avec vigueur.

'On est d'accord', dit la présidente. 'En fait, ceux qui ont voté pour rester dans l'Union Européenne trouvent le projet, bien qu'illégal, très séduisant, et donc ils seraient plutôt pour, je cite – '(Elle rechaussa ses lunettes) *'donner un simple avertissement à Miss Dodgson*. Quant à ceux qui ont voté Brexit, ils sont tout à fait d'accord pour que, je cite à nouveau, *les dégoûtants Britanniques grenouillophiles suceurs de parlementaires bruxellois se marient avec ces dégénérés de continentaux et quittent pour toujours les blanches côtes d'Albion.*'

Les membres du jury hochèrent la tête, estimant que leurs opinions avaient été parfaitement représentées.

Un instant suspendu...

... puis un déchaînement d'orage : de raptureux applaudissements et des hourras enflammés montèrent de l'auditoire.

'Eh bien', dit Judge Stolentart, 'je ne rends pas la justice personnellement, mais celle du peuple représentée par vous ; je prends donc acte de votre décision, et en vertu des pouvoirs qui me sont conférés, je déclare cette affaire classée sans suite, et j'annonce à Miss Dodgson que sa punition sera un rappel à la loi, formulée de la manière suivante...'

Elle prit la feuille que lui tendait la présidente du jury :

'« Allez, ne le refais pas. »'

Elle leva la tête vers Justine.

'C'est compris, Miss Dodgson ?'

'Oui', dit Justine.

'Ne le refaites pas.'

'Je ferai de mon mieux pour ne pas, Madame la juge.'

Et elle se leva, sous les applaudissements assourdissants du public, lui aussi debout pour une standing ovation. Et tout à coup, malgré sa toute petite taille, Justine sembla une géante, et animée d'un pouvoir extraordinaire !

'Le privilège de classe en direct', grimaça Rachel.

'Vous ne pourriez pas être heureuse cinq secondes pour votre amie ?' demanda Kamenev. 'On dirait que vous vouliez vraiment qu'elle termine en prison.'

Il était, de son côté, tellement sonné – ayant entendu mille fois dans sa tête les échos métalliques de mille portes de fer – qu'il lui semblait que son crâne était plein d'une sorte d'abrutissante pétillance.

'Oh, Pierre !' gémit Rachel. 'Vous allez briser nos fiançailles, je le sens !'

Et elle prit le visage de Kamenev entre ses douces mains froides, pressant ses longs doigts pointus dans les joues bougonnes de Pierre. Ses beaux yeux verts s'étaient légèrement vitrifiés de larmes.

'Oui, Rachel', balbutia Kamenev. 'Je suis désolé, je ne sais pas ce qui m'est arrivé. J'étais comme dans un rêve. J'espère quand même que vous ne – que je n'avais pas – enfin, que vous n'étiez pas tombée - '

'Rien de tout cela !' vociféra Rachel avec un grand sourire.

Puis plus doucement :

'Enfin, je ne sais pas trop ; c'est étrange, ces petites plaisanteries, n'est-ce pas ? Un rêve, oui, moi aussi… C'est un peu l'effet que fait la Grande-Bretagne. Un rêve, un si joli rêve.'

'Avec des files d'attente très efficaces', dit Pierre.

'À une autre fois alors', dit Rachel sans cacher son dépit, lâchant le visage de son ex-fiancé.

Elle regarda par terre d'un air véritablement chargé de tristesse, puis se retourna pour qu'il assiste à son retirage officiel de bague.

Mais Pierre était déjà parti.

7

Il trouva Justine dans une antichambre du tribunal, entourée par Katherine, Phil, Bruno, Karina Lawes, et Bertie qui berçait doucement Pebbles et Jeremy Corbyn en leur chantant « Il était une bergère, et ron et ron petit patapon » en français, chanson qu'il avait apprise de Marguerite.

'Pierre!' dit Justine en écarquillant largement ses grands yeux sombres.

Elle s'avança vers lui, partie pour une bise, mais Pierre était parti pour un hug, et après un maladroit recalibrage ils manquèrent tous les deux tomber par terre.

Quelques chancellements plus tard, Justine se tourna vers tous les spectateurs de cette scène.

'Ne m'attendez pas, je vous retrouve dehors', leur dit-elle.

'Oh, ne t'inquiète pas', dit Katherine, 'on va t'attendre ici.'

'Ah', répliqua Justine, 'mais je me disais que ça pourrait être utile que je reste un peu ici, au cas où la juge veuille venir me parler.'

'Oh, ne vous en faites pas', intervint Karina Lawes, 'si elle vient, je lui parlerai aussi.'

'Non, non', dit Justine, 'surtout, ne vous en faites pas pour moi ; je vais rester ici un peu et je vais bien trouver à m'occuper ; Bertie a envie de prendre l'air.'

'Non, ça va', dit Bertie.

'Jeremy Corbyn a envie de prendre l'air, tu ne crois pas ?'

'Non, il dort.'

'Ah bon, mais-' dit Justine, à bout d'idées.

Et Kamenev lui vint en aide :
'Est-ce que vous pourriez tous dégager, s'il vous plaît ?'
Illumination collective :
'Ah, mais il fallait le dire tout de suite !' s'écria Katherine.
Et ils partirent.
Justine toussota, contempla ses ongles, fit virevolter une petite bague en argent le long de son pouce.
'C'est considérablement gentil de votre part d'être venu...', dit-elle en anglais.
'Oh, c'est normal !' interrompit Pierre.
'... embrasser furieusement Rachel Greenblatt pour me sortir d'ici.'
Elle leva le visage vers lui, le regard plutôt pointu.
'Je vous en prie', s'inclina Pierre. 'Je suis heureux d'avoir contribué à votre libération.'
'Vous savez, elle n'a pas les dents si blanches naturellement ; les Américains passent toutes les nuits avec des espèces de bandelettes, là, qui décapent le tartre, plaquées sur les incisives.'
'Le font-ils vraiment ?'
'Certes ils le font. Alors que nous, de ce côté-ci de l'Atlantique, on préfère les dents teintées de tout le thé qu'on a bu.'
'C'est un style qui se défend.'
Justine se mordillait la lèvre, regardait sa montre, finit par croiser les bras, le toisa à nouveau, et lui dit avec un sourire incertain :
'Je dois vous prévenir qu'à cause de ma punition, il risque de m'être difficile d'assister à votre mariage, parce qu'ils m'ont dit : « Ne le refais pas », et je prends cet enseignement très au sérieux.'
'Comme vous le devriez en effet.'
'Ainsi donc, si vous souhaitez vous marier avec Rachel, il faudra le faire par vos propres moyens, sans aide juridique pour l'obtention du passeport.'
'C'est décevant', dit Kamenev, 'mais nous ferons de notre mieux.'

'Ah ! Tant mieux alors', dit Justine.
Les deux passèrent quelques secondes à se dévisager en hochant la tête. Puis Justine switcha brusquement en français :
'Vous n'allez quand même pas épouser cette Amerloque ?!'
'Non', confirma Kamenev.
'Ouf, putain, j'ai eu peur.'
'Vous avez eu peur ?'
'Oui, je me disais que vous alliez vous faire chier à mourir, avec sa passion pour la crème de graines de chia germées et les sandales Birkenstock.'
'Aïe, je l'ai échappé belle.'
'En plus il aurait fallu que vous alliez vivre au pays de Trump, Pierre. Au pays de *Trump* ! Encore pire que Macron.'
'Ça se discute', dit Kamenev.
'Non', dit Justine.
'OK', admit Kamenev. 'Remisons donc à la grande banque des choses de préférence oubliées l'échec de mon mariage américain. Mais à part ça, j'ai – j'ai quelque chose à vous dire…'
'Ah ?'
'C'est que – je – je suis très heureux, Justine, vraiment très heureux que vous n'alliez pas en prison…'
'C'est gentil', dit Justine. 'Moi aussi.'
Elle avait décroisé les bras et tout son corps maintenant semblait sourire.
'Vous avez l'air de ne pas vous rendre compte' insista Kamenev, 'que j'aurais vraiment détesté devoir vous rendre visite dans un endroit comme celui-là, faire des allers-retours dans des couloirs froids après m'être délesté de mes effets personnels …'
'Mais vous seriez venu quand même ? Ça, c'est cool de votre part.'
'Bien sûr que je serais venu, Justine !'
'Mais *combien souvent*, à peu près ?'
'Aussi souvent que possible. Tous les jours si possible.'
'C'est bête, du coup', dit Justine. 'En ratant de peu la prison, j'ai raté la possibilité de votre venue quotidienne.'

'Ça reste envisageable', murmura Kamenev.

'Ah ?'

'Et de manière moins frustrante', réattaqua Kamenev. 'Je veux dire moins frustrante que dans un parloir, à ne pouvoir rien faire d'autre que vous tenir les mains sous une paroi en verre.'

'Ce serait déjà plus que vous ne faites actuellement', fit observer Justine.

Elle lui tendit les mains ; il les prit, très précautionneusement.

'Vous n'allez pas me dire que je vous retiens contre votre gré, comme la dernière fois ?'

'Sauf si c'est le cas', sourit Justine. 'Mais pour l'instant ça va, et du moment que vous me demandez mon consentement à toutes les étapes, ça ira.'

'Message reçu', dit Pierre.

Et il serra donc ces mains-là, mais pas trop fort, histoire qu'elle puisse se dégager toute seule si besoin, et il sentit pulser, au cœur du pissenlit, le sang léger de Justine à un rythme qui s'harmonisait plus ou moins au sien.

'Justine, j'ai quelque chose d'autre à vous dire... enfin, si vous y consentez à toutes les étapes, etc.'

'Allez-y donc.'

'C'est – comment dire ? C'est Marguerite qui m'oblige, je dois préciser, à venir vous le dire, là, tout de suite, dans cette salle si moche. Sinon, j'aurais fait les choses différemment, mais Marguerite m'a obligé.'

'Obligé à quoi ?'

'À vous dire quelque chose.'

'Mais quoi ?' demanda Justine en s'approchant de lui.

Kamenev fit un effort... sans succès.

'C'est drôle, ça ne sort pas en français. Je peux vous le dire en anglais ?'

'Bien sûr, *whatever*', dit Justine.

'*I am...*', dit Pierre, et ensuite, '*I have*', et puis '*I think*', et puis, '*I believe...*'

'Vous allez me réciter combien de verbes ?' dit Justine.

'C'est drôle', reprit Pierre en français, 'ça ne sort pas non plus en anglais. Je peux essayer en espagnol ?'

'Non', dit Justine.

'J'ai des notions de russe.'

'*Non*', dit Justine.

'Mince', dit-il, et switcha à nouveau en anglais. 'Je ne suppose pas que vous puissiez directement lire dans mon esprit ?'

'Je lis parfaitement dans votre esprit', dit Justine avec un demi-sourire, 'mais étant britannique, je vais continuer à prétendre de la manière la plus convaincante du monde que j'en suis tout à fait incapable.'

'Ah, zut', dit Pierre qui repassa en français. 'Est-ce qu'il y a une langue qui serait plus à même de rendre l'information parfaitement claire ?'

'Vous pensez à une langue en particulier ?'

'Ou deux.'

'La mienne ou la vôtre ?'

'Les deux.'

'Mélangées ?'

'De préférence', dit Pierre.

'C'est intéressant.'

'Alors vous avez compris, là, maintenant ?'

'J'ai bien peur que non, *I'm afraid*...'

'Vous le faites exprès ?'

'Je ne vois pas du tout ce que vous voulez dire', dit Justine en se mordillant fermement la lèvre inférieure, 'je dois être très limitée, c'est entièrement de ma faute ; je suis vraiment effroyablement désolée...'

'C'est effarant, ce pays', dit Pierre. 'Comment est-ce que quiconque arrive à faire quoi que ce soit, quand rien ne peut se dire clairement et directement d'aucune manière ?'

'*Une chose* s'est dite clairement dans ce pays, dans toute son histoire', corrigea Justine.

'Ah bon ? Quoi donc ?'

'*Brexit means Brexit*. C'est la seule chose qui ait jamais été dite clairement et directement chez nous. « Le Brexit, ça veut dire le Brexit ».'

'Vous mettez encore le Brexit en travers de notre chemin ?'

'S'il n'y avait que ça en travers de notre chemin…'

'D'accord', dit Pierre.

Et il prit une grande respiration.

'Alors je vais, pour la deuxième fois dans toute l'histoire de ce pays, dire une chose très clairement et très directement.'

'Oh là, attention', sourit Justine.

'Concentration', dit Pierre.

Il ferma les yeux, les fronça, et les rouvrit.

'Depuis le jour de notre rencontre – depuis la minute où je vous ai aperçue derrière les rideaux du théâtre –, je me suis efforcé de me cacher à moi-même que je ressentais envers vous une grande attraction, alors que vous ne faisiez rien d'autre que d'essayer de ruiner ma vie très efficacement et d'une foule de manières différentes. Et aujourd'hui, même si vous avez essayé de me marier à une Américaine, même si vous avez rencardé Marguerite avec le porte-drapeau des jeunesses hitlériennes locales, même si vous passez votre temps à me contredire et à me traiter de raciste ou de machiste, même si vous êtes fondamentalement incapable de comprendre la définition de la laïcité et des valeurs républicaines, même si vous avez du mal – *même en ce moment !* – à vous retenir de regarder votre téléphone portable pour voir si une Hannah ou un Toby vous aurait par hasard envoyé un gif marrant de pingouin portant un chapeau, et même si ce sera sans doute un cauchemar de chercher à coordonner nos agendas pour nous retrouver plus d'une fois par mois d'un côté ou de l'autre de la Manche, et même si vous ne croyez pas aux sentiments ni à l'engagement ni à rien du tout qui réunisse deux êtres au-delà de l'obtention d'un titre de séjour… Enfin, même si tout cela et bien d'autres choses, malgré tout, je me demandais si vous consentiriez quand même à *essayer*. À essayer de voir si un alignement favorable de Uber et Ryanair pourrait par hasard vous mener parfois jusqu'à moi, ou l'inverse, sait-on jamais ? Parce que pour faire court, et pour le dire clairement et directement, presque aussi clairement et directement que *Brexit means Brexit*…'

Il s'arrêta, n'arrivant pas à croire qu'elle avait réussi à ne pas l'interrompre pendant toute cette tirade.

Il espéra vaguement qu'elle l'interromprait là.

Elle ne le fit pas.

Alors :

'Je t'aime, Justine', dit-il clairement et directement. 'Et maintenant, je vais te demander si tu consens à –'

Mais c'était elle qui l'embrassait déjà.

*

De son côté, Marguerite avait poursuivi, à travers les méandres de la Cour des Magistrats, Cosmo Carraway, qui maintenant s'éclipsait par une porte de secours donnant sur une ruelle.

'Cosmo !'

Il se retourna, tanguant un peu, se composa rapidement un beau sourire en biais.

'Eh bien, Marguerite ! On me suit, maintenant ?'

'Vous allez où ?'

'Reprendre l'Aston et remonter dans le Nord, pour la rendre à Papa ; le pauvre vieux doit être assis dans le fauteuil Chesterfield du petit salon orange, à fixer le Gainsborough au mur, des myriades de veines éclatant les unes après les autres sous son front rougi.'

'Et ensuite, vous revenez ?'

'Où donc ?'

'À Londres…'

'Oui, bien sûr, on a du boulot, avec Papa. Retour au Parlement dès lundi prochain. Il me semble même que nous dînons avec la Première Ministre dans une semaine ; on a des propositions à lui présenter pour son plan Brexit.'

Marguerite s'avança vers Cosmo, le dévisageant, le déchiffrant même, comme si elle cherchait à élucider son visage.

'Vous n'allez rien leur dire ?'

'Dire quoi à qui ?'

'À votre famille...'

'Ah, ma famille ! Cette *jolie bande d'aristos dégénérés*, comme dirait votre Kamenev. Infréquentable, bien sûr, mais c'est la mienne, n'est-ce pas ? Et j'y tiens comme à la prunelle de mes yeux.'

Celle-ci était braquée sur Marguerite.

'Mais alors, rien ne va changer ?'

'Par rapport à quoi ? L'Aston ? Papa sera très en colère, bien sûr...'

'Non, je veux dire – vous n'allez pas leur dire que vous êtes...'

'*That's quite enough, Marguerite*', dit Cosmo doucement, mais fermement, et Marguerite savait que *quite enough* voulait dire *ça suffit maintenant, tout cela a assez duré ; merci, mais non merci ; les jeux sont faits*.

Et son regard s'était glacé, comme si une petite coquille de verre était venue recouvrir son globe oculaire.

'Compris', murmura Marguerite après un silence.

Elle ne savait pas véritablement ce qu'elle avait compris, mais il lui semblait avoir compris quelque chose : et de son côté Cosmo eut une sorte de certitude, scintillante, qu'elle avait compris.

'Est-ce qu'on pourra rester amis ?' demanda Marguerite.

Cosmo s'inclina.

'Je serais heureux de continuer à vous compter parmi mes connaissances.'

'J'ai dit *amis*', ricocha Marguerite. 'Comme vous l'êtes avec Justine.'

Le jeune homme eut l'air surpris, comme s'il ne lui était jamais véritablement venu à l'esprit qu'il fût ami avec Justine.

'Oui, je suppose', dit-il. 'Qu'est-ce que cela impliquerait – en pratique, je veux dire ?'

'Je ne sais pas... Vous pourriez venir me rendre visite à Grenoble.'

'Et vous à Elms Heights ?'

'Oui', dit Marguerite, 'enfin non ; je suis désolée, mais sans doute pas – ce n'est pas contre vous, mais ce n'est pas tout à fait mon monde.'

'On pourrait se retrouver à Londres, alors.'

'À Londres', acquiesça Marguerite.

'Vous accepterez que je vous invite à dîner ? Je ne veux plus emmener Justine nulle part, elle insiste toujours pour payer sa part, c'est insupportable.'

'Je veux bien que vous m'invitiez à dîner.'

'Parfait. Et je serai toujours heureux d'aller vous voir à l'opéra. Vous chanterez *Juliette*, la prochaine fois, hein ?'

'J'essaierai', dit Marguerite, même s'il lui semblait que sa gorge était entravée par un chagrin gigantesque, à regarder ce Cosmo un peu hagard osciller de droite et de gauche sans savoir quoi faire de ses longs bras.

'La dernière fois, à l'opéra, vous n'étiez pas tout seul', dit Marguerite.

'Je ne suis jamais tout seul', affirma Cosmo.

'C'est un ami à vous ?'

'Bah', dit Cosmo, 'une connaissance.'

Mais il avait rosi.

'Vous savez', dit Marguerite, 'vous pouvez me présenter à vos connaissances si vous voulez – enfin, disons que si jamais vous avez une connaissance qui deviendrait un ami, je serais heureuse de rencontrer cet ami. Ou alors – enfin, si jamais vous avez des problèmes par rapport à des connaissances, ou des amis, et que vous voudriez en parler à quelqu'un, vous pouvez toujours m'en parler à moi.'

Cosmo la fixa longuement, d'un air absolument perplexe, et il sembla à Marguerite que cette perplexité indiquait que jamais de sa vie il n'avait envisagé qu'il pourrait un jour présenter, à qui que ce soit, une de ses connaissances devenues amis.

'Je m'en souviendrai', dit-il enfin. 'C'est furieusement gentil de votre part', ajouta-t-il, mais sa voix vrilla un peu sur le *gentil*.

Marguerite se dressa alors sur la pointe des pieds et l'enlaça de toutes ses forces, ses petits bras jetés autour de son cou ; et de son côté, d'abord décontenancé, le grand lord n'eut d'autre option que d'enlacer à son tour la petite chanteuse. Cet enlacement était d'une telle chaleur et d'une telle tendresse, et la différence de taille si prononcée, qu'en serrant Marguerite autant que possible, Cosmo lui fit littéralement quitter le sol.

Une paire de ballerines papillonna un instant à une dizaine de centimètres de l'asphalte.

Puis elle se reposa, se restabilisa. Les deux amis se détachèrent l'un de l'autre. Il sembla à Cosmo, émerveillé, qu'il était comme allégé de quelque chose – non pas, évidemment, du corps mince de Marguerite qu'il venait de reposer, mais d'un fardeau plus lourd et plus ancien.

'À bientôt alors', dit-il.

'À bientôt !' répondit Marguerite avec chaleur.

Et elle le regarda s'éloigner, de son grand pas élégant et balancé, jusqu'au bout de la ruelle grise et mouillée ; et puis disparaître, dans le bloc de lumière qu'était l'avenue derrière.

★

Ce qui se passa les mois suivants :

Marguerite retrouva l'usage de sa voix, et Kamenev l'usage de la main qui avait heurté le mur. La rentrée, au lycée Dmitri-Hvorostovsky, vit Marguerite accéder à un statut de star suprême de l'anglais, et Madame Kessler complimenta « non seulement votre grammaire et votre vocabulaire extraordinairement enrichis, mais également votre manière de parler, ma chère Marguerite, absolument indirecte et totalement peu claire, et pourtant d'une grande précision dans son vague absolu. Vous êtes devenue tout à fait britannique ! »

Kamenev et Justine prirent l'habitude des vols Londres-Grenoble effectués par une nouvelle compagnie aérienne low-cost 100 % made in France, fleuron de la start-up nation, inaugurée par Emmanuel Macron en costume de stewart (le président fit un selfie avec les hôtesses, qui étaient payées au vol + bénéfices si leur Capital Sourire avait été jugé 3 étoiles ou plus par les clients). Les sièges en plastique et mousse de polystyrène tremblotaient de manière un peu terrifiante dans la carcasse en aluminium, mais les deux amoureux durent bien reconnaître l'utilité du vol de 5 h 34 du lundi matin ou du 23 h 12 du vendredi soir.

Austerity Watch continua d'être produit et diffusé.

L'austérité continua d'être produite et diffusée.

On couvrit les frais de tribunal et d'avocate de Justine grâce à un crowdfunding organisé sur Ulule en exactement deux jours et huit heures.

Fern et Gonzague eurent une sorte de relation type plan-cul-pas terrible, à la suite de laquelle Gonzague trouva un emploi chez Google et partit vivre à Los Angeles travailler dans un bureau où il était assis sur une balançoire et cravachait de 6 heures à 22 heures, même le week-end.

Matt et Niamh partirent en vacances en Albanie, qui était vraiment *the* endroit non encore découvert de l'Europe, où il n'y avait aucun touriste, et une nourriture totalement authentique, et des gens si gentils ! Et ils postèrent de très belles photos sur Instagram.

Jeremy Corbyn, devenu inséparable de Pebbles, dut être adopté par la famille Dodgson.

Bertie parvint à maîtriser le triple salto arrière de handspinner sur pouce, index et auriculaire. Mais de toute façon, la mode des handspinners s'essouffla à la rentrée.

Cannelle décida qu'elle n'était pas faite pour se marier pour de faux, que ce soit avec Matt ou avec Justine. En un sens, elle était encore un peu trop romantique pour cela. Aussi se mit-elle sur Tinder pour rencontrer l'âme sœur. Mais finalement, ce fut dans les bureaux d'Amazon qu'elle tomba amoureuse d'un bel Irlandais caustique qui s'occupait du *big data crunching* de la partie Jouets et Meubles pour bébés ; et les deux firent un joli couple transeuropéen.

Le Brexit continua à vouloir dire Le Brexit.

Ce que cela voulait dire exactement, on continua de ne pas en être trop sûr, en-dehors de ce fait-là qui était certain comme l'acier : cela voulait dire Le Brexit.

—— Final ——

En décembre, comme prévu, il y eut un mariage.

Il se tenait à Bruxelles, ville de naissance de Bruno, et désormais lieu de vie de Katherine. Il faisait rageusement froid, mais tous les convives sortirent quand même de l'hôtel où se déroulait la cérémonie afin d'aller poser pour des photos devant l'un des bâtiments du Parlement européen.

Et tous les convives, dont Kamenev, Marguerite, Phil Dodgson, les jumeaux Dodgson évidemment, Bertie, Tommy et Claudio agitèrent chacun, pour la photo de groupe, un petit drapeau correspondant au pays dont ils étaient originaires.

Le spectacle tira des larmes à tout le monde, et l'on se réconforta en se disant que ce ne serait pas si terrible, même si, vraiment, l'Europe un jour renaîtrait de ses cendres, et d'ailleurs le Royaume-Uni ne partirait pas *vraiment*, mais non, vous verrez, ils se ressaisiront...

'Dites « Brexit Wedding ! »' lança le photographe.

'BREXIT WEDDIIIIING !'

C'était devenu un ouistiti à la mode, pour les photographes de mariage.

*

De retour dans l'hôtel, on s'installa sur des petites chaises tendues de toile blanche, placées devant un Yamaha à queue tout à fait acceptable.

'Et maintenant', dit Katherine Dodgson, 'Marguerite Fiorel va nous faire l'honneur de nous chanter quelque chose, avec Pierre Kamenev au piano !'

Pierre agita les mains, sentit le petit pois de tension si familier au niveau du poignet – mais comme toujours, l'oublia dès qu'il frappa les premières notes...

... et la voix de Marguerite, vive, élancée, haletante, musclée par des mois de répétition, de pleurs, de joies et de frustrations et de vie, s'éleva dans les airs !

Aaaaaaaaaah-aaaaaaaaah !...
...
...

Je veux vivre
  Dans ce rêve qui m'enivre
  Ce jour encore !
  Douce flamme,
  Je te garde dans mon âme
  Comme un trésor !

Cette ivresse
  De jeunesse
  Ne dure, hélas ! qu'un jour !
  Puis vient l'heure
  Où l'on pleure,
  Le coeur cède à l'amour,
  Et le bonheur fuit sans retour.

Je veux vivre
  Dans ce rêve qui m'enivre !

  Loin de l'hiver morose
  Laisse-moi sommeiller
  Et respirer la rose
  Avant de l'effeuiller.

Ah !
 Douce flamme,
 Reste dans mon âme
 Comme un doux trésor
 Longtemps encore !

Remerciements

Merci à David Cameron, Theresa May et Nigel Farage pour leurs inspirantes clowneries.

Merci aux 48 % qui ont voté contre.

Merci aux nombreux couples qui m'ont invitée à venir les voir se dire oui ces dernières années. Surtout les transeuropéens. J'ai eu pour vos mariages une curiosité tout anthropologique, même si, évidemment, « toute ressemblance ne serait que fortuite », etc.

Merci à Mme Kessler, Mme Montagne, Mme Palluel et Mr Baume, qui m'enseignèrent si bien.

Thank you à mes ami·es chéri·es du côté rosbif de ma vie : Salman, Anna, Julian et Isabel, Lauren, Erin ; à Kirsty ; à Cathy B., Masha, Mélanie McG., Daniel et Julia, Jonathan et Jo, Jess et Kevin, Theresa ; et à mes adorables collègues de York.

Merci aussi à mes collègues à travers l'Europe, en particulier aux universités du Havre et de Barcelone. Brexit or not Brexit, on continuera à échanger. Celia, Alexey, Paula, Ekaterina, Vladimir, avec moi chaque semaine dans d'autres langues.

Thank you, a., among twenty snowy mountains.

Merci aux grenouilles ou quasi-grenouilles suivantes : Oakleigh, Mathilde, Alice et Ninon, Antoine, Marine, Maud et Olivier, Ewan et Aline, Françoise et Jonathan, Odile, Corinne, Marie-Christine et Frédéric, Agathe D., Gilles, Marguerite-Marie ; et Marie S., qui m'a également aidée à placer la voix de Marguerite (même si je lui ai tout de même étiré les cordes vocales un peu au-delà du plausible)

Merci à ma famille, que j'embrasse très fort sur trois générations et jusqu'à trois degrés sur les côtés, en commençant par mes parents et ma sœur.

Merci à la team littérature jeunesse, auteurs et autrices, blogueuses et blogueurs, profs, libraires, bibliothécaires, de salon en salon, d'école en école, de livre en livre, virtuellement ou dans la réalité, qui m'inspirent, que j'aime lire, qui me font rire, qui me donnent matière à réfléchir. Mention spéciale à mes Pépettes chéries.

J'avais mis des noms dans *Songe à la douceur* que je ne vais pas réitérer ici (va voir là-bas si t'es curieuse comme une huître) ; depuis, j'ai aussi rencontré Aylin, Xavier et Anne-Fleur, avec qui toute conversation est un bonheur. Merci à Justine et Rachel, qui ont donné de nouvelles vies aux romans précédents. Et merci à la Charte.

Impossible de mettre en mots ma reconnaissance à toutes celles et tous ceux qui ont lu les romans précédents, et qui continuent à les prêter, à les offrir, à en poster des photos ou des chroniques, et parfois à m'écrire.

Pour ce bouquin-ci, dont l'écriture a été particulièrement ardue, merci à ceux et celles qui m'ont patiemment écoutée me plaindre. Aurélia m'a offert un carnet ; Jean Paul, beaucoup de champagne, et une vue à 360 degrés. Julia, Tom et Philippe ont été les premiers à le lire dans un état embryonnaire dégoûtant. Leur gentillesse, leurs réflexions, leur sens critique me sont si précieux.

Merci, merci, merci, encore une fois, plus que jamais, à absolument toute l'équipe de Sarbacane.

Dès le tout début, Maman a tout lu, relu, relu, commenté, envoyé de longs emails, passé des heures au téléphone, orienté, guidé et rassuré. Tibo a fait le reste.

Aux deux : incommensurable gratitude.

Directeur de publication : Frédéric Lavabre
Collection dirigée par Tibo Bérard
Assistante d'édition : Julia Robert-Thevenot
Maquettiste : Claudine Devey

© Éditions Sarbacane, 2018

Tous droits de reproduction, de traduction et d'adaptation
réservés pour tous les pays. Toute représentation ou reproduction, intégrale ou
partielle, faite par quelque procédé que ce soit sans l'autorisation écrite
de l'auteur ou de ses ayants cause, est illicite.

Achevé d'imprimer en mai 2018
sur les presses de l'imprimerie ProImpress
N° d'édition : 0109
Dépôt légal : 2e semestre 2018
ISBN : 978-2-37731-145-3

Imprimé en Bulgarie